KB262220

한국 근대 대중소설 연구

강 옥 희

한국 근대 대중소설 연구

강 옥 희

머 리 말

이 책은 필자의 학위논문인 『1930년대 후반 대중소설 연구』를 수
정·보완하여 출간한 것이다. 거스를 수 없는 대중문화의 물결 속에서
대중문학 역시 이제는 문학사의 한 장에 정당하게 편입되어야 할 시
기에 이르렀음은 주지의 사실이다. 30년대 후반 대중소설에 대한 연
구는 대중문학과 본격문학이 서로의 벽을 넘어서면서 문학사의 주류
로 등장하게 된 1990년대 대중소설의 전사로서 주목할만한 가치가
충분하다는 점에서, 또 그동안 연구자들의 관심 밖에 있었던 까닭에
참신하고 매력적인 테마가 되었다.

그중에서도 30년대 후반의 대중소설에 집중하게 되었던 것은 일제
치하라는 특수한 상황과 근대성을 둘러싼 이 시기의 다양한 문학현상
들 속에서 대중문학에 대한 논의와 관심이 단연 문단의 핵심으로 부
상했기 때문이다. 그것은 당시의 독자와 작가들이 팍팍한 현실과는 전
혀 다른 화려하고 흥미진진한 대중문학의 세계에서 위안을 구했기 때
문임을 알 수 있다.

여기서는 이 시기 대중소설이 어떤 양상으로 나타났으며, 어떤 점에
서 독자들의 사랑을 받았는지, 또 각기 작품들이 내포하고 있는 사회
적 함의들이 무엇인지를 가능하면 총체적이고 포괄적으로 다뤄서, 이

시기뿐 아니라 전체 대중소설을 관통하고 있는 서사구성원리를 추출해보고자 했다. 그 결과 30년대 후반의 다양한 대중소설을 나름의 기준으로 분류해 각 작품들을 새롭게 평가할 수 있었다. 그러나 광범위한 대중소설의 존재와는 달리 시작단계에 놓인 연구여서 보완해야 할 부분들도 적지 않으리라 생각되는데 이는 앞으로 남겨진 과제라고 생각한다.

충격적인 환희로 다가왔던 문예비평수업이 인생의 지침을 바꾼 후로 오늘에 이르기까지에는 여러 선생님들의 애정이 학문연구의 큰 자양분이 되었다. 학문과 삶의 크나 큰 길라잡이가 되어주신 지도교수님이신 강영주 선생님과 학부때부터 남다른 애정과 자애로움으로 삶의 지혜를 일러주신 윤태수 선생님, 늘 격려해주신 박근영 선생님께 이 자리를 빌어 깊이 감사드린다. 석·박사과정 수업때부터 석·박사논문 심사에 이르기까지 작품 보는 눈을 일깨워주시고, 학문적인 태도에 많은 깨우침을 주신 서울대의 조남현 선생님께 입은 학은은 이루 말할 수 없다. 꼼꼼하게 논문을 읽어주시고 부족한 점을 예리하게 지적해주신 홍대의 정호웅 선생님께도 이 자리를 빌어 감사의 인사를 드린다. 그리고 주위 선후배들의 애정에도 감사를 표한다.

끝으로 지금에 이르기까지 많은 도움을 주시고 모자람도 책하지 않
으신 양가 부모님들과 가족들, 불평없이 늘 지켜봐 주고 후원해주는
남편에게 이 책이 작은 보답이라도 되길 바란다. 아울러 어려운 출판
상황 속에서도 선뜻 이 책의 출판을 맡아주신 깊은샘의 박현숙 사장
님과 많은 도움을 준 안그라픽스의 김한석 부장님, 편집부 직원들께도
감사드린다.

2000년 3월 강 옥 희

■ 차례 – 한국 근대 대중소설 연구

1장 서론
 1. 문제제기 · 13
 2. 대중소설의 개념 · 21

2장 대중소설 융성의 사회적 배경
 1. 대중소설의 발생과 전개과정 · 33
 2. 출판현황과 독자들의 반응 · 43

3장 1930년대 후반 대중소설의 유형
 1. 계몽적 대중소설 · 73
 2. 이념적 대중소설 · 175
 3. 통속적 대중소설 · 243

4장 1930년대 후반 대중소설의 서사구성 원리
 1. 계몽성과 이상주의 · 305
 2. 과학주의에의 지향 · 308
 3. 흥미추구와 상투성 · 311
 4. 작위적 갈등과 결말의 예측가능성 · 319

5장 결론 · 325

참고문헌 · 335

찾아보기 · 347

제 1 장
서 론

■ 문제제기
■ 대중소설의 개념

제1장 서   론

1. 문제제기

한국문학사에서 1930년대 후반은 양적인 면에서나 질적인 면에서 유례없는 흥성함을 보여준다. 심화된 소설론이 다각도로 전개되고, 다양한 작품들이 등장하게 된다. 그중에서도 가장 주목할 만한 현상은 그동안 광범위한 독자층을 확보하고 있었으면서도 제대로 대접받지 못했던 대중소설이 문학사에 등장하였다는 점이다. 심화된 본격문학의 전개와 함께 한 대중소설의 등장과 유행은 30년대 후반 문학사의 지형을 다시 검토하게 하는 현상이라고 할 수 있다.

이 시기에 많은 대중소설들이 발표되고 독자들의 열렬한 사랑을 받았던 이유는 여러가지 면에서 찾을 수 있는데, 그중에서 30년대 후반의 시대적인 상황이 대중소설을 전면적으로 부각시킨 가장 큰 원인이었다고 할 수 있다. 이 시기 일제는 제국주의적 침략에 전력투구하면서 이전보다 더욱 강고한 식민통치를 실시하기에 이른다. 사상보호관찰령 등 지식인들의 사상통제는 물론 경제적인 수탈이 가혹해지면서 작가들이 이념적인 지향을 드러내거나 현실에 대한 비판을 감행하기가 어려워지고, 대중들 역시 당시의 비참한 현실을 견뎌내기가 매우 힘들어졌다.

그리하여 날로 강화되어 가는 파시즘 체제하의 현실, 기형적이지만 고도로 발달해 가는 자본주의, 이념의 상실과 그로 인한 일상으로의 복귀, 생활인으로서 겪는 현실의 압박, 이상과 현실의 괴리에서 오는 자괴감 등으로 대부분의 작가들은 현실과 정면대결하지 못하고 통속의 세계로 빠져 들어가게 되었다. 그리고 대중들은 식민지 치하의 경제적 고통과 좌절감, 내일에 대한 희망을 상실하는 괴로움을 겪으면서 팍팍한 현실과는 전혀 다른 화려하고 흥미진진한 세계를 펼쳐 보이는 대중소설 속에서 자신들의 초라한 현실을 잊고 위안을 구하게 된다.

본 연구는 이러한 30년대 후반의 상황 속에서 문단의 커다란 이슈로 대두되었던 대중소설들을 고찰한다. 이 시기 대중소설들을 총체적으로 분석·고찰함으로써, 그동안 대중들이 향유하는 문학은 일반적으로 수준이 낮고 저급하다는 엘리트주의적인 편견으로 인해 본격문학 작품들과는 달리 소홀하게 다루어 왔던 대중소설의 위상을 새롭게 정립해 보고자 한다.

대중소설에 대한 연구는 대중소설이 지닌 독자들에 대한 위안으로서의 기능과 그 폐해만을 강조하면서 손쉽게 재단해버리는 자세를 버리고, 오늘날 대중문화의 중심으로 떠오른 대중의 개념을 질적인 변화로 전환시켜 진지하게 행해 나감으로써 그 위상을 뚜렷하게 정립할 수 있다고 본다.

영국의 문화이론가 폴 바커는 "'대중문화'의 '대중'을 수적으로 많은 사람들이 개입되어 있다는 의미가 아니라 사회의 모든 계층이 개입되어 있다는 의미로 이해해야"[1]한다고 주장하였다. 이러한 폴 바커

---

1) Barker, Paul (ed.), *Art in Society*, Fontana Original, 1977, 11면. (박성봉, 『대중예술의 미학』, 동연, 1996, 39면에서 재인용)

의 주장처럼 대중을 양적인 개념이 아닌 질적인 개념으로 전환시켜 이해한다면, 이 시기 수많은 대중의 관심과 사랑을 받았던 대중소설은 저급한 문학으로 치부되어 폐기처분되었던 운명에서 벗어나 광범위한 대중의 관심과 생활을 반영하는 문학으로서 새로운 의미를 부여받을 수 있을 것이다.

우리문학사에서 대중소설은 30년대에만 존재했던 것이 아니라, 근대적인 문학의 형성기라 할 수 있는 신소설에서부터 발생하여 오늘날에 이르기까지 지속적으로 등장하고 발전해 왔다. 자본주의적인 상모를 띠어가던 근대문학의 여명기인 1910년대에는 문자활동을 할 수 있는 새로운 대중이 등장하고, 애국계몽기의 고양된 국민정서를 기반으로 한 서적상들이 생존을 모색하기 위해 상품성이 있는 신·구소설을 대량으로 출판하면서 대중들의 폭발적인 지지를 받은 문예물이 양산된다. 특히 『장한몽』으로 대표되는 신파소설의 폭발적인 인기는 이러한 당시의 면모를 잘 보여주고 있다. 흥미로운 읽을거리를 찾는 대중들에게 이 통속적인 문예물은 나름대로 근대 자본주의 초창기의 사회적 갈등을 잘 드러냄으로써 독자들의 사랑을 받았다.

1930년대 역시 1910년대와 유사한 상황 하에서 대중소설이 등장하였고, 많은 독자들은 현실과 다르게 전개되는 대중소설에서 잠시나마 위안을 얻었던 것이다. 즉 30년대 후반의 대중소설은 신문·잡지의 상업화와 작가정신의 쇠퇴, 대중독자들의 질적인 변모과정 속에서 발생하였고, 일정한 패러다임을 형성하였다. 이것은 이념의 퇴조기에 소설의 방향상실과 문학의 위기를 논하게 된 90년대의 문학에서도 동일하게 발견되는 현상이기도 하다. 이념의 퇴조와 문학에 대한 방향상실감이 폭발적으로 증가한 대중매체의 발달과 진정한 삶의 방향성을 상실한 대중독자들의 다양한 요구에 직면하게 되자, 다채로운 경향의 대중소설이 범람하게 된 것이다.

시대적인 상황이 어려워질 때 작가가 자기 존재를 확인하는 방법으로 선택한 위안의 기능에 치중한 대중소설의 등장과 확산은 단순히 30년대 후반이라는 특정한 시기의 유행현상이 아니다. 그것은 일정한 시기마다 반복되고 재생산되는 하나의 문학사회학적 현상으로 설명될 수 있을 것이다. 그러므로 30년대 후반의 대중소설들을 면밀하게 분석하고 대중소설의 본질과 그 서사구성원리를 추출하여 대중소설의 존재양식을 고구(考究)하고, 30년대 후반 대중소설의 문학사적 의미망을 규명하는 것은 매우 중요한 작업이라 할 수 있다. 이를 통해 한국현대소설사에서 거의 간과되어 왔던 대중소설의 존재를 새롭게 자리매김할 수 있으며, 나아가 대중소설과 본격소설의 경계가 흐려질 만큼 대중소설의 비중이 커지고 그 위상이 높아진 90년대 문학의 특성을 고찰하는데에도 중요한 시사를 얻을 수 있으리라 기대된다.

이러한 의도 하에 논의의 대상으로 삼은 작품은 1936년부터 1940년까지 신문이나 잡지에 연재된 후, 독자들의 호응을 받아 단행본으로 발간된 장편소설들과 출판사의 상업주의적 기획에 의해 출간된 전작장편소설들 중 통속적인 지향을 보이고 있는 작품들이다. 그러나 대중들의 사랑을 받았던 야담류에 가까운 역사소설들은 연구의 일관성을 위해 논의의 대상에서는 제외한다.

연구의 대상을 이렇게 한정한 것은 대중소설을 향유하던 대중독자들의 성격과 밀접한 관계가 있다. 당시 대중독자들은 구소설이나 신소설의 독자들과는 달리 자본주의 단계에 처한 인간들이며, 소설들 역시 비록 식민지하의 불완전한 발전이지만 이미 상당한 세력으로 자리잡은 자본주의적인 문학환경에서 발생한 것이었기 때문이다. 이 시기 대중독자들이 향유한 대중소설이란 대중을 기반으로 한 대중사회의 도래, 즉 자본주의의 발달, 매스미디어의 발달이라는 대중사회의 생성과 그 맥락을 같이하고, 출판·신문·잡지의 상업성과 영리 추구에서 기인한 것이다. 이 때의 대중이라는 용어에는 모든 계층의 연관이라는 질적인 개념 뿐만 아니라 양적인 개념이 포함되어 있기 때문에, 신문이나 잡지에 연재된 후 독자 대중들의 호응을 얻어 단행본으로 출간되었거나, 출판사의 상업주의적인 기획에 의해 출간된 전작 장편소설 중에 통속적인 지향을 보이고 있는 작품을 아울러 대중소설의 범주로 설정한 것이다.

지금까지 국문학계에서는 대중소설이 학문 연구의 대상에서 거의 제외되어 온 까닭에, 그다지 활발한 연구가 이루어지지 못한 상태이다. 최근 들어 대중문화와 대중소설에 대한 관심이 급증하면서 초보적인 논의가 이루어지고는 있으나 대중소설에 대한 심도있는 연구는 매우 드문 형편이다. 기왕의 문학사류에서도 조동일의 『한국문학통사』 제5권을 제외하고는 대중소설에 대해 언급한 경우가 거의 없다.[2]

그동안 산발적으로나마 이루어진 대중소설에 대한 논의들은 크게 세가지 유형으로 나누어 볼 수 있다. 첫번째는 신문소설에 대한 논의의 일환으로 대중소설을 다룬 경우이다.[3] 신문소설 연구는 주로 신문

---

2) 조동일, 『한국문학통사』5, 지식산업사, 1986.
3) 송경섭, 「일제하 한국신문연재소설의 특성에 관한 연구」, 서울대학교 신문대학원 석사학위논문, 1974.
　　양찬수, 「1930년대 한국신문연재소설의 성격에 관한 연구」, 동아대학교 교육대학원 석사학위논문, 1977.
　　오인문, 「한국신문연재소설의 사회적 기능에 대한 고찰」, 중앙대학교 석사학위논문, 1977.
　　고인덕, 「신문소설에 나타난 가치 연구」, 서강대학교 석사학위논문, 1980.
　　고준영, 「1930년대 신문장편소설에 나타난 민족관」, 고려대학교 석사학위논문, 1980.

방송학과 석·박사학위 논문들로서, 문학내적인 측면에서 작품에 접
근한 것이 아니어서 소설에 대한 본질적인 분석에는 다다르지 못한
한계를 안고 있다. 이후 국문학 연구의 일환으로 신문소설을 다룬 논
문들이 나왔으나, 개별적인 몇 작품의 연구에 국한되어 단편적인 성과
에 그치고 있다. 두번째는 대중소설과 통속소설을 다룬 작품론들이 있
다.[4] 이러한 연구는 1930년대의 대중소설들을 다루고는 있기는 하나,

민병덕, 「한국 근대 신문연재소설 연구」, 성균관대학교 박사학위논문, 1988.
이종욱, 「일제하 신문연재소설 연구」, 중앙대학교 석사학위논문, 1991.
서광운, 『한국 신문소설사』, 해돋이, 1993.
최소영, 「이태준 신문연재소설 연구」, 연세대학교 교육대학원 석사학위논문, 1995.
대중문학연구회 편, 『신문소설이란 무엇인가?』, 국학자료원, 1996.
한명환, 「1930년대 신문소설 연구」, 홍익대학교 박사학위논문, 1996.
한원영, 『한국근대 신문연재소설연구』, 이회, 1996.
4) 정한숙, 「대중소설론」, 『현대한국소설론』, 고대출판부, 1977.
전영태, 「대중문학논고」, 서울대학교 석사학위논문, 1980.
홍정선, 「한국 대중소설의 흐름」, 『문학의 시대』, 풀빛, 1984.
안창수, 「『찔레꽃』에 나타난, 삶의 양상과 그 한계」, 『영남어문학』12, 1985.
서영채, 「1930년대 통속소설의 존재방식과 그 의미 - 김말봉의 『찔레꽃』론」, 『민족
문학사연구』4, 창작과 비평사, 1993.
권선아, 「1930년대 후반 대중소설의 양상 연구」, 고려대학교 석사학위논문, 1994.
김강호, 「1930년대 한국 통속소설 연구」, 부산대학교 박사학위논문, 1994.
김영찬, 「1930년대 후반 통속소설 연구 - 『찔레꽃』과 『순애보』를 중심으로」, 성균관
대학교 석사학위논문, 1994.
양명주, 「김남천의 대중소설 연구」, 부산외국어대학교 교육대학원 석사학위논문,
1994.
강옥희, 「본격소설의 지향과 통속에의 유혹 - 김남천의 『사랑의 수족관』론」, 『상명
논집』2, 1995.
김창식, 「1920~30년대 통속소설론의 행방과 그 의미」, 『한국현대소설의 재인식』,
삼지원, 1995.
오미남, 「1930년대 후반 통속소설 연구」, 중앙대학교 석사학위논문, 1995.
이종호, 「1930년대 통속소설 연구」, 경북대학교 석사학위논문, 1995.
강옥희, 「대중의 위무와 현실순응의 그림자 - 박계주의 『순애보론』」, 『자하어문논집』

한정된 몇 작품만을 논하거나 구체적인 작품분석이 아닌 소설론에 대한 논의에 치우친 경우가 대부분이어서 30년대 대중소설의 총체적인 면모를 다루는 데는 한계를 지니고 있다. 세번째로 대중문화에 대한 관심이 폭증하면서 나온 대중문학과 대중문화에 대한 몇 종의 개설서들이 있다. 그러나 이들 논저 역시 전반적인 이론에 치중하여 구체적인 작품 논의는 도외시하고 있는 경우가 대부분이다.[5]

　　연구사에서도 살펴볼 수 있듯이 그동안 대중문화와 대중문학에 대한 관심이 급증하면서 문학사에서 소외되어 왔던 대중소설에 대해 개괄적인 연구가 시작되기는 했지만, 대부분의 논저가 대상을 한정하여 논의를 전개시켜 나간 까닭에 30년대 후반 대중소설의 전체적인 면모를 본격적으로 고찰한 논의는 없었다고 해도 과언이 아니다. 뿐만 아니라 이러한 논저들은 대중소설의 부정적인 면모를 주로 논한 경우가 압도적으로 많다. 이에 본고는 종전의 논의에서 거의 다루어지지 않은 작품들까지 총망라해서 30년대 후반 한국의 대중소설들을 면밀하게 분석·고찰해 보고자 한다. 이를 위해 우선 제 2장에서는 문예사회학적 방법에 의거하여 대중소설 발생의 사회적 배경과 소설론의 전개과

　　11, 1996.

　　백운주, 「1930년대 대중소설의 독자공감 요소에 관한 연구」, 제주대학교 교육대학원 석사학위논문, 1996.

　　조성면, 「1930년대 대중소설론의 전개양상」, 『한국학연구』6·7합집, 인하대학교 한국학연구소, 1996, 12.

　　김강호, 「한국근대 대중소설론의 발생과 전개」, 『오늘의 문예비평』24, 1997, 3.

　　강옥희, 「사랑의 논리에 드리워진 현실순응의 이데올로기-이광수의 『애욕의피안』론」, 『자하어문논집』12, 1997.

　　이정옥, 「대중소설의 시학적 연구」, 서강대학교 박사학위논문, 1999.

　　한명환, 「한국현대소설의 대중미학 연구」, 국학자료원, 1997.

5) 대중문학연구회 편, 『대중문학이란 무엇인가?』, 평민사, 1995.

　　＿＿＿＿＿＿ 편, 『추리소설이란 무엇인가?』, 국학자료원, 1997.

정을 살펴보고, 당시 활발하게 이루어졌던 대중소설의 출판상황을 가능한 한 상세하게 밝혀보고자 한다. 그러한 기본 작업 위에서 제 3장에서는 이 시기 대중소설 작품을 세가지 유형으로 나누어 고찰해 볼 것이다. 그 중 첫번째는 계몽적 대중소설이다. 이광수의 『애욕의 피안』 『사랑』, 박계주의 『순애보』, 이태준의 『화관』 『딸 삼형제』 『청춘무성』으로 대표되는 이 유형의 소설들은 작품 속에서 주인공들의 이상주의적 사랑과 희생에 대한 태도를 계몽주의적인 입장에서 보여주고 있거나, 여성의 자각이라는 측면을 페미니즘의 담론을 통해 드러내고 있다. 여기서는 이 작품들의 분석을 통해 30년대 후반의 상황에서 '계몽'의 양상이 작품 안에서 어떻게 발현되며 어떤 기능을 하고 있는지를 살펴 보고자 한다.

두번째는 이념적 대중소설로, 김남천의 『사랑의 수족관』, 한설야의 『청춘기』 『초향』, 엄흥섭의 『행복』 『인생사막』, 유진오의 『화상보』 등의 작품이 여기에 속한다. 카프의 주도적인 인물로 혹은 동반자적인 입장에서 이념지향적인 문학활동을 해왔던 작가들은 카프의 해산 이후 문단의 침체, 신문의 상업화, 검열의 강화 등 강고한 파시즘 체제 앞에서 암울한 현실에 직면하게 된다. 이러한 상황에서 이들은 문학적인 암중모색 끝에 문학인으로서 자신의 존재방식을 지켜나가기 위해 통속적인 대중소설의 세계로 들어서게 된다. 이 유형의 작품에서 주인공들은 삶의 지침으로서 과학주의에의 지향을 보이는데, 여기서는 이들의 과학주의가 작품속에서 어떤 방식으로 구현되는지 살펴 볼 것이다.

세번째는 통속적 대중소설로서, 김말봉의 『밀림』 『찔레꽃』, 방인근의 『새벽길』 『젊은 안해』, 함대훈의 『순정해협』 『무풍지대』, 이효석의 『화분』, 김래성의 『마인』 등이 있다. 김말봉으로 대표되는 통속적 대중소설은 그동안 본격문학에서는 열외로 취급되던 대중소설이 전면적으로 문학사에 등장했다는 점에서 중대한 의의를 지닌다. 여기서는 작품 분석을 통해 대중소설을 관류하고 있는 구성원리를 추출해 보고, 이 작품들이 독자들의 사랑을 받을 수 있었던 원인을 살펴 보고자 한다.

제 4장에서는 제 3장의 상세한 작품분석을 통해 대중소설에서 공통적으로 드러나는 서사구성 원리를 추출해 보고, 한국문학사에서 대중소설이 차지하고 있는 문학사적 의의를 해명해 보고자 한다. 그동안 문학사에서 소외되었던 30년대 후반 대중소설에 대한 본 연구는 대중소설의 위상을 재정립하고 체계화하는데 중요한 의의가 있을 것이라 생각한다.

2. 대중소설의 개념

대중소설(popular novel)의 사전적 정의는 "대중에게 읽히기 위해 흥미위주로 쓴 소설"이지만 대중소설에 대한 개념은 아직도 명확하게 정의되어 있지 않다. 대중소설 · 대중문학보다는 통속소설 · 통속문학이라는 용어가 훨씬 익숙하게 들리고, 지금까지의 논의에서도 압도적인 우세를 점하고 있기 때문이다. 그것은 그동안 대중소설에 대한 논의 자체가 문학사에서는 거의 배제되다시피 했고, 논의가 이루어진 경우에도 부정적인 측면의 평가가 대부분이어서, 대중소설과 통속소설이라는 용어를 명확한 구분없이 혼용하면서도 별다른 불편을 느끼지 못한데서 기인한 듯하다.

대중소설의 발생을 살펴볼 때는 우선 산업화 시대의 폭발적인 대중문화 현상을 염두에 두어야 한다. 영국에서는 산업혁명 이후 근대 자본주의 시대가 시작되면서 급속도로 산업화되고 새로운 부르주아 계층이 등장하게 된다. 대량화·기계화로 상징되는 산업화는 많은 대중들에게 경제적이고 시간적인 여유를 가져다 준다. 이러한 상황에서 대중들은 자신의 시간과 자본을 소비할 대상을 찾게 되고, 자본가들은 대중들의 여가를 소비할 수 있는 상품을 만들어 내기 시작한다. 이 과정에서 문학작품도 상품화의 길을 걷기 시작한다. 그리하여 저술가는 급속하게 성장하는 서적 판매상과 계약을 맺고 저술활동을 시작하고, 오락을 추구하는 대중들로 인하여 문학작품은 시장성을 갖게 되었으며, 대중적인 매스미디어가 나타나기 시작한다. 그리하여 소설은 매우 대중적인 상품이 되었고, 서적 출판업자들은 기업의 형태를 갖추었으며, 잡지와 신문에 수록되었던 소설을 다시 출판하여 그 작품들은 더욱 대중화 되었다.[6]

이러한 발생배경을 가진 대중소설의 개념은 각 나라마다 조금씩 다르다. 프랑스의 경우 1848년 이후 대중들의 사랑을 받았던 으젠느 쉬 이후 등장한 많은 작가들의 신문소설과 일반 독자들의 사랑을 받았던

---

6) 대중사회의 문화상품으로 기능하기 시작한 대중예술에 대해 여러 문화론자들의 논의가 시작되면서 긍정론과 부정론이 첨예하게 대립한다. 그리하여 부정적인 입장을 견지하는 경우는 상업주의적 대량생산을 의미하는 mass culture라는 용어를 쓴다. 반면 대중문화를 긍정하는 논자들은 대중의 취향, 인기를 의미하는 popular art라는 용어를 사용한다.
한편, 문학작품의 상품화는 출판업자들로 하여금 당대 독자들의 관심사를 반영하여 대량생산을 하게 하고 또 대중독자들은 상품화된 작품을 소비하게 되었던 것이다. 문학작품의 상품화와 대량생산으로 표상되는 대중문화는 대중문화가 이데올로기와 결부되어 상품화됨으로써 사물화된 가짜 문화를 만들어 낸다는 점에서 프랑크푸르트 학파로부터 비판을 받기도 했지만, 이러한 대량생산은 일반적인 대중독자들에게도 문화의 한 형태를 향수하는 경험을 하게 해주었다는 점에서는 긍정적인 측면을 가지고 있다 (레오 로웬달, 「대중문화론의 역사적 전개」, 『현대사회와 대중문화』, 강현두 편, 나남 출판, 1998, 39~40면).

작품들을 대중소설이라고 지칭한다. 이브 올리비에 마르땡은 대중소설은 엘리트 문화에서 소외된 대중집단의 문화적 필요성과 관련되어 있다고 전제한 뒤, 대중소설의 특성을 발생·성숙·쇠퇴기로 나누어 정리하고 있다. 19세기말 여성들을 겨냥한 싼값의 대중용 총서에서부터 시작된 1840년부터 1870년까지의 발생기 대중소설은 으젠느 쉬로 대표되는 사회변혁과 민주주의를 목적으로 했던 신문소설이 주를 이룬다. 1870년부터 1920년까지의 성숙기는 대중 출판물의 발전으로 광범위한 대중들이 대중소설로 접근하면서, 이전의 사회적 변화에 대한 열망을 담은 소설들보다는 범죄나 간통, 유산사취 이야기, 여성운동주의적 주제들이 주를 이루는 대중소설이 선호된 시기이다. 1920년부터 1977년까지의 쇠퇴기는 당대 현실과 거의 연관이 없는 몽환적이고 외설스러운 작품들이 흥성한 시기이다. 그는 이렇게 대중소설의 시기를 구분하고, 구체적인 작품 분석을 통해 대중문학은 독자들에게 그의 사회적 동일성과 동시에 가장 비밀스러운 백일몽이자 집단적인 꿈을 표출하는 것이라고 보고 있다. 대중소설은 독자들이 그 속에서 그들의 동일성을 찾고, 또한 그것을 읽어가면서 서민을 재창조하고 서민의 새로운 사고를 만들어내는 장르라고 규정한다.[7]

　독일에서는 대중소설(Volksroman)과 유사한 개념으로 통속소설(Trivialroman), 반(反)문학, 행상소설, 외설문학, 음담소설, 오락소설 등을 찾아볼 수 있다. 한네로레 링크, 우르스 예기, 한스 노자크 같은 학자들은 오락소설과 통속소설을 같은 말로 혼용하는데, 오락소설은 독자들에게 소설이 줄 수 있는 효과를 주로 「놀이」의 면에서 강조한데서 나온 개념이며, 통속소설은 내용면에서 속된 것, 질이 낮은 것을 이

---

7) Yves olivier-martin, *Histoire du roman populaire en france*, 『대중문학이란 무엇인가?』, 대중문학연구회 편, 평민사, 1995, 153~175면 참조.

름한다.[8] 한스 디히터 찜머만은 대중문학을 도식문학(Schema-Literatur)이라고 정의한다. 베른하르트 찜머만은 대중소설이란 명칭이 시민계급의 등장과 관련이 있는 특정장르로서의 의미와 지금 유통되고 있는 대중소설을 지칭하는 통상적 의미의 이중성을 가지고 있다고 본다. 그는 자본주의적 시장을 고려할 때 대중소설의 표준을 시장성과 베스트셀러로서의 지표로 삼는다.[9]

미국의 경우 대중문화에 대한 긍정적인 논의를 펴는 논자들이 상대적으로 많은데 이들은 대중소설을 탐정소설·서부소설·연애소설 등으로 나누고 있다.[10] 18세기 영국을 중심으로 산업혁명이 일어나고 대중사회가 대두하면서 유럽에서는 대중문화에 대한 논의가 활발하게 이루어진다. 그러나 유럽에서 출현한 전체주의는 유럽의 지식인이 미국으로 이주하는 하나의 계기가 되었으며, 이를 전후하여 활발했던 유럽의 대중문화론은 미국으로 옮아가게 된다. 미국에서의 대중문화론은 기능주의적 사회학으로 통합되고 이후 매스커뮤니케이션 연구로 옮아갔으며, 70년대 이후에는 권력과 계급지배의 핵심적인 영역으로 인지되어 문화에 대한 연구가 활발하게 이루어지면서 문학에 대한 연구는 상대적으로 축소되어 다루어지고 있다.[11]

일본에서는 대중소설에 관하여 많은 논의가 이루어졌다. 처음에는 대중문학이라는 용어 대신 '신야담', '야담문예'라고 일컬어졌지만, 1928년 5월에 배본이 시작된 평범사(平凡社)판 <현대대중문학전집

---

8) 조남현, 『소설원론』, 고려원, 1982, 314~315면.

9) Bernhard Zimmermann, 「대중소설과 대중학문적 문학」, 위의 책, 대중문학연구회 편, 75~87면 참조.

10) 존 홀, 『문학사회학』, 최상규 역, 혜진서관, 1987, 148~180면.

11) 강현두 편, 『현대사회와 대중문화』, 나남출판, 1998, 18~19면.

(現代大衆文學全集)>에 의해 대중문학이라는 호칭이 정착되었다. 대중문학의 개념은 구와하라 다께오(桑原武夫)가 『문학입문』에서 내린 정의가 일반적으로 통용되고 있다. 그는 대중문학을 가치는 재생산적, 정신은 온화함, 성격은 관념적이라고 보면서, 대중문학이 신흥문학으로 압도적인 세력을 갖게 된 이유를 다음과 같이 설명하고 있다. 1) 후진자본주의 국가의 노골적인 상업주의 2) 근대문학의 역사와 전통이 깊지 않았던 점 3) 순문학의 쇠퇴와 추락 4) 대중문학에 명작이 적지 않았고 인생을 어떻게 살아야 하는가에 대한 답을 주었다는 점 5)대중문학의 봉건적 이데올로기가 민중들에게 어필하였고, 그 이데올로기가 지배세력의 마음에 들었던 점 6)민중의 고단한 삶이 쉬운 문학을 요구한 점 8) 지식인의 무관심과 문학교육의 결여 등을 대중문학이 융성하게 된 원인으로 본다.[12] 한편에서는 대중문학 발생의 사회적 기반을 출판자본의 대규모화와 신문잡지의 발달로 보는 경우도 있다.[13]

　우리나라의 경우 대중소설이란 용어를 제일 처음 사용한 논자는 김기진으로[14] 처음에는 통속소설이라는 용어를 사용했으나[15] 후에는 대중소설과 통속소설(=가정소설)을 엄밀하게 구분하여 사용하였다. 그는 대중소설이란 용어는 과거부터 존재해 왔지만 대중이라는 용어를 정확하게 사용할 때 이는 노동자와 농민을 지칭하는 것이라고 전제한 뒤, "'대중소설'이란 단순히 대중의 향락적 요구를 일시적으로 만족시키기 위한 것이 결코 아니오, 그들의 향락적 요구에 응하면서도 그들을 모든 마취제로부터 구출하고 그들로 하여금 세계사의 현단계의 주

---

12) 日本近代文學館 編, 『日本近代文學大辭典』, 講談社, 1975, 267~270면.
13) 미요시 유끼오(三好行雄)外 編, 『日本現代文學大辭典』, 明治書院, 1994, 426면.
14) 김기진, 「예술의 대중화에 대하여」, 『조선일보』, 1930. 1. 1~14.
15) 김기진, 「문예시대관 단편 - 통속소설 소고」, 『조선일보』, 1928. 1. 9~11. 20.

인공의 임무를 다하도록 끌어올리고 결정하게 하는 소설"이라고 정의
한다. 김기진의 대중소설에 대한 개념은 프로문학의 입장에서 소설을
계급의식을 지닌 대중 즉 노동자·농민을 각성시키는 데 기여하는 것
으로 상정한 것이다. 그러나 이것은 대중을 이념적인 입장에서 정의한
까닭에 본격적인 의미의 대중소설과는 거리가 있다.

이원조는 "근래 일본의 부르주아 문단에서 가장 중요한 논제의 하
나는 순수문학과 대중문학의 문제인 것"이라 하여 논의를 전개하게
된 배후에 일본 문단의 영향이 존재하고 있음을 밝히면서, 대중소설이
라는 용어를 사용하고 있다.[16] 여기서 그는 대중문학을 "자본주의의
공황기, 제 3기 붕괴기의 위기적 현상을 여실히 표현한 것"으로 보면
서 부르주아 사회기구와 운명을 같이 하는 문화위기의 일면적인 표현
이 대중문학의 형성배경이라고 보고 있다. 그외 윤백남, 김래성 등 대
중소설을 직접 썼던 작가들의 경우 통속소설이란 용어 대신 대중소설
이란 용어를 쓰고 있다.

앞서 살펴본 것처럼 대중소설은 매스미디어가 급속하게 발달하고
보급되는 대중사회의 등장과 함께 시작된다. 자본주의화에 따라 대두
된 대중사회와 함께 시작된 서구 대중소설의 역사처럼, 30년대 후반
우리 문단의 대중소설 역시 대중독자들의 읽을거리에 대한 관심의 급
증과 대량생산화의 과정에서 전면적으로 부각되었던 것이다. 30년대
후반의 출판계는 대중독자들의 흥미를 중심으로 한 작품들을 전집의
형태로 대량발간했고, 독자들은 당대의 현실상황에서 대중적인 문예
물에 몰두할 수 있었던 것이다. 이러한 제반 상황을 고려해 본다면 30
년대 후반 광범위한 대중독자들을 위해 등장했던 소설들을 대중소설

---

16) 이원조, 「순수문학과 대중문학 문제」, 『조선일보』, 1933. 3. 13~20.

로 개념화하는 것은 무리가 없을 것으로 보인다.

한편, 대중소설의 발생사적인 측면에서 뿐만 아니라 대중소설의 일반적인 특성을 논하는데 있어 한네로레 링크와 존 카웰티의 정의는 유효한 전거로 작용한다. 한네로레 링크는 문학작품을 고급문학·고상한 오락문학·통속문학의 세가지 유형으로 분류하면서, 대중소설을 오락소설의 범주에 넣는다. 그는 오락소설 즉, 대중소설을 '중산층의 오락욕구'를 반영하는 것으로, 기존질서를 더욱 강화하려는 욕구와 기존질서로부터 도피하려는 욕구 사이의 긴장 내지 모순을 반영하는 하는 것으로 파악한다.[17]

카웰티는 대중문학을 다음과 같이 정의한다.

1) 대중문학은 기존의 가치와 입장을 확인하는 방향으로 자신의 세계를 전개하며, 종래의 관습적인 세계관에 동조함으로써 사회의 질서와 윤리에 대한 지배적 동의를 확인한다. 2) 대중문학은 한편으로는 사회의 구성집단들간의 상충되는 이해관계와 다른 한편으로는 개인 내부의 가치관의 혼돈에서 비롯되는 긴장과 갈등에 가상의 해결을 제공해 준다. 3) 대중문학은 일상의 삶에서 대부분 독자들에게 금지되어온 영역을 통제된 방식으로나마 조심스럽게 답사할 수 있는 기회를 가상의 세계를 통해 제공한다. 인물들의 대리행위를 통해 독자들은 문화적 갈등을 최소한으로 줄이면서 최대한의 호기심을 충족시킨다. 4) 대중문학은 새로운 문학적 실험을 강력하게 자신의 전통적인 도식성의 세계로 끌어들인다.[18]

---

17) 조남현, 앞의 책, 315~317면 참조.

18) John G. Cawelti, *Adventure, Mystery, and Romance*, The University of Chicago, 1976, pp.35~36.

한네로레 링크와 카웰티의 입론은 대중소설을 정의하는데 유효한 틀로 작용한다. 이들은 대중소설에는 독자들이 바라는 오락의 욕구를 충족시켜줄 수 있는 다양한 경험들이 존재하며, 그것이 독자들에게 위안을 주는 훌륭한 역할을 하고, 동시에 현실에의 순응성을 지니고 있으며, 독자들이 누릴 수 없는 경험을 가상체험하게 해주고 독자들의 호기심을 충족시킬 수 있는 다양한 경험이 있다고 주장하면서 그것을 대중소설의 특성으로 파악한다.

이와 함께 1938년 박계주의 『순애보』를 탄생시킨 『매일신보』 장편소설 현상공모의 심사기준은 우리나라 대중소설의 표준적인 면모를 드러내주는 것이라고 할 수 있다.[19] 당시 현상공모의 심사위원들은 공모의 요건으로 읽기 쉬운 문장, 흥미, 대중이 이해하기 쉬운 사건의 전개, 온가족이 같이 볼 수 있을 정도로 미풍양속에 저해됨이 없어야 할 것, 독자에게 고상한 감동을 보지하게 할 것, 문학적·창조적이어야 할 것 등의 몇가지 기준을 들고 있는데, 이 기준이야말로 대중소설의 개념을 규정하는데 많은 시사를 준다. 먼저 독자들의 흥미를 충족시켜줄 수 있는 서사의 평이함, 사회적 규범에의 순응성, 감동을 줄 수 있는 문학적 고양감, 광범위한 독자대중 등이 바로 그것이라고 할 수 있을 것이다.

이러한 제반 논의들을 통해 1930년대의 대중소설은 다음과 같이 정의해 볼 수 있다. 1930년대의 대중소설은 대중사회의 도래와 함께 저널리즘적 환경에서 상업성을 띠고 등장한 것으로 장편을 지향하며, 기본적으로는 대중의 위안과 오락욕구에 부합하는 흥미를 추구하여 광범위한 독자를 지니고 있으며, 규범에의 순응성을 지님으로써 문학

---

19) 「장편소설 선후감」, 『매일신보』, 1938. 12. 29.

적인 긴장감이 이완되어 유사한 상투적인 패턴을 지니고 있는 문학이라고 정의할 수 있다.

한편 대중소설과 함께 혼용되어온 통속소설은 대중소설의 부정적인 면모를 표현할 때 주로 사용한다. 두 용어를 분리하지 않고 쓰는 이유는 우리가 보편적으로 저급하다고 생각하는 통속소설의 상투성, 오락성, 현실순응적인 인습성 등이 대중소설에도 상당 부분 드러나기 때문이다. 그렇지만 두 용어는 명백한 차이를 가지고 있다. 대중소설이 광범위한 계층의 대중독자들에게 읽히는 소설이라는 의미에서 대상에 대한 초점과 가치론적인 측면에 비중을 두고 있다면, 통속소설이란 작품의 내용적인 측면의 가치평가가 전제된 개념이기 때문에 이 두 용어는 분리되어야 할 것이다. 아울러 일반적으로 통속소설은 저급하다는 인식이 팽배해 있었고, 광범위한 독자의 저변을 형성하고 강력한 영향력을 행사했던 부면에 대해서는 의도적으로 간과해 온 경우가 많았다.

그러나 1930년대의 대중소설은 우리가 세상과 관계 맺는 하나의 방식을 보여주는 것으로 고급 · 저급이라는 기준을 떠나 평가하여야 한다. 왜냐하면 1930년대 뿐만 아니라 현재까지도 소설을 향유하는 광범위한 독자대중들이 그들 삶의 경험속에서 선택하는 것은 진지한 본격소설보다는 쉽게 향유할 수 있는 대중소설이 대부분이기 때문이다. 이같은 사실은 지금까지 부정적으로만 평가해 왔던 대중소설의 기능을 다시금 되돌아보게 한다. 특히 1930년대의 암울한 사회현실속에서 대중소설이 독자대중들을 위무하며 그들에게 위안을 제공했다는 점은, 대중소설이 현실도피라는 부정적인 그림자를 가지고 있음에도 불구하고 그것이 가진 긍정적인 기능을 다시금 생각하게 하는 계기가 된다. 1930년대의 대중소설은 그러한 점에서 문제적이며 그동안 진행

되어온 부정일변도의 평가에서 벗어나 그것이 가지고 있는 순기능에
대해 조금 더 천착해야 할 것이다.

제 ❷ 장
대중소설 융성의 사회적 배경

■대중소설의 발생과 전개과정
■출판현황과 독자들의 반응

제2장 대중소설 융성의 사회적 배경

1. 대중소설의 발생과 전개과정

30년대 후반 문단은 대중소설의 호황기를 맞아 풍성한 수확을 거둬들인다. 30년대를 걸쳐 맹활약을 한 방인근, 본격적인 통속작가임을 자처하고 나선 김말봉, 『매일신보』의 현상공모를 통해 혜성처럼 등장한 박계주 외에도 김남천, 한설야, 박태원, 이태준 등 본격작가들의 작품에 이르기까지 많은 대중소설이 창작되기에 이른다. 대중소설의 활발한 창작은 30년대 문단의 변화와 문학사의 흐름을 단적으로 보여주는 것인데 이러한 현상의 이면에는 일제말기라는 시기적인 규정성이 작용한다.

한일합병과 함께 무단통치로 강력한 식민지 지배정책을 펴나가던 일제는 역사적인 3·1운동을 계기로 문화통치로 방향을 선회하여 많은 신문과 잡지의 발간을 허가했다. 그러나 1931년 만주사변과 함께 강고한 파시즘체제를 구축하기 위해 사회경제적 착취와 함께 사상통제를 감행하기 시작한다. 20년대 운동을 주도해 왔던 카프는 30년대 들어서 일제라는 외부의 힘과 조직 내부의 분열로 세력을 잃어 가다가 결국 해산하고 만다. 카프의 해산은 카프를 문학의 좌표로 삼아왔던 많은 문인들에게 커다란 아픔으로 다가왔다. 카프의 해산이 초래한 이념의 상실 속에서 많은 문인들은 그 이전과는 다른 삶을 살아가게 된다. 즉 이러한 위기상황 하에서 많은 본격문학작가들이 자신을 지켜낼 수 있는 유일한 방도로 통속의 세계로 들어가게 되었던 것이다.

한편 대중소설의 유행은 이러한 시대적 상황과 함께 신문의 상업화와 출판계의 호황과도 긴밀한 관련을 맺고 있다. 당시의 신문은 우리의 근대문학 특히 장편소설의 발표지면을 제공함으로써 문학의 발전에 기여한 것도 사실이지만, 일제의 검열과 맞물려 급속하게 상업성을 띠게 된다. 30년대 들어 동아일보를 시발로 신문사들은 브나로드 운동의 일환으로 문맹퇴치 사업에 열을 올리고, 30년대 후반에는 한글을 깨친 여러 계층의 신문소설 독자를 확보하게 되었다. 그리하여 신문사의 학예부 기자들은 신문의 구독율을 높이는 방법으로 대중의 흥미에 부합하는 작품을 싣기 위해 동분서주하게 되었다. 신문사들은 독자배가를 위한 수단으로 소설을 이용함으로써 이 시기의 신문소설은 거개가 다 대중의 흥미유발을 위한 방편으로 실리게 되어 자연히 통속화의 길을 걷게 된다.[1] 그로 인해 각 신문사는 증면경쟁을 벌여 독자를 확보하고 광고를 유치할 요량으로 노골적으로 상업화해 나갔다. 신문사간의 경쟁은 마침내는 재미없는 소설의 연재를 중단시키는 사태에까지 이른다.[2]

---

1) 이 시기 많은 평론가나 작가의 글에는 신문에 실리는 상품으로서의 문학에 대해 그럴 수 밖에 없는 문단의 사정과 문학과 신문의 관계를 비판하고 있는 내용을 흔히 볼 수 있다.

최재서, 「연재소설에 대하야」, 『조선문학』, 1939. 1.

안함광, 「저널리즘과 문학의 교섭」, 『조선문학』, 1939. 3.

박승극, 「문예시평 - 장편소설의 길」, 『조선문학』, 1939. 5.

2) 김동인, 「상구독고(孀嫗獨孤) 현 민간신문 - 한 문예가가 본 민간신문의 죄악상」, 『개

그런데 지나친 상업성의 추구로 인한 신문사, 편집자 측의 횡포에도 불구하고 이 시기에 대중소설이 계속 발표되었고, 많은 작가들이 대중소설을 쓰게된 데에는 문인들의 생활고 역시 한 몫 했음을 알 수 있다.[3] 당시 많은 문인들은 원고료로 인하여 작가적 양심을 버리는 일에 대해서 괴로움을 피력하면서도, 생활을 위해서는 "이용이 되는 줄 알면서도 '쓰는 소설' 만으로는 경제적으로 불리하니까 '씨키는 소설' 에 붓을 대지 않을 수 없"[4]어서 "당분간은 이 고료의 운명과 몸을 같이 할 수 밖에 없"[5]었던 것이다. 그러나 당시 원고료는 잡지 같은 데서는 규칙적으로 지급되지도 않았고, 종합잡지에서는 생각하기도 어려웠다. 일간지에서나 고정적인 원고료를 받을 수 있었지만, 그것은 풍족한 생활을 영위하기에는 턱없이 부족한 금액이었다. 이러한 상황에서 생활의 출구가 막힌 문인들은 일정한 수입을 얻기 위해서라도 대중의 수준에 맞는 대중소설을 집필할 수 밖에 없었다. 이렇듯 대중소설의 유행에는 문인들의 생활난이 무시할 수 없는 한 요소로 작용하였던 것이다.

임화와 김남천은 당시의 문단내·외적인 문제를 분석하면서, 성격과 환경의 결렬과 함께 장편소설이라는 장르의 특성을 살피고, 신문 잡지의 발달이 통속적인 대중소설을 범람하게 한 하나의 원인으로 파

벽』, 1935. 3, 39~42면.

이무영, 「신문소설의 관견」, 『신동아』, 1934. 5, 89~92면.

3) 김진섭, 「문인에게 양식을 주라 - 문예발전책」, 『조광』, 1939. 1, 58면.

여기서 그는 조선문단의 침체 원인이 경제적 기초의 쇠약에 있으며 문인의 생활보장은 문예계의 발전을 위한 일이라고 주장한다. 문인들의 생활고는 당시 작품 속에서도 자주 언급되었으며 평론가들 사이에서도 여러 논의가 있었다.

4) 이태준, 「조선의 소설들」, 『무서록』, 깊은샘, 1994, 68면.

5) 이효석, 「작가생활의 회고 - 첫고료」, 『박문』, 1939. 9, 23면.

이하의 인용문은 현대어 표기법에 알맞게 고치기로 한다.

악하고 있다. 임화는 통속소설론에서 통속소설은 성격과 환경의 결렬로 표현되는 소설문학의 내적 위기를 통속화의 방법으로 미봉하려는 의도의 산물이라고 보았다.[6] 김남천은 초기에는 통속, 대중소설에 대해서 극렬한 거부감을 표명한다. 그는 1938년도의 장편소설을 총평하는 자리에서 안이한 해결방법, 흥미본위의 우연성, 감수성의 남용, 구상의 기상천외, 묘사의 불성실, 인물의 유형화 등을 통속소설의 특징으로 들고 있다.[7] 그러나 김남천 역시 30년대 후반에 이르러서는 통속에의 유혹에 함몰되어 대중소설의 길로 나아가게 된다.

한편 구소설의 출판으로 많은 자본을 벌어들인 출판사와 서적상들(1940년 기준 서울에 21개의 출판사가 있었다.[8])은 앞다투어 소설의 출간에 들어 갔고, 출판업의 호황은 1944년 한성도서주식회사가 창립 이후 처음으로 주주에 대한 이익금을 배당할 수 있을 만큼 성장하게 되었다.[9] 그 외에도 구소설 독자층의 광범위한 존재양상 역시 대중소설의 융성을 설명하는데 빼놓을 수 없는 요소이다. 근대문학을 경험한 이 시기에도 『춘향전』같은 고소설은 여전히 많이 읽혔다. 구소설의 독자들은 대중소설에 나타난 구소설적인 요소를 적극적으로 받아들이게 된다. 예를 들어 대중소설의 주제상의 문제, 권선징악적 구조, 해피엔딩, 작품의 도처에 드러나고 있는 통속성 등이 구소설에 익숙한 독자들에게 대중소설을 부담없이 받아들이게 하는데 큰 역할을 했던 것이다. 또한 본격적인 작품을 이해하기에는 역부족이었기 때문에 일반

---

6) 임 화, 「통속문학의 대두와 예술문학의 비극」, 『동아일보』, 1938. 11. 17 ~ 11. 27. 이후 『문학의 논리』에 「통속소설론」으로 수록됨.
7) 김남천, 「장편소설계-1938년도 장편소설 총평」, 『소화14년판 조선문예연감』, 인문사, 1939, 3, 11면.
8) 「출판사 일람」, 『소화15년판 조선문예연감』, 인문사, 1940, 123면.
9) 최 준, 「한국의 출판연구(1925~45년까지)」, 『중앙대학교 논문집』 9, 1964, 359면.

대중들은 쉽게 이해할 수 있는 대중소설에 매료될 수 있었다. 이러한 경제·사회적인 문제는 이 시기 작가들을 대중소설의 세계로 들어가게 하는 결정적인 계기가 되었던 것이다.

1930년대 초반 김기진의 대중소설론 이후 이원조, 이무영, 염상섭, 김동인, 통속생 등 많은 논자들은 신문의 상업화와 함께 일간지에 신문소설이 실리기 시작하면서 대중소설에 대한 문제를 활발하게 제기하고 나선다. 이들은 대부분 대중소설이 대중의 흥미에 부합하여 문학을 대중화했다는 것에 대해서는 긍정적인 입장을 보이면서도 신문의 상업화로 인해 소설이 통속화하는 것에는 우려를 표명한다. 그러나 당시 대중소설의 대중에의 파급력은 구체적으로 대중소설을 창작하는 방법을 제시하는 데까지 이르렀을 정도로 대단했다.[10] 30년대 후반에는 장편소설론과 맞물려 진행되면서 일반 평론가들 뿐만 아니라, 작가·독자 등 다양한 분야의 사람들에게까지 확산된다. 당시의 주된 논지는 전반기에는 대중소설이 가진 위험성을 경고하면서도 작품의 수용여부는 대중독자의 개인적인 수준의 문제로 돌리고, 후반기로 갈수록 대중소설을 긍정하는 긍정론으로 기울게 된다.

당시 대중소설 논의를 이끌었던 논자들 중 윤백남은 「대중소설에 대한 사견」[11]에서 "대중소설은 대중소설이 가는 길이 있고, 순문예 소설의 걷는 길이 있을 뿐이오 그것을 비교하여 우열을 생각하게 되는 우매를 일소"[12]하자고 주장한다. 그는 순문예소설은 성격을 주로 한

---

10) 대중소설의 구체적인 창작방법에 대한 논의에는 다음과 같은 것들이 있다.
　　김동인, 「신문소설은 어떻게 써야 하나」, 『조선일보』, 1933. 5. 14.
　　모리스테코브라, 「대중소설의 창작비결」, 『동아일보』, 1934. 1. 23~25.
　　통속생, 「신문소설강좌」, 『매일신보』, 1933. 9. 6~20.
11) 윤백남, 「대중소설에 대한 사견」, 『삼천리』, 1936. 2.
12) 윤백남, 위의 글, 187면.

문학이며, 대중소설은 사건을 주로 한 문학으로 작자의 태도 여하에
따라 순문예와 대중문예가 구분된다고 말한다. 한편, 통속소설은 "저
급의 취미와 극히 상식적인 성격을 가져다가 또는 기이한 이야기 그
것을 소설형으로 쓴 것에 지나지 않는다"고 주장하며, 대중소설과 순
문예소설은 등가의 개념으로 대중소설과 통속소설은 다른 개념으로
규정하고 있다.

독각생 역시 「대중과 통속」[13]이라는 글에서 "대중소설 곧 통속소설
은 그릇된 인식으로 지금 우리 문단에서 그 그릇된 인식을 그대로 수
입하는 거기에는 적지 않은 손해를 각오해야 된다. 그건 왜 그런고 하
니 그 조그만 착오도 우리 문단으로서 절대 필요한 「문학의 대중화」를
크게 저해시키는 까닭"이라고 주장한다. 이러한 주장은 대중문학이
지니고 있는 광범위한 대중성에도 불구하고 통속성으로 인하여 백안
시하고 있는 태도에 대한 비판이며, 대중문학의 긍정적인 기능을 문
학의 대중화에 두고 있는 입장을 보여주는 것이다.

윤백남이나 독각생은 대중소설과 순문예를 각각의 기능을 가진 개
별적인 존재로 본다. 또 대중소설과 통속소설이 전혀 다른 별개의 것
이고, 통속소설은 대중의 저급한 취미에 영합하고 있는 작품이라고 본
다. 그들 역시 대중소설의 긍정적인 기능을 「문학의 대중화」라는 측면
에서 찾고 있다.

그에 비해 박목아나 삼두타, 주요섭은 대중소설의 독자들에 초점을
맞춰 논의를 전개해 나간다. 박목아는 「신문소설론」[14]에서 상당한 작
가적 수준을 가진 사람도 신문소설을 쓰게 되면 따분하다는 불명예스
러운 비평을 당하는 현상은 작가들의 문학적 태도와 신문소설의 독자

---

13) 독각생(獨角生), 「대중과 통속」, 『조선일보』, 1937. 9. 1.
14) 박목아(柏木兒), 「신문소설론」, 『조선일보』, 1937. 10. 20.

층을 규명하는데서 찾아야 한다는 전제를 한다. 그는 신문소설이 순수소설과 구별되는 것은 독자의 홍미를 끌려는데 있는데, 아직도 신문소설 작가들이 단편소설 위주의 순문학에 대한 미련 때문에 신문소설도 아니고 순수소설도 아닌 얼치기를 만들어내는 까닭에 따분하게 되었다는 평가를 내린다. 한편, 독자들이 대중소설에서 홍미를 느끼는 것은 진기하거나 실현불가능함 속에서의 가능성을 통해 지리멸렬한 현대의 삶속에서 발산을 원하기 때문이며, 그것은 "신문소설의 독자층이 소시민이라는 새로운 제네레이션이기 때문"이라고 진단한다. 그는 소시민들이 자자분한 일상에서의 탈출을 대중소설의 우연적이고 일탈적인 대리체험에서 찾고자 한다고 파악한다.

삼두타는 「대중과 문학」[15]에서 『조웅전』, 『옥루몽』 등 구소설이 대중에 널리 영향을 끼쳤는데, 그것은 현재 대중들의 지식수준이 향상되지 않았고 문학인들이 대중에게 읽을 만한 것을 제공하지 못한 것이 가장 큰 원인이라며 작가들의 부진함을 타매한다. 또한 강담의 유행과 일반 독자들이 고전을 환영하게 된 현상을 반성하며 작가들이 문학의 대중화에 나서야 한다고 주장한다. 주요섭 역시 「문예우감 - 대중문학소고」[16]에서 대중들의 대중문학에 대한 선호와 본격문학에 대한 기피는 조선문단과 전세계 문단에 공통된 현상이라고 전제한 후, 그것은 "대중이란 언제나 수준 이하의 지능을 소유하였기에 당연한 결과"이며 대중의식의 고양을 위해 대중문학을 중시해야 한다고 주장하고 있다.

한편, 이원조는 작품의 발표기관과 관련하여 대중소설을 논하고 있다. 그는 신문소설이 곧 대중소설이라는 논의가 있지만 대중소설이 오늘날과 같이 발달한 저널리즘을 토대로 발표되지 않았고, 독자의 문학

---

15) 삼두타(三頭陀), 「대중과 문학」, 『조선일보』, 1937. 12. 12.
16) 주요섭, 「문예우감 - 대중문학소고」, 『동아일보』, 1938. 1. 19~21.

적 감상태도도 저널리즘적인 훈련을 받지 않았다는 사실을 염두에 둔다면 신문소설이 곧 대중소설이라는 이론은 성립되지 않는다고 말한다. 그는 졸라의 『루꽁마까르총서』, 『인간희극』을 예로 들면서 개별적으로는 한 개의 완전한 단편이면서 창작적으로는 장편이 될 수 있는 신문소설이라는 새로운 장르가 생긴다면 그것이 장편이 가야할 길이라는 궁여지책을 제시한다.

그 외에 송강, 호풍, 인왕산인, 서운 등이 대중소설에 대해서 긍정적인 입장을 표명하고 있는 논자들이다. 송강은 통속문학의 긍정적인 기능을 독자들의 위무기능과 순문학에의 접근에 가교가 된다는 점에서 찾고 있다. 그는 통속문학이 대중에게 끼치는 해로 저속한 취미의 조장과 저급한 관념의 전염으로 인한 도덕적, 정신적, 사회적 해악을 든다. 그러나 대중문학은 순정문학을 향유할 줄 모르는 대중에게 위안을 주고, 부족한 대로 문학에 대한 취미를 부여해 문학을 이해하는 능력과 애호하는 마음을 길러주며, 대중의 독서력을 환기시켜 상식을 확장시키는 힘을 긍정적으로 평가한다. 그러나 통속문학과 순정문학에 대한 태도를 명확하게 밝히지 않고 있다.[17]

호풍은 「통속소설론 - 진실되게 거론하라」[18]에서 조선문단에서 통속소설을 중시하는 현상을 경계하면서 독자들을 신문학으로 유도하기 위해서는 통속소설을 더욱 이용해야 한다고 주장한다. 아울러 무작정 통속소설을 배격하는 것은 현실을 무시한 소아병적 편견이라고 반박하며, 통속소설을 배격하는 작가들의 신문 장편이 통속소설에 떨어지고 말았음을 비판하고 있다.

인왕산인은 "문학이란 독자 없이는 존재하지 못한다. 독자를 한사

---

17) 송 강, 「문학의 비대중성 - 부 · 통속문학의 필요」, 『조선일보』, 1939. 4. 2~6.
18) 호 풍(湖風), 「통속소설론 - 진실되게 거론하라」, 『매일신보』, 1940. 6. 21.

람이라도 더 많이 갖는 것이 문학작품이 가진 사명이요, 의무일 것이다. 요컨대 좋은 작품일수록 좋은 통속성이 없이는 존재하지 못한다. 우리가 공유하고 있는 세계문학의 걸작이라는 것들은 다 좋은 통속성을 가진 작품들"[19]이라며, 문학을 통속문학과 신문학으로 나누는 것에 반대한다. 『순애보』로 널리 알려진 서운 박계주는 「순수 대 대중소설 - 두가지가 다 필요한 것」[20]이라는 글에서 순수소설가와 대중소설가가 서로 비난하는 것을 비판하며, 대중소설은 순수소설을 이해하는데 도움을 주기 때문에 대중소설을 문학의 일부로 인정하라고 주장한다.

한편 이태준은 "통속성은 곧 사회성"이라고 정의한 후에 모든 위대한 예술은 통속성의 제약 밑에서 가능하며, 통속성을 떠나는 것은 객관성이 희박한 소설이라고 평가한다. 이러한 작가들 때문에 「통속성」이 「저급」이란 말로 방하되려는 위기감을 갖는다고 말하며 작가가 대상을 영혼으로 통제하지 못하고, 흥미만으로 논하는 데서 생기는 부진실이 하대될 통속성이라고 주장한다. 그는 특이하게 통속성을 사회성으로 파악하고 있는데, 그것은 아마도 자신의 통속적인 후기 장편소설에 대한 방어논리로 보인다.

전반적으로 30년대 후반의 논의들은 대중문학의 긍정적인 기능을 부각시키고 있는 경우가 대부분인데, 촌한량과 안회남의 경우는 예외적이다. 촌한량은 「봉욕한 순문학」[21]이라는 글에서 "문학에 있어 통속문학의 지체는 번연한 쌍놈이요, 양반은 순문학이 양반이다"라는 감정적인 발언을 하고 있다.

---

19) 인왕산인(仁旺山人), 「예술성·통속성 - 그 한계를 분명히 할 것」, 『매일신보』, 1940. 6. 26.
20) 서 운, 「순수 대 대중소설」, 『매일신보』, 1940. 8. 15.
21) 촌한량(村閑良), 「봉욕한 순문학」, 『매일신보』, 1940. 6. 1.

안회남은 「통속소설의 이론적 검토」[22]라는 글에서 사상이 작품의 근간이 되는 것은 순수문학이고 행동이 작품의 근간을 이루는 것은 대중문학이라고 구분하고, 통속성과 통속소설은 아무런 상관이 없다고 전제한 뒤 "통속소설은 진정한 통속성을 제몸에 지닌 것이 아니라 통속성의 도금으로 파묻혀 있는 것이다. 다시 말하면 그것은 위조 대중소설"이라고 주장한다. 그는 소설이 상식의 문학이며 그런 의미에서 통속성은 상식성이며 사회성이라고 말한다. 그래서 통속소설은 상식의 저하이며, 통속성의 저하요 통속성의 타락이라고 본다. 안회남의 견해는 통속성을 사회성으로 본 이태준의 논의와 상통하는 바가 있다.

앞에서 살펴본 것처럼 30년대 후반의 대중소설론은 논자의 입장이나 위치에 따라 서로 다르게 전개되었다. 그들은 신문의 상업화에 대한 폐해 등을 인식하고 여전히 구소설의 틀을 벗어나지 못하는 독자들의 수준을 나름대로 인정하면서, 대중독자들이 즐겨 읽는 대중소설을 순문학에 대한 접근의 계기로 설정한다. 아울러 침체된 문단의 활력을 위해서도 문학대중화의 방편인 대중소설을 반드시 받아들여야 하는 과제로 삼고 있었다는 것도 알 수 있다. 대중문학이 통속적이고 저급하다는 과거의 인식은 이 시기에 이르러 광범위한 문학소비의 저층을 형성하는 대중독자들을 의식하면서 문학의 향유계층인 그들에게 주목하게 된다. 대중소설 논의의 영향은 본격문학을 지향하면서 대중문학에 대해 비판을 하던 작가들에게까지 미쳐, 그들 역시 이 시기에 이르러서는 자신이 처한 현실과 이상의 조화를 꾀하기 위해 대중문학에로 방향을 전환하게 된다.

---

22) 안회남, 「통속소설의 이론적 검토」, 『문장』, 1940. 11.

2. 출판현황과 독자들의 반응

30년대 후반은 심화된 소설론이 등장하고 작가들의 작품활동은 시대적인 제약과 문단의 위축 속에서도 활발하게 이루어진다. 그중에서도 대중소설에 대한 논의와 관심은 이전과는 달리 긍정적인 방향으로 전환하게 된다. 그것은 많은 작가들이 삶의 방책으로서 어려워진 객관적인 정세하에서 자신의 문학적 생존을 유지하는 하나의 방법으로 대중소설에 관심을 기울였기 때문이다. 그리하여 다른 어떤 시기보다도 대중소설이 다량 출판되었고, 많은 사람들에게 읽혔으며, 활발하게 논의가 이루어졌다. 작품활동의 활발함은 당시의 출판계를 살펴보면 확연하게 드러난다.

1936년 8월 7대 총독으로 부임한 미나미 지로(南次郎)은 이전과는 달리 무자비한 언론탄압과 사상통제를 실시하고, 37년 중일전쟁을 시작하면서 수많은 민족주의자들을 사상범으로 몰아 구속하기에 이른다. 중일전쟁 직후에는 총독부 내에 조선중앙정보위원회를 두고 각도마다 정보위원회를 설치하여 출판탄압을 감행한다. 중앙정보 총무국 내에 관계국과로서 조직된 출판통제협의회에서는 출판의 적정을 기하여 용지의 중점적인 배급과 우량출판물을 추천한다는 이유로, 신문·통신·잡지 등의 정기간행물들의 용지 할당배급제를 실시하고 한국인의 출판사업을 결정적으로 통제하였다. 이어, 1939년 6월에는 「편집에 관한 희망 및 주의사항」을 배부하여 한국인 발행의 신문과 잡지 등의 출판물에 대해 탄압을 강화하기 시작했고 신문·통신·잡지 통제책을 확립하여 민간지들에 대해 자진 폐간할 것을 종용하였다.[23]

---

23) 최 준, 앞의 논문, 355면.

그러나 출판법의 강화 등 언론탄압과 용지의 선별배급이라는 배급의 악화 속에서도 당시의 문예물들, 특히 대중소설의 출판과 판매는 사회경제적인 상황의 열악함과는 상관없이 유례없는 호황을 누려, 이 시기에 출간된 문예물은 식민지 시기를 통털어 가장 많은 출판기록을 세우게 된다. 그 중에서도 문예물의 전집발간이 활발했다. 전집의 발간은 출판에 대한 탄압이 가중되기 시작한 36년경부터 시작된다. 당시에 각 출판사들은 기획을 통해 다량의 문예작품들을 발간하여, "전집합전(全集合戰)"이라고 부를만큼 전집발간의 붐이 일어나게 되었다. 그렇다면 당시의 사회경제적인 어려움에도 불구하고 그 많은 출판물, 그중에서도 대중적인 문예물의 활발한 간행은 어떻게 이루어질 수 있었는가.

1) 출판환경의 변화와 문예물 출판의 호황

일반적으로 30년대 후반의 출판계는 암흑의 시대라고 불리우는데, 우리 문단에서 문예물 출판은 유례없는 활황을 누리게 된다. 이전까지 원고료만으로는 호구지책을 삼을 수가 없었던 작가들이, 작품의 출간만으로도 생활의 안정을 찾을 수 있었을 만큼 문예물의 출판은 호황을 누렸다. 그리하여 39년의 경우 출판계를 결산한 글에서는 그 해에 출판된 80여종의 신간 중에 거의 반수인 35종이 소설, 23종이 시집, 3종이 수필집, 2종이 평론집, 희곡집 1종 등 조선신문학 발생 이래 처음인 출판기록을 세웠다고 했을 정도로 문예물이 많이 출판되었다.[24]

이러한 문예물의 호황은 30년대 후반부터 유행했던 전집발간과 밀

---

24) 최영주, 「출판계」, 『소화15년판 조선문예연감』, 인문사, 1940, 38면.

접한 관련을 지니고 있다. 36년부터 간행된 우리나라 최초의 전집인 한성도서의 <현대조선장편소설전집>[25]을 시작으로 불기 시작한 전집 간행 열풍은 30년대 후반의 출판양상을 좌우할 정도로 많은 영향을 미쳤다. 한성도서의 전집발간을 시작으로 조선일보 출판부가 주관하여 38년 3월부터 9월까지 나온 <현대조선문학전집>, <현대여류문학선집>, 38년 10월부터 39년 1월까지 간행된 <신선(新選)문학전집>, 39년 10월부터 12월까지 간행된 <호암(湖巖)전집>, 삼문사(三文社)에서 주관하여 38년 10월부터 40년까지 발행된 <현대조선문인전집>, 38년 11월부터 39년 7월까지 간행된 박문서관의 제1기 <현대걸작장편소설전집>과 41년 1월부터 간행한 제2기 <현대걸작장편소설전집>, 39년 9월에 발행된 <조선역사소설전집>, 영창서관에서 39년 10월부터 40년까지 발행한 <조선작가명작전집>, 인문사 기획의 <전작장편소설총서>, 41년에 간행된 조광사의 <세계걸작탐정소설전집> 등과 박문서관의 <박문문고>, 학예사의 <조선문고>, 광한서림의 <현대문고>, 정음사의 <정음문고> 등 문고발간과 개인선집 등 전집 간행실태는 당시의 출판이 얼마나 흥성했었는지를 보여주고도 남음이 있다.

　당시 한성도서, 조선일보 출판부, 삼문사, 박문서관, 영창서관의 5개

---

25) 우리나라에서 최초로 간행된 전집은 한성도서주식회사에서 기획한 <현대조선장편소설전집>이다. 그러나 전집출판에 대한 연구는 출판언론학계에서조차도 거의 전무한 형편이다. 이영미가 「한국과 일본의 전집출판 특성에 관한 비교 연구」(『언론연구논집』17, 중앙대, 1993, 9)에서 "우리나라 최초의 전집은 1937년에 박문서관에서 간행된 <현대걸작장편소설전집>"이라고 밝히고 있으나 이는 오류이다. 한성도서의 전집은 1936년 10월부터 37년 6월까지 전10권으로 간행되었으며, 박문서관의 <현대걸작장편 소설전집> 1차분이 1938년 11월부터 1939년 7월까지 간행되었고, 2차분이 1941년부터 간행되었다. 간발의 차이지만 박문서관의 전집발간 전에도 조선일보 출판부의 <신선문학전집>과 삼문사의 <현대조선문인전집>이 있었다.

사에서 전집발간에 투자한 자금이 약 15만원, 발매된 연부수는 약 70권, 그 책부수는 20만부의 엄청난 부수에 달하였으며, 전집 외에도 박문서관의 <박문문고>, 학예사의 <조선문고>가 간행되어 많은 출판부수를 자랑하였다. 이밖에도 낙양의 지가를 올린 단행본이 문장사, 인문사, 삼문사 등에서 발매되어 출판계에 영향을 미쳤다. 이러한 정황을 살펴보면 당시의 출판계가 얼마나 흥성했었는지를 짐작할 수 있다.[26] 출판사들이 전집발간에 주력했던 이유는 과거와는 달리 "출판사의 형태에 변화가 일기 시작하여 그때까지의 서점 겸 출판사라는 소기업 영세자본의 형태를 벗어나 대기업화하기 시작"[27]한데서 기인한다. 즉 "조선의 출판사업이 근대적으로 기업화"[28]한데서 비롯하였던 것이다.

그런데 식민지시기 말기인 30년대 후반은 만주사변으로 인해 정세의 어려움과 물자의 부족을 겪게 된다. 출판계도 예외는 아니어서 지가의 앙등과 공급부족으로 많은 어려움을 겪게 되어 출판사나 잡지사 등은 방책을 강구하게 된다. 그리하여 잡지의 정가를 임시로 조정하거나, 국책에 순응하여 감항과 감부수를 하거나, 일단제 편집에서 다단제 편집으로 변화하는 등의 노력을 기울인다.[29] 당시의 많은 잡지들은 고지가와 용지의 공급부족으로 인한 애로사항을 사고(社告)나 편집후기를 통해 알리고 있다. 갑자기 앙등한 지가는 잡지사를 경영하거나 출판일을 하는 사람들에게는 심각한 고민으로 대두하여 출판에 대한

---

26) 「삼천리 기밀실」, 『삼천리』, 1940. 4, 28면.

27) 이영미, 앞의 논문, 211면.

28) 백 철, 「출판계」, 『소화14년판 조선문예연감』, 인문사, 1939, 43면.

29) 「긴급사고」, 『삼천리』, 1938. 5, 99면 ; 「편집후서」, 『삼천리』, 1938. 10, 304면 ; 「편집후기 - 창작란 2단제에 대하여」, 『인문평론』, 1940. 8, 226면.

위기감까지 느끼게 하였다. 1939년 당시 박문서관 발간 출판잡지 『박문』에서는 용지의 부족으로 인한 출판의 어려움을 아래와 같이 호소하고 있다.

> 종이가 참말 없다. 모지와 같은 경우에는 「갱지」 일백련(一百連)을 구하지 못하여 2개월간의 시일과 7·8종의 대용물을 섞어서 겨우 인쇄를 하였다. 앞으로의 전망은 당분간 혼돈하다. 출판업자들의 고심은 이제 와서는 원고난도 판매난도 선전난도 아니요, 오직 용지난이 가장 큰 고민이다. 선전비가 2할 정도로 인상된다. 「감항(減項)」을 이유로 강경히 단가인상에 노력한다. 출판물의 정리가 자연적으로 진행되어 채산을 무시한 출판은 영자(影姿)를 감추기 시작한다. 재판! 중판이 곤란하여짐과 동시에 출판업자의 이윤도 줄어진다. 정가인상의 태동이 있다. 신간은 거의 정가인상이 된 형편이나 구간에 있어서는 곤란하다. 거기에 나타나는 것이 질의 형편이다. 그러나 그것도 이제는 막다른 곳까지 왔다. 남은 문제는 책을 소중히 하자, 종이를 아끼자 하는 소극적 방책 밖에 없다. 책을 만드는 이는 한 권의 신간에 그 애착이 전에 십배 이십배 더하다.[30]

고지가와 공급 용지의 부족은 출판 자체를 어렵게 할 정도로 심각한 상황이었다. 그럼에도 불구하고 문예물의 출판이 흥성할 수 있었던 원인은 여러가지 측면에서 살펴볼 수 있다. 1936년 미나미 지로(南次郎)가 총독으로 부임하면서 식민지 지배정책에는 변화가 오게 된다. 그 이전까지는 제한적이나마 언론 출판의 자유가 보장되었던 반면 미나미 지로(南次郎)는 철저한 통제하에 철권통치를 하게 된다. 그 시기 일본의 정치 경제적 상황은 내리막길을 걷기 시작했으며, 중일전쟁 발

---

30) 「출판사담」, 『박문』, 1939. 3, 22면.

발 이후 식민지 지배정책이 강경 일변도로 나아가 강력한 사상통제를 실시함으로써 지식인들의 입지는 현저하게 줄어들었다.

이같은 일제의 강력한 사상통제는 출판의 판도를 다르게 바꾸어 버렸다. 조선을 합병한 후 철저하게 언론·출판·결사의 자유를 억압했던 일제는 만세운동 이후 제한적이지만 언론 출판의 자유를 부여하여, 1920년대의 출판물은 민족사상과 애국심을 고취하기 위한 목적의 전기물, 고전적인 저작물, 이론서들이 주류를 이루었다. 그러나 일제의 강력한 사상통제로 인하여 30년대 후반에는 주로 문예물이 출판의 주류를 이루게 되었던 것이다.

당시 조선인 발행 출판허가건수의 연도별 실태를 살펴보면, 30년대 후반에 이를수록 문학·예술 도서류가 많이 허가되고, 정치·경제·사상·철학 등은 시기에 따라 허가 건수의 변화가 심한 것을 알 수 있다. 한편 족보출판의 경우는 나라에 보탬이 되지 않는다는 무용론을 정책적으로 제기하면서 허가 건수가 크게 둔화된다. 이것은 당시의 언론 출판이 만주사변과 같은 민감한 문제에 대해서조차 민족주의적 입장에서 비판하고 저항하기보다는 총독정치를 돕는다는 입장을 취하면서 일제의 감시와 압력에 순응해 버렸기 때문이다.[31]

일제는 이 시기에 사상보호관찰령, 창씨개명, 신문잡지의 정간과 폐간 등의 사상통제와 강압정책을 아울러 구사하였다. 반면에 독자대중들의 읽을거리인 문예물에 대해서는 상대적으로 출판기준을 완화해, 문화적인 수준이 향상되고 구매력을 갖춘 일반대중들에게 파적거리를 만들어줌으로써 유화하는 방법을 사용하였다. 이러한 30년대말의 출판상황은 1910년대와 비슷하다. 1910년대 애국계몽기의 고양된 국

---

31) 백운관·부길만, 『한국 출판문화 변천사』, 타래, 1992, 105면.

민정서를 활동의 기반으로 삼고 있던 서적상들은 일제의 한국 강점으로 심각한 타격을 받게 되어, 이전과 다른 차원의 생존방안을 모색한다. 그리하여 대부분의 서적상이 위기에 처한 생업을 위한 방편으로 상품성이 있었던 신·구소설을 대량으로 출간하였다.[32] 이처럼 애국계몽기의 출판이 유통과 분리되지 않은채 문화운동의 일환으로 기능하다가 일제의 무단통치로 인해 상업적으로 변질되었던 것처럼, 1930년대 후반의 전집발간의 융성은 근대적 자본을 갖춘 출판사들이 갈수록 심해지는 출판탄압을 견디는 방편으로 문예물로 눈을 돌린 결과였던 것이다. 아울러 이것은 출판과 유통이 미분리된 영세자본의 형태에서 대중들의 문화적인 요구의 향상과 근대적인 출판자본으로의 변화가 복합되어 이루어진 하나의 사회문화적인 현상이라고 할 수 있다.

2) 새로운 출판세대의 등장과 유행의 수용

이 시기에 전집발간이 유행하였던 또 하나의 이유는 출판사가 근대적인 기업의 면모를 갖춰가면서, 출판업자들이나 전집 간행의 책임을 맡은 이들이 기업을 운영하는 자본가로서 뚜렷한 시각을 가지고 출판에 임할 수 있었기 때문이다. 1939년 당시 조선의 출판사는 덕흥서림(김동진), 문장사(김연만), 박문서관(노익형), 삼천리사(김동환), 삼문사(고경상), 인문사(최재서), 영창서관(강희영), 조선일보 출판부(방응모), 한성도서주식회사(김성균), 회동서관(고병돈) 외 9곳 등 총 19개소가

---

32) 한기형, 「1910년대 신소설에 미친 출판·유통환경의 영향」, 『한국학보』 84, 1996, 가을 120면.

　　　　, 「신소설의 근대문학적 위상」, 성균관대학교 박사학위논문, 1997, 118~119면.

존재했으며[33], 40년에는 고려사(방인근), 조선문화사(서춘) 등이 더해
져 21개소가 존재했다.[34]

　덕흥서림, 박문서관, 영창서관, 창문사, 회동서관 등은 애국계몽기부
터 존재했던 출판사들이다. 이 출판사들은 초기에는 출판사라는 개념
보다는 출판과 유통이 분리되지 않은 영세한 잡화점의 형태에 불과했
고, 출판사주들 또한 출판업에 대한 명확한 인식을 지니고 있지는 않
았다.[35] 그러나 30년대 후반에 와서는 뚜렷한 시각을 가진 출판업자들
이 등장한다. 당시 출판업에 새롭게 뛰어든 이들에 의해 문예물의 왕
성한 출판이 이루어졌고, 작품활동만으로도 경제적 상황이 이전보다
는 상당히 호전되었기 때문에, 작가들은 새로운 출판업자들의 등장을
매우 반겼다. 1939년 삼천리사의 주최로 열린 한 좌담회에서는 새로
운 출판인들의 등장과 출판자본의 진출에 대해 다음과 같이 전하고
있다.

　김동인 - 수년 전까지의 서적시장을 지배한 출판물은 대부분이 「춘향
　전」, 「심청전」, 「유충렬전」하는 구소설, 척독류였지요. …… 그러던 것이 시
　대가 달라져 전책(傳冊)을 보고 앉아 있을 평안한 사람이 줄어들자 전책이
　팔리지 않게 되었지요. 「춘향전」만 1년에 4·5만부쯤 팔린다든 것이 그 절

---

33) 「출판사 일람」, 『소화14년판 조선문예연감』, 인문사, 1939, 114면.
34) 「출판사 일람」, 『소화15년판 조선문예연감』, 인문사, 1940, 123면.
35) 1938년 『조광』 12월호에는 「출판업으로 대성한 제가들의 포부」라는 특집하에 박
　　문서관의 노익형, 영창서관의 강희영, 덕흥서림의 김동진 등을 인터뷰했는데, 기자
　　가 출판 동기를 묻자, 노익형은 당시 신문화가 들어와 책같은 것이 필요할 것 같아
　　서, 강희영은 취미사업으로, 김동진은 식구들의 생계를 잇기 위한 방편으로 서점을
　　시작했다고 답하고 있다. 이 인터뷰에서도 알 수 있듯이 초창기 출판업자들의 경우
　　출판업에 대한 확고한 신념하에 출판업을 시작했다기보다는 생활의 방편으로, 혹은
　　개인적인 취미의 차원에서 출판업을 운영했던 경우가 더 많았다는 것을 알 수 있다.

반도 팔리나마나 하게 되었다니까.

여기에서 옛날식 출판업자는 길이 막히게 되어 고민(苦悶)하기 시작했지요.

이렇게 구식출판업자가 망설이는 사이에 조선의 다른 사회에도 신인의 진출이 있듯이 새로 교양있는 청년자본가들이 문화사적 포부를 질머지고 등장하였지요. 이 추세를 바라보자 주저하던 구일의 서사에서도 새로운 출판시장에 투척(投足)하기 시작하여 신진 구진이 함께 어울려 나왔기에 금일에 보는것 같은 출판자본과 출판인물의 대량적 병진(並進)이 있게된 터이지요.

이태준 - 그렇지요. 시장의 실례를 들지라도 한성도서에 한규상, 공진항의 제휴(提携)로 문학전집의 출판이 있었고 박문서관서도 관주 노익형씨의 아드님이 제대를 졸업하고서 부친의 자본을 배경으로 전집적 총서 간행에 진출, 또 예전「창조」등 문예잡지의 산출에도 재적(財的)으로 많이 원조하든 삼문사의 고경상씨가 새로이 전집간행, 최남주, 임화씨의 컴비로 학예사의 문고간행, 최재서씨의 인문사 창설, 단행본 간행, 그리고 최후로 조선일보사를 배경으로 한 해사(亥社)출판부의 진출, - 또 명대(明大)나온 김연만씨의 문예잡지급 단행본 간행에의 진출, …… 이렇게 헤어보면 지금 나오는 출판 관계의 인물이나 그 자본에나 모두 일시대를 획할만한 진을 칠「사람과 돈」이 모두 쏟아져 나온다고 보아져요. 그러기에 지금으로부터 비로소 동경시장이나 상해 시장에서 보는 것 같은 출판사회가 서울에서도 형성되어 갈 것 같아요.[36]

이 좌담회 자리에서 김동인과 이태준이 한 발언을 잘 살펴보면, 당시의 출판이 구식출판에서 빠르게 현대식 출판으로 변모해 가고 있었고, 문예물의 활발한 출판은 새로운 출판시장의 형성과 인물들이 등장

36)「문예 '대진흥시대' 전망」,『삼천리』, 1939. 4, 124~125면.

함으로써 가능했던 일인 것임을 알 수 있다. 이태준이 지적한 대로 기존의 자본에 새로운 시각을 가진 동경유학파의 등장과 문인들이 대거 전집발간에 참여함으로써 새로운 출판문화를 형성하는데 일조했음을 미루어 짐작해 볼 수 있다.

이 시기에 등장한 뚜렷한 시각을 가진 출판업자들은 대부분 일본 유학파였기 때문에 이들의 문예물 출판기획은 일본의 유행과 밀접하게 관련되어 있었던 것으로 추정된다. 즉, 애국계몽기에 서적의 출판을 담당해 왔던 출판 1세대가 이 시기에 이르러 그들의 2세 등에게 경영의 일부를 넘기면서 새로운 출판진용과 기획으로 이전과는 다른 출판의 형태를 보이게 되었다.

일본의 경우 1926년을 전후하여 대량의 독자가 창출되어 출판물의 소비가 급격하게 확대된다. 이것은 소득의 향상, 여가와 교육의 보급, 과학이나 지식의 폭발적인 확대에서 기인한 것이다.[37] 이미 1924, 5년부터 소위 ‘예약물(豫約物)’이라 불리는 전집, 총서, 문고 등이 상당량 간행되기 시작했는데, 출판계에 불황이 닥쳐왔던 대정 말기에서 소화시대 전기에는 특히 유행하였다. 이 시기에 모든 출판업자는 무언가 새로운 것을 만들어보려고 기획 하나 하나에 정성을 기울이고 있었는데 그 결과 탄생한 것이 바로 ‘예약물’이었다.[38] 그중 1926년에 기획된 <현대일본문학전집>이 1책에 1엔으로 약 60만명의 예약독자를 모집한 것[39]이 전집발간의 붐을 이루게 한 계기가 되었다. 이후 다른 출판사들도 앞다투어 문학전집, 사상전집, 개인전집, 탐정소설전집, 개

---

37) 미노와 나루오(箕輪成男), 『국제출판개발론』, 안춘근 역, 범우사, 1989, 94~95면.
38) 오까노 다께오(岡野他家夫), 『日本出版文化史』, 東京:原書房, 1983, 297면. 이영미의 논문에서 재인용, 221면.
39) 민두기, 『일본의 역사』, 지식산업사, 1993, 300면.

인문고 등을 다양하게 출간하여 성공을 거두었다. 일본의 전집간행은 중복출판, 저작권 침해 등의 폐해를 낳기도 했으나 출판의 대중화를 이끌었다는 점에서 그 공헌이 인정되었다.

당시 일본의 상황을 짐작해보면 우리의 경우 30년대 후반 전집 발간의 유행이 일정한 시차가 있지만 일본과 거의 유사하게 이루어졌다는 것을 알 수 있다. 일본의 경우 전집을 주로 발행한 기간이 출판의 불황기였음에도 불구하고 전집간행물이 대중의 사랑을 받았다는 점, 대중의 문화적 욕구가 상승함에 따라 출판물의 소비가 대량으로 이루어졌다는 점, 출판산업이 자본과 결합하여 근대적인 면모를 지니게 되었다는 점 등을 보면 일본과 우리의 출판상황이 유사하게 전개되었음을 알 수 있다. 기획 출판의 내용도 거의 비슷한데, 전집간행의 전성기에 주로 출간되었던 작품들이 대중소설이라는 점, 또 개인의 저작이나 탐정소설 등이 전집의 소재로 취택되었다는 점, 문고본의 간행이 활발했었다는 점이 그것이다. 우리나라의 경우도 <호암전집>(조광사)이나 <이광수 전집>(영창서관), <박용철전집>(동광당서점), <소파전집>(박문서관)등 개인전집의 간행이 어느 정도 활발하게 이루어졌고, 일본의 경우 1929년부터 탐정소설이 유행하여 탐정소설전집이 간행되었는데, 우리의 경우도 1940년에 조광사에서 <세계걸작탐정소설전집>이 간행되어 많은 사랑을 받았다.

우리의 전집간행이 일본의 전집 간행과 유사한 형태로 나아갈 수 있었던 것은, 앞서도 말했듯이 30년대 후반의 전집간행을 기획했던 인물들이 동경유학생들이었다는 데에서 비롯된다. 일본의 유행에 민감했던 그들이 전집간행을 기획했던 것은 어쩌면 당연한 일이었을 것으로 보인다. 한편 당시 출판물의 기획 · 간행에는 문인들이 많이 참가하였다. 당시의 문인들은 전업작가보다는 생계문제로 신문사나 잡지사 등에서 주로 활동하는 사람이 많았다. 그러다 보니 그들이 전집을 간행하는 데 주된 역할을 할 수 있었던 것이다. 『삼천리』의 좌담회에서 이태준이 거론한 인물들 외에도, 조선일보 출판부의 이은상·노자영, 문장사의 이태준, 인문사의 최재서·이활, 학예사의 임화, 청색지(靑色紙)사의 구본웅, 중앙인서관(中央印書館)의 엄흥섭 등 당시의 쟁쟁한 인물들이 전집간행에 많은 영향을 미쳤던 것으로 보인다.

3) 자본주의적 기획에 의한 전집류와 대중소설의 출판

새로운 출판업자의 등장은 출판의 양적·질적 비약을 가져왔는데, 이것은 장기간의 기획과 자본이 있었으므로 가능했던 일이다. 그런데 이 시기에 간행되었던 전집이나 문고본의 내용을 자세히 살펴보면, 본격적인 문예물보다는 대중소설이 주류를 이루고 있다는 것을 알 수 있다. 당시에 발간되었던 전집에 수록된 작품을 살펴보면 이 점은 명확하게 드러난다.

먼저 우리나라 최초의 전집인 한성도서의 <현대조선장편소설전집>[40] 전10권 중에서 이기영의 『고향』, 김기진의 『청년 김옥균』을 제외한 나머지 작품이 당시 많은 독자들에게 사랑을 받았던 대중소설이다. "약진하는 조선문단에 있어서 최고 권위자들의 최고 걸작을 선"[41]해서 만들었다는 삼문사의 <현대조선문인전집>[42]에 포함된 것 가운데 이태

---

40) 한성도서의 <현대조선장편소설전집>에는 1,2권이 이기영의 『고향』(상·하), 3권 김기진의 『청년 김옥균』, 4권 이광수의 『이차돈의 사』, 5권 이태준의 『제2의 운명』, 6권 장혁주의 『삼곡선』, 7,8권 심훈의 『직녀성』(상·하), 9권 함대훈의 『순정해협』, 10권 염상섭의 『목단꽃 필 때』 등이 수록되어 있다.

41) 「<조선문인전집> 간행광고」, 『삼천리』, 1938. 11, 92면

42) <현대조선문인전집>은 1권 이광수의 『삼봉이네 집』, 2권 이태준의 『화관』, 3권

준, 이광수, 이무영, 김말봉 등의 작품이 대중소설에 속한다.

"대표적 걸작의 집대성… 출판 30년 역사를 가진 박문서관이 비로소 보이는 가장 효과있는 정신의 양식이요 또 위안제"[43], "조선문학의 신생면을 전개시키는 파격의 호화출판[44]"이라는 기치 아래, 애국계몽기부터 해방 이후까지 활발하게 출판을 해왔던 박문서관 역시 전집간행에 합세하게 된다. 특히 박문서관의 <현대걸작장편소설전집>은 발간 당시에도 많은 인기를 얻었고, 여타의 전집보다 많이 팔렸으며 그에 힘입어 다른 출판사의 기획물과는 달리 2기 전집까지 출판되었다.

제1기 전집은 최초의 전작소설인 이광수의 『사랑』(상 · 하)을 필두로 전10권이 간행되었다.[45] 다른 출판사의 작품들도 그렇지만 박문서관의 전집은 제1기 전집의 경우 1권부터 10권까지가 전부 대중소설이다. 박종화와 김동인의 작품은 역사소설이지만 역사의 본질을 문학적으로 형상화한 것이 아니라, 독자들의 흥미에 초점을 맞춰 궁중비화나 권력다툼 등을 주로 다룬 대중적인 역사소설이다. 제2기 전집은 광고했던 작품들중 일부인 이태준, 이기영, 한설야, 이무영, 이효석의 작품만이 출간되었는데 이때 출간된 작품 역시 대부분 대중소설이다.

이기영의 『신개지』, 4권, 이은상의 기행 · 수필 · 시조연구, 5권 이무영의 『명일의 포도』, 6권 김말봉의 『밀림』, 7권 김유정의 중편 · 단편, 8권 유진오의 『수난의 기록』, 9권 이효석의 중편 · 단편, 10권 『조선문인 걸작집』 등으로 구성되어 있다.

43) 「박문서관 제1기 현대걸작장편소설전집 광고」, 『매일신보』, 1938. 10. 19.

44) 「박문서관 제2기 현대걸작장편소설전집 광고」, 『삼천리』, 1941. 1, 249면.

45) 박문서관에서 발행한 제1,2기 선집의 수록작품은 다음과 같다. 3권 염상섭의 『이심』, 4권 현진건의 『적도』, 5권 나도향의 『어머니』, 6,7권 박종화의 『금삼의 피』(상 · 하), 8권 김기진의 『해조음』, 9,10권 김동인의 『잔촉』이다. 제2기 전집은 1권 이태준의 『청춘무성』, 2권 이기영의 『봄』, 3권 한설야의 『초향』, 4권 채만식의 작품(제미정), 5권 박태원의 『남풍』, 6권 이무영의 『세기의 딸』, 7권 장혁주의 『애수』, 8권 유진오의 작품(제미정), 9권 이효석의 『창공』, 10권 김남천의 『애정의 윤리』 등이다.

영창서관에서는 1939년 10월부터 <조선작가명작전집>[46] 전10권을 간행했는데, 이 전집도 기획했던 작품중에서 이기영의 『꿈』, 박태원의 『우맹』, 안회남의 『애인』은 간행되지 않았고, 간행된 작품들 역시 거의 대부분 대중소설로 채워져 있다. 그외 광한서림의 <현대문고>, 학예사의 <조선문고>, 박문서관의 <박문문고>등 문고본과 다른 출판사들의 단행본들도 많이 발간되었는데, 역시 대부분은 대중소설이 주종을 이룬다.[47]

그러나 1940년을 전후해서 한동안 활발했던 전집간행 붐은 한풀 꺾인다. 그것은 당시의 경제적·시대적 정황의 어려움에서도 기인했지만 가장 큰 이유는 방대한 기획에 맞출만한 작품의 부족이 결정적인 원인이 되었다.

출판계 특히 문학출판에 남다른 열의와 포부를 가지고 나타난 신성들의 새 정열이 어찌하여 화려한 신작과 중견, 노장들을 충분히 동원하지 못하고 질적 충실에까지 이르지 못하였느냐 하면 그것은 문학인들이 이 돌발적인 출판계의 신정세를 감당할 시간적 준비가 없었기 때문에서이다. …… 사실 작년도의 출판업자는 심각한 작품결핍에 빠져 그 궁여책으로 새로 계속되는 중견작가의 신문소설류를 예약 또는 예매까지 하였고, 작가들의 필저는 거지반 털렸으며, 소설가 시인은 거의 전부가 저작의 위촉을 받고 출

---

46) <조선작가명작전집>은 1권 이무영의 『먼동이 틀 때』, 2권 김동인의 『수평선 넘어로』, 3,4권 이기영의 『어머니』, 『꿈』, 5권 엄흥섭의 『행복』, 6권 채만식의 『금의 정열』, 7권 방인근의 『결혼 전후』, 8권 박태원의 『우맹』, 9권 한설야의 『황혼』, 10권 안회남의 『애인』으로 구성되어 있다.

47) 이 시기에는 전집간행물 등 외에도 독자들의 열렬한 사랑을 받았던 단행본들이 많이 있었다. 대표적인 작품으로는 박계주의 『순애보』(매일신보사), 김말봉의 『찔레꽃』(인문사), 김남천의 『사랑의 수족관』(인문사), 이태준의 『딸 삼형제』(문장사), 김래성의 『마인』(조선일보 출판부) 등이 있다.

판업자에게 졸리는 『황금시대』를 연출하였다. 이것은 위에서 잠깐 말한 문학인들의 시간적 준비문제도 원인이 되었지만 보다도 조선문단 자체가 얼마나 빈약한 것인가를 여실히 말하는 것이라고 생각하는 것이다.[48]

각 출판사의 앞다툰 전집출판의 유행은 단기간에 많은 작품을 양산해냈는데, 전집목록을 잘 살펴보면 당시보다 앞선 시기에 발표되었던 작품들이 대부분 수록되어 있는 것을 알 수 있다. 그것은 전집의 발간이 자본주의적 출판의 양상이라는 것을 미루어 보면 쉽게 설명이 된다. 시대적인 정세가 과거와는 달리 이념적인 출판물로는 수지를 맞추기 힘들었고, 수지를 맞추기 위해서는 어쩔수 없이 사람들에게 알려진 작품과 상품성을 간행기준으로 삼아야 했기 때문에, 당시 유명세를 탄 작가들의 작품을 전집에 수록하지 않으면 안되었던 것이다. 최초의 전집인 한성도서의 <현대조선장편소설전집>을 살펴보더라도 당시의 작품보다는 30년대 초반에 발표되었던 작품이 주를 이루고 있는 것을 알 수 있다. 삼문사의 <현대조선문인전집> 역시 작품의 대부분은 출판시기보다 앞선 작품들이다.

위의 인용에서도 알 수 있듯이 작가들의 작품활동이 갑자기, 비약적으로 발전하는 출판계의 속도에 맞추기 어려웠기때문에, 전집의 기획자들은 작품의 부족으로 인하여 신문소설을 예매해서 간행하거나 미리 원고료를 주고 예약을 해야 할 정도로 작품의 수효가 매우 적었던 것이다. 즉 작품의 생산이 독자들의 관심과 출판의 기획을 따라가지 못하여 과거 신문에 연재되었거나, 연재되고 있는 문예물을 예약 출판함으로써 일어난 현상이라고 할 수 있다. 따라서 당시의 전집 간행은 한동안 회오리 바람을 일으킨 후, 작품의 결핍과 용지부족 등 제반

---

48) 최영주, 앞의 글, 38~39면.

사정으로 인해 1940년 즈음 문예물의 출판은 내리막길을 걷기 시작
한다.

4) 소설의 대량 판매와 베스트셀러의 등장

그렇다면 이 시기 그토록 호황을 누렸던 대중소설은 얼마나 출간되
어 독자들에게 읽혔을까? 당시의 출판자료나 독자의 수를 알 수 있는
자료를 구하는 것은 쉬운 일이 아니나 당시의 자료나 출판 광고 등을
통해 어느 정도 짐작을 해볼 수는 있다. 당시 출판계에서 "한판이란
것은 대개 천부가 보통 습관인데 그러나 서점에 의하여서는 5백부를
일판으로 하는 데도 있고 또는 2천부나 3천부를 1판으로 하는데도 있
어 그도 균일치 않"[49]지만 보통은 1천부를 한판으로 잡았다고 한다.
1940년 삼천리사에서 간행하던 『삼천리』지의 기사에서는 한성도서의
전집 간행 이후 많이 발간된 전집들의 출판성과를 밝히고 있다. 이러
한 자료들과 편집후기, 신문잡지의 광고 등을 토대로 살펴보면 당시의
대중독자들이 많은 작품들을 소화해내고 있었음을 알 수 있다.

이 기사에 의하면[50] 한성도서에서 출판된 <현대조선장편소설전집>

---

49) 「삼천리 기밀실-「문학전집」戰의 성과」, 앞의 책, 26면.

50) 당시 4개사에서 발간한 전집의 판매부수는 다음과 같다. 이광수의 『이차돈의 사』
가 4천부, 이태준의 『제2의 운명』이 4천부, 염상섭의 『목단꽃 필 때』가 3천부, 김기
진의 『청년 김옥균』이 3천부, 장혁주의 『삼곡선』이 2천부, 함대훈의 『순정해협』이 5
천부, 심훈의 『직녀성』 상·하권이 각 각 5천부 등으로 이 전집의 작품만 4만 1천
부가 팔렸다. 삼문사의 <현대조선문인전집>은 이태준의 『화관』이 3천부, 이기영의
『신개지』가 3천부, 이무영의 『명일의 포도』가 2천부, 김말봉의 『밀림』이 2천부, 김
유정의 『동백꽃』이 2천부, 이효석의 『성서』가 2천부 등 1만 5천부, 박문서관의 제1
기 <현대걸작장편소설전집>은 이광수의 『사랑』이 전편은 8천부, 후편이 4천부, 염
상섭의 『이심』이 2천부, 현진건의 『적도』가 2천부, 나도향의 『어머니』가 2천부, 박

의 경우 이기영의 『고향』 상·하권이 각 각 6천부씩 1만 2천부, 이태준의 『제2의 운명』이 4천부, 함대훈의 『순정해협』이 5천부, 심훈의 『직녀성』 상·하권이 각 각 5천부씩 1만부 등으로 이 전집의 작품만 총 4만 1천부가 팔렸다. 삼문사의 <현대조선문인전집>은 이태준의 『화관』이 3천부, 이기영의 『신개지』가 3천부 등 총 1만 5천부가 팔렸으며, 박문서관의 제1기 <현대걸작장편소설전집>은 이광수의 『사랑』 전편은 8천부, 후편 4천부, 박종화의 『금삼의 피』 상·하 각 각 4천부 등 총 2만 3천부가 팔렸다. 영창서관에서 발행한 <조선작가명작전집>은 총 8천부가 팔렸다. 그러나 이 전집들은 간행 시작 시점과 종료 시기가 다르므로 기준시점을 잡기가 어려워 어느 전집이 더욱 많이 팔렸는지 단순한 비교는 하기 힘들다. 다만 이 자료에 의한다면 이 시기까지 출판된 전집간행물의 판매량만 해도 총 8만 7천여부의 방대한 분량이었다는 것을 알 수 있다.

당시의 독자층이었으리라 짐작되는 대중의 문자해독률에 대한 기사를 살펴보면, 그에 비해 이 시기 출판서적의 양이 얼마나 방대했었는지를 짐작해 볼 수 있다.

서울 사람의 국어 해자(解子)는 3할

소화 12년말 현재 조사에 의하면 경성부내에 거주하는 조선인 57만 2천 7백 7십 4인 중 국어를 조금 아는자 남 2만 8천 3백 9십 6인, 여 1만 5천 9백 4십 8인, 보통 회화하는자 남 10만 5천 104십 5인, 여 2만 8천 9백 4십 인으로 전 인구에 대한 보합은 남 4할 7분 3리, 여 1할 5분 4리, 총보합은

종화의 『금삼의 피』 상·하 각 권 4천부, 김기진의 『해조음』이 1천부가 팔려 전부 2만 3천부가 팔렸다. 영창서관에서 발행한 <조선작가명작전집>은 이무영의 『먼동이 틀 때』가 2천부, 김동인의 『수평선 너머로』가 2천부, 이기영의 『어머니』가 2천부, 한설야의 『황혼』이 2천부 등 총 8천부가 팔렸다.

겨우 3할 1분 5리에 불과하다고.[51]

당시 가장 개명했다는 서울의 문맹율이 70%에 가까웠는데 이러한 문맹율과 열악한 출판시장 등을 감안해 본다면 앞서 살펴본 작품의 판매부수는 놀랄만 하다. 많은 작품이 시장에 유통되었고 읽혔음을 알 수 있는데, 이것은 전집 발표 이후 40년 4월까지의 한정된 기간의 통계이므로 그 이후까지를 합한다면 당시 대중소설의 판매부수는 더욱 많았으리라 짐작된다.

한편 그 동안의 광고 등을 추정해서 살펴보면, 30년대 말에 발표되었던 대중소설들 중 전집과 단행본 중에서 가장 많이 팔린 작품은 박계주의 『순애보』임을 알 수 있다. 『순애보』는 당시 현상공모로서는 대단한 액수였던 『매일신보』 1천원 현상공모에 당선된 작품으로, 1939년 1월 1일부터 6월 17일까지 『매일신보』에 연재되었다. 주인공 최문선과 윤명희의 종교적이고 희생적인 지고지순한 사랑의 이야기가 새롭고 참신한 감각으로 전개되어 많은 독자를 사로잡았다. 『순애보』는 연재 후 매일신보사에서 단행본으로 발매되었는데 거의 폭발적인 인기로 발간된지 1개월 만에 1천부를 돌파하고, 7개월여 만에 7판을 발행할 정도로 그 인기가 걷잡을 수 없었다.[52] 더욱이 재판도 계속 잘 나

---

51) 「기밀실」, 『삼천리』, 1938. 5, 19면.

52) "박진이라는 필명으로 본보에 연재하여 백만독자로 하여금 감격과 긴장과 흥분과 눈물을 금치 못하게 한 불후의 걸작 『순애보』가 만천하의 열광적 갈채와 대망리에 상재되었다. 연재중에도 독자로부터 수없는 감사의 편지가 작자에게 날아들었거와 연재가 끝난 뒤에는 어서 속히 단행본으로 출판하여 달라는 권고의 쇄도에 응하여 이에 출판하게 되었다"(중략) "10월 30일부터 전국 일제 발매 개시"(『매일신보』, 1939. 10. 29 일 광고). "중판 중판 또 중판 제7판 발매 개시. 작자가 천하에 공포한 순애의 선언" (『매일신보』, 1940년 6월 1일 광고) 등 당시의 광고에서도 알 수 있듯이 이작품은 발매된지 불과 7개월여 만에 7판을 찍어내는 대기록을 세웠다.

가자 나중에는 1판에 5천부를 찍어냈을 정도의 파격적인 인기를 누렸다.[53] 이러한 인기는 해방후에도 이어져서 1945년 3월 25일 48판부터 1957년 6월 25일 58판까지는 51판을 제외하고 매판 3000부씩 발간할 정도였다.

다음으로 많이 팔린 작품은 이광수의 『사랑』이다. 『사랑』은 『무정』 이후 춘원 최대의 히트작으로, 1938년 박문서관의 <현대걸작장편소설전집>의 1,2권으로 기획, 출간되었다. 이 작품은 "신문에도 잡지에도 발표치 않고 전부를 써가지고 바로 책으로 간행한 조선 최초의 본격적 장편소설"[54]로, 인문사의 전작총서로 기획·출간된 김남천의 전작소설 『대하』보다 약 2개월여 앞서 간행된 우리나라 최초의 전작장편소설이다. 서로를 위해 끊임없이 향상하라는 기치 아래 의학박사 안빈과 석순옥의 지고지순한 사랑을 다룬 이 작품은 출간되자마자 독자들에게 많은 반향을 불러 일으켰다. 초판 2천부를 찍은 이 작품은 "전집의 제1회 배책으로 발매된지 2주도 못되어 초판 2천부가 매진"되고 6개월여만에 "초판 2천부, 재판 천부, 삼판 천부가 모두 매진되고, 제4판 2천부가 인쇄되어 폭풍같은 인기중에 발매"[55]될 정도로 인기를 누

---

53) 양 평, 『베스트셀러 이야기』, 우석, 1985, 18면. 한편, 해방 이후 1957년 성문사에서 간행된 『순애보』의 뒷표지에는 그동안의 발행판수가 기록되어 있는데, 해방전인 1945년 8월 5일까지 47판이 간행되었으며, 그중 35판부터 47판까지는 매판 5천부씩 발행 된 것을 알 수 있다. 이 기록에 따르면 해방전까지 『순애보』의 판매부수는 오차를 감안하더라도 매판을 1천부로 잡고 계산할 때 약 12만5천여부 안팎이 된다. 이같은 판매량은 당시뿐만 아니라 현재에도 엄청난 분량으로, 『순애보』와 함께 선풍적인 인기를 끌었던 김말봉의 『찔레꽃』이 해방전까지 6판을 찍어 냈던 것과 비교해 본다면 『순애보』의 인기를 가히 짐작하고도 남음이 있다.

54) 「『사랑』 광고」, 『조광』, 1938. 12, 226면.

55) 「편집실 일기초」, 『박문』, 1938. 12, 30면 ; 「출판토픽」, 『박문』, 1938. 12, 29면 ; 「출판부 통신」, 『박문』, 1939. 6, 32면.

렸다. 광고를 통해 볼 수 있듯이 『사랑』의 인기는 가히 폭발적이었다. 당시에 박계주의 『순애보』를 제외하고 이 정도의 출판부수는 드문 경우였다. 한편 춘원은 당시 문사들과는 달리 작품의 출판으로 드물게 많은 수입을 거두었고, 이 『사랑』의 판권 역시 유례없이 값비싸게 팔았다.

> 춘원 인세가 약 10만원.
>
> 일관필(一貫筆)로 반생(半生)에 인세 총액.
>
> 문단의 거장이요, 조선 신문화의 개척자로 저명한 춘원이 과거 30년 동안 일관의 필로 다수의 저서를 내어 이미 『무정』『개척자』 등 시가, 소설, 논문 등 근어 30종에 급(及)하는 바 이 여러 저서의 판권을 책사(冊肆)에 매도하고 그간 수입한 금액이 추정 10만원은 되리라 한다. 물론 이 속에는 신문사에 소설 쓰거나 잡지 기타에 글을 써서 수입된 원고료도 합산된 것으로 보아도 좋다.[56]

당시 이광수의 책은 판매의 보증수표라고 해도 과언이 아닐 정도로 독자들에게 많이 팔리었다. 해방전 출판계에서 대중소설로서 가장 많이 출판된 작품은 『순애보』로 해방전까지 12만5천여부 안팎이 팔렸는데,[57] 이 『순애보』의 판권보다 『사랑』의 판권이 훨씬 비싸게 팔린 것을 보더라도 당시 춘원의 인기를 짐작할 수 있다.[58] 당시 독자들에게

---

56) 「삼천리 기밀실」, 『삼천리』, 1940. 3, 27면.

57) 강옥희, 「대중의 위무와 현실순응의 그림자 - 박계주의 『순애보』론」, 『자하어문논집』 11, 1996, 298면.

58) 당시 판권의 매도 액수는 작가의 인기를 가늠하는 척도라고 해도 과언이 아니다. 춘원의 『사랑』과 『순애보』가 동시에 폭발적인 인기를 누리고 있었음에도 불구하고 "『사랑』이 3천 5백원 … 금번에 그 상·하 양권 판권이 그 출판처인 박문서관에 매도되었는데 금액은 3천 5백원이었다고 한다. …『매일신보』 금춘의 일천원 현상소

열광적인 사랑을 받았던 『사랑』은 이광수의 문명과 함께 많은 이들에게 지대한 영향을 끼쳤음을 미루어 알 수 있다.

당시 조선의 기꾸찌 칸(菊池寬)이라고도 불리우던 김말봉은 『밀림』 이후 『찔레꽃』으로 문명을 날렸다. 그의 출세작이 된 『찔레꽃』은 돈과 애욕으로 인한 안정순과 이민수의 사랑과 시련, 이별을 그린 작품으로 예리한 묘사와 유려한 문장 등으로 연재 당시부터 단행본 발간 후까지 독자들에게 많은 사랑을 받았다. 1937년 3월 31일부터 10월 3일까지 조선일보에 연재되었다가, 39년 10월에 인문사에서 발행된 『찔레꽃』은 40년 2월에 제3판을 발행하였고 용지 기근으로 품절된지 1년여만에 제5판, 곧이어 제6판을 발행할 정도로 독자들의 사랑을 받았다.[59] 출판계의 위기와 용지기근에도 불구하고 이 작품은 발매와 함께 매진을 거두는 등 큰 성공을 거두었다. 당시 출판계의 어려운 상황에서, 또 문맹율을 감안하고 볼 때 6판 6천부의 발매는 대단한 것이라고 할 수 있다.

다음으로 단행본으로 발행된 작품중에서 탐정소설의 발간은 당시의 출판 상황에서 특별한 부분이라 할 수 있다. 일본의 경우 30년대 초반에 탐정소설 붐이 불어 전집이 많이 간행되었는데, 우리의 경우 40년대 초반에 조광사에서 기획한 <세계걸작탐정소설전집>이 처음으로 등장한다. 이 전집은 제1회 배본으로 『루루쥬 사건』(에밀까보리오 원작, 안회남 역), 『홍발 레드메인 일가』(이든 필포츠 원작, 김래성 역)를 2회 배본으로 『813의 비밀』((불) 르불랑 작, 방인근 역), 제3회

___

설 『순애보』는 금번에 시내 영창서관에 판권이 매도되었는데 그 금액은 1천원이었다하며 더욱 그 소설의 소유권은 작자의 손을 떠나 『매일신보』에 있으므로 매신은 결국 현상금을 판권으로 보충한 계산이 된다"(「문단 · 영화계」, 『삼천리』, 1939. 4, 19면)는 당시의 기사는 이광수의 인기를 짐작할 수 있게 해준다.

59) 「『찔레꽃』 광고」, 『국민문학』, 1942. 1, 98면 ; 1942. 2, 193면.

배본으로 『그린 살인 사건』((미) s.s 반다인 작, 박태원 역) 을 발간했다.[60]

이 시기에 발간된 탐정소설전집에 수록된 작품들은 창작이 아니라 당시 유행하던 외국추리소설의 번역임을 알 수 있다. 그러나 번역자의 면면을 보아서 이것은 일본 탐정소설전집을 중역했을 것으로 짐작된다. 우리문단에서 탐정소설작가로는 김래성이 유일무이한 존재였다. 물론 최초의 장편탐정소설은 채만식의 『염마(焰魔)』였으나 채만식의 경우 탐정소설을 주로 쓴 것은 아니었고, 탐정소설의 수법에 있어서도 김래성에 미치지 못하였다. 탐정소설에 있어서 문단의 독보적인 존재였던 김래성은 1935년 이후부터 활발하게 탐정소설을 발표했으며, 이론에 대해서도 많은 글을 남겼다. 『마인(魔人)』의 발표 이전에 『백가면』이라는 번안소설을 발표하였고, 조선일보에 『마인』을 연재하였는데, 장편추리소설인 이 작품은 드물게 성공을 거두었다.

『마인』은 1939년 2월 14일부터 10월 11일까지 조선일보에 연재되었다. 연재 당시에도 많은 독자들의 호응을 받았는데, 엽기적인 연쇄살인을 명탐정 유불란이 등장하여 범인을 추적해나가는 과정에서 반전에 반전을 거듭하는 사건이 독자들의 흥미를 자극하는 전형적인 탐정소설이다. 이 작품은 연재 직후인 39년 12월에 단행본으로 발간되어 41년 4월 1년여만에 6판이 나올 정도로 폭발적인 사랑을 받았다.[61]

이 『마인』의 인기는 특별한 의미를 지닌다. 그것은 대중소설의 전형적인 양식인 탐정소설이 이 시기에 많이 읽히고 출간되었다는 점에서 그러하다. 유사한 사건과 관계의 반복이라는 탐정소설의 기본적인 서사구조가 독자들에게 거부감 없이 받아들여짐으로써 탐정소설의 독

---

60) 「<세계걸작탐정소설전집> 광고」, 『조광』, 1941. 1, 367면.
61) 「『마인』광고」, 『조선일보』, 1939. 12. 23; 『조광』, 1941. 4, 400면.

자가 증가했다. 이것은 관습적인 양식의 반복이라는 대중소설의 독서 체험이 탐정소설로의 접근을 용이하게 해주었기 때문이다.

한편 많은 대중독자를 확보하고 있었던 작가로는 이태준을 빼놓을 수 없다. 단편소설의 완성자, 완벽한 문장으로 호평을 받으며 단편문학의 정수를 보여주던 이태준은 단편과 달리 장편은 매우 대중적이고 통속적인 작품을 주로 발표한다. 그의 대다수 장편소설들은 많은 독자들을 확보하고 있었는데, 특히 30년대 후반에 발표되었던 『화관』, 『딸 삼형제』, 『청춘무성』 등이 독자들의 사랑을 받았다. "『청춘무성』은 발매된지 순일여만에 대호평리에 매진"[62]되었으며, 『딸 삼형제』 역시 "초판은 삽시간에 없어지고 재판에 부랴 부랴 착수"[63]하여 금방 3판을 발행할 정도로 많이 팔렸다고 한다. 그는 당시 신문 학예면 기자들의 환영을 받았던 몇 안되는 작가였다. 그러한 연유로 많은 작품이 출판되고 읽힐 수 있었던 것이다. 그외 김남천의 『사랑의 수족관』 역시 발매된 지 보름만에 재판을 찍을 정도로 독자들의 엄청난 사랑을 받았다.

그런데 한가지 특이한 사실은 30년대 후반까지 출판되었던 문예물 가운데 가장 많은 출판부수를 기록한 것이 이광수의 『무정』이었다는 점이다. "대정 7년 초판이 간행된 이래 오늘까지 20유여년 판을 거듭하고 거듭하여 실로 7만부를 돌파하고", "이미 15만부(를) 돌파"하여 1939년 현재 "구간서로는 춘원의 『무정』이 작년중에 6천부를 증쇄"[64]했을 정도로 『무정』의 인기는 계속되었다. 30년대 후반 출판계는 새로운 신간의 간행도 많았지만 그중에서도 『무정』의 지속적인 인기는 따를 작품이 없었다고 해도 과언이 아니다. 이는 당대 이광수의 작가로

---

62) 「출판부 통신」, 『박문』, 1941. 1, 23면.
63) 송아, 「출판토픽」, 『박문』, 1940. 2, 22면.
64) 「『무정』광고」, 『박문』, 1938. 11, 24면 ; 1939. 7, 10면 ; 최영주, 앞의 글, 39~40면.

서의 영향력이 어느 정도였는지를 단적으로 보여주는 것이기도 하다.

더불어 한가지 흥미로운 사실은 출판물들 중에 가장 안팔린 작품이 염상섭의 작품이었다는 것이다. 당시 박문서관의 주인 노익형은 어느 인터뷰에서 "출판에 있어서 실패해 보신 일은 없습니까"라는 기자의 질문에 다음과 같이 대답을 하고 있다.

> "왜 없어요. 순수문예서적을 출판했다 손해를 보았지요. 염상섭씨라면 문단에 이름도 높으시고 해서 팔리리라고 추측했었는데 결과는 그렇지 않았습니다. …… 염상섭씨 것은 참 이상하게 안팔립니다."[65]

노익형의 대답은 작가의 명성과 작품의 상품성이 정비례하는 것은 아니었다는 흥미로운 사실을 보여주고 있다.

물론 당시의 출판상황을 추정하는 과정에서 광고의 속성상 출판광고를 전적으로 믿을 수는 없다. 그럼에도 불구하고 대중적인 문예물의 출판은 식민지 시기를 통털어 가장 활발한 양상을 보여주었고, 많은 대중독자를 가지고 있었다는 점은 인정하지 않을 수 없다. 그것은 제한적이기는 하지만 문예물의 출판이 당시의 지식인에게나 일반인에게 암울한 현실을 견디는 하나의 방법으로 기능하고 받아들여졌으며, 위안의 역할을 했다는 점에서 그러하다.

이 시기 작품중에서 대중소설이 주로 인기를 끌었던 것은 일제 말기의 억압적인 사회 분위기가 독자들로 하여금 현실에서는 이루어질 수 없는 이상을 작품속에서나 실현시켜보고자 하는 욕망을 갖게 한데서 비롯된다. 즉 작가는 생계문제의 해결과 자신이 처한 결렬된 환경

---

65)「출판업으로 대성한 제가의 포부」, 앞의 책, 314면.

을 미봉할 수 있는 방책으로 통속적인 세계를 작품 속에서 다루게 되고, 독자들은 작품속에서나마 현실에서 지친 삶의 위안을 구할 수 있는 통속적인 오락물을 주로 받아들였던 데에서 기인한다.

이것은 대중소설의 성격을 규명하는데 하나의 단서로 삼을 수 있다. 30년대 말의 이러한 현상은 1910년대 신소설의 통속화와도 맥을 같이 한다. 1910년대 소설의 발간은 무단통치기의 억압된 공간에서 서적상들이 선택할 수 있는 최선의 대안 가운데 하나였다. 당시의 절망적인 사회분위기는 통속적인 신소설과 전근대적인 구소설에 대한 독자들의 관심을 증폭시키는 역할을 했고, 주체적이고 적극적인 의식활동이 일체 봉쇄된 무단통치기의 상황에서 독자들은 구소설이 지닌 비현실의 세계를 탐닉하거나 상당수 신소설이 지니고 있던 통속적인 현실조작에 빠져들었다.[66] 즉 이 시기 대중소설의 흥성한 출간과 많은 독자들의 확보 역시 30년대 말의 암울하고 억압적인 분위기와 출판, 사상에 대한 전면적인 통제속에서 출판사들이나 독자들이 선택할 수 있었던 유일한 방법이었던 것이다.

식민통치가 강고해질대로 강고해진 30년대 말의 상황에서 문예물의 출판이 흥성했었다는 것은 여러 가지 의미를 내포하고 있다고 할 수 있다. 첫째는 출판계에서는 암흑기라고 불리우는 30년대 말에도 문예물의 출판은 다른 시기에 비해 압도적으로 양적인 발전이 있었다는 점이다. 이것은 30년대 식민통치의 일단면을 보여주는 것이다. 당시 검열의 엄혹함 속에서 살아남을 수 있는 종류의 작품들은 본격적인 문예물보다는 대중소설이었고, 그로 인하여 30년대 후반 문학지형에서 작가들이나 출판업자들이 대중소설의 출판에 비중을 둘 수 밖에

---

66) 한기형, 앞의 논문, 128면.

없었던 것이다.

둘째는 출판계에 출판에 대해 뚜렷한 시각을 가진 출판인과 편집인이 등장했다는 점이다. 이들의 등장은 출판과 유통이 미분화되어 원시적이었던 과거의 출판계와 출판인들이 이 시기에 와서는 철저하게 영리를 목적으로 하는 자본주의적 시각을 지니고 기획출판을 하였다는 점을 의미한다. 그러한 기획하에 전집이 유행했던 것은 출판 기획을 담당했던 사람들이 거의가 동경 유학생이었으며 그들의 유학체험이 많은 영향을 미쳤음을 추정해볼 수 있다. 일본의 경우 우리보다 몇 년쯤 앞서 자본주의적 출판의 양상인 전집의 간행이 이루어졌고, 전집발간에 힘썼던 출판 2세대인 이들이 동경유학시절에 경험했던 일본의 출판이 새로운 시도로 느껴졌음이 분명하다. 그로 인하여 출판 2세대가 등장하기 시작한 30년대 후반부터는 우리 문단의 경우도 일본과 몇 년간의 시차를 두고 유사한 상황이 전개되었던 것이다. 또한 자본주의적 출판에 있어 광고는 빼놓을 수 없는 필수요소인데, 그것은 문학이 상품화되었음을 의미하는 것이며, 동시에 광고가 독자들에게 과거와는 다른 독서의 지침이 되었다는 것을 의미한다는 점에서 그러하다.

셋째, 30년대 후반 대중적인 문예물이 유행할 수 있었던 이유는 폭압적인 식민지 말기의 전망이 차단된 신산한 삶이 독자들에게 본격적인 사상서나 문예물보다는 읽기 쉽고 위안을 주는 대중적인 문예물로 쉽게 다가가게 했기 때문이다. 문단내외의 어려움은 본격문학의 출판을 저해하고, 자본주의적 출판의 시도는 대중소설의 출판이라는 필연적인 상황으로 자리잡았던 것이다.

이것은 1910년대 통속적인 문예물의 범람이 작가와 출판업자들이 당시의 상황을 빠져나기기 위해서 어쩔 수 없이 선택해야 했던 상황의 결과물이었던 것처럼, 30년대 후반의 통속적이고 대중적인 문예물의 범람 역시 이 시기 작가들과 출판인들, 그리고 많은 대중독자들이 찾아냈던 하나의 우회로였던 것이다. 30년대 후반 활발하게 전개되었던 대중소설의 출판은 대중소설이 작가와 그가 숨쉬고 있는 환경이 전망을 차단하여 더 이상 앞으로 나아갈 수 없을 때마다 일정한 시기적인 주기성을 가지고 반복적으로 등장한다는 것을 단적으로 알려주고 있는 것이다.

제 ❸ 장
1930년대 후반 대중소설의 유형

- 계몽적 대중소설
- 이념적 대중소설
- 통속적 대중소설

제3장 1930년대 후반 대중소설의 유형

1. 계몽적 대중소설

1) 이상주의와 교훈주의에로의 침윤 - 이광수의 『애욕의 피안』『사랑』

이광수는 1917년 『무정』을 발표한 이후 1950년 59세의 일기로 납북되기까지, 수많은 문학작품과 논설문 등 광범위하고 많은 저작들을 남겼다. 다양한 그의 저작을 볼 때, 한국문학사에서 근대문학의 효시이자 완성자 등으로 그를 평가하는데 수반되는 다양한 수식어는 당연하게 느껴진다. 그간 이광수를 논한 많은 문학사나 연구자들은 긍정적이든 부정적이든 근대소설에 큰 족적을 남겨놓은 것만은 틀림없는 문학적 업적으로 그를 평가해 왔다.

그러나 이광수를 논하면서 많은 연구자들이 어려움에 처하는 것은 대중소설가로서의 면모에 관한 부분에서이다. 이광수의 작품은 근대문학사상 어느 작가의 작품보다 많이 읽혔고 영향을 끼쳤지만 몇 몇 작품을 빼놓고는 대부분의 작품이 '통속' 의 혐의를 받고 있음을 부인할 수 없다. 이광수 소설에서 통속성은 30년대 후반으로 오면서 강화되는데, 특히 『애욕의 피안』과 『사랑』은 30년대 후반에 출간된 그의 소설 중에서 가장 강한 통속성을 드러내고 있다.

『애욕의 피안』과 전작 장편 『사랑』은 이 시기 그의 지향을 잘 드러내고 있는 작품이다. 그러나 이 작품들은 다른 작품들과는 달리 통속적인 성격이 농후해서 아직까지 본격적인 논의가 이루어지지 못했다. 당대의 논의들도 독후감 차원에서의 평가가 대부분이며, 그중에서도 『애욕의 피안』은 오늘날의 연구자들에게는 논의의 대상조차 되지 못하고 있다. 『사랑』의 경우도 불교적인 입장에서 작품을 분석한 글들을 제외하고는, 그 작품이 내포하고 있는 문학적 특징과 의의를 제대로 논한 연구가 거의 없는 실정이다. [1]

---

1) 당대의 논의

  김기진, 「춘원의 『사랑』 독후감」, 『박문』, 1938. 11.

  김동석, 「신연애론」, 『예술과 생활』, 『월북작가 대표문학』17, 서음사, 1989.

  김동인, 「춘원과 『사랑』」, 『박문』, 1938. 12.

  김문집, 「재생 이광수론」, 『문장』, 1939. 5.

  모윤숙, 「춘원 근작 『사랑』을 읽고」, 『삼천리』, 1938. 12.

  ______, 「『사랑』 후편을 읽고-특히 여주인공의 인간투쟁을 감상함」, 『조광』, 1939. 8.

  이태준, 「춘원의 전작」, 『박문』, 1938. 12.

  함대훈, 「신간평 - 인생의 교사로서 춘원의 『사랑』」, 『조광』, 1939. 1.

불교적 입장에서의 논의

김용태, 「『사랑』의 사상적 연구」, 『이광수 연구』, 동국대학교 한국문학연구소 편, 태학사, 1984.

최정석, 「작품 『사랑』의 분석 - 사랑의 육파라밀」, 『이광수 연구』, 동국대학교 한국문학연구소 편, 태학사, 1984.

최근의 연구

구인환, 「이광수 소설 연구」, 서울대학교 박사학위논문, 1982.

김수완, 「춘원소설에 나타난 애정관 변천, -『무정』, 『흙』, 『사랑』을 중심으로」, 단국대학교 교육대학원 석사학위논문, 1987.

김윤식, 『이광수와 그의 시대』3, 한길사, 1986.

김춘섭, 「이광수의 민족주의와 인도주의 사상 연구」, 고려대학교 박사학위논문, 1992.

『애욕의 피안』은 1936년 5월 1일부터 12월 1일까지 조선일보에 연재되었으며, 1937년에 조광사에서 단행본으로 발행되었다. 이광수의 소설들은『무정』을 비롯해서 대부분이 공전의 히트를 기록했는데,『애욕의 피안』은 큰 인기를 얻지 못했다. 그것은 다른 작품에 비해 내용이 지루하고 그가 주장한 '정신적 사랑에의 향상' 이라는 메시지가 설득력 없이 그려져 독자들의 흥미를 끌지 못했기 때문인 듯하다. 그럼에도 불구하고 이 작품은 '불교적 인연설' 을 작품화 한『사랑』의 단계로 넘어가기 전 이광수의 지향을 보여준다는 점에서 중요한 의의를 가진다.『무정』이후 춘원의 최대 히트작인『사랑』은 1938년 박문서관의 <현대걸작장편소설전집>의 1, 2권으로 기획, 출간되었는데, 상권은 1938년 10월에 하권은 이듬해인 39년 4월에 출간되었다. 이 시기 이광수는 동우회 사건 이후 쇠약해진 몸과 허영숙 산원을 지으면서 생긴 생활의 곤궁함으로 고생을 하고 있었는데, 박문서관 노익형 사장의 제의로 전작『사랑』을 출간하게 되었다.

이 작품은 근대문학사상 최초의 전작소설로 출간되자마자 독자들에게 많은 반향을 불러일으켰다. 전작장편소설은 신문잡지에 의하지 않은 발표형식으로 로만을 위기에서 타개하고자 한 '로만개조운동' 에 협력하기 위해 발생한 문학적 제도에 의거해 출현했다.[2] 이 시기, 많은 작가들은 작품의 발표기관으로 삼았던 신문이 상업화함으로써 신문사 측의 상업적 이해에 구애받지 않고 작품을 발표할 수 있는 매체를 찾았다. 당시 인문사는 전작장편소설을 기획하여 그 첫번째로

서경석,「춘원의『사랑』론」,『대구어문논총』, 1996.
신상철,「『사랑』논고」, 서울대학교 석사학위논문, 1978.
윤홍로,「『사랑』의 해석」,『동양학』21, 단국대학교 동양학 연구소, 1991.
2) 김남천,「모던문예사전 - 전작장편소설」,『인문평론』, 1939. 10, 121면.

1939년 1월 김남천의 『대하』를 출간하였다. 이광수의 『사랑』은 이러한 배경을 가진 『대하』보다 앞선 1938년 10월에 출판되었으므로 최초의 전작장편소설이라 할 수 있다.

발간 당시 『사랑』의 인기는 박계주의 『순애보』의 인기를 능가할 정도로 폭발적이었다. 인격자인 의학박사 안빈과 그를 사모하는 석순옥의 정신적인 사랑을 테마로 한 이 작품은 독자들 뿐만 아니라 문단에서도 자주 화제가 되었다. "춘원의 『사랑』 상권에 대하여 포폄(褒貶) 양면이 있는데 모두 그 일리가 없는 바 아니다. 여하간 그것이 오늘날 소설계에 한 문제거리가 된 것만은 사실이라 한다"[3]는 잡지의 조각기사나, 문예좌담회에서 사회자 김동환이 "『사랑』이 낙양의 지가를 올린 근래의 센세이셔날한 작품이었지요. 보셨어요"[4]라고 한 질문 등으로 볼 때 이 작품이 얼마나 많은 호기심을 불러 일으켰는지를 미루어 짐작할 수 있다. 또한 당시에 지가가 앙등하고 출판사정이 어려워서 감면을 하는 경우가 많았는데, 그러한 상황에서도 『사랑』과 같이 판을 거듭한 것은 박계주의 『순애보』를 제외하고는 보기 드문 경우였다.

이광수는 『사랑』의 '자서'에서 전작장편소설로서의 『사랑』의 의의를 다음과 같이 언급하고 있다.

끝으로 한 말씀. 내가 쓴 모든 장편소설은 신문에 연재된 것이기 때문에 그날 그날 한회 한회씩 쓴 것이었고 또 신문연재물이라는 관념을 뗄 수가 없었다. 내 지금까지의 소설로써 끝까지 다 써 가지고, 또 연재물이라는 데 관련된 여러가지 제한도 없이 써가지고 세상에 발표하는 것은 이 『사랑』이 처음이요, 또 내 인생관을 솔직히 고백한 것도 이 소설이 처음이다. 이것은

---

3) 「각계소식 - 춘원의 『사랑』평」, 『조광』, 1939. 3, 224면.
4) 「문예 「대진흥시대」 전망」, 『삼천리』, 1939. 4, 189면.

『그의 자서전』 이후의, 이를테면, 내 최근의 작품이다. 다만 한되는 것은 이것을 일년만이라도 더 묵혀서, 더 보고, 더 생각하고, 더 고쳐서 발간하지 못하는 것이다. 내 힘으로 할 수 있는데까지만이라도 수정하기 전에 내어 놓게 된 것이 양심에 매우 거북하다.[5]

위의 인용문에서 알 수 있듯이 그는 전작 『사랑』의 의의를 "연재물이 가진 제약이 없이 인생관을 솔직하게 고백"하는 데 두고 있다. 이것은 그의 사상에 대해 중요한 시사를 던져 준다. 이 시기 대부분의 작가가 생계의 문제로 혹은 사상의 문제로 통속적인 작품에 몰두할 수밖에 없었다면, 이광수는 자신의 사상을 피력하기 위해 전작소설의 형태를 빌리고 있기 때문이다.

이광수 소설의 대부분이 그렇지만 그가 작품활동을 하면서 가장 중요하게 생각했던 것은 민중에 대한 선각자로서의 입장이었다. 이광수가 최초의 근대적 장편이라고 할 수 있는 『무정』을 일관하여 끌고 가는 것은 지식인 이형식을 통해 드러내는 민중에 대한 작가의 계몽적이고 교훈적인 태도이다. 또한 민족개조론을 위시한 다수의 논설문 역시 계몽적인 태도로 일관하고 있으며, 역사소설까지도 그의 역사관의 합리화 내지 계몽선전의 도구로 쓰여졌음은 주지의 사실이다. 『애욕의 피안』과 전작 『사랑』은 이러한 태도를 더욱 강화시켜 보여준다.

(1) 이상주의적 사랑과 순응의 이데올로기
그러면 춘원의 소설이 가진 매력은 무엇인가. 대략적인 줄거리를 살펴보자.

『애욕의 피안』의 주인공은 김인배 장로의 딸 혜련이다. 그녀는 아버

---

5) 이광수, 「『사랑』의 자서」, 『이광수대표작품집』 5, 삼중당, 1968, 4면.

지로 인하여 남자들을 불신하는데, 임준상과 아버지의 은인인 설택영의 아들 설은주에게 동시에 사랑의 고백을 듣는다. 혜련의 어머니는 병이 위중해져 수술을 받지만 김장로는 부인의 병에도 아랑곳하지 않고 여자에 탐닉한다. 김장로는 그의 집에서 기숙하는 혜련의 친구 문임에게 애욕을 느껴 그녀에게 사랑을 구한다. 어느날 밤 김장로는 일방적으로 문임과 육체적인 관계를 맺으려고 했으나, 문임은 김장로를 피해 은주에게 가서 자신이 처한 사정을 말하고 하룻밤을 지내게 된다.

김장로는 어머니가 죽은후 침울해진 혜련을 달래기 위해 원산으로 여행을 제안하고 문임에게도 동행을 권한다. 원산에서 기분전환을 한 혜련은 문임과의 혼인을 도와달라는 아버지의 부탁을 받고 비애를 느낀다. 또한 돈에 집착해 아버지에게 접근하는 문임을 보며 반감을 갖는다. 준상은 피서지까지 따라와 사랑을 고백하지만 혜련은 아무런 반응도 보이지 않는다. 김장로는 문임에게 직접 자신의 의사를 말하고, 문임은 혜련을 결혼시키면 자신도 김장로와 결혼하겠다는 허락을 한다. 문임과 김장로가 가까워졌음을 느낀 혜련은 그들과의 자리를 피하고 자신을 버림으로써 거짓과 욕심이 없는 길을 생각한다. 어느날 아침 바닷가에서 기도를 마친 혜련은 우연히 오빠 종관과 그녀를 만나러 온 강선생을 본다.

혜련네 일행은 원산을 떠나 해금강으로 간다. 준상은 신앙에 가까운 사랑을 계속 고백하지만 혜련은 마음에 둔 사랑이 있음을 고백한다. 문임과 김장로는 그동안 더욱 가까워지고 혜련에게 은주와의 혼인을 권하지만, 혜련은 강선생을 사모하면서 일생을 마칠 것을 결심한다. 비로봉으로 일출을 보러 갔던 혜련은 우연히 강선생을 만나 그의 사랑을 알게 된다. 강선생은 혜련에게 육체적인 썩은 사랑을 하지 말고 그리스도의 사랑을 하라고 부탁하고 떠나는데 얼마 후에 그가 자살했음을 알게 된 혜련은 사랑을 위해 죽음을 생각한다.

한편, 문임은 김장로와 결혼을 결정하고 그 사실을 은주에게 말하기 위해 만나지만 배신을 알게된 은주는 그녀를 죽인다. 혜련은 문임의 죽음에도 변하지 않고 날로 더 타락해 가는 아버지를 회개시키고, 아버지로 인하여 떠도는 오빠 종호를 돌아오게 하고, 자신의 정신적이고 아름다운 사랑을 위해 자살을 택한다.

『사랑』은 석순옥과 안빈의 정신적 사랑이 기본 서사로 이루어져 있다. 전문학교를 졸업하고 평양00여자고보 영어교사를 했던 석순옥은 소녀적부터 사모하던 문학가이자 의사인 안빈 때문에 학교를 사직하고, 간호부 시험에 합격하자 안빈의 병원에 취직한다. 그녀는 친구 인원에게 안빈의 곁에서 몸과 마음을 구하지 않고 정성과 사랑을 바칠 것을 맹세한다.

세월이 흘러 순옥이 26세가 되었을때 안빈은 연구를 마치고 학위논문이 통과되어 의학박사 학위를 얻는다. 안빈이 학위를 받기까지는 순옥의 도움이 컸는데 이러한 사실이 숨은 미담으로 신문의 이야기거리가 된다. 순옥은 안빈의 연구를 위하여 자신을 좋아하는 허영과 월미도에 가서 가벼운 육체적 접촉을 허락하고, 혈액을 채취해 안빈의 연구과제였던 성인의 피에 존재하는 아우라몬의 실재여부를 검증해 준다. 이 일로 인하여 순옥은 자신의 연정을 안빈에게 전하고, 안빈 역시 순옥을 보면서 마음의 갈등을 느낀다.

안빈의 논문이 통과되고 그의 학설과 실험결과가 인구에 회자되면서 석순옥과 안빈에 관한 로맨스가 풍문으로 떠돈다. 안빈의 부인 천옥남과 순옥을 좋아하는 허영은 고민한다. 허영은 안빈에게 순옥과 혼인을 하게 해달라는 부탁을 하지만 거절당하고, 순옥에게도 심한 모욕을 당한다. 허영은 안빈과 순옥의 관계를 의심하고, 순옥은 안빈에게 미안함을 느끼지만 안빈은 인과의 원리에 따라 판단하라고 한다.

안빈의 아내 옥남은 병이 악화되어 요양을 떠난다. 그녀는 간호하러 온 순옥에게 헌신적으로 남을 위하는 모습에서 참사랑을 배웠다고 말하며, 자기가 죽은 후에 아이들과 안빈을 돌봐 줄 것을 부탁한다. 원산에서 돌아온 뒤 순옥은 허영과 결혼하는 것이 세상사람들과 옥남에게 자신과 안빈의 관계가 결백함을 보여주는 것이라고 생각하고 허영과 결혼할 것을 결심한다. 순옥의 결심을 들은 안빈은 인생의 길은 수련의 길이요, 인생의 목적이 향락이 아니기 때문에 인과응보로 생긴 빚은 언제든지 치러야 하고 무엇에든지 빠지지 말라고 말한다.

옥남이 죽자 허영은 순옥에게 결혼을 재촉하지만 순옥은 안빈의 아이들 때문에 망설인다. 그로 인해 항간에는 순옥이 옥남을 독살했다는 소문이 떠돈다. 순옥은 이러한 사실에 괴로워하다 친구 인원에게 고민을 말한다. 인원은 순옥에게 자기가 대신 안빈의 집으로 가기로 했으니 허영과 혼인을 하여 좋은 아내와 좋은 어머니가 되라고 말한다.

결혼생활이 안정되어 가던 즈음에 허영은 사기를 당해 토지와 가옥을 잡히고 결국은 차압을 당한다. 순옥은 가지고 있던 돈으로 차압을 풀고 생계를 위해 의사가 되겠다는 결심을 한다. 순옥은 주변사람들의 헌신적인 도움으로 의사면허를 따고 안빈의 병원에 취직하여 행복한 한때를 맞는다. 허영과 시어머니 한씨는 예전과 달리 고마운 마음으로 순옥을 대한다. 어느날 순옥은 폐렴에 걸린 허섭이라는 아이를 진찰하는데, 그 아이가 귀득과 허영의 사이에서 낳은 아이임을 알게 된다. 귀득은 사정을 말하고 허섭을 받아주기를 간청한다. 순옥은 귀득에게 허영을 단념할 의사가 있음을 말하나 귀득은 거절하고, 허영과 한씨도 생활의 문제를 생각하여 순옥에게 용서를 빈다.

섭이가 온 후 순옥은 아이와 매독에 걸린 허영을 간호하는 것을 보람로 삼으며 지내던 중 귀득과 허영의 관계가 계속되고 있는 것을 알게 되자 이혼을 한다. 안빈은 순옥의 괴로움에 대해 모든 것을 사랑으로 참으라고 한다. 인원은 순옥에게 안빈과 결합할 것을 권한다. 허영은 귀득과 혼인을 하고 온천으로 신혼여행을 다녀오던 중에 귀득이 유산으로 인한 하혈로 죽자 장례식에 갔다가 뇌일혈로 죽을 지경에 달한다. 순옥은 허영과 그의 어머니를 위해 다시 허영의 집으로 들어간다. 순옥은 허영이 깨어나자 북간도의 천주교 병원으로 떠난다. 북간도로 간 순옥은 딸을 낳지만 허영은 그 아이가 안빈의 아이라며 순옥을 괴롭힌다. 그러나 얼마 후에 허영, 한씨, 섭이는 유행성 독감으로 죽고, 순옥 역시 병을 앓지만 주변 사람들의 도움으로 회복되어 서울로 올라온다.

『애욕의 피안』과 『사랑』의 서사적인 사건은 판이하게 다르게 보이지만, 정신적 사랑의 지향이라는 일관된 논리를 지니고 있다. 『애욕의 피안』의 기본서사는 주인공 김혜련을 둘러싼 주변인물들의 애정갈등이다. 김혜련과 설은주, 김혜련과 임준상, 김혜련과 강선생의 애정갈등에 아버지인 김장로와 혜련의 친구인 문임의 갈등, 문임과 설은주의 애정갈등이 다시 중첩된다. 그러나 여러 애정갈등을 통해 이광수가 이야기하고자 하는 것은 '진정한 사랑'이며, 정신적인 사랑이다. 그것에 대해 작가는 『애욕의 피안』 서문에서 다음과 같이 말하고 있다.

생물이 벌레에서부터 사람까지, 사람에도 미물같은 아이에서부터 성인까지 있는 모양으로, 사랑에도 무한한 등급이 있는 것 같습니다. 고기냄새에만 취하는 사랑에서부터 하나님의 사랑에 이르기까지 다 사랑이어니와, 사랑은 인생에 가장 큰 문제임에는 틀림이 없습니다. 나는 부부의 사랑, 형제와 붕우의 사랑, 깨끗한 사랑, 불순한 사랑, 그리하고 그 사랑들의 가장 높은 꼭대기와 가장 깊은 밑바닥을 찾아보고 싶습니다. 이것이 이 이야기를 쓰는 동기입니다. 우리 혜련이, 조선 여성의 가장 높은 사랑의 본을 보여주기를 바랍니다.[6]

『사랑』 역시 '서로를 위해 끊임없이 향상하라' 는 기치 아래 석순옥과 안빈의 정신적인 사랑을 서사의 중심에 두고 있다.

> 나는 사랑이 일체 유정물의 생명현상 중에 가장 숭고한 것임을 믿는다. 그러나 꼭 같은 탄소로도 숯도 되고 석묵도 되는 반면에 금강석도 되는 모양으로, 다같이 사랑이라 하더라도 천차만별의 계단이 있고 품이 있는 것을 믿는다. 이성간의 사랑에 있어서도 마찬가지다. 음남탕녀의 사랑과 현사숙녀의 사랑과를 같이 볼 수는 없는 것이니, 그 사이에는 하늘과 땅만한 가치의 충동이 있는 것이다.
>
> 육체의 결합을 목적으로 하는 사랑이 가장 많겠지마는 그것은 마치 생물계에 사람보다도 벌레가 많다는 것과 다름없는 것이다. 육체의 결합과 아울러 정신에 대한 사모를 짝하는 사랑이야 말로 비로소 인간적이라는 이름으로 불려질 자격을 갖겠지만은 한층 더 올라가서 육체에 대한 욕망을 전연 떼어 버린 사랑이 있는 것이 인류의 자랑이 아닐 수 없다. 그것은 일시적인 우리 육체 속에 있는 영원한 존재를 인식하는데서만 생길 수 있기 때문이다.[7]

위의 인용에서도 알 수 있듯이 그가 이 작품들의 집필동기로 밝혀 놓은 것은 육체를 떠난 높은 사랑 곧 정신적인 사랑의 형상화이다. 즉 『애욕의 피안』에서 조선 여성의 가장 높은 사랑의 본을 보여준 혜련의

---

6) 이광수, 「『애욕의 피안』 작자의 말」, 『조선일보』, 1936. 4. 26.
7) 이광수, 「『사랑』의 자서」, 『이광수 전집』 16, 삼중당, 1963, 308~309면.

갈등이 전편에 해당한다면, 『사랑』은 그 후편에 속한다. 후편의 석순옥은 『애욕의 피안』의 혜련이 고민하고 갈등하며 도달한 정신적 사랑에의 깨달음을 실천적으로 행하고 있는 인물이다. 내용을 살펴볼 때 이 두 소설은 기본 서사와 작품의 구성상 일정한 관련성이 있다고 할 수 있다.

(2) 통속적인 구성

『애욕의 피안』에서 주인공 혜련은 어머니가 남편인 김장로를 불신하는 모습을 보면서 정신적인 사랑에 대해 각성하는데, 그 과정에서 작품은 전반부와 후반부로 나뉜다. 전반부는 어머니의 병에서부터 죽음에 이르기까지 부모에 대한 혜련의 실망과 은주의 청혼, 준상과의 막연한 연애, 어머니의 죽음과 설은주와 문임의 얽힘, 아버지 김장로와 문임의 관계 등이 긴박하게 진행되어 독자들의 시선을 모은다. 그러나 어머니의 죽음 이후 문임과 김장로의 관계가 발전하고, 준상의 혜련에 대한 연정이 익어가는 후반부에 오면 지루하고 설득력 없는 감상적 독백으로 사건이 뒤엉켜 느슨한 구성으로 변해 간다.

반면 『사랑』에서 주인공 석순옥이 중학교 때부터 사모하던 인물인 안빈의 병원에 간호부가 되어 안빈에 대한 정신적 사랑의 모습을 보이는 전반부는 지루한 감상과 설득력 없는 행위들이 주로 그려진다. 특히 안빈과 석순옥의 관계를 보며 괴로워하던 안빈의 부인 천옥남이 죽음에 이르기까지는 교훈적인 내용이 지속되고 있다. 그러나 후반부에 오면 사건은 허영의 치졸한 애정행각과 귀득이라는 인물의 등장, 순옥에 대한 시어머니의 박대, 간도로의 피신 등 종횡무진 흥미위주의 구성으로 일관된다.

이 두 작품의 구성은 이광수 대부분의 소설 구성과 긴밀한 관련을 갖고 있다. 이러한 구성은 대중소설가로서 그의 면모를 여실히 보여주고 있는데, 가장 대표적인 것이 도식적인 구성이다. 도식적인 구성은 작가가 자신의 주제를 너무 일방적으로 서술하면서 드러난 결함이라고 할 수 있다. 김기진은 「『사랑』의 독후감」이라는 글에서 도식적인 구성에 대해 다음과 같이 말하고 있다.

> 육체적이 아닌 정신적인 사랑, 나를 위해서가 아니라 남을 위해서 바치는 사랑에 살다가 이같은 사랑에 죽는 길은 이제는 춘원의 운명의 길이 될 것이며 그러므로 이 길동무에게 주는 지침으로서 전작 『사랑』이 깊은 감명을 주는 것이라면 이 소설의 주인공 이하 제 인물의 성격의 창조, 사건의 설정, 환경의 해명, 행동의 구상화 등이 모두 소설적으로 덜 되었다 거짓같다 한다고 해도 그에게 치명적이 아니다.[8]

김기진이 지적한 "제 인물의 성격의 창조, 사건의 설정, 환경의 해명, 행동의 구상화 등이 모두 소설적으로 덜 되었다"는 『사랑』의 평은 단순히 『사랑』 한 작품에 한정된 평가가 아니라 대중소설로서 이광수 소설의 전반적인 특성을 유례없이 잘 보여주는 평가라고 하겠다. 이것은 김기진 뿐만이 아니라 대부분의 논자들이 지적하는 것이다. 작품 전편에 드러나는 감상성, 구성의 우연성, 작위적 갈등, 중첩되는 애정의 삼각관계 등은 그의 소설에 나타나는 대표적인 통속성인데, 『애욕의 피안』 역시 여기에서 벗어나지 않는다.

이광수 소설에서 작품을 끌고 가는 힘은 구성의 우연성인데, 『애욕의 피안』에서 혜련의 정신적 사랑의 대상인 강선생의 등장이 대표적이라고 할 수 있다. 혜련을 정신적인 사랑의 경지로 나아가게 한 것은

---

8) 김기진, 앞의 글, 26면.

중학때 학생들의 존경을 한 몸에 받던 스승 강선생의 등장이다. 강선생은 작품이 중반에 이를 때까지도 전혀 등장하지 않다가 원산에서 김장로와 문임의 관계가 깊어지면서 갑자기 나타나 "썩을 사랑을 하지 말고 그리스도의 사랑을 하라"는 화두를 던져놓고는 홀연히 떠나 자살하는 인물이다.

혜련은 정신적 사랑의 대상으로 삼았던 강선생의 죽음을 접하고 지고지순한 사랑을 이룰 수 있는 길은 죽음이며, 타락한 오빠와 문임의 죽음을 보고도 회개하지 못하는 아버지를 참회시키기 위해 죽음을 택한다. 그런데 이러한 구성은 이광수 자신의 주장을 정면으로 뒤집는 것이기도 하다. 그는 어느 대담에서 대중소설의 우연성에 대해 아래와 같이 말하고 있다.

> 문 - 대체로 쓰신 소설에 운명 그것을 믿으세요? 운명으로부터 오는 비극을 그리려 하지 않았어요? 운명관(혹은 우연)을 어떻게 취급하셨어요? 『단종애사』나 『이순신』이나 『재생』이나 『그 여자의 일생』이나 모두 슬프나 슬픈 작품들이지요. 모두 제재가 비극적이지요. 이것들을 일괄하여 「운명의 비극」이라고 부를 것이 못됩니까?
>
> 답 - 남들은 내소설을 혹야 통속소설이니라 하고 평거합디다만은 대체로 통속소설이라 함은 쉽게 썼다거나 비속하게 이야기됐다는 뜻이 아니라 내가 알기에는 그 사건에 자꾸 우연을 취급함에 있어요 사건을 만들어 가는데 도무지 뜻하지 않은 우연이 일어나는 제사건과 인물을 자꾸 집어넣지요. 그러면 그 소설은 얼마든지 재미있게 꾸려 나갈 수가 있지요. …우연이란 즉 운명이지요. 그러나 나는 그러한 우연을 믿지 않습니다. 절대로 믿지 않습니다.[9]

---

9) 「백만독자를 가진 대예술가들 - 문호 이광수씨 「무정」 등 전작품을 語하다」, 『삼천

위의 대담에서 그는 통속소설에 대해 정의하기를 "통속소설은 우연
성을 취급하는 것이며, 그 우연은 운명"이라며 부정적으로 말하고 있
는데, 『애욕의 피안』에서 혜련이 죽음을 맞는 것은 작가 스스로 부인
한 우연성 때문이다.

이러한 우연성은 『사랑』에 이르면 더욱 심화된다. 『사랑』에서 주인
공 석순옥의 고행은 스스로 선택한 우연의 연속이기 때문이다. 특히
중학시절부터 운명적으로 사모해온 안빈에 대한 헌신은 시종일관 계
속된다. 안빈을 사랑하면서도 죽음을 앞둔 옥남을 위해서 허영과 결혼
을 결심하는 과정, 시간이 충분했으면서도 옥남이 죽을 때까지 그 사
실을 알리지 않은 것, 결혼생활에서 일어나는 여러 갈등을 감당해가는
모습, 병원에 우연히 들른 섭이의 생모 귀득과 허영의 관계, 그리고 그
로 인한 이혼, 허영과의 재결합 등의 우연적인 사건을 그녀는 운명이
라고 생각하고 받아들이고 있다. 순옥의 선택은 작품에서 연속적인 우
연을 자초하면서 사건을 이끌어 가는 중요한 계기로 작용한다.

작중에서 계속 우연성을 취급하는 것은 작가 자신이 부정했던 통속
의 요소를 스스로 인정하고 있는 것과 같다. 그런데 이것은 구성의 필
연성이나 작품의 완결성과는 상관없이 작가가 자신의 사상을 일방적
으로 주입하므로 초래한 결과라고 할 수 있다. 작가가 사상을 일방적
으로 주입하면서 작품은 계속해서 설교조로 이끌리게 되고 작품은 파
탄을 가져온다. 그러나 한편으로 이 작품은 우연성의 연속으로 작품을
전개하면서도 독자들에게는 그것을 교묘하게 숨김으로써 재미를 주
고 있다.

한편, 감상성은 독자들이 주인공에게 감정을 이입하므로 생겨난다.

리』, 1937. 1, 133면.

일반적으로 대중소설은 독자들에게 작품 속의 상황을 자신의 것으로 받아들이게 하여 눈물을 유발시킴으로써 흥미를 갖게 한다. 감상성 역시 이광수의 대중소설에서 일관된 특징으로 나타난다. 『애욕의 피안』은 후반부로 가면서 감상성이 더욱 농후해진다.

> 내 행동은 남의 것을 빼앗으려는 도적의 행동이다. 내가 일생에 남에게 무엇을 주었느냐? 사회전체는 말말고 어느 한 사람에겐들 무슨 좋은 것을 주었느냐? 없다, 없어! 그리고 이십 오년간 생활이 남의 것을 빼앗는 생활! 수없이 훔쳐쓰고 빼앗아 가지고도 오히려 찾지 않는다 원망하는 심사! 나는 몇 젊은 여자의 손과 살을 빼앗고 이제 또 혜련의 몸과 마음을 왼통으로 빼앗으려고 나선 놈! 악마! 그렇다, 나는 악마다. 사회나 남에게 아무것도 주는 것은 없이 빼앗기만 하는 내가 도적이 아니고 무엇이냐? 악마가 아니고 무엇이냐?
>
> 준상은 울고 싶었다.[10]

> 자작지얼이다. 내가 무엇하러 거기 가? 곧잘 가라앉혔던 마음을 무엇하러 다시 흔들어 놓아? 그래, 혜련이를 다시 한 번 보러? 마음이 모든 번뇌의 근원이란 말야. 애초에 조선에를 무엇하러 와? 안보리라 결심은 하면서도 그래도 발이 조선으로 끌려서, 서울도 그냥 지나오던 마음이 무엇하러 원산에를 가? 아무리 하여도 죽여버리지 아니하면 아니될 사랑을. (205면)

혜련을 사모하던 준상은 원산에서 혜련을 단순히 보통의 여성으로 생각하던 자신을 반성하고 참회와 반성의 태도로 일관한다. 그러한 태도는 혜련을 맹목적으로 우상화하는데 이르게 하고, 이 과정에 감상성

---

10) 이광수, 『애욕의 피안』, 삼중당, 1968, 213면. 분석의 텍스트로 삼은 것은 신문연재본과 삼중당, 1968년판이다. 이하 본문 인용시에는 옆에 면수만 표기한다.

은 일조를 한다. 갑작스럽게 등장한 강선생은 시종일관 감상적인 태도로 혜련을 바라본다. 강선생 역시 혜련을 사랑하면서도 그것은 진정한 사랑이 아닌 '썩을 사랑'이라 생각하고 혜련에게 정신적인 사랑, 그리스도의 사랑을 역설하는 모습은 감상성의 극치라고 할 수 있다.

한편 감상성은 구성의 파탄과 맥을 같이 한다. 갑작스러운 준상의 태도변화나 돌연히 등장하여 알쏭달쏭한 말을 던지고 사라지는 강선생의 태도를 독자들에게 설득하기 위해서는 감상성으로 인한 구성의 변화가 필연적으로 수반될 수 밖에 없었던 것이다. 더욱이 혜련의 사고나 행동에서 감상성은 더욱 문제가 된다.

작품 전반을 통해 작가는 혜련을 순결한 여성으로 형상화한다. 이광수는 어느 좌담회에서 "나는 이 『애욕의 피안』에 깨끗한 순교자와 같은 「처녀 한 분」을 그려봤지요. 그는 결혼도 아니했고 성에 대한 일이나 이성의 입조차 한 번 맞춰보지 못하고 그대로 순결하게 죽은 그런 처녀로 그려봤지요"[11]라고 이야기하고 있다. 혜련은 작가가 깨끗한 처녀의 관념을 대변하기 위해 만든 인물이다. 그녀는 육체적인 교접은 동물들의 사랑이라고 생각하고 주변 남성들의 사랑을 거부하면서 강선생을 향한 정신적인 사랑을 위해 죽음을 생각한다. 이러한 혜련의 태도는 비현실적인 감상성을 여실하게 보여주는 것이다.

감상성의 농후함은 『사랑』에서도 마찬가지이다. 『사랑』의 주인공인 석순옥은 감상성을 드러내는 표상적인 인물이다. 여자고보 선생에서 일개 간호부를 선택해 안빈의 곁에서 아무런 대가없이 그를 보조하는 모습, 그의 연구를 위해 사랑하지 않는 사람과 신체적인 접촉을 하는 모습, 옥남이 죽음을 편안하게 맞게 하기 위해 사랑하지 않는 사람과

---

11) 이광수, 앞의 대담, 134면.

결혼을 결심하는 모습, 결혼 이후의 모든 고난을 운명적으로 감수하는
모습 등에서 감상성은 여실하게 드러난다.

> "난 애초에 낙을 보려구 시집 간 것은 아니니까요. 며느리 노릇, 아내 노
> 릇, 또 하느님이 하라시면 어머니 노릇꺼정이라두 해 볼 모양으로 시집을
> 간 것이거든요. 고생이 오면 고생두 겪어보자, 불행이 오면 불행두 당해보
> 자. 또 낙이라는게 있다면 그것두 맛을 보자 - 그저 이거야요 그런데 무얼
> 이혼을 해요? 좀 더 나은 남편 얻어가서 좀 더 편안히 살아보게요? 홍 오빠
> 난 그런 생각은 애초부터 없어요. 난 그저 지금 모양으로 허영의 아내루 또
> 시어머니 계신 동안 그 집 며느리루, 어디 내 힘껏 해볼래요. 내 힘은 얼마
> 나 되나 보게. 난 그저 그것뿐이야요."
> 순옥의 눈에서는 눈물이 빛난다.[12]

허영과의 결혼으로 고난을 견디면서 보살행을 행하는 순옥의 태도
에는 그 어떤 필연적인 이유도 상황도 없다. 단지 그녀가 고난을 자초
하는 것은 안빈에 대한 정신적인 사랑 때문이다. 이것은 비단 순옥에
게만 국한된 이야기가 아니다. 이 작품에서 반동적 인물로 드러나는
허영의 모자와 귀득을 제외한 나머지 인물들에게까지 해당된다. 안빈
과 그의 아내 천옥남 역시 마찬가지이다.

> 첫날, 둘쨋날, 세쨋날, 나는 얼마나 순옥이를 껴안구 울구 싶었을까? 그
> 때 순옥이는 천사와 같이 환히 빛이 났어. 순옥이 몸에서는 사람의 몸에서
> 는 맡을 수 없는 향기가 나구, 그리구 그 손의 보드라움, 따뜻함! 순옥이 이

---

12) 이광수, 『사랑』, 『이광수 전집』16, 삼중당, 1968, 203면. 분석의 텍스트로 삼은 것은
신문연재본과 삼중당, 1968년 판이다. 이하 본문 인용시에는 옆에 면수만 표기한다.

것으루 나는 순옥의 참모양을 보았어. 순옥이는 화식먹는 사람이 아니라구, 천사라구, 관세음보살이시라구. 밤중마다 그렇게 앓는 나를 염려허구 그렇게도 자비스럽게 오한 흐리는 내몸을 아껴서 땀을 씻어 주는 것이, 이것이 어머니가 자식에겐들 이루 할 일이야? 이것이 지어먹구 할 수 있는 일이야? 사람의 마음으루는 못할 일이 아니야? 그것두 하루 이틀두 아니구, 날마다 밤중에, 내가 잠이 깊이 들어서 모르는 날이 있었지. 순옥은 하룻밤두 거르지 아니했을 거야. 순옥이, 이런 것을 보구두 내가 거듭나지 아니할 수가 있겠어? (96면)

이와 같이 순옥의 헌신적인 모습을 보고 자신을 회개하는 옥남의 모습 역시 감상적인 태도를 내포하고 있음은 물론이다. 이 작품에 등장하는 거의 모든 인물들의 대화는 눈물과 회한과 기쁨으로 점철되고 있다. 이것은 독자에게 작중 인물들의 모든 행위를 숭고하고 비장한 정서로 환기시키며 작품의 인상을 강화하는데 일조한다. 아울러 감상적인 토로로 작중인물들의 생각을 드러내다 보니 묘사보다는 서술로 일관한다. 그리하여 이 작품에서 서술은 감성성을 드러내는데 가장 효과적인 방법으로 기능한다.

1930년대말 대중소설은 식민지하의 신산한 삶을 영위하는 대중들에게 위안과 기쁨을 주었다는 점에서 긍정적인 기능을 했음은 부인하지 못할 사실이다. 또한 이광수의 소설들이 이 시기 대중들에게 다른 어떤 작가들보다도 많은 감동과 기쁨을 주었던 것은 익히 아는 사실이다. 그것은 내용전개나 구성방식이 당대 독자들에게 익숙한 것들로 구성되어 있었기에 가능했던 것이라고 생각된다. 독자들이 이광수의 소설을 익숙하게 받아들인 것은 통속적인 요소가 많은 영향을 미쳤음은 물론이다.

이광수 소설에 드러나는 통속성은 앞에서도 지적했듯이 작품에 대한 평가를 내리는데 어려움으로 작용하기도 한다. 그러나 작품의 통속성보다 문제적인 것은 작품의 현실이 일상적인 삶과 동떨어져 독자가 실제의 현실을 피상적으로 또는 왜곡하여 이해하도록 한다는 점이다. 이는 작품 내의 갈등관계를 통해서 엿볼 수 있다.『애욕의 피안』과『사랑』에서 갈등관계는 거의 '작위적 갈등'[13]에서 비롯된다. 작중 주인공들의 모든 행위의 선택은 의외의 갈등에서 비롯되는데, 그 갈등의 이면에는 작가의 교훈적 의도와 이상주의가 숨쉬고 있다.

이광수는『애욕의 피안』에서 "손자까지 있는 사내의 애욕, 아비의 불의를 막으려는 딸, 제 애욕을 위하여 딸의 사랑을 희생하려는 아비, 사랑하는 여자를 위하여 제 사랑을 희생하는 남자, 친구를 위하여 희생이 되려는 사랑과 제 의욕을 위하여 애인을 버리는 남자, 그 주위를 싸고 도는 깨끗하고 혹은 더러운 남자들과 여자들 무리. 사랑의 종종상을 그리면서 인생의 그릇된 진로와 바른 진로를 암시하는 이야기로 사랑들의 높은 꼭대기와 깊은 바닥을 찾아 보겠다"는 의도를 가지고 혜련을 가장 높은 사랑의 본으로 설정하였다.[14] 이 작품에서 가장 근본적인 갈등은 주인공 혜련의 아버지를 비롯한 남자들의 성적타락, 육체적 사랑과 그에 대한 주인공의 혐오로 나타난다.

---

13) 소설에서 갈등은 작품을 이끌어가는 중요한 요소인데 현재까지 문학계에서 갈등 이론에 대한 이론적 천착은 거의 전무한 형편이라고 해도 과언이 아닐 것이다. 사회학쪽에서는 갈등에 관한 이론들이 비교적 축적되어 있으나, 문학작품에 그대로 적용하기는 어려운 부분이 상당히 많다. 본문에서 주로 사용하고 있는 작위적 갈등이라는 용어는 대중소설에서 작가가 어떤 사건을 만들어 내기 위해 작중인물들에게 비본질적인 문제를 억지로 갈등의 관계로 이끌어 가는 양상을 말하는 것이다. 아울러 본문 내에서 비슷한 말로 사이비 갈등이라는 용어를 쓰기도 한다. 그외 소설의 갈등에 관한 논의로는, 조남현,『한국소설과 갈등』, 문학과 비평사, 1988.이 있다.

14) 이광수,「『애욕의 피안』작자의 말」, 앞의 글, 1936. 4. 25.

언니는 오래 살구 싶소? 언니는 세상에 살 재미가 있는 것 같수? 난 도무지 세상이 싫기만 해. 오래 살면 살수록 시언치 않은 일만 많을 것 같애. 마음만 더러워지구. 그럼 새옷을 입구 댕기면 더러워지는 모양으로 사람의 마음두 세상에 오래 살면 더러워지는 것 같애. 나는 아직 더러워진 것 같지 않으니 깨끗한 채로 죽어 버리고 - 살면 무얼해? 무슨 좋은 일이 있어? 더러워만지지.(152면)

병과 아버지의 성적 타락으로 고생하다가 세상을 떠난 어머니의 죽음 앞에서 혜련이 결정한 삶은 세상의 때가 묻어 더러워지기 전에 죽어버리는 것이다. 어머니의 죽음 앞에서 이러한 생각을 한 것은 육체적인 사랑이 부모에 대한 존경과 자랑을 깨지게 한데서 비롯된 것이다. 이것은 혜련으로 하여금 남녀간의 사랑을 불결하고 더럽고 바르지 못한 것으로 생각하고, 혜련의 주변에서 일어나는 관계들을 다 왜곡된 것으로 생각하게끔 한다.

혜련은 설사 혼인문제까지도 인생의 모독인 것 같이 생각되었다. 젊은 내외가 어린애를 데리고 가는 모양 - 그것은 인생의 아름다운 그림이라 하지마는 혜련에게는 그것이 아주 동물적이어서 불쾌하게 보였다. 육체를 목표로 하는 결합이라는 것은 생각만 해도 혜련에게는 짐승냄새가 코를 찌르는 것 같았다. 적어도 나만은 그런 일을 아니하리라고 혜련은 여러번 여러번 생각하였다. 혜련이가 생각하는 깨끗한 세상은 첫째로 남녀의 음욕이 없는 세상이었다. (201면)

혜련은 대체 남녀의 성적 결합이라는 것이 싫었다. 그것이 몹시 짐승스럽고 추한 것 같았다. 그것이 아니고는 인류가 번식 못한다는 인류의 운명을 혜련은 슬퍼한 적도 있다.(202면)

혜련이 생각하는 깨끗한 삶은 남녀간에 음욕이 없고 교접이 없는 정신적인 것이다. 인간관계에 대한 혜련의 의식은 이와 같은 피상적인 현실인식에서 비롯되어 작품의 전체 갈등이 작위적 갈등으로 심화하는 데 일조한다. 결국 혜련이 문제의 해결방법으로 선택할 수 밖에 없었던 것은 정신적인 사랑을 영원히 영위할 수 있는 죽음으로의 경도였던 것이다. 이것은 강선생의 등장에서 비롯된다. 작품의 후반부에 등장하는 강선생을 작가는 비중있게 생각하고 있지만, 그는 혜련의 죽음을 정당화 하기 위한 하나의 장치로 기능하고 있을 뿐이다. 혜련 행동의 전범이 되었던 강선생의 갈등 역시 피상적인 것에 불과하다. 또한 그의 죽음은 혜련으로 인한 것이지만 동기 역시 필연성이 결여되어 있다.

> 혜련이 사람을 사랑하지 말어. 사람은 변하는 것이거든. 죽는 것이거든. 못믿을 것이거든. 혜련은 사람을 사랑할 사람이 아니야. 사람보다 높은 이를 사랑하고 사람을 불쌍히 여길 사람이란 말야. 변하는 것, 죽는 것을 사랑하다가는 반드시 슬픔과 괴로움을 당하는 것이 아닌가.(206면)

혜련 일행은 비로봉 가는 길에서 강선생의 죽음을 알게 된다. 스님에게 한사람을 올바른 길로 인도하기 위해 죽음을 택했다는 강선생의 사연을 들은 혜련은 강선생의 사랑에 놀라며 강선생의 뒤를 이어 죽음을 선택한다. 작가는 강선생을 이지와 정열을 가졌으나 그것을 다스리지 못하고 세상을 위하여, 혜련과 주변사람들을 위하여 죽음을 선택할 수 밖에 없었던 인물로 형상화하고 있다. 그러나 이러한 논리는 현실을 직시하지 못하고 이상적인 사랑에 너무 큰 비중을 둠으로써 작품 내에서 설득력을 얻지 못한다. 도리어 이런 피상적인 갈등과 현실인식은 전체적인 구성을 파탄으로 이끌어, 주인공과 관련된 인물들을 죽음에 이르게 함으로써 사건을 전개해 나간다.

사이비 갈등으로 인한 사건의 전개는 은주가 문임을 죽이는 장면에서 더욱 강화된다. 혜련을 사랑했던 은주는 우연하게 문임과 장래를 약속하지만 문임의 배신으로 둘의 관계가 어긋나게 되자, 김장로와의 결혼을 알리고 용서를 구하러 간 문임을 죽이고 만다.

나는 이 계집을 죽여서 세상에 두 마음 품는 수 많은 여자들을 경계함이 옳은 일이라고 믿었소. 돈있는 사내를 따라서 가난한 애인을 박차는, 영혼을 팔아먹는 여자들을 징계하는 것이 옳다고 믿었고 나와 같이 남자로의 면목을 짓밟히고 모든 희망을 잃어버린 남자의 가엾은 말씀을, 불의와 무신의 결과가 무엇인가를 세상에 보이기에 희생하는 것이 내게 남은 유일한 가치있는 일이라고 믿었소.(243면)

문임을 죽인 은주는 공판정에서 위와 같이 변론하는데, 은주의 갈등과 해결과정은 현실과는 거리가 있는 안이한 것이며, 이는 사건의 전개를 난폭하게 이끌어가는데 일조하고 있다. 이렇게 작중에서 현실을 왜곡하는 사이비 갈등이 전개되는 것은 구성력의 결여에서 온다. 그런데 자세히 살펴보면 이광수의 작품이 왜곡된 갈등과 예상 외의 결말에 이르는 것은 그 갈등의 이면에 작가의 과다한 교훈성과 이상주의가 숨쉬고 있기 때문이라는 것을 알 수 있다.

나는 내소설을 향하여 내속을 말하느라고 소설을 씁니다. 나는 세계적으로 칭찬을 받는 소설가라는 말듣기를 원하는 마음은 털끝만큼도 없습니다. 내 소원은 오직 조선사람들이 내 이야기를 읽어서 내가 하려는 말을 알아들어주었으면 하는것 뿐입니다. 그 내속이라는 것이 몇푼어치나 되는지 내 이야기를 조선 사람이 읽어야 할 필요가 있는지 그것은 나는 모릅니다. 나는 오직 내가 동포에게 하고 싶은 말을 쓸뿐입니다. 사정이 허하고 내 표현하는 재주(예술)가 허하는 한에서 내 속을 털어 놓을 뿐입니다.「어리석은 반벙어리의 이야기일는지 모르나 약삭빠른 이야기꾼의 이야기가 아님」은 하늘을 두고 맹세할 수 있읍니다.[15]

소설관을 피력하고 있는 글에서 이광수는 자신의 이야기, 특히 조선 동포에 대한 자신의 이야기를 하는 것을 소설가로서의 본분으로 생각하고 있다고 말하는데, 그의 생각은 작품 안에서 곧바로 교훈성으로 집약되어 나타난다. 『애욕의 피안』에서 혜련과 강선생의 죽음을 통해 그가 하고자 한 이야기는 '정신적인 사랑, 지고의 사랑', 즉 사람을 사랑하는 높은 사랑의 이야기였다. 이러한 자신의 이상에 집착하다보니 작품을 이루는 기본 골격이나 갈등이 매우 작위적 것으로 되고 말았던 것이다.

『사랑』에서 이광수는 모든 고난과 불행을 끝없이 숭고한 사랑으로 향상하려 하는 순옥을 등장시켜 효과적으로 교훈성을 피력한다. 『사랑』의 주된 갈등은 인격자이지만 부인이 있는 안빈을 사랑하는 석순옥때문에 비롯된다. 『사랑』의 테마는 시종일관 무거운 정신적 사랑으로 귀결되는데, 그 사랑을 정당화하는 과정이 지나치게 작위적이다. 우선 안빈의 몸과 정신을 바라지 않는 석순옥의 무조건적인 정신적 사랑은 중첩되는 주변의 어떤 오해에도 굴하지 않고 안빈의 연구에 결정적인 기여를 한다. 안빈에 대한 그의 헌신적인 봉사는 일신의 안일, 영달과는 거리가 멀어 심지어는 안빈의 부인인 옥남에게까지 감

---

15) 이광수,「내소설」,『이광수 전집』16, 삼중당, 1968, 288면.

화를 준다.

후편에서는 허영과의 결혼으로 인해 생기는 여러 장애를 정신적인 사랑으로 극복해 나가는데 이 부분에서도 역시 현상에 대한 피상적인 인식과 무조건적인 긍정으로 갈등이 왜곡되고 있다. 처음에 질투를 느끼던 옥남은 원산에서 자신을 헌신적으로 간호하는 순옥을 보면서 그녀의 사랑이 너무나 맑고 높음을 깨닫고, 자신이 죽은 후에 안빈과 아이들을 맡아줄 것을 부탁한다. 이로 인해 안빈에 대한 정신적인 사랑만으로도 족하다고 생각하던 순옥은 허영과의 결혼을 결심한다.

순옥이 허영과 결혼을 결심한 것은 오로지 순옥 자신과 안빈과의 관계가 결백하다는 것을 세상사람들에게 보여주기 위한 수단이었다. 그럼에도 불구하고 순옥은 옥남을 편안하게 해주기 위해서 한 허영과의 약혼 사실을 말하지 못한다. 이러한 갈등의 중첩이 후반부를 이끌어가는 주된 모티브이다.

> 제가 허영과 혼인하기로 결정하였다는 말은, 안빈과 옥남에게 선언할 때 그때, 버젓한 기쁨과 프라이드를 상상해본다. 그것이 허영심에 가까운 것이지마는 순옥에게 만족을 주었다. 순옥은 자기가 허영과 혼인하는 것이 어떻게 세상사람으로 하여금, 자기와 안빈과의 관계가 결백함을 보고 감탄케 할 것을 생각한다.(129면)

> 순옥은 무어라고 대답해야 할 바를 몰랐다. 순옥은 옥남의 생전에 알려주고 싶어서 허영과 약혼을 해놓고도 곧 옥남의 병이 침중해지고 또 도무지 그런 말을 할 기회를 얻지 못해서 약혼했다는 말을 못하고 만 것이었다.(154면)

옥남이 죽자 친구 인원은 안빈과의 결합을 권유한다. 그러자 순옥은 그것은 동물적인 사랑이므로 안빈에 대한 사모의 정이 더러워지는 것 같아 혼인을 할 수 없으며 혼인보다 더욱 높은 관계인 정신적인 사랑의 관계를 유지하겠다고 말한다. 그녀는 이 말을 지키기 위해 허영과 결혼을 결심하고, 간호부가 환자를 간호하는 셈치고 살겠다는 의지를 보인다. 순옥이 허영과 결혼을 결심한 것은 자신과 안빈의 거리를 유지하려는 방편으로써 선택한 것이다. 이것은 이후 소설의 갈등의 주된 원인이 되며 작품의 후반을 파탄으로 이끌어가는 결정적인 계기가 된다. 이러한 비현실적이고 인위적인 갈등을 작위적 갈등이라고 할 수 있는데, 이것은 곧 인물들의 사랑에 대한 그릇된 인식에서 비롯되고 있다.

> 사랑이란 그런 이기적 동기에서 나오는 불순한 물건은 아니야. 누구를 위해서 저를 희생하는 데서 - 아낌없이 제 모든 것을 - 생명까지도 무조건으로 갚어지기를 바라지 말고 말야 - 그 누구에게 내어바치는 것이 사랑이어든. 남녀의 사랑이나 무슨 사랑이나 말야. 우정두 그렇지, 애국심두 그렇구. 그렇지 않구서 말야. 어떤 남자나 여자나 말일세. 저사람을 내것을 만들어서 내쾌락이라든지, 원, 요새에 흔히 말하는 행복이라든지의 재료를 삼겠다 하는 그런 사랑은 사랑이 아니라, 치정이어든, 치정. 그것은 동물의 암내라는 것보다도 열등한 것일세. ……진정한 사랑이란 저편을 존경하구 사모하구, 그리구 그 존경하고 사모하는 저편을 위해서 내몸과 마음을 다 바쳐서 저편에게 터럭끝만한 도움이라두, 기쁨이라두 드리고 싶다 - 여기서 비로소 진정한 사랑이 성립되는 것이란 말일세. 적어도 순옥의 사랑관이 그것이란 말일세.(136면)

이는 허영과 결혼을 결심한 순옥의 오빠 영옥이 허영에게 강변하는 사랑의 논리이다. 여기서 작가는 끊임없는 희생이 사랑의 본질이라고 생각하고 있음을 알 수 있다. 이러한 왜곡된 현실인식은 순옥의 일생을 관통할 뿐 아니라 이후의 모든 삶을 설득력 없이 만든다. 이것은 철저하게 이타적이고 선한 인물로 표상되는 순옥에게만 적용되는 것이 아니다. 순옥의 모든 정신적 지침이 되는 안빈의 대승적인 사랑, 옥남의 희생, 동무인 순옥을 위해 자신의 삶을 희생하며 안빈과 안빈의 아이들을 돕는 인원 등도 그릇된 현실인식이 빚어낸 인물들이다. 작가가 이러한 인물들의 행동을 정당화하므로써 허영은 방종과 타락을 일삼는 인물로 부각되어 극단적 대비를 보인다.

『사랑』에서 시종일관 작가가 힘주어서 말하는 것은 정신적인 사랑으로의 향상이다. 일체의 육체적인 사랑이나 세속적인 사랑을 인정하지 않고 더러운 것으로 취급하는 그릇되고 교화적인 태도는 순옥과 안빈의 사랑을 정당화시키면서 지속적으로 잘못된 현실인식으로 이끌고 있다. 그러나 왜곡된 교화의 태도는 독자들에게 잘못된 현실인식의 방향을 제시하고, 현실을 진정하게 드러내는 갈등을 부각시키지 못하여 사건을 난폭하게 전개시킨다. 이는 앞에서도 살펴보았듯이 현실을 외면하는 사이비 갈등으로 점철되면서 진정한 사랑의 인식을 가로막는데 중대한 영향을 끼치고 있다. 이것은 사랑에 대한 그릇된 인식을 확산시킬 뿐만 아니라, 한편으로는 당시 시대현실의 문맥속에서 현실의 질곡을 인내하고 긍정하게 함으로써 현실의 모순에 눈감게 하고, 현재의 상황을 순응하게 하는 의식을 심어주게 된다.

(3) 사랑의 논리, 그 이면에 숨어 있는 현실순응의 태도

『애욕의 피안』과 『사랑』은 발표된 시기나 지면의 성격이 다르지만 전편과 후편이라고 해도 과언이 아닐 정도로 중심적인 지향이 서로

비슷하다. 두 작품에 일관하여 흐르는 '정신적인 사랑에 대한 지향과 사상'은 이광수의 논리임은 주지의 사실이다. 이를 추적해 보면 이 시기 이광수의 정신적인 삶의 목표가 어디에 맞춰져 있는지를 잘 알 수 있다. 그의 사랑의 논리는 당대인들에게 많은 상찬을 받기도 했지만 한편으로는 그릇된 이데올로기로서 지탄을 받기도 했다.

춘원의 『사랑』은 모르면 몰라도 아마 고금동서에 제일 가는 그릇된 연애관의 표현일 것이다. 속된 남녀가 껴안으면 혈액에서 아모르겐이 나오고 성스런 남녀가 껴안으면 아우라몬이 나온다는 춘원. 그는 꽃다운 처녀하고 한방에 잤는데도 껴안지 않았다고 『그의 자서전』에서 자랑삼아 말했지만 아마 껴안고 잤더라도 춘원의 혈액엔 아우라몬이 분비되었을 것이다. 이 『사랑』이 잘 팔리는 소설 중에서도 베스트셀러였다는 것이 무엇을 말하는가. 하물며 이 소설을 읽고 주인공 안빈 같은 춘원의 품에 안기어 보았으면 하는 성스런 처녀들이 생겼다는 말을 들을 때 춘원의 죄악은 신돈의 그것보다 더 크다하지 아니할 수 없다. 춘원의 문학은 연애도 허위의 연애관을 그 놀라운 필치로 철딱서니 없는 남녀에게 들씌웠던 것이다.[16]

이처럼 김동석은 "『사랑』에서 정신적인 사랑으로 위장하고 허위의 연애관을 유포한 것은 신돈의 죄악보다도 크다"고 주장하면서, 『사랑』에 나타난 그릇된 연애관을 신랄하게 비판하고 있다. 한편 김남천은 『사랑』이 "주관적 관념과 소설성이 서로 모순되고 알력을 일으키며 작가의 관념에 눌리어 산문의 정신인 소설성이 상실되었다"고 보고 있다. 그는 작가의 관념이 사랑의 끝없는 상황의 탐색이라는 의도를 설정하였음에도 불구하고 인간성의 결과를 유린하였음을 그 증거로

---

16) 김동석, 앞의 글, 116면.

들고 있다.[17] 김동석이나 김남천의 이러한 지적은 매우 타당하고 예리하다.

그렇다면 이광수는 왜 이 시기에 이러한 소설을 쓸 수밖에 없었는가. 당시 이광수는 '동우회 사건'에 얽혀 매우 괴로운 상황에 처해 있었고, 도산 안창호의 죽음으로 정신적인 지주를 잃어버리면서 사상적인 혼란을 겪고 있었다. 그러한 그가 혼란을 모면하기 위해 발견해낸 길이 바로 남을 위해 끊임없이 향상하는 사랑의 길, 정신적인 사랑의 길이었던 것이다. 그렇다면 이 '사랑의 길'이란 과연 무엇이었는가?

작중에서 주인공의 삶의 궤적을 그리면서 이광수는 자신이 가지고 있는 사랑의 논리를 지속적으로 역설하고 있다. 『애욕의 피안』의 강선생이나 『사랑』의 안빈 박사가 바로 이광수 자신이라고 해도 무방할 정도로 그들은 작가의 사상의 거처를 잘 보여주고 있다.

> 안빈은 소위 시니 소설이니 하는 것을 쓰면서 중생이 땀흘려 이룬 밥을 먹고 옷을 입는 것이 하늘이 무서운 것 같았다. 더구나 제가 생각하기에 그렇게 변변치 못하고 도리어 해독이 있으리라고까지 생각되는 제 작품이란 것을 보고 순결한 청년 남녀들 중에서 그것 때문에 저를 사모한다는 말을 듣거나 편지를 볼 때에는 그는 바늘방석에 앉은 것 같았다. 그는 먹는 밥알이 지옥불이 되고 그가 받는 독자들의 칭찬이 마디마디 정죄하는 선고가 되는 것 같았다.
> 이에 안빈은 당연히 자기가 주간하던 문예잡지 신문예를 폐간하고 의학을 배우려고 다시 학생이 된 것이었다. 안빈의 잡지 신문예는 십년 가까이 문예계의 중심세력이었다. 여기서 수십명의 시인과 소설가도 나왔다. 신문

---

17) 김남천, 「소설성과 개념의 알력 - 춘원의 전작소설 『사랑』」, 조선일보, 1938. 11. 13.

예는 당연히 문학사에 중요한 몇페이지를 점령할 것이요, 안빈은 삼십 이
삼세에 벌써 문단의 거장이요, 지도자의 지위를 확보하였던 것이다.(82면)

이와 같이 『사랑』에서 안빈은 삼십 이 삼세에 벌써 문단의 거장이
요, 지도자의 지위를 획득하였을 뿐만 아니라, 의학을 공부해서 의사
가 된 인물로 등장한다. 실제로 춘원이 33세이던 1924년에 『조선문
단』을 주재하는 문단의 지도적인 인물로 군림했던 전기적 사실을 보
더라도 『사랑』의 안빈은 춘원 자신을 모델로 한, 자신의 사상을 대변
하고 있는 인물임을 알 수 있다. 『애욕의 피안』에서 죽어도 썩지 않을
그리스도의 사랑을 역설하는 강선생 역시 안빈의 전신, 즉 이광수 자
신임은 미루어 짐작할 수 있다. 안빈이 의사가 된 것은 중생의 마음과
몸의 볕을 고치기 위한 것으로 그가 중생을 고치기 위해 선택한 길은
끊임없는 사랑의 보살행이다. 또한 안빈을 사모하는 석순옥이 안빈의
뜻에 따라 허영을 중심으로 한 주변인물들에게 베푸는 헌신적인 보살
행이 그가 독자들에게 전하고 싶어했던 메시지라고 할 수 있다.

안빈기 보살행을 실천한 행위의 근저에는 춘원이 당시 심취했던 법
화경 사상이 투영되어 있다. 안빈은 법화경 보문품계의 '내 아무리 해
서라도 중생의 괴로움을 건지는 자가 되리라'는 큰 원을 마음에 지니
고 중생을 괴로움에서 구하겠다는 일념을 갖는데, 법화경에서의 대승
적인 사랑이 바로 작중의 안빈이 지향하고 있는 사상인 것이다.

춘원이 실천의 경전으로 삼은 법화경은 바로 대승불교의 경전으로,
이 시기 그는 법화경의 세계에 깊숙하게 침윤되어 있었다. 이광수가
조광사의 한 설문에서 "어떤 서적을 읽느냐"는 질문에 "법화경을 읽
습니다. 6년내 계속하여서 읽습니다"[18]라고 대답했던 것에서도 드러
나듯이, 이 시기 법화경의 논리는 그에게 매우 중요한 정신적 지주로

작용하였다. 김윤식은 이에 대해서 "춘원의 친일에 진짜 명분을 준 것은 이 보살행이라는 가짜사상, 주관적 생각인 영원한 인류의 진리"[19]인 법화경 행자로서의 보살행이라고 말한 바 있는데, 이 시기 춘원의 행적을 이해하는 데, 법화경의 논리는 중요한 것으로 보인다.

안빈이 지속적으로 주장하는 것은 끊임없이 높은 사랑, 성인의 사랑이다. 그가 의학박사가 된 것도 그것을 행하기 위함이었고, 그의 학위 논문도 사람의 피에 흐르는 성인피 아우라몬의 존재여부에 관한 것이었으며, 순옥을 보살의 길로 이끌었던 것도 사실은 '사랑' 때문이다. 그는 주위의 사람들에게 "모든 것을 업보로 받아들이고 그것에 순하는 삶을 살라"고 강변한다.

> 인생의 일생이란 끝없는 수련의 길의 한토막이니까. 하루니까. 형극의 길이든, 장미의 길이든, 성심 성의로 날마다 당허는 일을 잘 치러가면 고만이니까. 원체 인생의 목적이 향락이 아니기 때문에 행복이니 불행이니 그것을 교계될 것이 아니어든. 그것은 모두 인과응보루 - 금생뿐 아니라, 전생, 다생, 무시 이래의 인과응보루 오는 것이니까. 치를 빚은 아무때에나 치러야 허는 것이고 - 빚이란 아무쪼록 빨리 치러버리는 것이 좋은 일이구. (141면)

순옥이 안빈과 옥남을 위해서 허영과 결혼을 결심하자 순옥에게 모든 인생을 수련의 길로 생각하고 인과응보로 받아들이라며 결혼을 권유한다. 순옥 역시 안빈의 말을 행동지침으로 받아들여 사랑없이도 병자를 간호하는 간호부의 심정으로 결혼을 하겠다는 결심을 표명한다.

---

18) 「명사 만문만답」, 『조광』, 1939. 3, 168면.
19) 김윤식, 앞의 책, 959~969면.

그리하여 순옥의 삶은 그야말로 인욕정진의 상황으로 나아가는 데, 그 과정에서 인간적인 번민은 하지 않는다. 그것은 그녀가 걷는 길이 정신적인 사랑, 인생에 순하는 생활이었고, 또한 이광수가 안빈의 교시를 실천하는 순옥을 통해 독자들에게 권유하고 싶었던 길이었기 때문이다.

당시 많은 평자들은 『사랑』의 문학적인 성과로써 정신적인 측면의 향상, 즉 안빈 정신의 고매함과 순옥의 한없이 순결한 보살행의 길을 예찬했다. 최근의 논의도 정신적이고 이상주의적인 사랑의 아름다움에 초점을 둔 것이 대부분이다. 그러나 강선생이나 안빈의 논리가 다른 한편으로는 친일논리의 공공연한 설법이라는 점을 간과할 수 없다. 그것은 파시즘 체제하의 식민지 현실이 아름다운 사랑, 이상주의적인 사랑의 그늘에 드리워져 현실의 인정과 긍정으로 나아가 순응의 논리로 화하고 있다. 김남천이 『사랑』을 평하는 자리에서 춘원의 안이한 현실인식을 비판하고 있는 것은 그러한 점에서 자못 흥미롭다.

> 도대체 핍연한 대로 말하여 현대철학과 현대 유물론의 세련을 치러버린 현대인의 교양과 취미나 또는 윤리에 있어서 소박한 세계적 이원사상과 나이브한 인과율의 철학이 과연 어느 모로 어떻게 하여 복잡다단한 현대인의 세기적 이념이 될 수 있을 것인가 하는 것은 역시 하나의 간과하지 못할 의문이 아닐 수 없다. 이러한 세계관이 능히 20세기의 정신적 위기를 구출할 수 있다고 생각한다면 조선이란 땅은 과연 풍류의 고장이기에 틀림없다.[20]

김남천은 춘원이 나를 버리는 그리스도의 사랑, 중생을 위해 보살행을 택한다는 논리의 이면에 자신이 처한 현실에의 함몰이 자리하고

---

20) 김남천, 앞의 글, 1938. 11. 13.

있고, 그것의 이론적인 방편이 사랑의 길, 순응의 길이었다는 것을 간파하고 있었던 것이다. 김동인의 "작자의 거취가 미정이니만치 고민은 고민대로 있고도 작중인물로 하여금 무리히 해결짓게 하기 위하여 그 인물의 성격, 환경, 교양 등에 맞지 않는 언, 행, 등을 작자는 억지로 시키지 않을까?"[21] 라는 의문 역시 작품속에서 현실을 무책임하게 미봉할 수밖에 없었던 고민에 봉착한 춘원의 모습을 여실히 보여주는 것이다.

이러한 상황에서 춘원은 현실과 조화롭게 화해할 수 있는 길을 정신적인 사랑의 선택과 인과응보와 보살행의 실천에서 찾았던 것이다. 그런데 거기서 더 나아가 자신이 처한 현실에 순응하고 무차별적으로 긍정하는 길로 나아감으로써 친일의 태도를 명백하게 보여주고 있다.

다 - 참아야지 - 참으되 부드럽게 참아야지. 이를 악물고 참는 것 말고, 어머니가 어린 자식에게 대해서 참는 모양으로 모든 것을 순순히 참는단 말이요. 그러길래 주인욕지하여 유화선순하는 것을 석가여래께서 보살의 안락행의 첫 허두에 말씀하셨소. 주인욕지 - 욕을 참는 자리를 떠나지 말고서, 그말이오. 유화선순이란 것은 부드럽게 화평하게 선하게 순하게 한 말요. 참을수 있는 것을 참는 것이야 누구는 못하나? 참을 수 없는 것을 참길래 참는 것이라지 - 안 그렇소? 예수께서도 그렇게 말씀하시지 아니하셨소? 용서하라고. 또 원수를 사랑하라고. 하나님이 해를 악인에게나 선인에게나 꼭같이 비치시는 것을 배우라고 그리고 맨 나중에 하늘위에 계신 하느님 아버지께서 완전하심과 같이 너희도 완전하라고. 또 바울도 그러지 아니하셨소? 사랑을 참고 사랑을 용서한다고. 또 예수께서 그러셨지? 형제가 내게 잘 못할 때에 몇번이나 참으리까고 누가 여쭐 때에 너희 조상께서

---

21) 김동인, 「춘원과 『사랑』」, 『박문』, 1938. 12, 11면.

일곱 번 참고 용서하라고 그러셨거니와 나는 진실로 너희다려 이르노니 일곱번씩 일흔번이라도 참으라고. 이에 대해서 부처님께서는 무한히 참고 영원히 참으라고 하셨소. 사랑은 참는 것이니까. … 중생이 - 우리 인류가 말이지 다 참는 공부를 완성한 때면 이 사파 세계가 곧 극락 정토요, 천국은 거기 가는 중간도 못되고. (240면)

주인욕지(住忍辱地) - 욕을 참는 자리를 떠나지 말고, 유화선순(柔和善順) - 부드럽게 화평하게 선하게 순하게 참는 것이 중생을 구제하는 최선의 길이라는 사실을 이광수는 안빈을 통해 이야기한다. 그러나 이 작품이 씌어진 30년대 말의 현실에서 현실을 있는 그대로 받아들이고 참으라는 것은 곧 현실에 대한 무조건적인 긍정이라고 할 수 있으며, 나아가 파시즘 체제에 대한 암묵적인 동의임을 의미하는 것이기도 하다. 안빈의 논리는 대단원의 결말에 이르면 노골적인 친일의 모습으로 극명하게 드러난다.

우리들 불쌍한 무리들이 이렇게 오늘날까지 사랑의 기쁨속에서 옳음을 위해서 바쁘게 살아오게 한 힘이 나 안빈에게나 있는 것 같이 말하는 것이지마는 그것은 큰 인식착오야. 내 정말 감사한 절을 드릴 분을 말할 테니 들어보시오 하고 말을 끊었다가

"첫째로 우리가 시시각각으로 고마운 절을 드릴 분은 우리의 마음속에 사랑과 옳음의 씨를 주시고 이것이 돋아나도록 힘써 주시는 부처님이시고 - 하나님이라든지, 원 이름야 무에라든지 말야. 우리속에 사랑의 씨가 없었더면 우리의 지난 생활이 어떠하였겠나? 둘째로 우리가 시시각각으로 고마운 절을 드릴분은 우리 조국님이시고. 조국님이 아니시면 어떻게 우리가 질서있는 사회에서 살기는 하며 옳은 일은 하겠나? 그런데 우리가 조국님의 은혜를 느끼는 감정이 부족해.

세째로는 부모시고, 네째로는 중생, 즉 남님이셔. 남님이란 말은 퍽 서투른 말이지만은 우리가 남이니 남들이니 하고 가볍게 생각하는 것이 큰 잘못이어든. 우리가 중생의 은혜 속에 살지 않나? 그러니까 남님이라고 불러야 옳을 거야. 이것은 내가 발명한 말이 아니라, 부처님의 가르치심이야. 사대은 - 네가지 큰 은이라고. 사람이 이 네가지 은혜를 잊지 아니하는 사람이면 자연히 감사의 생활을 할 것이고 감사의 생활은 곧 사랑의 생활, 자비의 생활이어든. … 나 안빈이가 오늘 할 일은 부처님, 나라, 어버님, 남님을 그대들에게 소개하는 일야."(297~298면)

『사랑』의 대단원은 만 육십세의 생일에 안빈이 경영하는 북한요양원에서 그동안의 삶에 대한 느낌을 말하는 것으로 마감된다. 여기서 안빈은 자신에 대한 칭송의 공을 '부처'와 '조국'과 '남'에게 돌리는데 그의 현실인식이 철저하게 순응적이며 친일적인 것임을 알 수 있다. 그가 고마운 절을 드려야 한다고 힘주어 말하는 대상은 부처 다음에 부모보다 앞서는 조국님이다. 그런데 30년대 후반 이광수에게 조국은 바로 일제를 의미하며 그의 조국이 일제라고 보는데는 그의 행적을 미루어 볼 때 별다른 무리가 따르지 않는다. 그가 사랑의 사도로서 조국에 감사를 드리는 것은 민중을 위해 친일을 했다는 해방 후의 논리와 한치도 다르지 않기 때문이다. "천황폐하의 적자"를 자청한 이광수에게 유일무이한 조국은 일제임은 부인할 수 없는 사실이다. 그는 노골적으로 일제의 찬양에 앞섰고, 그에게 영향을 받은 당시의 많은 민중과 문사들로 하여금 그의 논리가 한치의 오차도 없이 틀림없이 조국을 위한 일이라고 믿게 하는데 지대한 영향을 끼쳤기 때문이다.

『애욕의 피안』을 지나 『사랑』에 이르기까지 그의 사랑의 논리는 일관되게 독자들에게 이상주의적인 현실을 주입함으로써 당시의 현실을 왜곡하고 호도하는데 지대한 영향을 끼쳤다. 나아가 이광수의 그릇된 현실인식은 인내와 보살행을 통해 사바세계의 극락정토를 만들어야 한다는 터무니없는 논리를 독자들에게 유포함으로써, 식민지체제 하의 문제적인 운명을 눈감아 버리게 하는 대중소설의 부정적인 모습을 아울러 보여준다.

지금까지 살펴본 바와 같이 이상과 현실의 분열을 미봉하기 위해 이광수가 걸어간 길은 터무니없는 이상주의와 교훈주의에로의 침윤이었다. 이상을 통해 민중을 구하고 자신의 정신적 고민을 해결할 수 있을 것이라고 믿었던 이광수는 이를 통해 현실에 대한 무차별적인 긍정과 친일적인 세계관을 유감없이 드러냈던 것이다. 이 길은 오늘날에도 이광수의 작품을 숭고하게 생각하게 하는 하나의 요인으로 작용하고 있다. 그러나 역사적인 문면에서 그의 사랑의 길을 면밀하게 살펴볼 때 그 사랑의 길이 실은 자신의 행위를 정당화하는 다른 길이었음을 알 수 있다.

(4) 대중소설가로서 이광수가 끼친 영향

최초의 근대소설인 『무정』이후로 한국근대문학사 뿐만 아니라 일반 대중들에게 이광수가 끼친 영향은 당대의 어느 사상가나 정치가보다도 지대하다 할 것이다. 근대문학을 주도해온 대표적인 문인으로서 그가 끼친 영향은 긍정적인 면만큼 부정적인 면 역시 심대하다. 거의 대부분의 문인들, 심지어 그를 배격했던 프로문학계열의 문인들조차도 그의 영향의 자장 안에서 완전하게 자유로운 문인이 거의 드물었다는 것은 이러한 사실을 반증하는 것이라 해도 과언이 아니다. 그가 미친 파장은 1930년대 후반의 많은 문학좌담회나 문인들의 회고담에서 발견할 수 있다.

30년대말 만주사변 이후 일본 정세의 악화로 식민지 조선의 정세도 암울해진다. 사상보호관찰령이 공포되고 공출은 더욱 가혹해졌으며 물자는 귀해져서 신문이나 잡지가 자신의 목소리를 낸다는 것은 힘들어졌으며, 감면을 하는 경우도 빈번해졌다. 그래서 이 시기 대부분의 잡지들은 상업성을 강화하여 기사의 수준이 잡담수준에 가깝게 변화한 경우가 많았다. 특히 『조광』이나 『삼천리』지는 많은 독자를 확보하고 일반적인 교양향상을 표방하면서 연예인의 근황이나 독자들의 흥미를 끌만한 선정적인 기사들을 많이 실었다. 『조광』의 설문조사나 『삼천리』의 좌담회에서 이광수가 끼친 영향의 흔적을 발견하는 것은 그리 어렵지 않다.

『조광』은 매호마다 별로 중요하지 않은 조사를 많이 했는데, 「독서설문」, 「명사만문만답」, 「여백문답」, 「엽서회답」 등의 설문조사에서 "선생이 읽으신 연애소설, 유모어소설, 탐정소설 중 가장 감명 깊은 작품", "선생은 요즈음 어떤 서적을 읽으십니까", "지금까지 읽으신 소설 중 가장 재미있던 것", "조선문학상을 준다면?" 등의 질문에 대한 답변에서 가장 많이 등장한 것이 이광수와 그의 작품들이었다. 특히 1937년 3월호 『조광』의 "조선문단의 문학서 중 감명 깊게 읽으신 것"이라는 설문에서는 시인, 소설가, 평론가, 종교인, 언론인, 영화감독 등을 망라한 총 설문자 34명 가운데 이광수를 꼽은 이가 19명이나 될 정도로 이광수의 작품과 그에 대한 당대인들의 평가는 지대한 것이었다.

한편 『삼천리』지의 좌담회에서도 이광수는 자주 등장하는데 "어느 작가를 사숙하는가"하는 물음에 이 좌담회에 참석했던 여류작가 전원이 "이광수를 사숙하고 있다"고 한 것을 보더라도 당시 이광수의 인기는 가히 폭발적이었다고 할 수 있을 것이다.[22]

여러 정황을 살펴 볼 때, 당시 문단에서 이광수가 독자들에게 미쳤던 영향력은 오늘날 우리가 생각하는 것보다 훨씬 광범위했었음을 알 수 있다. 이것은 일반인들 뿐만 아니라 당시 작가들에게도 마찬가지였는데, 카프계열의 소설가들에게서도 이광수의 흔적을 발견하는 것은 그리 어렵지 않다. 심지어 당대 작가들 중 가장 정확하게 이광수 문학의 본질을 꿰뚫어 본 김남천에게서조차 대중적인 작품에서 이광수의 흔적을 발견하는 것은 그리 어렵지 않다.

이와 같이 광범위한 영향력을 지닌 이광수의 작품이 문제가 되는 것은, 일제 말기에 이르러 노골적으로 친일적인 사상을 드러내면서 독자들로 하여금 순응의 논리를 내면화하게끔 했다는 점에서이다. 『애욕의 피안』은 '종교적인 사랑, 남을 이해하고 그에 순하여 사는 삶'이란 화두가, 『사랑』에서는 줄기차게 부르짖는 '조국에 대한 사랑의 논리'가 친일의 논리와 맞닿아 있다는 것을 쉽게 알 수 있다. 한편 그의 작품에서 발견되는 전형적인 삼각 연애갈등이 지금까지도 많은 작가들이 차용하고 있는 통속화의 한 방식이라는 것 역시 그가 후대에 미친 영향이라는 점을 간과할 수 없다.

한국 근현대문학사에서 이광수를 배제하고 문학사를 기술한다는 것은 거의 불가능할 정도로 한국문학사에서 이광수의 그림자는 널리 펼쳐져 있다. 이광수는 『무정』을 발표한 이후 오랫동안 문단의 지도적인 위치에서 작가들과 독자들에게 많은 영향을 끼친 작가였다. 그는 시종일관 교훈적이고 선구적인 입장에서 많은 글을 양산해냈다. 그러나 일제 말기에 이르러서는 교훈성을 외피로 삼아 다수의 친일적인 글을 발표한다.

이광수의 후기소설들 특히 『애욕의 피안』은 기존에는 통속적이고

---

22)「여류작가 좌담회」,『삼천리』, 1936. 2.

문학성도 일정한 수준에 이르지 않았기 때문에 연구자들의 주목을 받지 못했다. 그러나 이 작품은 춘원 말기의 대표적인 저작으로 노골적인 친일의 논리를 드러내는 『사랑』으로 이어지는 과정의 작품이며, 대중소설의 전형적인 통속성과 이광수의 정신적인 지향을 잘 보여주는 작품이다.

『애욕의 피안』과 『사랑』에 드러나는 통속성의 요소로는 구성의 우연성, 감상성, 사이비 갈등을 들 수 있다. 작품을 구성하는데 있어서 구성의 우연성을 남발하게 되는 것은 작가가 자신의 사상을 일방적으로 작중인물들에게 부여하여 구성의 파탄을 일으킴으로써 생겨난 것이다. 대부분의 대중소설은 눈물을 유발시켜 독자들에게 이미지를 각인시키는데, 이는 작중 인물들의 필연적이지 않은 행동동기를 독자들에게 설득하기 위해서 사용하는 장치로 『애욕의 피안』에는 농후한 감상성으로 드러난다. 한편 피상적인 현실이해로 인해 사이비 갈등이 심화된다. 또한 이 사이비 갈등의 이면에는 작가의 과다한 교훈성과 이상성이 숨쉬고, 이로 인해 작가는 독자들의 진정한 현실이해의 길을 차단하게 된다.

그러나 작품의 통속성보다 문제가 되는 것은 작품에서 주인공을 통해 주장하는 '나를 버리는 사랑, 정신적인 사랑'이 당시 춘원의 친일논리를 대변하고 있다는 점이다. 그는 30년대 후반에 이르러서 노골적으로 친일을 주장하는데, 작품 안에서 터무니없는 사랑의 논리를 독자들에게 유포함으로써 식민지 체제하의 문제적인 운명에서 독자들의 시선을 차단시키고, 나아가 일제에 순응하는 태도를 여실히 드러내고 있다.

이광수와 그의 작품이 문제적인 것은 그가 당대는 물론 오늘날까지도 많은 작가와 독자들에게 영향을 끼치고 있다는 점 때문이다. 그로 인해 오늘날의 대중소설과 대중문화도 그의 영향의 자장에서 자유로 워지지 못하고 있다. 이는 30년대 후반 이광수 대중소설의 위력을 보여주는 것이며, 동시에 체제에의 순응이라는 대중소설의 한 단면을 잘 보여주는 것이라고 할 수 있다.

2) 대중에의 위무와 현실순응의 그림자 – 박계주의『순애보』

30년대 후반 본격문학을 지향했던 대부분의 작가들이 변화된 현실 상황 속에서 통속의 길로 걸어갔던데 비해, 스스로 통속소설가임을 자 처하고 나선 김말봉과,『매일신보』현상공모에 당선되어 작가의 길을 걸어간 박계주의 경우는, 1930년대 초반에 활동을 하던 여타의 작가 들이 지녔던 현실감각과는 다르게 새로운 작품경향으로 대중들의 구 미와 호응에 힘입어 당대의 베스트셀러 작가로 군림하게 되었다. 특히 박계주의『순애보』는 오늘날까지도 지속적으로 읽히고 있으며, 김말 봉의『찔레꽃』과 더불어 1930년대 후반 대중소설의 한 양상을 잘 보 여준다. 이 시기 대중소설의 범람은 전시대 문자행위의 절대적인 준거 틀이었던 이념의 상실과, 고도로 발달한 자본주의와 신문의 상업주의 가 절묘하게 결합함으로써 비롯되었다.『순애보』가 문제가 되는 것은, 당시의 정황과 대중소설의 성격에 가장 부합하는 작품이기 때문이다.

『순애보』에 대한 기존의 논의는 작품이 지니고 있는 통속성과 작품 안에 내재되어 있는 기독교적 요소로 인하여 상이하게 나타난다. 문학 적인 측면에서는 이 작품이 지니는 사회사적 의미를 간과한 채 통속 적인 작품으로만 치부하거나[23], 신앙인의 입장이거나 기독교의 이념

---

23) 조동일,『한국문학통사』5, 지식 산업사, 1989.
　홍정선,「한국대중소설의 흐름」,『문학의 시대』2, 풀빛, 1984.

적인 측면에서 보는 경우는 작품의 맥락과는 별 상관없이 고평을 하
고 있는 실정이다.[24] 그러나 『순애보』의 경우 출간 당시부터 현재에 이
르기까지 독자들의 지속적인 관심을 끌고 있음에도 불구하고 김말봉
의 『찔레꽃』에 비해서는 상대적으로 소홀하게 다루어지고 있는 감이
없지 않다.[25]

　(1)『매일신보』의 분리경영과 『순애보』의 탄생

　1904년 7월 18일 영국인 배설이 창간한 『매일신보』의 전신인 『대
한매일신보』는 민족진영의 대변지로써 민족진영의 재정과 제작상의
지원에 힘입어 사세가 확장되어 1900년대 후반에 이르러서는 민족진
영의 대표적인 언론기관으로 부상한다. 그러나 배설이 사망한 후 대한
제국의 국운이 기울자 배설의 후임이었던 알프레드 만함이 1910년 6
월 9일 이장훈에게 신문을 매도하고, 조선총독부는 1906년에 통감부
기관지로 창간한 『경성일보』와 『대한매일신보』를 통합하여 한일합병
다음날인 1910년 8월 30일부터 『매일신보』(每日申報)라는 제호로 개
제한다. 합병후 『매일신보』는 총독부의 기관지로서 1910년부터 20년

---

24) 임영천, 「이용도와 한국문학과의 관계 - 박계주의 『순애보』에 나타난 이용도의 기
　　독교 사상을 중심으로」, 『인문과학연구』11, 조선대학교 인문과학연구소, 1989.
　　장광진, 「『순애보』에 나타난 기독교 신비주의」, 연세대학교 이론신학과 석사학위논
　　문, 1992.
　　정홍권, 「<순애보>에 나타난 기독교 사상」, 『국어국문학』6, 부산대학교, 1967.
25)『순애보』에 관한 논의로는
　　정한숙, 「대중소설론」, 『현대한국소설론』, 고대출판부, 1977.
　　한걸음 더 나아가 『순애보』의 이데올로기와, 소설사적 위치를 논구하고 있는 것으
　　로 김영찬, 「1930년대 후반 통속소설 연구 -『찔레꽃』과 『순애보』를 중심으로」, 성
　　균관대학교 석사학위논문, 1994, 12.
　　그 외 작품의 공감구조와 출판의 기능을 점검하고 있는
　　민병덕, 「한국근대 신문연재소설 연구」, 성균관대학교 박사학위논문, 1988. 등이 있다.

대 초까지 유일한 한글신문으로 독점적인 위치를 차지하게 되었다.[26]

초기 민족진영의 대변지로써 대표적인 역할을 하던 『대한매일신보』는 합방과 함께 총독부의 기관지로 전락하면서, 이전과는 정반대의 방향으로 성격이 변화한다. 이러한 성격의 변화는 초기 신소설의 주요 발표무대였던 학예란의 연재소설들이 한일합병 이후에는 친일적인 주제와 통속적인 내용으로 급격하게 변질되었다는 사실에서도 분명하게 확인할 수 있다.

일제는 1909년부터 1913년 사이에 대대적인 금서조치를 강행하였다. 이로 말미암아 1900년대 애국계몽기의 문학에 강하게 드러났던 정치성은 급격하게 쇠퇴하고 통속화의 경향이 두드러지는데, 1912년 『추월색』으로 시대의 총아가 된 최찬식은 이인직의 친일문학을 계승하는 한편, 더욱 낮은 수준에서 통속화 한 대표적인 작가였다. 이후 신소설은 급속하게 자체 붕괴의 길을 걸었으며, 1913년 『장한몽』의 출현은 신파문학이 신소설을 대체하는 상징적인 사건이 된다.[27] 1910년대 『매일신보』에 실린 친일문학의 대표적인 작가였던 최찬식의 작품이나 조중환이 번안한 일본 신파소설 작품들이 실렸던 것은 이 시기 『매일신보』가 일제의 식민지 통치를 홍보하는 총독부 기관지로서의 태도를 여실히 보여주는 일례라고 할 수 있다.

1920년대 들어 일본이 문화통치로 전환한 이후 민간신문과 여러 잡지의 발간을 허가하면서 1910년대의 신문을 독담해 왔던 『매일신보』는 충실하게 총독부의 선전기관 역할을 했는데, 초기 『대한매일신보』의 논지와는 정반대의 입장으로 전환하여 친일적이고 반민중적인 논조를 취함으로써 민중들로부터는 환영을 받지 못했다.[28] 『매일신보』

---

26) 정진석, 「『매일신보』 연구」, 『한국 언론사 연구』, 일조각, 1983, 3, 27면.
27) 최원식, 「이해조 문학 연구」, 『한국 근대 소설사론』, 한길사, 1986, 11~12면.

의 친일적인 논조로의 성격변화는 설립취지서를 보면 명확하게 드러
난다.

　　설립취의서 : (전략) 먼 역사의 사실에 즉하고 깊이 현하의 실상에 비추
어 통치의 대정신을 체하고 내선 일체의 대 이상하에 시정의 선전 · 문화의
향상 · 민의작흥 · 사상선도의 기관으로서 다년 반도언론계에서 고투하여
오던 『매일신보』를 중심으로 해서 청신하고 강력한 언론기관 주식회사 『매
일신보』의 설립을 발기함에 이르렀다. 『매일신보』는 일당 일파의 기관이
아님은 물론, 중(中)을 밟고 정(正)을 잡고서 나아가서는 당국의 시설에 협
력하고 물러와서는 민의의 대표될 것을 기하는 반도의 공기이다.[29]

　『매일신보』의 설립취지서에서 가장 중점적으로 말하고 있는 것은
내선일체의 이상을 표방한 사상선도 기관으로서의 직무이다. 이러한
이념의 지표 아래 『매일신보』는 『경성일보』와의 분리경영 기념사업의
일환으로 문예작품 현상공모를 실시한다. 『매일신보』는 1919년 8월

---

28) 한편, 총독부가 『매일신보』와 『경성일보』를 통합한 뒤 『매일신보』는 독립된 신문
　　이 아니라 『경성일보』의 사장과 편집국장의 지휘 아래 놓인 『경성일보』의 자매지
　　성격을 가지게 됨으로써 경영면이나 재정적인 면에서 일본인 경영자와 『경성일보』
　　에 예속되어 있어 『경성일보』의 일인사원들과 갈등이 심했다. 이에 1938년 4월 29
　　일 『매일신보』는 100만원의 주식회사로 발족하여 경일에서 분리독립을 하고 동시
　　에 제호도 『매일신보』(每日新報)로 개제하게 된다. (정진석, 『한국 언론사』, 나남,
　　1990, 327면) 그러나 주식회사로 발족을 했어도 당시 주주는 "모두 367명이었는데
　　『경성일보』가 1만 8,000주로 최대주주이고, 식산은행이 3,800주, 감사역 天谷健二
　　의 명의로 된 3,015주를 제외하고는 최린과 이상협이 각각 200주씩을 소유한 것으
　　로 되어 있었다. 나머지는 대부분 20주의 소주주였다"(정진석, 위의 책, 537면)는 사
　　실을 보면, 새체제의 『매일신보』는 더 효율적으로 총독부의 시책을 뒷받침 할 수 있
　　는 기관으로 강화되었다고 볼 수 있을 것이다.
29) 「백만원의 『매일신보』는 어떻게 되어 나오나」, 『삼천리』, 1938. 5, 147~148면.

에 1등 150원, 2등 100원, 3등 50원 등의 현상금을 내걸고 소설작품을 모집하여, 후에 나타난 민간지들의 신춘문예 모집에 앞서 현상공모 제도를 실시한 이력을 가지고 있기도 한데[30], 분리경영사업의 일환으로 현상금 일천원이라는 당시로서는 신문사상 거액의 상금을 내걸고 소설, 영화소설, 국민가요 부문에서 현상공모를 실시하였다.[31]

당시 현상공모의 심사위원들은 "신문소설은 1.읽기 쉬운 문장이어야 할 일, 2. 매일매일 흥미를 끌고 나아가야 할 일, 3. 대중이 이해하기 쉬운 사건이 전개되어야 할 일, 4. 할머니 할아버지 어머니 누나 등 온 가족이 한 자리에 같이 앉아서 읽을 수 있도록 미풍양속에 배리됨이 없어야 할 일, 5. 현실을 정화하여서 독자로 하여금 고상한 감동을 보지하도록 할 일, 6. 문학적 창조적이어야 할 일"[32]등의 요건을 심사기준으로 들면서, 박계주의 『순애보』가 이러한 기준에 가장 적합하여 당선작으로 결정하였다고 평하고 있다. 이러한 배경에서 탄생한 『순애보』는 신문연재 이후 폭발적인 인기를 얻어 단행본으로 발간되었고, 많은 독자들에게 호응을 받은 베스트셀러가 되었다.

(2) 신문연재본과 단행본의 차이

이러한 탄생배경을 가진 『순애보』는 1939년 1월2일부터 6월 17일

---

30) 정진석, 앞의 책, 326면.
31) 「문예작품 현상모집」, 『매일신보』, 1938. 10. 22. 당시 일반사무직원의 월급이 50원 정도였음을 감안한다면 현상금 천원은 일반인들에게는 매우 큰돈이었다. 매일신보사는 이 현상공모에서 당선한 『순애보』로 독자배가의 효과와 엄청나게 많은 단행본의 판매로 유형 · 무형의 이익을 얻어, 또다시 1,500원이라는 거금을 걸고 현상공모를 하기도 했다. (「황기 2600년, 시정30주년기념 현상 1500원 장편소설 모집」, 『매일신보』, 1940. 1. 3.)
32) 「장편소설 선후감」, 『매일신보』, 1938. 12. 29.

까지 총 163회가 연재되었다.[33] 『순애보』는 신문에 연재된 당시부터 독자들의 관심과 흥미를 끌었다. 단행본으로 출판된 이후에도 독자들의 열광적인 환영을 받았으며 현재까지도 많이 읽히고 있는 작품이다. 이 작품의 인기는 박계주의 아들 박진씨가 그동안 "약 1백판에 1백 20여 만부가 나갔을 것"[34]이라고 추정하고 있을 정도로 대단한 것이었다.

그렇다면 『순애보』의 이러한 인기는 어디에서 비롯되었는가?

최문선은 우연히 원산 송도원 해수욕장에서 물에 빠진 인순을 구해주고 인순은 문선에게 사랑을 느끼게 된다. 한편 문선은 그곳에서 옛날에 헤어진 윤목사의 딸 윤명희를 만나 사랑을 확인하고 결혼을 약속한다. 서울로 올라온 문선은 명희의 아버지 윤목사가 경영하는 야학교와 감화원에서 아이들을 가르친다.

인순은 문선을 만나 사랑을 고백하고 문선은 괴로워한다. 인순에게 초대를 받은 문선은 인순의 집에서 괴한의 습격을 받아 실명하고 강간살인범이라는 누명을 쓰게 된다. 그러던중 문선은 신문기사를 보고 그에게 용서를 구하러 온 진짜 살인범의 딱한 사정을 듣고, 범행을 시인하여 사형언도를 받는다. 그러나 양심의 가책을 받은 범인이 경찰에 자수하여 문선은 미담의 주인공으로 풀려나지만, 명희를 위해 그녀 모르게 김영호에게 몸을 의탁한다.

---

33) 기존 연구자들의 경우 1월 1일부터 6월 17일까지 162회 연재되어 있다고 밝히고 있으나, 실제연재는 1월 2일부터 6월17일까지 4회가 휴재(2월 14일, 4월 4일, 6월 5일, 6월 13일)되고, 총 163회가 연재되었다. 연구자들이 착오를 일으킨 것은 최종 연재분인 6월 17일자가 162회라고 명시되어 있기 때문인데, 총 횟수를 살펴본 결과 교정의 착오로 같은 회가 두 번 반복되어 표기되어 있으므로 총 연재횟수는 163회가 맞다.

34) 양 평, 앞의 책에서 재인용, 17면. 이것은 1985년 당시의 추정인데 최근에는 문학과 현실사(1995년)에서 재간행되기도 하였다.

　명희의 친구 혜순은 해외유학을 하고 가정형편도 좋은 이철진과 결혼했으나, 철진이 친구 옥련과 바람을 피우자 이혼을 한다. 이혼을 한 혜순은 선교사로 와있던 멜폰 여사의 도움으로 구라파에서도 기대되는 성악가가 된다. 혜순은 명희, 멜폰여사와 휴가 도중 우연하게 자신들이 탄 자동차와 철진과 옥련이 타고 있던 자동차가 부딪쳐 두사람의 생명이 위험해지자, 그들에게 수혈을 해 생명을 구한다. 철진은 혜순이 수혈해준 것을 알고 양심의 가책을 받아 괴로워 하던 중에 옥련의 불륜을 발견하자, 혜순에게 용서를 빌고 새로운 삶을 살기로 결심한다. 그후 철진은 낙동강 수해지구에서 구호활동을 하던 중에 물에 빠진 사람을 구해내고 죽는다. 옥련은 철진의 죽음으로 자신의 지난날을 회개하고 수도원으로 들어간다.

　한편 명희는 신문에 난 문선의 무죄석방 사실을 알고 행방을 찾던 중에, 명희의 약혼소문을 듣고 괴로워하는 문선을 본 영호의 편지로 문선을 만나, 결혼을 하고 행복한 생활을 한다.

　위의 기본 서사에서 볼 수 있듯이 『순애보』는 주인공 최문선과 윤명희의 지극한 사랑의 완성을 기본축으로 한다. 여기에 인순과의 관계로 인해 전개되는 문선의 고난의 시작과 결말, 명희의 친구인 혜순과 남편 철진, 혜순의 친구 옥련과의 삼각관계, 철진의 죽음으로 인한 관계의 해소 등이 첨가되는 비교적 간단한 서사구조로 되어 있다. 그럼에도 불구하고 당대 뿐만 아니라 해방 이후 오늘에 이르기까지 이 작품이 공전의 히트를 기록할 수 있었던 것은, 간단한 서사를 중심으로 하면서도 작품 안에 지고지순한 사랑, 지극한 종교적인 사랑과 희생, 민족주의적인 색채 등이 고루 내포되어 있기 때문이다.

　그러나 『순애보』는 현상공모에 당선되어 연재된 당시의 내용과 단행본으로 발간된 후의 내용이 많은 차이가 있다. 그것은 "발간에 제하여 저자는 전편에 의하여서 수정하고 새로이 가필하였다"는 단행본 발간시의 광고에서도 볼 수 있듯이, 단행본 출간시 수정에 의한 것으로 보인다.[35] 이러한 차이는 연재시의 『순애보』가 『매일신보』 현상공모 기준에 적합하여 신문사 측이나 독자층을 만족시켰던 내용에 민족주의적이고 반일적인 내용을 첨삭함으로써 비롯된다. 이것은 해방후에도 이 작품이 독자들에게 지속적으로 읽히게한 요인으로 보인다.

신문연재본[36](이하 연재본으로 칭함)은 55개의 소제목으로 구성되어 있으나, 단행본은 소제목을 33개로 대폭 줄였으며, 소제목은 연재본에 비해 각 장의 내용을 짐작할 수 있게 구체적으로 제시되어 있다. 문장은 단행본이 압축적이고 묘사나 상황의 전개가 더욱 구체적이다. 대화도 연재본은 그저 평이한 대사가 진행되지만, 단행본은 말장난에 가까울 정도로 훨씬 감각적으로 표현하고 있다. 그러나 연재본과 단행본의 차이는 형식상의 차이보다는 내용의 첨삭에 따른 내용과 분위기의 변화라고 할 수 있다. 일반적으로 연재본의 1회분을 보통 9~10매 정도로 볼 때 총분량은 1600매 안팎이 되는데, 단행본의 총분량은 2200매 내외로 연재본에 비해 많은 수정과 가필이 이루어졌음을 알 수 있다. 가필의 주된 내용은 주인공 최문선의 내력과 행위 등을 반일적이고 민족주의적인 성향으로 윤색한 것이 대부분이며, 인물의 내면

---

35) 신문연재 이후 최초의 단행본은 매일신보사에서 발간하였고, 해방후에는 박문서관 성문사 등 많은 출판사에서 출간되었다. 최초의 단행본 출간시 광고에는 새롭게 수정하고 가필했다는 내용이 들어 있는데, 해방후의 단행본은 반일적이고 민족주의적인 색채가 농후한 삽화들이 주로 가필되어 있다. 그러나 출판 당시의 단행본은 내용면에서의 가필보다는 문장의 수정에 비중을 두었을 것으로 보인다. 여기에서는 연재본과 1957년 성문사에서 간행된 판본을 비교의 대상으로 삼았다.
36) 본문에서는 30년대 후반의 면모를 잘 드러내는 신문연재본을 분석의 텍스트로 삼았다. 앞으로 본문 인용시에는 옆에 인용한 연재분의 날짜만 밝히기로 한다.

심리, 선정적인 표현, 종교적인 내용이 강화되어 있다.

단행본은 특히 반일적이고 민족주의적인 색채를 많이 보강하고 있다. 연재본의 「과거」에서 문선의 가족은 당시 많이 이루어지던 간도 이민세대로 묘사되고 있다. 그러나 단행본의 「고국을 등지던 시절」에서는 문선의 부친 최백산이 일제의 탄압에 대항하여 지하운동을 하다가 수차 체포되고 투옥되었던 인물로 형상화 된다. 그의 아버지는 간도로 가 독립군을 양성하고, 이민동포의 자제를 교육하는 학교를 설립하는 등 조직적인 운동을 전개하다가 일본의 무장 테러리스트에게 암살당한 것으로 처리하고 있다.

단행본의 「태양의 마을」에서는 아버지의 피를 이어 받은 최문선이 서울로 올라와 명희 아버지가 운영하는 야학교 교사로 아이들을 가르치면서 신사참배, 창씨개명, 조선어 말살정책에 대한 비판을 하고, 조선어의 우월성을 장황하게 강조하는 실천적이고 희생적이며 강직한 인물로 형상화되어 있다. 또한 야학교의 조선어 작문시간에 자신이 지어 읽어준 의병장 김응서와 계월향이 왜군장수를 죽인다는 내용의 소설로 인하여 불령선인으로 지목되어 고초를 겪는 내용이나, 소년 박치의의 애국심에 대한 동화 등은 작가가 주인공 최문선을 민족주의적이고 기개있는 인물로 그리기 위해 삽입한 내용들이다.

이러한 가필은 주인공인 최문선 뿐만 아니라 작중의 여러 인물에게 고루 분산되어 나타난다. 인순의 살인범이었던 이치한의 살인 동기를 일제의 억압과 가혹한 수탈로 인한 실직과 기아에서 기인한 것으로 만들고 있는 점이나, 김영호가 함경도로 잠적한 이유를 일본경찰의 요시찰인이었기 때문으로 설정한 것 등이 그것이다. 그외에도 금강산 유람을 하면서 이야기하고 있는 삽화들이나 수해지구의 상황에 대한 논평 등에서 반일적인 정서를 작품 곳곳에서 드러내고 있다. 주인공이나 주변인물들을 민족주의적인 색채로 윤색함으로써 작중인물들이 박애적이고 희생적인 인물로 드러나며 이것은 독자들에게 감동을 제공하는 요소가 된다. 아울러 민족주의적 요소 외에도 피엘신부의 일화나 예수의 일화, 여러 종교적인 설교의 강화를 통해 신앙인으로서의 희생적이고 순종적인 자세가 주는 감동과 기독교적인 인도주의를 보여준다.

『순애보』가 베스트셀러가 된 비결은 여기에서도 찾아볼 수가 있다. "중·고교 교사들이 이 책을 권하고 있어 학생독자로 매년 1만부를 수월하게 넘어가고 있다"[37]는 어느 출판사 사장의 말에서 볼 수 있듯이 앞서 살펴본 내용들이 작품 내적인 서사구조의 이해라는 독서방식과 함께 거기에 가미된 사상성이 지적인 만족과 선택의 기쁨을 즐기는 독자들의 기대지평을 충족시켜주고 있기 때문이다.

(3) 새로운 감각의 표출

조중환의 『장한몽』 이후 대중소설은 이광수, 나도향, 김말봉에 이르기까지 '돈이냐 사랑이냐'라는 질문에 대한 선택이라는 전형적인 패러다임의 반복이었다고 할 수 있다. 그러나 『순애보』의 경우 다른 대중소설들의 '돈'과 '사랑' 곧 현실과 이상의 선택이라는 기존의 틀과는 달리, 돈이라는 물리적 현실이 개입되지 않은 지고지순한 사랑의 실천이 전개된다. 연인에 대한 지고지순한 사랑, 종교에 대한 사랑, 인간에 대한 사랑 등이 그것이다.

---

37) 양 평, 앞의 책, 17면. 『순애보』는 전형적인 대중소설임에도 불구하고 작중에 드러나는 주인공의 민족주의적 태도, 박애주의적인 요소가 중고생들에게 필독도서로 읽히게 된 가장 주된 요인이며, 또한 그것이 이 작품이 오늘날까지도 많이 팔리게 한 주요 원인이라고 할 수 있다.

그러나 그러한 요인 외에도 『순애보』는 당시의 대중소설들과는 다른 새로운 감각과 메시지를 지니고 있다. 박계주의 『순애보』는 발표 당시 많은 평자들로부터 문장의 유려함과 높은 사상성으로 호평을 받았다.

> 나는 고선자의 한사람이였기 때문에 『순애보』를 끝까지 정독하고 구상이 절묘함과 문장이 유려함과 필치가 능숙한 점으로 문명 높은 어느 작가가 익명투고한 줄만 꼭 알았다. 그리고 이 소설을 읽어가면서 퍽이나 정성을 들였다고 탄복했으며, 문장도 곱고 부드럽고 신문소설이 필요로 하는 다채한 맛과 스토리의 복잡다단, 등장인물에의 친화력, 모든 것을 다 구비하고 맨 끝까지 일관하여 끌고 내려 가는 남을 사랑하며 세상을 위하여 저를 죽인다는 그 휴머니즘 그 기독정신을 높이 평가하여 좋을 바라고 보았다.[38]

현상공모의 심사위원이었던 김기진의 위와 같은 평가나 "문장이 유려창달하여 그 수법의 묘한 맛이 춘원을 어루만져 흡사 소춘원의 개(槪)가 있다"[39], "소설 『순애보』는 상(想)으로나 문장으로나 조금도 손색이 없는 작품"[40]이라는 등 대부분 논자들의 평은 박계주 소설에 나타나는 당시로는 유려한 필치와 구성의 조화 등에 관한 것이다. 이러한 호평은 박계주 소설이 지니고 있는 소설기법의 참신함과, 제재의 새로움, 문체의 유려함에서도 기인하는 것이지만, 동시에 『순애보』가 발표된 1930년대의 문학적 상황과도 무관하지 않은 것으로 보인다.

---

38) 김기진, 「불타는 휴머니즘」, 『매일신보』, 1939. 12. 17.
39) 박종화, 「현대소설의 백미」, 『매일신보』, 1939. 12. 17.
40) 전영택, 「인생 최고의 이상과 행복」, 『매일신보』, 1939. 12. 17.

　　이것은 다른 일면으로 보면 조선문학이 삼십년대에 들어와서 문학적 전
통과 문학적 질서가 정비되려는 현상이기도 하겠지마는 삼십년대가 한 개
의 문학주의 시대적 상모를 가졌다는 것은 문학이 시대나 사회로부터 원심
적 경향을 취하고 있다는 말인데 이러한 시대에 배출한 신인들이 문학의
시대적 또는 사회관계보다 더 많이 문학 기술에 쏠리게 되는 것은 우연한
일이 아닐 것이다.[41]

　　이원조는 1930년대의 문학을 검토하는 자리에서 1930년대를 문학
주의적 상모를 가진 시대, 그리하여 문학이 시대와 사회로부터 원심적
인 경향을 취함으로써 당시에 등장하는 신인들이 문학기술에 쏠리고
있다는 사실을 지적하고 있다. 이것은 30년대 후반 문학이 이전 시대
와 다른 가장 큰 차이점이며 그것에 대한 적절한 지적이다. 이원조의
지적은 박계주에게도 적용된다. 『순애보』는 이전 시대의 소설과는 달
리 사건을 끌어나가는 방법이나 구성방식, 묘사, 새로운 어휘의 사용
으로 인한 분위기 연출 등의 문학적 기술이 훨씬 새롭고 다채롭다.
　　이전의 대중소설이 비련의 여주인공을 중심으로 물리적 장애와 내
면적 갈등으로 이루지 못할 사랑이라는 테마가 정석적으로 전개된다
면, 『순애보』의 경우 주인공인 최문선과 윤명희의 사랑에 있어 남자주
인공 최문선의 시련이 서사의 중심에 놓이고 애정이 실현되는 결말이
다른 작품들과 대별되는 부분이다. 물론 이 작품 역시 기존의 작품들
처럼 갈등이 존재한다. 다른 작품들은 그 갈등과 주변적 환경으로 인
하여 주인공들이 사랑의 실현과 거리가 있는 선택을 하지만, 『순애보』
에서 문선과 명희는 주변의 어려움에도 불구하고 갈등보다는 믿음으
로 사랑을 이끌어 가고, 결국에는 지극한 사랑으로 장애를 극복한다는

---

41) 이원조, 「문학 30년대를 검토한다」, 『조선일보』, 1940. 1. 30.

것이 다르다고 할 수 있다.

이러한 사건 전개방식과 함께 구성방식도 차이를 보인다. 이 작품의 서두는 문선과 인순의 친밀감 있는 대화를 통해 두사람이 작중의 중심인물로 느끼도록 전개되다가 명희를 등장시킴으로써 독자들에게 반전에서 오는 흥미로움을 느끼게 만든다. 내용의 반전에서 오는 흥미로움은 문선이 인순의 치정살인범으로 오인되는 부분에서 다시 이루어진다. 문선이 인순의 집을 방문했다가 정체불명의 인물에게 맞아 실명을 하고, 범인으로 누명까지 쓰고 난 뒤에 쏟아지는 비난속에서 괴로워 하던중 이치한이 등장하여, 자신이 범인임을 밝힌다. 이 때 문선은 마음 속에서 격렬한 분노를 느끼는데 경찰이 나타나 이치한의 신분을 묻자 갈등하다가 친구라고 대답을 하므로써 문선의 누명이 벗겨질 것을 기대했던 독자들의 기대를 안타까움으로 반전시킨다. 이러한 반전의 효과는 긴장감과 함께 독자들을 작품에 더욱 몰입할 수 있게 하는 요인으로 작용한다.

한편 이 작품은 최문선과 윤명희의 사랑의 완성이 기본적인 서사구조이지만 명희의 친구 혜순과 철진 부부의 이야기가 서사의 다른 한 축으로 전개된다. 혜순과 철진의 이야기는 61회(연재본)부터 153회까지로 분량상으로는 문선과 명희의 이야기보다 많다. 작가는 두사람의 이야기를 전개해가는 동안 문선의 이후 행적에 대해서는 거의 언급하지 않고, 중간에 함경도 생활의 일부분을 간략하게 보여준다. 이러한 방식은 실명으로 진퇴양난의 어려움에 처해 있는 문선의 행보에 대해 독자들이 더욱 관심을 갖게 하는 요인으로 작용한다.

『순애보』의 구성상 특징적인 점은 작품의 결말부분이 처음의 장면과 똑같이 구성되어 있다는 것이다. 작품의 처음은 바닷가에서 인순과 문선이 만나는 장면으로 시작하는데, 작품의 결말에서 결혼 후의 문선과 명희의 행복한 생활을 혜순이 김영호에게 보내는 편지를 통해 알려주고, 문선의 근황과 함께 문선이 쓰는 연재소설의 일부분이라며 인순과 문선의 만남을 첫회와 동일한 장면으로 구성하고 있다. 처음과 마지막의 장면을 동일하게 구성하는 방식은 독자들에게 작품의 이미지를 선명하고 새롭게 하는데, 김기진이 "구상의 절묘함"을 발한 부분이 바로 이러한 점들이다.

한편 『순애보』를 고평하는 대부분의 논자들이 문장의 유려함을 가장 큰 특색으로 들고 있을 만큼 이 작품의 필치는 이전의 다른 소설들과 달리 30년대의 수준에서는 매우 능숙하고 유려하다. 당대 대중소설가로 유명을 떨치던 방인근이나 최독견 등의 소설과 비교해 볼 때도 『순애보』는 작품을 전개해 나가는 작가의 필치가 매우 능숙하다는 것을 알 수 있다. 기존의 대중소설이 독자가 추구하는 흥미의 해결을 위주로 하기 때문에 편집자적 논평으로 사건을 진행하는 경우가 많은데, 이 작품은 인물들의 대화를 통해 서사를 주로 이끌어 가기 때문에 여타의 작품들과 달리 감각적인 대사, 참신한 비유와 묘사가 돋보인다.

맑은 이마에 서늘하게 비낀 눈썹 빛나는 검은 동자의 영롱하게 뻗친 아름다운 코, 그리고 부드러운 입과 갸름한 아름다운 얼굴 - (「동심」2, 1939. 1. 9.)

명희의 외양에 대한 묘사나 "상쾌하게 맑은 이마에 아름다운 용모"라고 표현되는 문선의 외양묘사 등은 인물에 대한 구체적인 묘사가 아닌 감각적인 표현으로 드러난다. 이러한 감각적인 표현은 심리묘사나 자연묘사에 있어서도 그대로 드러난다.

산 기슭을 기어오르는 젖빛같은 뽀얀 안개는 두 사람의 몸을 습격한다.
지금은 앞도 뒤도 보이지 않는다. 사면은 운무에 삼키울대로 삼키어버렸
다. … 유백색 운무는 포옹한 두사람의 몸을 찬찬 감아준다. 그리로 깊은 산
간을 울리고 흘러내리는 냇물소리는 마치 그들의 사랑의 행진곡을 반주하
여 주는 것만 같았다.(「제삼포옹」4, 1939. 2. 10)

명희는 여전히 해변을 걸어간다. 물결도 여전히 그 발자국을 지워버리고
는 명희의 발에 입을 맞춘다. 금시 수평선 너머로 삼켜질 듯한 태양은 바다
위에 금모래를 뿌려 놓으면서 금파 은파를 일으켜 놓는다. 한폭의 그림과
도 같이 아름다운 저녁 놀이 비낀 바다 - 그 금빛 낙조에 넘실거리는 물결
에 떴다 잠겼다 끝없이 춤을 추는 갈매기는 물결 위에 선을 그리고 또 그린
다. 그리고 붉은 낙조의 세례를 받는 돛을 단 어선은 하나 둘 수평선 넘어
서 머리를 치민다. 조물주는 소리없이 시를 읊으며 붓없이 그림을 그린
다.(「불망초」1, 1939. 4. 21)

위의 인용에서도 볼 수 있듯이 박계주의 유려한 필치는 작품의 곳
곳에서 드러나는데, 자연에 대한 묘사나 인물의 묘사 등은 참신하고
서정적인 비유를 통해 감각적으로 드러난다. 이러한 감각적인 표현은
작품이 새롭다는 인상을 강화시키고, 당시의 소설들과는 많은 차이를
드러내는 하나의 특질로 작용한다. 이러한 참신하고 감각적인 표현묘
사와 함께 박계주의 작품에서 새롭게 느껴지는 것은 외국어와 외래어
의 잦은 표현이 주는 이국적이고 현대적인 분위기이다.

송림속에는 「미나까이」 출장점을 비롯하여, 매점, 끽다점, 식당, 사진관,
테니스코트, 베이비 골프장, 활쏘는 대궁장, 시네마장, 그밖에 별장과 캠푸
와 텐트가 즐비하게 늘어져 있으며, 그 사이로는 해수욕복만 입은 남녀가

오락가락한다.(「새로온 사람」, 1939. 1. 19)

> 명근이는 등산모에 등산복을 입고 륙색을 걸머지고는 혜순이와 나란히 서서 피켈을 휘두르면서 유쾌히 걷고 있다. 혜순이도 등산용 양복을 입고 륙색을 걸머졌다.(「포옹」1, 1939. 2. 2)

작품에 자주 등장하는 외국어와 외래어의 잦은 사용은 기존의 소설들에서는 보기 힘든 새로운 분위기를 연출한다. 작품 도처에서 찾아볼 수 있듯이 생소하고 새로운 어휘의 사용은 현대적인 감각으로 독자들에게 참신한 느낌을 준다.

앞에서 살펴본 것처럼 박계주의 『순애보』는 기존의 소설과는 여러 면에서 차이를 지니고 있다. 특히 구성이나 표현묘사에서 독자들의 호기심과 관심을 불러 일으키는 전개방식과 감각적인 요소들은 당시의 독자들 뿐만 아니라 현대의 독자들에게도 거부감없이 받아들여지고 있다.

(4) 새로운 이념의 지향

한편 『순애보』가 다른 통속적인 경향의 대중소설들과 크게 다른 점은 이전 소설의 계몽주의적 이념 대신 기독교라는 특정한 종교적 신념이 그 자리를 대신하고 있다는 점이다. 『매일신보』의 일천원 현상공모의 심사기준 중에는 "현실을 정화해서 독자로 하여금 고상한 감동을 보지하도록"[42] 하여야 한다는 항목이 있었다. 그러한 당선기준에 합당했던 『순애보』에 드러나는 기독교적 박애정신은 이 작품을 끌고 나

---

42) 「장편소설 선후감」, 앞의 글.

가는 이념적 지주의 역할을 한다. 『순애보』에 일관되게 드러나는 기독교적 박애정신과 신비주의에 관한 논의는 여러 측면에서 다루어졌는데, 논자들에 따라서는 이견을 보이고 있다. 그러나 『순애보』가 통속성과 선정성을 지니고 있음에도 불구하고 독자들에게 어필할 수 있었던 것은 바로 박애와 희생이라는 기독교적 인도주의 정신을 잘 보여주고 있기 때문이다.

> 『순애보』는 현상소설이었으나 현상소설로서는 너무도 정신과 테마가 컸다. 가장 높고 가장 깨끗한 사랑에 자기를 순한다는 것이 이 소설의 주제이며 사랑은 주는 것이오 가지는 것이 아니기 때문에 한량없이 주고 주어 마침내 자기 목숨까지 주어버리는 것으로서 사랑을 이루는 것이 이 소설의 정신이다. 나는 이 『순애보』의 예술적 가치 여하를 말하려 하지 않는다. 그것은 독자 스스로 판단하실 것이나 나는 오직 작자가 이 소설에서 표현하려고 한 큰 동기만을 독자에게 추천하고 싶다. 재미있는 소설, 문장이 유려한 소설은 암만이라도 있을것이거니와 전인류의 근본문제, 개인생활의, 가정생활의, 국가생활의, 세계평화의 근본문제를 포착하려는 소설은 그리 흔한 것이 아니다. 그런데 박군의 『순애보』는 이러한 부류의 소설이다.[43]

이광수는 『순애보』의 동기를 개인생활, 가정생활, 세계평화의 근본문제를 포착하려 하고, 사랑을 주고 자기 목숨까지 줘버리는 것으로써 사랑을 이루는 것이라고 본다. 이 작품을 읽으면서 많은 독자들이 감동하는 것은 제목 그대로 순애보적인 사랑 때문이다. 그런데 작중 인물들의 지고지순한 사랑의 배면에는 기독교적인 희생과 봉사, 인도주의의 정신이 각각 다른 형태로 나타난다.

---

43) 이광수, 「인간의 근본정신을 논하는 소설」, 『매일신보』, 1939. 12. 17.

먼저 주인공인 최문선의 고난은 자신의 자아를 억압하고 희생하는 행위에서 비롯된다.

> 더욱이 자기는 남의 행복을 위하는 일을 자신의 생활의 제일의로 하려는 그러한 종교적이요 도덕적인 가장 깨끗하고 성스러운 사랑에서 살려고 애쓰는 자가 아니냐. 사랑에는 분노가 없고 폭력이 없다. 사랑은 어디까지든지 사랑 그것으로 감화요 희생이다.(「새출발」3, 1939. 2. 13.)

> 이 「나」없는 세계를 문선은 한없이 동경하였다.
> 「나라는 것이 내 우상이 되어서는 안된다.」
> 이 생활철학이 지금의 그를 지배하고 있다. 남을 이용하고, 남을 희생시키면서라도 어떻게 하여서든지 내 배만을 불리우고, 내 쾌락만을 취하고, 그것으로도 만족하지 못하여 나를 광고하고 선전하고 높이기에 급급한 그 「나」를 문선은 가장 무서운 자기의 적으로 깨닫고, 적과 싸워서 이기기를 힘썼다. (「새출발」4, 1939. 2. 15.)

문선이 어떤 일을 선택하는데 있어 선택기준으로 삼는 것은 자신의 개인적인 욕심이 개입되지 않은 희생의 유무여부이다. 보통 다른 소설 속의 주인공들의 고난이 내·외부적인 갈등에서 시작되는 것과는 달리 『순애보』에서 문선의 고난은 스스로의 선택에서 시작된다. 그리고 그 고난을 선택하는 밑바닥에는 자기를 희생하고 순하는 데서 지극한 행복을 누린다는 기독교적인 희생정신이 깔려 있다. 실상 작중에서 발생하는 문선의 고난은 자신의 의지에 따라서 얼마든지 피해갈 수 있는 성격의 것이다. 그가 인순의 살인범으로 몰려 억울하게 누명을 썼으면서도 진범의 사정을 알고 범인으로 자처한 행위 등은 그 스스로가 고난을 선택하고 있음을 보여주는 일례이다.

「오직 너희 듣는자에게 이르노니 너희 원수를 사랑하며, 너희를 미워하는 사람에게 선대하라」고 교훈한 신약성서 누가복음 육장 이십 칠절이 마음의 귓가를 고요히 울려 주는 것을 문선은 들었다.

「진리는 말만이 되어서는 안된다. 연설과 글만이 되어서도 안된다. 진리는 생활이 되어야 한다.」

이렇게 생각하는 문선은 다시 마음속으로 부르짖었다.

「그렇다 말만이 일어나고 생활이 무시를 당한 세계! 그것은 미완성의 세계다. 나는 오늘까지 진리를 말하는 사람이었고, 진리를 글쓰는 사람만이 되었었다. 지금이야말로 진리를 생활할 수 있는 첫문이 열려진 것이 아니냐」하고 마음속으로 외치는 문선은 진리를 비로소 생활할 수 있는 기회가 온것으로 생각할 때 기뻤다. 그 순간의 문선에게는, 이러한 행복을 가져다 주는 치한이가 원수로 보여지지 않고 친구로 보여졌던 것이다.(「아름다운 죄」2, 1939. 2. 21.)

더욱이 그는 자신이 범인으로 몰린 상태를 이론으로서의 진리가 아니라 생활 속의 진리로 실천할 수 있는 기회라며, 기쁜 마음으로 원수를 사랑하겠다는 의지를 표명한다. 한걸음 더 나아가 문선은 이치한의 저간의 사정을 듣고 오히려 병과 가난에 시달리고 있는 그의 처와 자식을 위해 지니고 있던 돈까지 그에게 준다. 성경에 '오른쪽 뺨을 때리면 왼뺨도 내밀라' 는 사랑과 희생의 논리를 그대로 체현하고 있는 것이다. 문선의 이러한 태도는 종교적인 측면에서의 희생뿐만 아니라, 자신이 지극히 사랑하는 연인인 명희에 대해서도 그대로 적용된다. 그는 사랑도 자신에게 시련을 시험하기 위해 부과된 십자가라고 생각한다.

나는 사회에 기생충이 될 수 밖에 없는 무용한 폐물! 그러나 지금이야말로 이 폐물을 가장 유리하게 이용할 수 있는 가장 좋은 기회가 닥쳐오는 것이 아니냐? 그렇다. 나는 나라는 무용한 폐물을 이용하련다. 그리고 이 기회를 잊지 말아야 한다.(「인간폐물」1, 1939. 2. 25.)

문선은 윤목사를 찾아가기가 싫었다. 그보다도 명희를 찾아가기가 싫었다. 그것은 불구자의 몸으로서 그를 찾아간다는 것은 사랑하는 이의 일생의 행복을 깨뜨려 주는 것이라고 생각하였기 때문이다. 그렇다. 나는 명희를 사랑한다. 그를 사랑하기 때문에 나는 그의 곁을 멀리 떠나가야 한다. 불구자의 몸으로 그를 찾아간다는 것은 그를 괴롭히는 일이다. 그리고 그에게 불행을 가져다 주는 일이다.(「일식」2, 1939. 3. 10.)

문선은 명희를 사랑하는 것은 불구자가 된 자신이 그의 곁에 나타나지 않는 것이라고 생각하고, 석방이 된 후 아무에게도 알리지 않은 채 함경도의 김영호에게로 잠적해버린다. '사랑하므로 떠난다'는 문선의 태도는 "숭고와 비장의 정서"[44]를 독자들에게 고취시킴으로써 종교에 순하고 사랑에 순하는 극적인 태도를 독자에게 환기시킨다. 문선의 이러한 태도는 개인적인 행복이나 이상과는 상관 없이 자기를 순하는 희생속에서 원수를 친구처럼 사랑하고, 미워하는 사람을 선대하라는 극단적인 이상주의의 상태로 가게 된다. 사랑이나 희생에 대한 이상주의적인 태도는 명희 역시 마찬가지이다.

그는 세상에서 가장 무서운 죄명을 쓰고 이 세상을 끝마치려 한다. 이것은 암만하여도 믿을 수 없는 꿈만 같구나. 만일 그가 과연 이러한 죄악을 지었다면? 지었다고 할지라도 그는 나의 나다. 나는 그의 그다. 후일 나는 천국에 가서 그를 찾다가 그가 보이지 않으면 지옥에 내려가기를 하느님께

---

44) 김영찬, 앞의 논문, 54면.

원하련다. 나는 지옥에 가서 그를 찾을 터이다. 찾다가 그를 만나면 그가 회개하기를 눈물로 애걸하련다. 그는 필연코 나의 눈물에 응할 것이다. 그렇다 나는 그를 사랑한다. 사랑하기 때문에 그를 새로운 사람으로 부활시킬 임무가 나에게 있다. 나는 새로 부활한 그를 데리고 지옥에서 천국으로 돌아갈 터이다. 응당 하느님은 이를 허락하리라.(「혈연조」1, 1939. 6. 10.)

명회는 문선이 살인범이라는 누명을 쓰고 사형 언도를 받고 기다리는 동안 그의 결백을 믿으면서 만약 그러한 죄를 지었다 할 지라도 그를 사랑하므로 지옥에 가서라도 그를 찾아 회개시키겠다는 의지를 보인다. 명회의 문선에 대한 사랑은 그러한 연유로 어떤 고난에도 굴하지 않고 결국에는 맹인이 된 문선과 결혼을 하고 그를 위해 자신의 모든 것을 바치는 것으로 완성된다. 명회나 문선이 상대방의 어떠한 상황에도 구애받지 않고 갈등하지 않으며, 사랑을 선택하는 행위는 바로 극단적인 사랑과 희생에 대한 이상주의적 태도에서 비롯된다. 혜순은 명회와 문선을 보면서 구약의 아가서에 나오는 "사랑은 죽음과 같이 강하다"는 말을 믿는다고 말하는데 두 사람이 추구하는 사랑이 바로 이런 이상주의적인 것이다.

그러한 생각은 최문선과 윤명회 뿐만 아니라 혜순과 철진에게서도 드러난다. 특히 혜순은 문선이 행동의 준거로 삼았던 '원수를 사랑하고 미워하는 자를 선대하라' 는 태도를 그대로 보여준다.

명회가 말없이 서서 있는 혜순의 어깨에 손을 올려 놓으며 앉기를 권할 때 혜순은 그만 북받쳐 오르는 설움을 억제하지 못하고 흑흑 느끼며 명회의 가슴에 얼굴을 파묻는다.

"언니 난 기뻐요. 오늘에야 나는 내 원수들을 복수하였어요. …… 복수한 것이 난 기뻐요”

　하고 말하는 혜순의 눈에서는 눈물이 비오듯 쏟아진다.

　“그럼! 그것이 우리가 취할 가장 통쾌한 복수이지!” 하고 두팔로 혜순의 등을 감아서 껴앉는 명희의 눈에도 눈물이 핑 돌았다.(「사랑의 복수」4, 1939. 3. 24.)

　혜순은 독일 유학을 하고 환경도 좋은 철진과 결혼을 했으나, 철진이 친구인 옥련과 불륜의 관계를 맺자 이혼을 한다. 그 뒤 혜순은 우연히 이태리 영사의 부인이자 선교사인 멜폰여사가 음악적 재능을 발견하여 세계무대에서 촉망받는 성악가로 성장을 한다. 혜순은 멜폰여사, 명희와 함께 휴가차 평양에 들렀다가 우연히 철진과 옥련이 탄차와 충돌을 한다. 혜순은 그 사고로 위급한 상황에 빠진 철진과 옥련에게 수혈을 하고, 자신의 선한 행위로 원수들에게 복수를 했다며 눈물을 흘린다. 선으로 복수를 했다고 생각하는 혜순의 이율배반적인 태도는 앞에서 본 문선의 극단적인 이상주의와 별 차이가 없다.

　사랑에 순하고 자신을 버리고 희생하는 태도는 혜순의 남편 철진과 옥련에게서도 역시 마찬가지로 나타난다. 옥련과의 불륜에 빠져 혜순을 버린 철진은 혜순의 이타적인 태도에 양심의 가책을 느끼다가 용서를 빌고 그녀의 태도에 감화되어 자신을 버리고 남을 위해 희생하기로 결심을 한다. 그러한 결심 끝에 철진은 낙동강 수해지구로 내려가 헌신적인 희생으로 수재민들을 돌보다 물에 빠진 사람을 구하고 목숨을 잃는다. 혜순에게 용서를 빌고난 후 철진의 행동은 개인적인 욕심을 버리고 자신을 극복하고자 하는 행위, 곧 자신을 버리는 행위이다. 이것은 철진이 죽자 그동안의 잘못을 회개하고 수도원으로 들어가는 옥련의 행위에서도 동일하게 발견된다.

『순애보』의 전편에 흐르고 있는 주인공들의 박애적이고 인도주의적 태도와 어떠한 시련에도 굴하지 않고, 사랑에 순하고 타인을 위해 자신을 희생하는 신비스러운 분위기 등은 작품을 읽는 독자에게 사랑의 숭고함과 대승적인 차원에서 타인을 위해 자신을 버리는 희생이 주는 진한 감동을 선사한다. 이러한 특성은 이 작품이 통속적인 성격을 지니고 있음에도 불구하고 독자들이 작품의 통속성을 의심하지 않게 하는 역할을 한다. 또한 이 점에서 많은 독자들에게 사랑을 받았다. 한편 이 작품은 당대의 대중소설들과는 달리 "돈이냐 사랑이냐"라는 선택의 질문법과는 달리 일관되게 이타적인 사랑을 택한다. 또한 다른 소설의 대부분이 '사랑'과 '돈'이라는 이상과 현실의 선택 속에서 고민하다가 결국 불행한 결말을 맞는 것과는 달리, 억지스러운 고난이지만 수많은 고난에도 불구하고 사랑이라는 이상의 선택을 통해 행복한 결말을 맺고 있다는 것이 대조적이다. 이러한 점이 식민지 자본주의라는 어려운 삶 속에서 고통받고 있던 대다수의 일반독자들에게 위안의 기능을 했다고 볼 수 있다.

그러나 이 작품은 독자들의 위무라는 긍정적인 기능에도 불구하고, 작품 전반에서 커다란 미덕으로 그리고 있는 작중인물들의 "무차별적인 자기희생이라는 모랄은 한발짝만 더 나아가면 파시스트적인 전체주의에의 자기희생이라는 모랄로 연결될 수"[45]있다는 점에서 문제적이다. 또한 "현실적 패배를 은폐하는 숭고한 종교적 사랑의 역설, 그리고 '선으로 악을 갚자'는 극단적인 이상주의의 논리는 파시즘적 억압에 대한 순응에서 더 나아가 적극적인 친일의 논리로 전화할 수 있는 가능성마저 안고 있"[46]다는 점에서 1930년대 후반 대중소설이 날로

---

45) 서영채, 「1930년대 통속소설의 존재방식과 그 의미 - 김말봉의 『찔레꽃』을 중심으로」, 『민족문학사연구』4, 창작과 비평사, 1993, 288면.

어려워져 가는 현실에서 독자들의 위무라는 긍정적인 기능을 지니고 있었음에도 불구하고, 현실을 눈감아 버리게 하는 순응주의적인 속성을 무의식적으로 강제하고 있다는 것을 볼 수가 있다. 이러한 위험성은 작품 속에 당대의 현실을 철저하게 배제함으로써 문학이 가지고 있는 현실의 반영이라는 기능의 일면을 포기하게 했다. 그러나 반면에 그것은 『순애보』가 당시에 선풍적인 인기를 누리는데 일조했다고 할 수 있을 것이다.

기독교적인 박애주의와 희생정신, 절대적인 믿음을 가지고 성취해 가는 순애보적인 사랑의 분위기가 전반에 깔려 있는 『순애보』는 당시의 독자들에게 폭발적인 인기를 얻었고, 해방전 뿐만 아니라 해방후에도 지속적으로 인기를 누렸다. 『순애보』의 인기는 기독교적인 인도주의라는 이념적인 측면에서도 비롯되지만, 이 작품이 지닌 분위기의 새로움과 내용전개의 반전을 통해 드러나는 구성의 흥미로움, 오늘날의 관점으로 볼 때는 진부하지만 당시로서는 획기적이었던 유려한 필치와 감각적이고 참신한 비유와 묘사, 외국어와 외래어의 잦은 표현이 주는 이국적이고 현대적인 분위기 등의 새로운 감각에서 기인한 것으로 보인다.

그러나 30년대 후반 대중소설의 범람속에서 『순애보』는 당시의 대중소설이 가지고 있던 독자들을 위무하는 긍정적인 기능은 충분히 평가할만한 것이지만, 기독교적인 인도주의의 실천이라는 높고 커다란 이념의 이면에서 내비치는 파시즘 체제의 긍정성으로 보이는 현실순응의 그림자는 순애보의 문제적인 성격을 단적으로 보여주는 것이다.

---

46) 김영찬, 앞의 논문, 63면.

3) 페미니즘과 계몽주의 – 이태준의 『화관』『딸삼형제』『청춘무성』

스타일리스트, 단편소설의 완성자, 순수문학의 기수. 이태준을 설명하는데 있어 이러한 정의들은 빼놓을 수 없는 수식어이다. 1930년대 카프의 부침과 함께 박태원과 더불어 구인회의 핵심멤버로 활동했던 상허 이태준에 대한 논의는 그의 다채로운 문학적 세계와 문학사적인 위치, 해방 이후 월북에 이르기까지 다양하게 전개된 삶의 이력으로 인하여 해금 이후 많은 논자들의 관심 속에서 진행되었다. 『오몽녀』로 문단에 데뷔한 이후 왕성한 작품활동을 보인 이태준은 뛰어난 단편소설들과 평문, 그리고 다수의 대중적인 장편소설들을 발표하였다. 그러나 해방후 월북하여 금제의 대상이 되었던 까닭에, 오랫동안 그의 문학은 온당하게 평가받지 못한 것이 사실이다. 해금 이후에야 비로소 이태준에 관한 연구는 활발하게 이루어졌고 여전히 많은 연구자들에게 관심의 대상이 되고 있다. 그에 대한 논의나 문학사적인 평가는 그동안 여러 연구자들의 노력으로 많은 부분 복원이 되었고, 온당한 평가가 이루어지고 있는 과정에 있다.

그러나 역사소설을 포함한 10여편의 장편소설들은 통속성이 농후하여 저열한 수준의 작품으로만 인식되어 온 것이 사실이다. 그러나 최근 들어 장편소설들에 대한 논의가 이루어지면서, 그의 소설들이 지니고 있는 대중성에 대한 논의의 필요성이 인식되고 연구의 진전이 이루어지고 있다.[47]

---

47) 이태준의 장편소설에 대한 논의는 90년 이후 활발하게 논의되어 많은 연구성과가 축적되었다.

　김국봉, 「이태준 장편소설에 나타난 갈등구조의 양상 연구」, 부산 외국어대학교 교

그러나 논의의 활성화에도 불구하고 이태준의 장편소설에 대한 논의는 대중소설의 패러다임과 작품의 내적 성격의 규명에는 도달하지 못한채 여전히 피상적인 수준에 머물러 있는 형편이다. 그의 장편소설들은 대체로 예술적인 완성도가 미진하고 통속성이 농후한 것이 사실이다. 그런데 장편소설을 논한 대부분의 연구자들은 작품에 드러난 민족주의적 요소나 대사회적인 관심을 과대평가하여 이태준의 전반적인 문학세계 속에 그 작품들을 편입시키고 기실 작품 자체에 대해서

육대학원 석사학위논문, 1994.

김북남, 「이태준 장편소설 연구」, 경희대학교 교육대학원 석사학위논문, 1995.

김상선, 『상허 이태준 문학 연구』, 한빛미디어, 1994.

민형주, 「이태준 장편소설에 나타난 여성상 연구」, 인천대학교 석사학위논문, 1993.

상허문학회, 『이태준 문학연구』, 깊은샘, 1993.

서은선, 「이태준 장편소설 연구」, 『국어국문학』29, 부산대학교 국문과, 1992.

신순철, 「이태준 연구」, 효성여자대학교 박사학위논문, 1991.

안남연, 「이태준 장편소설 연구」, 외국어대학교 박사학위논문, 1992.

이대영, 「상허의 장편소설 연구」, 『어문연구』23, 충남대학교 어문연구회, 1992.

이명희, 「이태준 문학연구」, 숙명여자대학교 박사학위논문, 1993.

이미향, 「부양자 역할과 예술가 의식의 갈등 -『화관』을 중심으로」, 『숙명여대 어문논집』6, 1996.

이병렬, 「이태준 소설의 창작기법 연구」, 숭실대학교 박사학위논문, 1993.

장영우, 「이태준 소설연구」, 동국대학교 박사학위논문, 1992.

정숙자, 「이태준 장편소설 연구」, 전북대학교 교육대학원 석사학위논문, 1993.

채호석, 「이태준 장편소설의 소설사적 의미」, 『이태준 문학연구』, 상허문학회 편, 1993.

최소영, 「이태준 신문연재소설 연구」, 연세대학교 교육대학원 석사학위논문, 1994.

최혜실, 「이태준 장편소설에 나타난 애정의 삼각구도」, 『한국근대 장편소설 연구』, 한국현대문학연구회 편, 모음사, 1992.

한양숙, 「이태준 소설연구 - 소외의식과 그 극복양상을 중심으로」, 계명대학교 박사학위논문, 1993.

황순재, 「현실대응의 방법적 자각 -『화관』론」, 『문학과 비평』, 1991. 여름.

황영숙, 「이태준 소설연구」, 명지대학교 박사학위논문, 1994.

는 극히 피상적으로 논한 경우가 대부분이다.

이태준 스스로도 장편소설은 단편소설들과는 일정한 변별성을 가지고 창작하였음을 밝히고 있는 만큼, 장편 대중소설들은 그동안 이룩해 놓았던 단편소설의 문학적인 성과와는 다른 지향을 보이고 있다는 전제하에 논의되어야 할 것이다.

(1) 이태준의 대중소설론

1930년대에 이태준은 대표적인 인기작가로 독자들의 사랑을 받아, 신문의 편집자들은 그의 소설을 받기 위해 많은 공을 들였다.[48] 1930년대 들어서 동아일보를 시발로 신문사들은 브나로드 운동의 일환으로 문맹퇴치 사업에 열을 올렸다. 그로 인하여 30년대 후반에 들어서는 한글을 깨친 여러 계층의 신문소설 독자를 확보하게 되었고, 신문의 학예부 기자들은 대중의 흥미에 부합하는 작품을 싣기 위해 동분서주하였으며, 연재소설이 재미가 없을 경우에는 도중하차시키는 사태까지 벌어지게 되었다. 당시 많은 신문의 편집자들이 이태준의 작품을 연재하고자 했던 이유는 그가 대중들의 흥미요인을 제대로 작품에 반영하고 있었기 때문이며, 또한 그에 걸맞는 적절한 구사 능력을 갖추고 있었기 때문이다.

최재서 - 신문소설을 쓸 때 제일 관심을 가지는 것은 무엇입니까.

이태준 -아직껏은 흥미라는 것을 제일 관심에 둡니다. 그러나 흥미를 생

---

48) 이태준은 『무서록』에서 신문연재로 인한 동아일보사와 조선일보사 사이의 대립으로 인하여 『화관』과 『딸삼형제』, 『청춘무성』을 쓰게되므로써 '명실공히 장편장이'가 된 에피소드를 이야기하고 있다. (이태준, 「『청춘무성』과『화관』」, 『무서록』, 깊은샘, 1994) 이는 이태준이 당시 신문사 편집인들 사이에서 얼마나 인기가 있었던 소설가였는지를 단적으로 말해준다.

각하면 그 대상은 독자인데 독자층이 신문마다 다르고 또는 신문사의 주문
이 어느 면을 지적해서 그러한 독자의 흥미를 끌도록 하라고 하면 독자의
00 서겠는데 그렇지 못하니까 흥미의 대상이 아주 희미합니다.[49]

이태준은 대중소설을 창작함에 있어 독자들의 흥미를 제일 우선으
로 두고 있는데, 이는 그가 소설의 이야기성에 주목한 점에서 알 수
있다. 그는 「통속성, 기타」라는 글에서 "현대문학도 사실은 천대받던
속어문학, 이야기책들의 발달이었다. 머슴꾼의 방에서나 행세하던 이
야기 책이 오늘 우리 소설의 거룩한 조상이였던 것은 물론이다. 현대
문학은 속어로 적힌다. 특히 소설의 속성이 여기 있는 것이다"[50] 라는
주장을 하는데, 이는 그가 소설을 향유하는 독자들의 수준과 요구를
간파하고 있었음을 보여준다.

그는 당시의 소설을 구식소설과 현대소설로 구분하면서, 독자들의
흥미를 끄는 소설을 현대소설이라고 보고 있다. 그 까닭에 그의 소설
에는 현대인의 관념, 생활방식 등이 잘 드러나고 있다. 그는 현대소설
을 장편소설(掌編小說), 단편소설, 중편소설, 장편소설로 구분하면서
"장편에는 신문소설이 대부분인데 신문에 연재하는 특수한 발표형식
때문에 본래의 장편과는 성질이 달라서 요즘은 그것과 대립해서 본래
의 장편을 의미하는 전작소설이란 것이 이름이라도 불려지게 되었고,
또 역사소설이란 이름도 장편 속에 존재해 있는 것도 뚜렷한 사실이
다"[51] 라며, 구독율 때문에 대중의 반응에 민감할 수 밖에 없는 신문연
재소설의 특성을 전작장편과 구분하여 말하고 있다. 이태준은 신문에

---

49) 이태준, 「평론가 대 작가문답」, 『조선일보』, 1938. 1. 1.
50) 이태준, 「통속성, 기타」, 『문장』, 1940. 9, 82면.
51) 이태준, 「조선의 소설들」, 앞의 책, 65면.

연재되는 대중소설들이 다른 전작들과 다른 점을 대중의 흥미를 끄는
방법에서 찾고 있다.

　　신문소설은 날마다 일정한 분량으로 끊되 단일화한 내용이 강한 인상으
로 24시간 동안 여러 가지의 독자 머리속에 또렷이 남게할 것, 그러면서 다
음회를 마음이 졸여 기다리게 하는 매력을 남게 할 것, 물건 싸온 신문지에
서 중간의 어느 한 회치를 읽고라도 그 소설 때문에 곧 그 신문의 독자가
되고 말게 할 것, 그러자니 매회 매회가 알기 쉽고, 새롭기는 첫머리 같고,
아기자기하고 다음 회엔 무슨 결말이 날 것 같기는 끄트머리 같도록 할것,
이런 것들이 아마 신문소설의 중요한 조건들일 것이다. 더구나 조선 신문
독자의 대부분은 남녀를 물론하고 겨우 한글이나 부쳐 읽는 사람들이다.
따라서 이상의 '강한 인상' 이니 매력이니 하는 것들도 대다수인 그런 독자
의 취미와 교양을 표준하는 것도 물론이다.[52]

이태준은 신문소설의 독자층이 보통의 대중들이라는 점에서 좋은
신문소설이란 우선 독자의 의식과 흥미에 부합해야 한다는 사실을 강
조하고 있다. 이를 통해서 살펴볼 수 있듯이 이태준의 장편소설이 인
기를 얻을 수 있었던 것은 그가 독자의 교양과 관심의 방향을 인지하
고 이에 맞는 서사방식을 터득하였기 때문임을 알 수 있다. 이것은 통
속성에 대한 다음과 같은 규정에서도 드러난다.

　　현대문학은, 현대문학을 대표하는 소설은 어디서나 속어로 적힌다. 특히
소설의 속성이 여기 있는 것이다. 천만공용의 생활어로, 천만인 그 속에 있
는 생활자를 묘사하는 것이라. 소설은 차라리 통속성이 없이는 구성할 수

---

52) 이태준, 앞의 글, 284면.

없는 것이다. 이 통속성이란 곧 사회성이다. 결코 무시될 수 없는 개인과 개인간의 각 각도로의 유기성을 의미하는 것이다. 통속성 없이 인류는 아무런 사회적 행동도 결성도 가질 수 없는 것이다. 소설뿐 아니라 통틀어 위대한 예술이란 위대한 통속성의 제약 밑에서만 가능한 자일 것이다.[53]

그는 통속성을 공통만속의 속성으로 파악하면서 통속성을 사회성이라고 파악한다. 다만 그것이 가지는 긍정적인 기능을 말하면서 작품에 있어서 정말로 하대될 통속성은 연애나 나체가 등장하는 것이 아니고 작가가 대상으로 영혼을 통제하지 못하고, 흥미만으로 그리는데서 생기는 '부진실미(不眞實美)'라고 주장한다. 이렇게 이태준은 많은 논자들이 신문소설의 문제로 비판하는 통속성을 사회성으로 내세워 자신의 소설을 옹호하며 나름의 방식으로 시정세사를 형상화하여 나갔던 것이다.

이태준은 여러 평문에서 자신의 대중소설이 지니고 있는 통속성의 요소나 대중의 흥미추수적인 태도를 옹호하면서, 한편으로는 연재소설이 지닌 폐해와 함께 작가로서 시류에 편승할 수 밖에 없는 어려운 상황에 대한 고민을 피력하고 있다.

신문이나 잡지 편집자로서도 소설은 문학으로 보기 전에 먼저 구독자를 잃지 않고 신독자를 끌어드리는 중요한 미끼로 보일 것이다. 지금 동아나 조선일보 둘 중에 어느 하나가 소설 연재를 전부 폐지한다 상상해보라. 소설 없는 신문에 독자가 얼마나 그냥 붙어 나갈 것인가?… 그러니까 신문과 잡지는 조금만 이름이 나는 작가면 곧 이용한다. 이용이 되는 줄 알면서도 '쓰는 소설'만으로는 경제적으로 불리하니까 '씨키는 소설'에 붓을 대지

---

53) 이태준, 「통속성, 기타」, 앞의 책, 82면.

않을 수 없는 노릇이다.[54]

'씌키는 소설'인 신문연재소설은 작가가 경제적인 문제를 해결하기 위해 억지로 쓰는 소설을 말하는 데 경제적인 문제는 당시의 작가들이 신문소설, 대중소설로 나아갈 수 밖에 없었던 목전의 문제였다. 당시 신문들은 노골적인 상업화의 길을 가면서 광고를 수주하기 위해서는 신문의 구독률을 유지해야 했고 그 방편이 연재소설이었다. 그럼에도 불구하고 광고주의 접대 비용으로 매월 수천 원씩을 뿌리면서도 작가들에게는 장(회)당 1원 안팎의 고료를 지급하고 있었다.[55]

작가들이 신문소설에 손댈 수 밖에 없었던 어려운 경제상황은 "현의 신문소설이 시작되면 독자보다는 현의 아내가 즐거웠다. 외상값 밀린 것이 풀리고 단행본이나 중판이나 되면 뜻하지 않은 목돈에 가끔 집안이 윤택해지기 때문이다"[56]라는 이태준의 자전적 소설 「토끼이야기」의 일절에 생생하게 잘 드러나 있다.

이런 상황 하에서 이태준이 취할 수 있는 길은 통속성을 사회성으로 전제하고 대중의 홍미에 부응하면서 대중 속으로 들어가는 것이었다.

(2) 후기소설에 드러난 계몽의 논리

30년대 후반에 쓰여진 이태준의 장편소설 중에 30년대 후반에 쓰여진 작품으로는 『화관』, 『딸 삼형제』, 『청춘무성』이 있다. 『화관』은

---

54) 이태준, 「조선의 소설들」, 앞의 책, 68면.

55) 김동인, 「상구독고(嬌姬獨孤) 현민간신문 - 한 문예가가 본 민간신문의 죄악」, 『개벽』, 1935. 3, 39~42면. 당시의 박한 원고료와 문인들의 생활고가 좋은 작품을 쓰는데 걸림돌이 된다는 사실은 여러 문인들이 지적한 바 있다.

56) 이태준, 「토끼 이야기」, 『이태준 문학전집』2, 서음출판사, 1988, 172면.

1937년 7월 29일부터 12월 22일까지 조선일보에 연재되었고, 1938
년 삼문사의 <현대조선문인전집>에 속하는 단행본으로 발간되었다.
『딸 삼형제』는 1939년 2월 4일부터 1939년 7월 17일까지 동아일보
에 연재되었다가 문장사에서 단행본으로 발간되었다. 『청춘무성』은
1940년 3월 12일부터 조선일보에 연재되었는데, 8월 10일 일제에 의
해 신문이 강제 폐간되어 중단되었다가, 1940년 박문서관의 제2기
<현대걸작장편소설전집>의 1회 배본으로 발간되었다.[57] 당시 신문소
설가로서 이태준의 인기는 그의 작품을 연재하는 것을 놓고 조선·동
아 양대 신문사가 감정싸움을 할 정도로 상한가를 기록하고 있었다.
이 연재소설들은 단행본으로 발간되고 나서도 각 작품이 평균 3천부
이상 팔려나갔을 정도로 폭발적인 인기를 누렸다.

　이들 후기 작품들이 폭발적인 인기를 누릴 수 있었던 것은 이태준
자신이 장편소설론에서 피력했던 사회성으로서의 통속성이 작품속에
잘 구현되어 있었기 때문인 것으로 보인다. 이태준이 주장하는 사회성
이란 당시 소설 독자층의 구미에 맞는 현대적인 생활감각을 말하는
것이다. "황금과 이상의 갈등이 '리얼' 하게 묘사"[58]된 『화관』, 세자매
의 사랑과 결혼을 통한 여성의 자각이 잘 드러난 『딸 삼형제』, 이상주
의적인 세계를 꿈꾸고 실현해 나가는 『청춘무성』은 당대 독자들의 구
미에 맞는 주제와 사건의 형상화로 사랑을 받았다.

　『불멸의 함성』,『제2의 운명』,『성모』 등 이태준의 전기 작품들은 비
록 관념적이지만 민족주의적이고 정신적인 삶을 실현해 가는 대승적

---

57) 여기에서 작품분석의 텍스트로 삼은 것은 『화관』, 삼문사, 1938년판; 『딸 삼형제』,
　서음출판사, 1988; 『청춘무성』, 박문서관, 1940년판이다. 이하 본문 인용시에는 본
　문 옆에 인용면수만 표기하기로 한다.
58) 홍효민, 「북·레뷰 -『화관』독후감」, 『동아일보』, 1938. 9. 11.

인 차원의 이야기가 주를 이루었다. 반면 후기의 『화관』, 『딸 삼형제』, 『청춘무성』 등의 장편소설은 전기소설에 드러나는 거대담론보다는 여성의 문제, 소극적인 차원의 문화운동, 이상주의적인 사회사업의 실현 등 자본주의적이고 현실적인 삶 등의 미시담론을 작품 속에서 주로 다루게 된다. 이러한 변모는 비단 이태준에게만 국한된 것이 아니다. 30년대 후반에 활동했던 대부분의 작가에게 해당하는 이야기인데, 작가들이 생활의 문제에 집중하면서 작품의 통속성은 더욱 강화된다. 후기 장편소설들에 통속성이 강화된 이유는 이태준 역시 이광수처럼 작품을 통한 대중들의 계몽에 주안점을 두었기 때문으로 보인다.

이태준의 계몽의식은 『화관』에서는 임동옥의 교육사업과 박인철의 출판 문화사업에서 잘 나타나고 있다. 『화관』은 전문학교 영문과 졸업반인 임동옥의 사랑과 인생의 방향을 그린 작품이다.

전문학교 영문과 졸업반인 임동옥은 요양차 삼방약수터에 있는 어머니를 만나러 가던 중 기차안에서 우연히 중학때의 동무 황정희를 만나 그의 별장에서 여름방학을 보내게 된다. 거기서 개인적인 생활에 안주하는 사람들을 비판하는 박인철을 만나 깊은 인상을 받는다. 한편 황정희의 약혼자 배일현은 동옥을 보고 반하여 사랑을 고백하고 그것을 알게 된 정희는 배일현과 파혼을 한다. 배일현은 동옥의 사랑을 얻기 위해 재산 전부를 처분하고 그녀의 마음을 잡기 위해 여러 가지 수단과 방법을 동원한다. 그는 동옥의 학교에 장학금을 기탁하기도 하고, 유령인물을 내세워 혼담을 내기도 하며, 동옥의 오빠 동빈의 사업을 이용해 접근하여 자신을 드러내는 등 돈의 힘으로 치밀한 계획을 세운다.

동옥은 후배 인봉을 매개로 인철에 대한 사랑을 확인하지만, 인철이 기생 조숙자의 남편을 살해한 혐의로 연루된 것을 알고 그를 단념한다. 그러나 인철로 인하여 학업을 중단하게 된 후배 인봉에게 연민을 느끼고 인봉이 졸업할 때까지 학비를 도와주기 위해 영어교원이 될 것을 결심한다. 삼월이 되어 졸업 사은회장에서 화관을 뽑은 동옥은 '한 남편을 위한 신부로서의 화관보다 시대의 선수로서 세기의 청춘으로서 민중과 시대가 주는 화관을 쓰겠다'는 다짐을 하고 원산에 있는 보통학교 교사로 간다. 동옥은 무지한 부인들을 위해 야학도 하고 학부모들을 깨우쳐가면서 보람을 느낀다. 한편 무죄로 석방된 인철은 동옥에게 애정을 고백하고 둘은 서로의 사랑을 확인한다는 내용이 『화관』의 대략적인 줄거리이다.

작품은 크게 전반부와 후반부로 나뉜다. 전반부는 전문학교 졸업을 앞둔 동옥이 친구의 별장에 가서 방학을 보내던중 건강한 사상을 지닌 박인철을 보고 호감을 느껴 결혼에 대한 공상과 애정에 대한 고민을 그리고 있는 부분까지이다.

후반부는 동옥을 얻기 위해 수단과 방법을 가리지 않는 배일현의 비정상적인 행동과 박인철의 수감으로 인한 동옥의 각성과정, 사회활동, 애정의 확인과정이 주요 사건으로 이루어진다. 작가가 주안점을 둔 후반부는 동옥의 의식변화와 인철의 등장이 주요한 모티브가 된다. 송전해변에서 우연히 만난 인철은 동옥에게 개인의 행복을 위해 현실에 안주하는 지식인에 대한 감정을 토로하면서 지식청년들의 이율배반적인 행동을 비판하고 그러한 행동의 방해물을 가정이라고 규정짓는다.

그러나 인철도 동경에서 공부하던 때 도와주었던 기생 조숙자와의 관계로 인하여 수감되는 상황에 처한다. 그러한 인철을 보면서 동옥은 연애감정을 벗어나 사회적인 자아 획득을 통해 그 상실감을 극복하고자 한다. 그녀는 보통학교 교원으로 부임해, 무지한 민중의 계몽에 노력하고, 가난으로 인해 생기는 사회모순을 안타까워하면서 민중의 생활속으로 깊이 들어가려는 열정을 보인다.

동옥은 '사랑은 할 것, 그러나 첫째 초조해하지 말 것, 둘째, 이상과 바꾸지 말 것, 셋째, 상대자를 불행하게 해서는 안될 것'이라는 좌우명을 세우고, 배일현의 이기적이고 비정상정인 사랑과 인철이 지니고 있는 왜곡된 이중성을 겪으면서 이상적인 사랑관을 확립해나간다. 그리고 인철에 대한 사랑을 동지적 결합으로 승화하고자 하는 의지를 보인다.

『화관』에서 작가는 주인공 동옥을 통해서 교육사업의 중요성을 강조하고, 인철을 통해서는 출판운동에 대한 의미부여와 남녀간의 통상적인 애정이 아닌 동지적 결합에 비중을 둔다. 그러나 의식각성 과정의 계기가 되는 인물들간의 삼각관계 즉, 동옥·인철·배일현, 인철·동옥·조숙자와의 삼각관계가 뚜렷이 드러나지 않고 피상적으로 그려진 결과, 동옥을 통해 고등교육을 받은 여성을 그리려고 한 것인지 박인철을 통해 결혼제도를 비판을 하려고 한 것인지 하는 점이 제대로 드러나지 않는다.

또한 주인공들의 각성 역시 피상적으로 그려진다. 주인공 동옥이 사회적인 자각을 이루는 데는 박인철과의 만남이 결정적인 작용을 한다. 개인의 안위를 위해 자신의 이상을 버린 사람들에 대한 박인철의 비판에서 동옥은 결혼이냐, 취직이냐의 고민에서 여성이 경제적으로 자립할 수 있을 때 남성을 방해하지 않을 것이라는 소박한 생각을 하게 된다. 그러나 자신이 지식인의 표준으로 삼았던 동석오빠의 이상을 버린 결혼을 보면서 구체적인 자각을 이루게 된다.

이상을 살릴 수 있는 사랑을 할 것이요, 그것이 해를 당할 사랑이면 하지 않는 것이 옳다고 생각한 것이다.

"사랑이나 결혼은 자기의 발전이 아니면 안될 것이다! 자기를 끊어 버리고 묻어버리고 하는 것이라면 그것은 아무리 사랑이니 인류대사니 하여도 악덕이요 폐해가 아닐 수 없다!"(300면)

동옥의 정신적인 지표였던 동석오빠가 결혼을 하면서 일상인으로 변모해가는 모습을 보고 동옥은 이상과 사랑을 바꾸지 않겠다는 깨달음에 이르게 된다. 그러나 그녀 자신이 교원이 되어 교육사업에 몰두하게 된 것은 의식적인 자각이라기보다는 즉자적인 선택에 더 가깝다. 조숙자 남편 살해사건으로 인철이 기소될 지경에 이르러 오빠의 옥바라지를 위해 학교를 그만두겠다는 인봉을 보면서 동옥은 둘의 아름다운 우애를 살려주기 위해 인봉의 뒤를 봐주기로 결심한다.

'아니다! 왜 감당해 못나가긴? 하면 된단 신념을 갖자! 이제부터 하는 일은 인봉이만을 위해 하는 일이 아니다. 벌써 신숙이도 위하는 일이 된게 아니냐? 끝까지 쓰고 나가면 거기엔 정말 화관이 내릴런지 모른다. 한 남편을 위해 신부로서의 화관보다 좀 더 많은 사람들을 위해 시대의 선수로서 세기의 청춘으로서 민중이 주는 시대가 주는 화관을 쓰자!'(391면)

화관을 뽑은 것을 계기로 동옥은 시대의 화관을 쓰겠다는 다짐을 하고 원산의 소학교 교원으로 가지만 동옥의 각성과정은 설득력없이 이루어진다. 이러한 점은 인철의 경우도 마찬가지이다. 동경에서 공부를 하고 돌아온 인철의 내력은 작품 속에서 전혀 드러나지 않는다. 다만 유목사와 오교사의 입을 통해 현재는 놀고 있지만 장래 훌륭한 일군이 될 것이란 말로 간략하게 소개되면서 계급적인 입장을 가지고 있는 인물처럼 그려질 뿐이다.

"시대의 주인공 될 교양이며 양심이며 가진 사람들이 제각기 제 개인 생활만을 위해 정력 시기를 이십오년씩, 삼십오년씩 받쳐버리고 만다면 누가…"

하면서 인철은 발길로 모래를 툭툭 치면서 걷는다.

동옥은 이마가 화끈해진다.

"뭐 돈을 벌어가지고 하나님 나라를 건설하겠다, 돈을 벌어가지고 피아노를 치겠다. 그 분들은 물론 그 길들이 좋겠지요. 그러치만 성경보다 피아노보다 더 절박한 것 해결하고 사는 사람이 얼마라구요, 홍…"(120~121면)

정어리공장에서 돈을 벌겠다는 유목사와 오교사를 보면서 인철은 개인적인 안위를 위해 일에 몰두하는 것을 신랄하게 비판한다. 그러나 정작 인철이 작품 속에서 하고 있는 일은 뚜렷하게 드러나지 않는다. 과거에는 사상이 있었던 청년이었다지만 그가 어떤 일을 했는지 그리고 현재 어떠한 상황에 처해 있는지는 형상화되어 있지 않다. 그러다 갑자기 조숙자라는 기생의 남편 살인에 연루되어 기소되기에 이른다. 인철은 조숙자와의 관계를 애정없는 꾀임에 넘어가 육체적인 관계를 가진 것이라고 강변하고 있다. 인철의 기소는 동옥에게 변화를 가져다 준다. 얼마후 석방된 인철은 현재의 정세가 정열로는 아무것도 할 수 없고 희생만 당하기 쉬운 시대이므로 출판사업을 하겠다는 것과, 진정한 사랑을 갖고 싶다는 고백을 하고 평양으로 자금운동을 하러 떠난다.

그는 출판사업을 하는 것은 민중과 말의 위대한 사업이 작가들의 생활을 보장해 작품에만 열중할 수 있기 때문이라며 생계를 유지하기 위해 신문소설을 쓰는 상황에서는 위대한 문학이 나올 수 없다는 논리를 편다. 그러나 작중에서 그것이 어떤 의미가 있는 것인지는 구체적으로 드러나지 않는다. 더욱이 인철이 그 말을 던지고 평양으로 자금을 구하러 간다고 떠난 뒤에 동옥과 파고다 공원에서 재회하기까지의 이야기는 지극히 비현실적이다.

삼각관계의 한축을 이루는 배일현과 조숙자는 매우 부자연스럽고 작위적인 인물들로 독자의 흥미를 끌기 위해 설정한 인물이다. 이 두 인물은 주인공인 동옥을 부각시키기 위해 엉성하게 설정되어 있다. 그러므로 작가는 동옥과 인철의 행위를 정당화 하기 위해 끊임없이 그들이 하는 일에 대해서 정당성, 당위성을 부여하고, 작중 인물들은 현실과는 동떨어진 방법으로 당면한 문제를 해결하고자 한다.

그로 인하여 팽팽한 삼각관계의 전개도 독자의 시선을 붙들만한 사건도 이루어지지 못한채 평면적으로 형상화된다. 즉 작품의 흥미를 끌기 위해서 배일현이나 조숙자같은 신소설적인 인물을 창조하였으나 각각의 인물들이 유기적으로 그려지지 못하여 서로의 행동이 논리적인 개연성을 상실하고 말았던 것이다. 이것은 작가가 작품을 전체적으로 통어하지 못하고 놓아버림으로써 생겨난 구성의 느슨함이다. 주인공 동옥은 어설픈 교육사업으로, 인철은 막연한 사상적 수준의 사업을 계획했으나 실행도 해보지 못한채 끝나게 되며 그외의 인물들은 소설적인 육체를 제대로 갖추지 못하고 사라져 버리게 되었던 것이다.

『딸 삼형제』는 출판 당시 "단연 최근 소설계를 휩쓴 감이 불무하다. 초판은 삽시간에 없어지고 재판에 부랴부랴 착수하는 호평에 이제까지 「밑지는 출판」만 하였다고 자랑삼는 「문장사」는 이제 그 자랑 하나가 없어진 셈"[59]이라고 했을 정도로 당시의 독자들에게 많이 읽혔고 호응을 받았던 작품이다. 이 작품은 세자매의 이야기 특히 주인공 정매를 통해 조혼의 문제점, 여성으로서의 자각의 과정을 일상적이면서도 심도있게 다루고 있다.

한성판윤을 지냈던 송승극은 슬하에 아들없이 정매, 정란, 정국 세 딸을 두었다. 송정매는 부모의 의사에 따라 여고보를 마치고 명문대가의 아들과 혼인을 하나 결혼생활에 적응하지 못하고, 남편이 침모의 딸과 부정한 관계를 가진 것을 보게 되자 친정집으로 돌아온다. 첩을 얻은 아버지로 인하여 병이 난 친정어머니는 정매의 일로 충격을 받아 뇌출혈로 쓰러져서 죽게 된다.

어머니의 죽음 이후 정매는 전문학교 음악과에 시험을 치르지만 결혼을 했었다는 이유로 입학허가를 받지 못하자 동생들의 뒷바라지를 위해 공부를 단념한다. 그 생활에 익숙해져 가던 세 자매는 원산에 놀러갔다가 정매가 입원한 것을 계기로 어머니를 진료해 주었던 의사 차경환을 만나게 된다. 정매와 차의사는 미묘한 감정을 경험하지만, 적극적인 정란의 접근에 차의사의 마음이 흔들리면서 정매는 동생을 위해 사랑을 양보한다.

한편, 첩살림을 하던 아버지가 아편에 빠져서 집안의 재산을 거의 탕진하게 되자, 정란과 차의사가 앞장서서 금치산을 시키고 둘은 결혼하여 집안의 살림을 좌지우지한다. 정매는 자신을 위한 삶을 위해 타이피스트 자격증을 취득하여, 남한상사에 취직하고 동경 유학생 출신인 남필조를 만나 결혼한다. 재혼을 한 후 정매는 생계를 꾸리기 위해 남한상사에 계속 나가는데, 전남편 김오련이 사장으로 오면서 취직을 빌미로 정매를 겁탈한다. 우연하게 이 사실을 알게 된 남필조는 아들 도윤이를 데리고 집을 나간다. 그후 탁아소에서 어렵사리 아이를 찾은

---

59) 송아, 「출판토픽」, 『박문』, 1940. 2, 22면.

정매는 남필조와의 생활을 정리하고 재산을 삼분하여 정국과 '자매악기점'을 차려 자립한다. 이태준의 전기 장편이 남성주인공의 자각과 입신의 과정에 서사의 초점이 맞추어졌다면, 후기 장편은 적극적인 성격의 여성주인공이 서사의 중심으로 등장한다는 점이다.『화관』의 임동옥,『딸 삼형제』의 송정매,『청춘무성』의 최득주가 그들이다. 이 작품들 중에서『딸 삼형제』의 주인공 송정매는 이태준 후기 소설중에서 여성의 각성을 가장 두드러지게 그려낸 작품이다.

『딸 삼형제』역시 이태준의 다른 소설들과 마찬가지로 작품의 구조가 전반부와 후반부로 나뉜다. 부모의 의사에 따라 조혼을 했으나 결혼에 대해 막연한 환상을 가졌던 정매는 실제의 결혼생활과 그녀가 가졌던 이상적인 생각의 괴리로 부부간의 결합을 거부하다가 남편의 부정한 관계를 목격하고 집으로 돌아온다. 그 후 어머니의 죽음을 맞이 하고 어머니를 돌보던 차의사에게 미묘한 감정을 갖지만 정란에게 양보하고, 동생들의 뒷바라지에 생활을 보내는 부분까지가 전반부에 해당한다. 후반부는 정매가 남필조를 만나 결혼을 하고 자기 정체성을 가진 한 여인으로서 남편과 헤어져 자립하기까지의 과정이다.

이태준의 후기 작품들은 전기 작품에서 보여주던 강력한 삼각관계가 매우 약화되어 나타난다. 이 작품에서도 정매가 자각에 이르기까지의 과정은 삼각관계에 의해서가 아니라 조혼이라는 제도적인 관습에 의하여 희생되었던 주인공이 그 삶을 거슬러 나와 사회와 접하면서 자신의 정체성을 찾아가는 것으로 나타난다. 이 작품은 전후기의 작품을 통털어 주인공의 삶의 형상화가 무리없이 잘 이루어지고 있다. 그렇지만 여기에도 일정하게 통속성이 존재하는데 정매가 친정에 돌아온 후 차경환을 중심으로 한 정란과의 미묘한 심리나, 결혼생활은 하지 않았지만 결혼한 경험이 있는 정매와 정란사이에서 갈등하는 차의사의 모습은 전형적인 대중소설의 구성이다. 또한 돈많은 사장의 유혹, 그로 인한 남필조와의 어긋남과 결혼, 남필조와 정매 사이에 등장한 과거의 남편 김오련과 현실적인 삶 사이에서의 정매의 갈등, 오해의 중첩으로 인한 작위적 갈등이 이 작품을 끌어간다.

정매는 부모의 의사에 따라 전형적인 구식 결혼을 한다. 그의 부모는 그들의 희망에 따라 좋은 집안의 아들과 결혼을 시키지만 정매는 이상과 현실 사이에서 갈등하게 된다.

> 자기의 신랑은 아버지가 무슨 참판이요, 할아버지가 무슨 판서요 증조할아버지가 무슨 공이요, 하는 명문대가의 '아들'이란 것이다. 그 귀한 '아들'에게 자기가 가는 것이었다. 그 어마어마한 '아들'을 맞이할 신방이란 오색구름이 둘리고 가지각색 꽃이 있고 새들이 지저귀고 샘물이 흘러가는 그런 아름다운 꽃동산일 것 같았다. 그런데서 장사같고 임금님같고 신선같은 그 아들 신랑이 나타나 자기에게 아름다운 노래와 이야기와 재주로써 무한한 즐거움을 주어 엄마를 떠난, 동생을 떠난, 동무들을 떠난 외로움도 다 잊어버리게 해줄 것만 같았다. 정매가 알고 간 결혼이란 것은 그런 아름다운 꿈이었다.(17면)

정매는 늘 어머니의 아들타령과 가부장적 이데올로기에 길들여져 결혼하는 것을 아름다운 꿈이라고 생각했으나, 그에게 다가온 현실은 그리 대단할 것 없는 남편에 대한 실망이다. 정매가 결혼생활을 유지하지 못하고 파탄에 이르는 것은 부모의 의사에 따른 구식결혼때문이다. 그러나 조혼·중매혼이라는 제도적인 모순보다 더욱 근본적인 문제는 결혼이라는 것이 꿈이 아닌 현실생활이라는 점을 주인공 정매가 자각하지 못했기 때문이다. 즉 정매의 불행의 시작은 결혼이라는 현실에 대한 피상적인 이해에서 비롯된 결과였던 것이다.

이러한 현실에 대한 미자각에서 당당한 여사무원으로서 변화해나가기까지 정매의 변화과정은 작중에서 매우 탁월하게 드러나 있다. 시집을 나와 음악과에 입학하려 하지만 결혼을 했었다는 이유로 입학을 거절당하자 동생들의 뒷바라지를 계속해 나가는 것이나, 차의사를 정란에게 양보할 수밖에 없었던 심리, 결혼 후 차의사의 추근거림 등의 소설적 장치를 통해 그녀의 변모는 독자들에게 설득력 있게 다가온다. 그러나 필조와 결혼하기까지의 과정, 전남편 김오련과의 만남, 그로 인한 필조와의 파탄은 우연적이고 돌발적인 상황 속에서 이루어진다. 이와 더불어 성적인 묘사라든가 감상성의 노출, 격에 맞지 않은 비속한 대화, 다방, 제과점, 레스토랑, 활동사진, 골프장 등의 새로운 이국취미는 독자를 의식한 대중소설의 전형적인 요소라고 할 수 있다.

이렇듯 『딸 삼형제』는 대중소설적인 요소를 두루 갖추고 있지만, 그럼에도 불구하고 후기의 작품들이 농후하게 내포하고 있는 비현실적인 이상성이나 교훈주의와는 일정한 거리를 가진다. 이에 대해 이헌구는 다음과 같이 말하고 있다.

정매에 대하여 작자는 어디까지든지 현대 아니 현대 여성이 가질 수 있는 전통적 새로운 한 성격을 그 속에 부여하려고 노력하였다.… 현대조선 여성에게 새로운 「모랄」을 부여하려는 작가적 양심은 이 작품 속에 더 한층 강하게 내포되어 있다. 더욱 정매의 파란 많은 생애를 그려가는 또 거기에 독자로 하여금 끌어 가도록 하는 매력, 추하지 않고 속되지 않게 작품을 꾸려가려는 노력이 이 작품 속에서 더 한층 깊이 느끼게 한다. 이곳에 상허는 단순히 인간생활의 현실을 그대로만 그리는 사이비 현실주의에서 떠나 있을 수 있고 가능할 수 있는 인간의 필연성 착실성을 그리기에 그 생명을 바치려는 「모랄리스트」적 또는 「아이디얼리스트」로서 이 입장을 더 한층 착실히 파악하려는 노력의 자취가 엿보인다. 이런 점에서 이 작품에는 적지 아니한 참다운 인생교훈-여성교훈의 산기록, 산표현이 숨어있다고 본다.[60]

이헌구의 평가처럼 『딸 삼형제』는 현대여성이지만 봉건적인 성격을 지니고 부모의 의사에 따라 결혼을 한, 모순된 구제도의 희생자라고 할 수 있는 정매를 통해 시집을 뛰쳐나와 당당한 직업여성으로서의 정체성을 지닌 한 여성상을 완성시키고 있다. 봉건적이었던 주인공 정매가 당당하게 직업여성으로서 자신의 모습을 찾는 모습을 비교적 무리없이 그림으로써 이 작품은 독자들에게 설득력있게 다가간다. 물론 이 작품에도 교훈적이고 이상적인 작가의 태도가 어느 정도 드러난다. 그럼에도 불구하고 정매라는 인물이 현대여성으로서 구제도의 피해로 인한 좌절을 딛고, 당당하게 자기 정체성을 찾아가는 긍정적인 인물로 현실감 있게 형상화되어 당대 이태준의 주된 독자였던 여성들에게 감동과 대리충족감을 안겨주었다.

자기중심적이고 소아적인 주인공이 사회적 각성을 통해서 자기정체성을 확립해가는 과정을 보여주는 『화관』의 동옥, 『딸 삼형제』의 정매는 『청춘무성』에 이르러서 최득주라는 인물로 발전한다.

동경에서 신학을 공부하고 돌아와 여학교에서 근무하는 원치원 목사는 여학생들의 존경을 한몸에 받는 인물이다. 그중에서도 고은심과 최득주는 원치원을 연모하는 마음까지 갖는다. 고은심은 원치원에게 사랑을 고백하고 원치원 또한 은심을 사랑하는 마음을 갖는다. 우연하게 이 사실을 알게된 최득주는 교장앞으로 원치원을 모함하는 투서를

---

60) 이헌구, 「신간평 - 『딸 삼형제』를 읽고」, 『문장』, 1940. 3, 190~191면.

보내고, 득주와 원치원의 사이를 오해한 은심은 원치원이 보낸 편지를 돌려보내고 시련의 아픔을 앓는다. 원치원 역시 학교에 사표를 내고 동경으로 떠난다. 은심은 미국에서 공부하고 있는 사촌오빠 은필이 소개한 조오지 함과 결혼하기 위해 미국으로 떠난다.

한편 득주는 자신의 잘못을 뉘우치고 빠 마이디어에 여급으로 들어 간다. 거기서 득주는 직업으로서 여급에 대한 자부심을 가지려고 노력한다. 득주는 생활의 이상이 없는 여급의 생활을 보면서 약한사람과 고민있는 사람을 위한 일을 하기로 결심하고, 자금을 마련하기 위해 돈이 많은 손님에게 접근하여 소절수를 훔쳐 2년 6개월을 언도 받아 실형을 살게 된다.

감옥에서 나온 득주는 원치원을 만나 그간의 이야기를 듣게 된다. 원치원이 적극적인 현실 생활자가 되기 위해서 금광개발에 나섰으나 실패한 것과 채굴할 금광이 있으나 자본이 없어서 실행에 옮기지 못 하고 있다는 사정을 들은 득주는 선채를 받아 원치원에게 백원을 비 용으로 대준다. 그러나 원치원은 실패하고 우연히 수리사업을 하게 되어 일약 50만원의 부자가 된다. 그는 그 돈에서 득주의 사업자금으로 십만원을 주고 나머지로 최신의 채굴설비를 갖춰 금광개발에 성공을 한다.

원치원에게 십만원을 사업자금으로 받은 득주는 여급과 고아들을 위해 재락원이라는 기관을 만들어 사회사업에 열중한다. 한편 미국으로 떠났던 은심은 자기학교의 사회학 교수가 되어 돌아오고, 원치원은 광산개발을 통해 얻어들인 돈으로 문화사업에 의욕을 가진 사람들을 적극적으로 지원해준다. 그후 원치원과 은심은 득주의 적극적인 주선으로 결혼을 하고 둘의 호적에 득주가 기르는 아홉명의 아이를 입적 시킨다.

『청춘무성』은 이태준의 다른 작품들과 마찬가지로 이원적인 구성으로 이루어져 있다. 이런 이원적인 구성의 전반부는 주인공의 변화의 계기를 마련해주는 좌절담으로 이루어지고, 후반부는 좌절을 겪고 새롭게 이상을 실현해 나아가는 성취담으로 이루어진다. 즉 전반부는 최득주와 원치원, 고은심의 삼각관계 속에서 서로의 사랑이 다 이루어지지 못하고 자신의 길을 가게 되는 인물 중심의 이야기로 구성되고 후반부는 사랑의 시련을 겪은 각각의 인물들이 자기방식의 삶을 찾아가는 과정이다.

이 작품 역시 당대의 독자들에게 많은 호응을 받았는데, 30년대 후반 이태준의 작품들 중에 가장 통속적이면서도 작가의 강렬한 이상주의와 계몽의지가 부각되어 있다. 또한 작중 인물들간의 삼각관계, 우연성, 피상적인 현실인식 등이 이 작품의 통속성을 강화한다. 그러나 이태준의 초기 소설들이 뚜렷한 삼각관계를 통해 통속성이 발현되었다면, 이 작품에서 삼각관계는 전기의 작품들과는 달리 인물들의 변화를 통해 사건을 전개시키기 위한 작위적인 애정관계의 조합으로 이루어진다.

원치원과 최득주 · 고은심 간의 삼각관계는 치열한 강렬성이 없다. 원치원에 대한 득주의 사랑은 일방적인 것이다. 은심과 원치원의 사랑 역시 직접적인 대면을 통해 이루어진 것이 아니라 서로의 편지를 통해 마음을 주고 받을 뿐 행위는 전면에 드러나지 않는다. 작중에서 득주와 은심, 원치원의 삼각관계는 약화되어 있는 반면, 은심과 조오지 함, 원치원의 삼각애정은 작품 안에서 명확하게 드러난다. 득주와 원치원의 관계를 오해한 은심은 재미교포 조오지 함과 결혼을 약속하고 미국을 향하던 중 동경을 경유하면서 원치원을 만난다. 동경에서 원치원의 마음을 확인한 은심은 미국으로 가지 않고, 치원과 한집에서 기거를 하게 되는데 조오지함이 등장하면서 원치원은 둘의 사이를 알게 된다. 은심은 원치원에게 자신이 문제를 해결하겠다고 말을 하고 조오지 함은 금강산 여행을 제안한다. 이 부분은『청춘무성』에서 가장 통속적인 부분으로 지적될 수 있다. 원치원을 사랑하는 마음을 조오지 함에게 밝히지 않고, 조오지 함의 약혼자로서 사랑하는 원치원을 두고 일어나는 헤프닝은 통속성의 극치를 보여준다. 조오지 함이라는 인물을 등장시켜 갈등을 유발하고 있는 것은 흥미를 돋구려는 작가의 의도가 다분히 포함되어 있다.

이 작품에서의 통속성은 구성의 우연성에서도 드러난다. 은심과 원치원이 동경에서 만나는 것도 그러하지만 더한 우연성은 치원의 사업 밑천이 된 수리사업의 성공과 금광의 발견에서 찾아볼 수 있다. 동경과 금강산 여행길에서의 우스운 삼각관계는 조오지함이 은심과 치원의 행복을 빌고 미국으로 떠남으로써 해소된다. 그러나 치원은 은심에 대한 자신의 소극적인 태도를 자책하며 적극적인 현실생활자가 되기 위해 골드러쉬의 꿈을 가지고 광산을 찾아간다.

득주나 은심 사이의 삼각관계에서도 그랬지만 치원이 선택한 길은 현실적으로는 매우 불가능한 선택들이다. 아무 하는 일 없이 동경에서 무위도식의 나날을 보내다가 은심을 만난 것이나, 적극적인 생활자가 되기 위해서 광산에 가고, 자본이 없이도 마음좋은 주변인의 도움을 받아 금광을 개발하고, 그것에 실패하지만 수리사업으로 일약부자가 된다. 그것을 밑천으로 치원은 광산을 사들여 조선에서 가장 근대적인 채광작업을 하는 금광으로 만들어 수천의 부자가 되고, 사회사업을 위해 자신의 부를 아낌없이 투자하는 것들이 그것이다.

작중에서 치원은 금욕주의자 쏘로우를 숭배하여 화식도 안하고 생식까지 했던 매우 고상하고 이상적인 인물로 형상화된다. 그러나 치원이 연애의 고민으로 자신의 신념을 버리고 현실적인 생활자가 되기 위해 실질적으로 선택한 길은 일확천금을 꿈꾸는 광산개발이라는 비현실적인 방법이다. 더욱이 금광으로 성공하기까지는 우연히 발견한 물줄기를 막아 제방을 만들어 논을 만드는 수리사업을 성사시켜 벌어들인 돈이 바탕이 되었던 것인데, 실제적으로 이러한 일은 불가능한 사건이라 해도 과언이 아니다. 그런데도 작가가 작중에서 우연적인 사건을 자꾸 집어넣음으로써 구성에 무리가 따르는 결말을 보이고 있는 것은 당시의 현실에서 자본을 필요로 하는 사회사업, 문화사업이라는 불가능한 전망을 작품속에서 무리하게 드러내고자 함에서 비롯된다.

이러한 구성의 느슨함은 작가의 과다한 계몽성 내지는 이상성에서 기인한 것이기도 하다. 근대문학에서 계몽성이라는 화두는 이태준에게만 국한되는 것은 아니다. 근대성의 표준으로서의 계몽성이란 당대 작가들의 작품 방향을 좌지우지 했다고 해도 과언이 아니다. 근대의 대표적인 문인인 이광수가 일생을 계몽성의 굴레에서 벗어나지 못하고 있었음이 대표적인 예이다. 이태준의 장편소설 역시 계몽성이라는 지배적인 담론이 작품을 관류하고 있다. 30년대 전반기의 소설에 드러나는 계몽성이 이념적인 거대담론에 관한 것이라면, 30년대 후반 소설에서 계몽성의 지표는 현실과 가까운 일상성 속에서의 계몽의식으로 드러난다. 특히 『청춘무성』에 이르면 이러한 지향은 더욱 명료하게 드러난다. 원치원의 재정적인 도움으로 재락원을 세운 득주의 기본 목표는 바로 그러한 계몽의식을 단적으로 보여준다.

득주 자신은 더 큰일을 벌였다. 삼각정 천변에다 이백평이나 되는 터를 샀다. 벽돌로 삼층양관을 지었다. 밑에층에는, 여자직업 무료소개소, 직업여성인사 상담소, 고아, 사생아 응급소, 직업여성무료진찰소, 직업여성 실비식당들을 두고 이층에는 한 백명 들어 앉을 수 있는 소강당 하나와 신문 잡지, 직업여성들에게 필요한 도서 열람실과 유희실과 수욕실과 일광욕실과 음악실과 재봉실과 세탁실들을 두고, 삼층은 육십명을 수용할 수 있는 기숙사를 만들었다. 그리고 이집 전체의 이름을 재락원이라 하였다. … 원장 최득주는 사회 각 방면의 남녀 유명인사를 초빙한다. 종교에 관한, 정치에 관한, 경제에 관한, 법률에 관한, 미술, 음악, 화장술에 관하여까지 권위들을 청해다가 이들에게 지식을 들린다. (604~605면)

위의 인용에서 볼 수 있듯이 득주가 설립한 재락원은 직업여성들의 재활기관임을 알 수 있다. 이것은 원치원의 재정적인 도움으로 가능한 일이었는데 원치원 역시 자신이 번 돈을 사회사업에 전부 투자한다.

치원은 돈을 벌기도 남다르게 벌었지만 돈을 쓰는데 있어서는 더욱 남달랐다.

'누구든지 좋다. 자기 이상을 위해 꿈이 있는 청년이면 오라 그대의 꿈이 진실하기만 하면 그 꿈을 실현시키는 돈은 내가 대마.' 이것이 「치은금산」주인 원치원의 선언이었다.… 치원은 어느 기관에도 사장이나, 관장이나, 이사장 자리에 자기의 이름을 앉히지 않았다. 최고의 자리에는 그 사업의 꿈의 주인, 최초의 발안자를 앉히었고, 자기는 이사의 한사람으로만 자격을 가질 뿐이었다. 오직 사장격으로는 치은금산에서 뿐이었다.

이렇게 한분에 심은 씨들처럼, 한꺼번에 전사회에 솟아오르는 원치원 재벌의 녹지대는 일년 뒤에는 일시에 꽃이 피었다. 극장이 낙성이 되고, 영화 촬영소가 낙성이 되고, 경기장이 낙성되었고, 문화관이 낙성되고, 무료의료관이 낙성되고, 출판사업이 이미 일주년 기념호들이 나오게 되고 각 전문학교에서들은 새 졸업생들 중에서 치은장학금의 해외 유학생들이 파견되었다. 사회는 어느 방면에서나 원치원 예찬의 소리가 물끓듯 하였다.(614

~616면)

　원천달의 돈을 훔쳐 사회사업을 하려던 득주는 그로 인하여 징역을 살고 나온다. 그의 황당한 이상은 현실 앞에 굴복하고 3년이라는 기간을 감옥에서 보내게 되는데, 치원의 등장으로 다시 그의 이상은 실현된다. 득주는 까페여급으로서 여급들의 비참한 생활을 경험하고 그들의 처우개선을 위한 사업으로 직업여성과 고아, 사생아 등을 위한 사회 보호기관인 재락원을 설립하여 재락원에 수용된 여성에게 각 방면의 지식을 고취시키기 위해 강연회를 개최하고, 고아와 사생아를 입양시키는 여성과 아이들을 위한 총체적인 프로그램을 실시한다. 득주가 하는 사회사업은 여성과 아이들에게 한정되어 있고 그들을 위한 일이라는 것도 실은 매우 일상적인 범주에서 일어나는 일들이다. 또한 대규모의 자본을 필요로 하는 일이다.

　이러한 점은 원치원의 경우에 있어서도 동일하게 드러난다. 치은광산으로 돈을 번 치원은 이상실현을 위한 꿈이 있는 청년을 지원해 주는 일을 낙으로 삼아 영화제작, 신극운동, 출판사업, 의료기관의 건립, 유학생을 위한 장학금 지원 사업, 문화사업에 아낌없이 자본을 투자한다. 그중에서도 원치원이 가장 많은 자본과 애정을 쏟은 것은 예술, 과학, 종교 각 방면의 연구자들에게 연구가 끝날 때까지 연구실, 도서실, 식당 등을 무료로 제공하는 재단을 만든 일이었는데, 여기에 거금 이백만원을 투척한다.

　이렇게 작중에 드러나는 주인공들의 사업내용을 보면 초기의 소설에 드러나는 나라와 민족을 위한 운동의 차원과는 전혀 다른 지향을 보이고 있음을 알 수 있다. 득주나 치원이 생각한 사회사업은 당시의 상황과는 동떨어진 거금을 필요로 하는 일이다. 30년대 후반의 경제

상황에서 가장 대신 가정의 생계를 이어야 할 여급의 최대 목표는 최소한의 생존을 유지하는 일이었다는 점을 감안한다면, 『청춘무성』에 나오는 현실성 없는 사회사업의 내용은 작가의 이상실현의지, 계몽의지의 발현 양상임을 알 수 있다. 작중에서 이렇게 현실과는 전혀 다른 양상의 이상이 실현되고 있는 것은 작가의 이상실현 의지와 계몽의지가 실제로는 현실에 대해 눈감은 위에 존재하기 때문이다.

『화관』의 인철은 민중 각성을 위한 사업으로 출판사업에 뜻을 두나 자본을 구하지 못하여 뜻을 이루지 못하고 만다. 동시에 자본주의적 삶의 체현자인 배일현은 지극히 일상적이고 개인적인 삶의 범주에서 벗어나지 못하는 인물이다. 그는 한 여성을 소유하기 위한 일에는 아낌없이 자본을 들이지만 그외의 일에는 철저하게 현실적이다.『화관』의 인철은 출판사업을 위해 백방으로 노력하지만 자본주의적 현실에 굴복하고 마는 인물이다.

그러나 『청춘무성』의 인물들에게는 이상적인 계획을 실현해 나가는 데 아무런 어려움이 따르지 않는다. 득주가 여급들을 위한 사업을 구상할 때 윤천달과 얽혀 감옥에 가게 된 것은 시련도 아니고 단지 소설적인 장치에 불과했던 것이다.

'사회생활, 국가생활을 위해 만들어진게 돈이라면 한 개인이 어떤 기회를 만났다 해서 잔뜩 몰아가지고 자기 향락만을 위해 낭비하는 건 사회에 대한, 국가에 대한 예가 아니오 또 돈의 근본정신에도 위반일 게다! … 벌줄은 알되 쓸줄을 모르는 것, 똑같은 결함이다! 쓸줄은 모르되 돈이 있는 사람, 돈은 없되 쓸줄을 아는 사람, 이 사람끼리 만난다면 거긴 두사람의 결함이 한꺼번에 없어질 수 있는게 아닌가? 돈을 위해 좋은 일이요 인류를 위해 좋은일이 아닌가?' … '최후의 수단! 동시에 최악의 수단이 아닌가?

라스꼴리니꼬프의 길! 그는 나중에 후회하지 않았는가? 이런 수단은 이미 라스꼴리니꼬프의 시험제가 아닌가?' (475~477면)

윤천달의 돈을 훔치는 과정에서 득주는 『죄와 벌』의 라스콜리니코프의 논리를 빌어 자신의 행동을 합리화하고 있다. 돈은 있지만 좋은 일에 쓸 줄 모르고 인색한 윤천달의 돈을 자신이 생각하는 좋은 일에 쓰기 위해서 훔치는 행위를 정당화하는 득주의 태도는, 자신을 버려서라도 남을 위하겠다는 태도로 독자들을 설득하기 위한 장치이며, 자본의 필요성 및 중요성을 강조하기 위해 집어넣은 에피소드라고 할 수 있다. 결과적으로 득주의 이러한 태도는 작가가 직업여성의 계몽과 교화를 위한 사회사업이라는 결과를 강조하고, 이를 위해 실제에서는 불가능한 일을 작품 속에 형상화하는데, 그것은 의욕의 과잉과 피상적이고 안이한 현실인식에서 빚어진 결과였던 것이다.

(3) 계몽의지와 페미니즘에의 지향

이태준의 전기 작품들이 주로 사상적인 언급을 하고 있는 것에 비해서 『화관』을 기점으로 한 후기 장편소설들에서는 사상문제는 표면에 드러나지 않고 주로 여성의 문제, 현실적인 삶의 문제 등으로 집중하는 경향을 보인다. 『화관』은 그 중간에서 두 가지의 경향을 동시에 보여주고 있다.

전기의 작품들에서는 이상적인 사상과 이상적인 애정관, 민족주의적인 계몽의지가 주로 표출되어 있는 반면, 후기의 장편소설들에서는 삶이라는 목적을 위해 돈의 필요성을 인정하는 태도를 보이면서 사회인으로서의 자각의 과정이 드러난다. 이것은 작가가 현실에서의 변화 가능성을 포기하면서 계몽성이 더 본질적인 문제로 전환되었기 때문이라고 해석된다.[61] 교육 문제(『화관』), 여성 문제(『딸 삼형제』), 사회사업과 그를 통한 문화사업(『청춘무성』)의 전개는 작가의 계몽의지를 강력하게 드러내는 데 일조한다. 『화관』 이후 후기의 장편은 전기와는 확연히 달라져, 가부장적 이데올로기로 인한 불행한 결혼생활을 통해 여성으로서 자각을 해나가거나, 개인적인 역경을 딛고 여성들을 위한 사업으로 나가는 여성 주인공이 주로 등장한다. 후반 소설의 일상적인 삶으로의 전환과 계몽의지는 『화관』을 집필하면서부터 뚜렷해지는 양상을 보인다.

　　연애는 즐거움만이 아니요, 결혼은 행복을 가져 오지는 않는다. 나는 연애함으로 또 결혼함으로 말미암아 너무도 슬프게도 깨끗하던 사람이 더러워지고 용감하던 사람이 비겁해지고 높던 사람이 낮은 데로 떨어지는 것을 허다하게 보고 듣는다. 이것은 연애나 결혼, 그 자체의 결함인가? 그것을 잘못 가진 당사자들의 죄인가? 여기에 문제를 걸어봄은 쓰는 나나 읽는 여러분이나 단지 흥미에만 그치는 노력은 아닐줄 믿는다.[62]

이태준은 『화관』을 연재하기 전, 작자의 말에서 연애나 결혼의 문제를 흥미에만 국한시키지 않겠다는 견해를 피력한다. 이러한 작가의 의도는 『화관』에서 임동옥이 박인철이란 인물로 인해서 여성적 의식과 교육에 대해 자각하는 과정과, 인철의 문화사업에 대한 열정의 형태로 드러난다. 『딸삼형제』에서는 가부장적 이데올로기를 박차고 나와 결혼의 굴레에 얽매이지 않고 주체적인 여성으로 살아가는 여성들의 모

---

61) 박헌호, 「이태준 문학의 소설사적 위상」, 성균관대학교 박사학위논문, 1997, 150면.
62) 이태준, 「작가의 말」, 『조선일보』, 1937. 7. 28.

습을 형상화하는 계기가 되고, 『청춘무성』에서는 사회사업을 통한 새
로운 사회적 이상향을 지향하는 모습으로 나타난다. 나아가 이상적인
일의 추진을 위해 실질적인 아내와 법률상의 처를 다르게 설정하여
결혼과 일을 합일시키려는 해괴한 발상까지도 이루어지게 된다.

이태준이 후기 장편소설들에서 개인적인 여성들의 자각을 주로 그
리게 된 것은 초기 대중소설의 관심사였던 사상문제나 민족교육 등의
문제를 현실적으로는 언급하기가 힘들었던 사회문화적 정황과, 생활
에서 일상적 삶의 힘을 긍정할 수 밖에 없었던 상황에서 비롯된 것으
로 보인다. 또한 여성의 문제로 초점이 넘어 오면서 많은 독자들을 확
보한 것도 작가의 이러한 지향을 강하게 드러내는 데 일정한 역할을
했다고 할 수 있다. 김기림이 이태준의 대중소설들을 한마디로 '여학
생 소설' 로 폄하했지만, 그것은 역으로 그의 소설이 인기를 누렸던 계
층이 여성이었다는 사실을 증명하는 것이라고 볼 수 있다.

여성문제에 대한 이태준의 페미니즘적인 태도는 후기 작품 전체에
고르게 분산되어 있는데 이것은 작품에서 뿐만이 아니라 실제 그의
평소의 생각에서도 강하게 드러난다.「현대여성의 고민을 말한다」라는
박순천과의 대담에서 그의 페미니즘적인 태도는 극명하게 드러난다.
이 대담에서 이태준은 "어쩔 수 없이 최후의 선을 넘었을 때 정조문제
로 고민하는 여성들에게 그저 몸 한군데를 다친 과실로 알도록 해서
정신적인 위안을 주어야 한다는 견해를 보이고, 사생아라고 천하게 여
기는 일은 없어야 하며 가문과 도덕에 얽매여 수절을 하는 것도 고민
보다는 야심과 대담성을 가지고 새로 나가야 한다" 는 주장을 편다.[63]
당시로써는 파격적인 이태준의 이러한 사고는 후기 소설의 지향을 명

---

63)「현대여성의 고민을 말한다- 소설가 이태준씨와 여류평론가 박순천 양씨 대담」,
『여성』, 1940. 8, 60~67면.

확하게 드러내 주는데 그것은 『딸 삼형제』에서 특히 잘 드러난다.

언니 잘못이 뭐에요? 길을 막고 물어보세요? 부정한 아내니, 부정한 에
미니, 어디다가 부정이란 문잘 쓰는 거에요? 여잔 사람이 아니라 무슨 음식
물인가요? 음식이라면 남이 한 번만 입을 댔어두 부정이랄테죠. 그렇지만
사람은 몸뚱이만이 전부 아니지 않아요? 강도당하듯, 제정신 없을 때 당한
게 그게 어째 정조문제가 되요? 남자들의 정조관은 그렇게 잔인만 하구 그
렇게 인격 이하의 것만 표준하는 겁니까?"
"잔인하세요. 완고하세요. 너머져서 다친 것두 죄악입니까? 그런건 정조
문제가 아니라 너머져 다친 것 따위 일종 부상이에요."(341면)

"난 이론이 돼요. 여잔 생선인가요, 더 빨리 썩게? 여잔 정조에 대한 소유
욕이 없으란 법 어딨어요? 대답하세요!"
"흥……"
"흥은 뭐에요. 남자가 처널 요구하는데 여자가 총각을 요구하는 게 잘못
이에요? 무리에요? 허영이에요? 대답하시래두?"…
"참 뻔뻔하세요. 자긴 총각이 아니면서 내가 처녀가 아니라니깐 그렇게
낙망하세요. 우리 여자더러 밤낮 허영, 허영, 하지만 그따위 과대망상같은
허영은 여자한텐 없어요. 자긴 처녀가 아니면서 남자가 총각이 아니라고
구박하는 여자 보셨어요, 어디서?"(353면)

『딸삼형제』에서 작가의 페미니즘적인 인식은 주인공 정매의 동생인
정국을 통해 분명히 표출된다. 정매가 전남편에게 성적인 유린을 당하
고 필조로부터 일방적인 비난을 받을 때 자유주의적 연애관을 지닌
동생 정국은 정매의 실절은 부상에 불과하며, 여성의 정조를 요구하는
남성들에게 여성들도 똑같이 정조를 요구할 수 있는 자격이 있다고

강변한다. 여기에서 작가는 정국을 통해 평소 여성에 대한 자신의 생각을 분명히 피력해 놓은 것으로 보인다. 이와 같은 이태준의 여성에 대한 개방된 의식은 여성에 대한 교육, 모성에 대한 강조를 통한 작가의 계몽의지의 발현이라고 할 수 있다.

이러한 이태준의 계몽의지는 당대의 대표적인 계몽주의적 작가 이광수와 상반되는 지향을 보여준다는 점에서 흥미롭다. 이광수의 계몽의지는 현실과는 유리된 관념적인 지점에서 발현된다. 그리하여 정신적인 사랑에 대한 아름다움을 강조하는 것으로 극명하게 드러난다. 그러나 이태준의 경우는 이광수와는 다른 지점에서 형성된다. 전체 작품에서 이태준의 여성에 대한 태도는 여성주인공을 남성보다 더욱 우월한 지향을 지닌 인물로 그리고 있는데에서 잘 드러난다. 후기 작품에서 서사의 중심이 되는 여성 인물들은 매우 긍정적으로 형상화되는데, 『화관』의 동옥, 『딸 삼형제』의 정매, 『청춘무성』의 최득주가 그들이다.

반면에 그들의 여성적인 자각을 일깨워 주는 남성주인공들은 매우 부정적으로 형상화된다. 『화관』에서 과거에는 의식있는 사상운동을 했을 법한 인물로 등장하는 인철이 현실에 있어서는 성적으로 타락한 이후 생활에 대해 의식없이 살아가는 모습이 부정적으로 형상화 된다. 또 『딸삼형제』에서 정매의 전남편 김오련이나 의사 차경환의 졸렬함, 동경유학생이며 사상적으로 건강했던 것처럼 등장하는 남필조의 현실적인 무능력과 결혼 이후 드러나는 의식의 저열함을 그리고 있는 것은 남성들의 부정성을 극대화하여 보여주는 것이다. 이 시기 이태준 소설에 등장하는 남성인물에 대한 부정적인 시각은 여러 지점에서 흥미롭다.

주로 작가의 입장에서 비판하고 있는 것은 작품의 표면에 직접적으로 등장하지는 않지만 과거에 의식이 있던 인물들이 현실에서는 무기력한 생활인이거나 관념만 남은 인물들로 살아가고 있다는 것이다. 반면에 그의 상대자로 등장하는 여성은 시련을 겪지만 자기정체성을 가지고 성실하게 자기의 삶을 개척하는 인물로 매우 긍정적으로 그려지고 있다. 여기에는 여성을 당당한 하나의 주체로 보는 시각이 깔려 있다. 이태준의 여성에 대한 호의적이고 따뜻한 시선은 개인적으로는 그의 가족사와 밀접한 관련을 가진 것으로 보인다. 즉 어머니에 대한 그리움과 모성에 대한 인식이, 부모없이 버려진 고아나 사생아에 대한 편견보다는 그들에 대한 계몽의 의지를 갖게 하는 하나의 원동력이 되었을 것으로 보인다.

또한 당시 이태준은 이화여전 교수로서 신여성과 접촉이 잦았고 신여성의 입장을 어느 정도 헤아릴 수 있었기 때문에, 그의 주인공들은 여전을 나오고 의식이 있으며 당대의 독자들이 동경했을 만한 주인물로 등장한다. 작가의 이러한 노력은 사회환경의 변화와 주체적인 자각으로 전환기를 맞은 신여성들과 구시대의 가부장적 이데올로기로 인하여 핍박받던 여성들을 독자로 확보하는데 결정적인 역할을 했던 것으로 보인다. 이것은 이태준이 대중소설에 대해 가졌던 방법적 자각이라고 할 수 있을 것이다.

그러나 여성인물들에 대한 긍정적인 관심과 형상화는 상대적으로 남성인물의 부재와 약화를 가져온다. 주로 과거에 사상운동을 했을 것으로 보이는 인물들이 현재에는 매우 부정적이고 타락한 삶을 살고 있는 것으로 형상화됨으로써 과거에 가졌던 이념에 대한 비판으로 나아간다. 사회와 민족을 위해 투철한 신념을 가지고 있던 『화관』의 인철이 무기력한 현실속에서 성적인 타락을 경과하면서 과거와는 다르게 살아가는 모습이나, 열렬한 사회주의 운동가였으나 현재에는 정신이상이 된 김장두의 모습, 결혼을 하면서 현실의 논리에 그저 순응하고 마는 동옥의 사촌 동석의 모습 등이 비판적으로 그려진다. 이것은 『딸 삼형제』의 필조나 차경환에게도 해당하는 이야기이다. 의식있는 동경유학생에서 룸펜으로 변하기까지 필조의 모습은 그다지 긍정적이지 않다. 더욱이 정매의 의지와는 상관없는 실절을 질타하는 장면은 정국의 페미니즘적인 논리와 대비되어 필조라는 인물의 부정성을 선명하게 드러내준다.

(4) 페미니즘과 현실의 거리

전반기 소설에서 형상화되던 긍정적인 남성상을 통한 이상주의적인 계몽의지는 후반기에 와서는 페미니즘적인 논리를 강화하면서 일상적이고 여성적인 삶에 대한 계몽의지로 변화하게 된다. 아울러 긍정적인 여성주인공을 형상화면서 작가는 남성인물에 대해 특히, 과거 주의자의 면모를 지녔던 인물에 대한 비판으로 나아가게 되는데 이점은 조금 유의해 볼 필요가 있는 부분이다. 일제 말기 작가들은 자신의 생존을 보존하는 방식으로 붓을 꺽거나 통속화나 친일의 길로 나아가는 경우가 대부분이었다. 이태준의 경우는 처음부터 장편과 단편의 지향점이 달랐기 때문에 일률적으로 그렇게 설명할 수 없지만 모성이나 여성의 직업에 대한 강조, 페미니즘에 대한 경도는 일정 부분 사상의 변화를 보여주는 것이라고 할 수 있다.

이태준 소설에 등장하는 여성들의 경우 거의 대부분은 전문적인 직업을 가진 여성들이다. 그리고 그들에 대한 형상화 역시 긍정적으로 이루어져 있다. 『화관』의 동옥이 지닌 교사로서 모성에 가까운 후세대들의 교육에 대한 열의를 긍정적으로 형상화되는 것이나, 『딸삼형제』의 송정매가 자각하는 계기가 되는 것이 개인적인 삶을 꾸려가기 위해 직업을 선택하면서부터이다. 특히 『딸삼형제』에서 정매의 동생 정란은 차경환과 결혼하기까지는 자기주관이 뚜렷하고 야무진 여성으로 등장하는데, 결혼 이후의 모습은 매우 부정적으로 형상화되기도 한다. 그러나 당시의 사회에서 직업의 강조는 페미니즘적인 측면에서 권장된 것이 아니라 일제의 정책적 경향이 강했음을 알 수 있다.

> 일제는 조선의 노동력을 최대한으로 이용하려는 기본정책에 의해 여성들의 노동력을 적극적으로 활용하였다. 따라서 극소수의 지배계급을 제외한 대부분의 조선여성들은 기아선상에 놓여있는 가족의 생계를 잇기 위해 사회적 노동에 참가하지 않을 수 없었다. 따라서 이 시기는 자본제로 이행하는 초기 단계였지만 여성의 경제활동 참가율은 오늘날과 비슷한 비율을 나타낼 정도였다.[64]

위의 인용에서도 알 수 있듯이 일제는 전쟁과 여러 내부의 사정으로 여성의 노동력을 이용하려는 기본적인 노력을 기울였고, 일제 말기에는 여성의 경제활동비율이 매우 높아진다. 이러한 일제의 정책은 여성의 일과 직업을 강조하는 것으로 드러난다. 즉 이태준의 페미니즘적 의식의 발현으로 등장하는 여성직업의 논리는 어느 정도 일제의 정책에 기반한 부분이라고 해도 무리가 없다. 물론 작중의 직업인 여사무원이나 교원 같은 것은 보통의 여성들이 취하는 직업과는 거리가 있다. 당시 여성들이 생계를 위해 취한 직업은 일용직 내지는 여급이 보편적이었던 것이다. 『청춘무성』에서 득주는 가족의 생계를 담보하고 있는 여급이지만 그녀의 직업에 대한 의식은 전문적인 일을 가진 여성보다 더욱 뚜렷하게 드러난다.

---

64) 한국여성연구회, 『여성학 강의』, 동녘, 1995, 147~148면.

날 무직자로 아셔선 잘못입니다. 당신이 동서토목 전무체취가 직업이듯이, 마이디어의 여급노릇도 내 신성한 직업입니다. 당신이 당신 재간으로 수입이 있듯이 나도 내 노력으로 수입이 있어 삽니다. 이쪽 마음부터 청하는게 아니라 무슨 물건 사듯 약조금부터 던지는 건 얼마나 사람을 무시하는 태돈가요? (437면)

청춘! 낭만! 내 일신의 연정에나 소비해버리기엔 너무 아깝지 않으냐! 어두운 골목들, 어두운 골목에 들어찬 어두운 인생들! 예배당 종소리는 이들에게선 너무나 거룩하고 너무나 멀다! 일년에 한 번씩 크리스마스 때나 되야 무슨 액맥이 하듯 쌀되씩이나 들구 나와 들르는게 예수의 정신은 커녕 얼마나 불행한 사람들을 모욕하는 거냐? 이들에게도 정신이 있고, 정신이 있으면 밥 한끼보다는 몇 백배 심각한 정신상 고민이 있는 거다! 일하자 약한 사람 편이 되자! 고민있는 사람을 위해 일을 하자! 청춘이란 인생의 최대의 가능성을 함축한 정신이요 육체일 것이다. (471~472면)

처음에 기생노릇을 하는 언니의 도움을 받았던 득주는 언니의 가출로 집안의 생계를 짊어지게 된다. 그가 가족의 생계를 이어가기 위해서 선택할 수 밖에 없었던 것은 까페 여급이었다. 득주는 그것을 당당하게 자신의 직업으로 인정하고 그러한 의식없이 하루 하루를 살아가는 여급들을 위해 자신의 청춘을 바쳐서 사회사업을 해야겠다는 결심에까지 이르게 된다. 페미니즘적 의식의 확장은 직업의 긍정과 그 직업을 통한 계몽의식으로 발현된다. 이태준이 작품 속에서 강조하는 페미니즘적인 의식은 당시 유행하던 자유주의 연애를 부르짖었던 엘렌 케이의 사상과 직업의 강조 등 사회주의적 페미니즘의 연장선상에서의 의식이 혼재되어 있다. 다른 한편으로는 페미니즘적인 의식을 표방하면서도 매우 봉건적인 의식을 드러내기도 한다.

> '난 이미 희생된 년이다! 난 처녀를, 정조를 이녀석한테 바친셈이다! 전
> 에 학비를 대주던 녀석한텐 내 의식이 없이 강간당한거나 마찬가지였으니
> 까 그건 문제가 안된다! 내 처녀를, 내 정조를, 내 정신으로 바치긴 이녀석
> 윤천달이다! 왜? 내 사업의 댓가로! 사업의 댓가로다! 헛된 희생에 그치고
> 말거냐? 개고기 값에 그치고 말거냐?' (503~504면)

득주가 윤천달의 돈을 빼내기 위해 의도적으로 접근하면서 제일 먼
저 한 생각은 '정조를 바친다'는 정조에 대한 봉건적인 의식이다. 이
러한 의식은 득주가 사회사업을 목적으로 설립한 재락원의 방침에서
도 드러난다.

> 기숙사 이외의 모든 기관은 재락원에 기숙하는 여급에 한하지 않는다.
> 직업여성이라 하나 재락원의 목표는 암흑가의 직업여성들이라 자연히 여
> 급층이 범위가 된다. 여급을 여급으로 향상시키자는 목표만은 아니다. 될
> 수 있는대로 좋은 배우자를 만나 가정으로 들어가기를 알선한다. 여급지망
> 의 소녀들을 환영한다. 그러나 이 불행한 소녀들을 여급으로써 구하려는
> 것은 아니다. 첫째로는, 부형에게, 부형이 없으면 책임있는 보호자에게 돌
> 려보내기로, 그렇지 못하면 둘째로는, 다른 정당한 직업을 알선한다. 적당
> 한 직업이 없어 부득이한 경우에만 셋째의 방법, 여급으로 소개한다. 여급
> 은 최후의 방법인 것이다. (605면)

여급을 수용하는 재락원의 가장 첫째의 목적은 좋은 배우자를 만나
서 가정을 꾸리는 일이고, 그렇지 못할 때 최후의 방법으로 선택하는
것이 여급인 것이다. 작중의 득주는 당당한 직업으로써 여급의 직업의

식을 강조하면서도 정작 자신이 사회사업의 목표로는 삼는 재락원의 경영에 있어서는 정조라든가 가정의 중요성을 강조하는 방침을 세우는 이중적이고 모순된 의식을 보여준다.

득주의 이중적인 의식은 이시기 이태준의 일제에 대한 순응의식이 반영된 것임이 작중에 드러나 있다. 당시의 상황에서 "조선 봉건사회의 여필종부, 남존여비의 가부장제 이데올로기가 식민지 지배의 일환으로 유지됨으로써 일본 제국주의의 조선지배에 적극적으로 활용되었다. 일제는 여성을 사회적 노동에 적극 동원하고 이용하면서도 이데올로기 측면에서는 오히려 봉건제적 가부장제 이데올로기를 법률적 제도로서 정착시키고 강화시켜 나갔는데"[65] 득주의 이러한 모순되는 태도는 한편으로는 여성의 직업의식을 강조하면서도 봉건적인 태도로는 여성을 예속했던 일제의 지배정책과 유사성을 지니고 있다.

앞에서 본 것처럼 『청춘무성』에서는 작가의 과다한 계몽적인 이상이 친일의 태도와 연결되고 있는데, 이러한 친일적인 색채는 치원의 금광개발 과정에서 극명하게 드러난다. 중일전쟁을 도발한 일본은 전쟁수행에 필요한 물품의 지불수단으로서 금의 생산을 촉진하기 위해 조선산금령(1937.9)을 발표했다 조선의 광업을 군수공업에 종속시키고 "국방상 특히 중요성을 가지는" 금·은·철·텅스텐·흑연 등 25종의 광물을 증산하기 위해 광업자에게 사업설비의 신설·확장·개량 등을 명령하거나 광업권의 양도를 명령할 수 있는 '조선중요광물 증산령'을 공포하고(1938.5), 조선광업진흥주식회사를 설립하여(1940) 산금업자에 대한 자금융통을 통제했다. 한편 조선총독부의 국채수입으로 미쯔이·미쯔비시·스미모또 등 재벌에게 광물생산을 위

---

65) 한국여성연구회, 앞의 책, 151면.

한 보조금·장려금을 독점적으로 지급함으로써 광업이 이들 재벌 중심으로 통폐합되었다.[66]

또한 일제는 전쟁수행을 위해 식량의 강제공출과 광물자원의 수탈을 가속화한다. 중일전쟁 이후 농산물 수탈을 위해 수리사업을 통해 농지를 개간했다. 산미증식계획은 처음에는 전체 계획기간을 30년으로 하여, 논 40만 정보는 관개를 개선하고 밭 20만 정보를 논으로 바꾸며 논 20만 정보를 새로 개간하는 등 총 80만 정보의 토지개량을 계획했다.[67] 원치원이 광산을 개발하는데 밑천이 되었던 것은 수리사업을 통해 벌어들인 돈이었는데, 수리사업은 일제의 식민지 수탈을 위한 하나의 방법이었으며 광산의 개발 역시 침략전쟁의 수행을 위한 일제의 계획적인 개발이었던 것이다.

치은금산은 신식설비인 것으로 동업자간에 평판이 났다. 관청기사들과, 광계 대재벌들이 가끔 구경하러 왔다. 왔다 갈때마다 치은금산은 설비로뿐 아니라 날로 퍼센테이지가 올라가는 업적에 새로운 평판이 돌곤 하였다. 불연속선적이나 노다지 금맥이 꾸준히 이어 나갔다. 완전한 작업을 시작한지 불과 여섯달 동안에 전후비용의 밑천이 나왔다. 대륙광업회사에서 백만원을 호가하였다. 산금회사에서는 이백만원에 사자하였다. 나중에는 일약 일천만원까지 부르는 재벌이 나타났다. 그러나 치원은 팔지 않고 더욱더욱 완전한 설비와 영구기업화에 힘을 썼다. … 금이 하루에 이천백그램이면 한그램에 삼원 칠팔십전, 하루에 칠천칠백여원, 그날 하루의 작업비 사천여원을 제하더라도 금 매그램에 할증금이란 것이 이원씩 보조됨으로 하루에 육천원씩은 남는다. (601~602면)

---

66) 강만길, 『고쳐쓴 한국 현대사』, 창작과 비평사, 1998, 163~164면.
67) 강만길, 앞의 책, 125면.

특히 일제는 조선산금령 등을 통해 금광의 채굴권을 거의 일본인에게 넘기기도 했으며, 40년 이후에는 일본의 재벌이 광산을 독점하는 양상을 보인다. 이 시기에 조선인으로서 채굴권자는 극히 드물었다. 『청춘무성』에서 원치원의 금광개발 사건은 매우 긍정적으로 그려지는데 치은금산의 경영은 실제와는 거리가 먼 매우 환상적인 이야기일 뿐이다. 더욱이 치은금산은 작품 속에서 이상적으로 그려지는 것과 같은 조선을 위한 문화사업과는 거리가 멀다. 일제의 침략전쟁에 동참하는 사업으로부터 보조금을 받아 경영하는 문화재단이 있었다면 이는 본질적으로 조선 민족을 위한 계몽의 수단이라기보다는 일제의 식민지 지배정책에 충실한 인물들을 양산해 내는 계몽의 수단이 되기 쉬웠을 것이다. 그러나 작중에서 작가가 이상적인 계몽의 방법으로 택한 문화사업이라는 것이 자본의 문제와 밀접하게 연결됨으로써, 돈의 문제에만 연연한 나머지 금광개발이 지니는 의미를 간과하고 말았던 것이다.

일제의 시책에 순응하는 태도는 이후로 갈수록 농후해지는데, 단편소설 『농군』의 창작 등은 이태준의 당시 지향을 잘 보여주는 것이다. 또한 40년 이후 쓰여진 다른 작품들도 『청춘무성』에서 보여주었던 일제에의 순응이라는 그의 지향을 잘 보여준다. 40년대 이태준은 당시 연재하기 시작한 『별은 창마다』와 『행복에의 흰손들』이라는 두 연재물에 대해서 다음과 같이 말하고 있다.

재봉시간에 지은 수놓은 에이프런을 입고 신랑을 위해 아침채단을 구상하는데도 여성의 행복은 있지만, 노트는 덮어버린 채 현실에 직면해서 민중을 위해 어떤 임무와 어떤 무대의 히로인이 되는데도 현대여성의 당당한 깃발은 펄럭이는 것이다. 여성 행로는 방사선으로 퍼지

며 있다.[68]

현실에 직면하여 민중을 위해 여성이 할 수 있는 일이라는 것이 거의 불가능한 당시 상황에서 그가 여성의 일로서 그리고 있는 것은 추상적인 계몽의지의 소산에 지나지 않는다. 막힌 현실 속에서 당시의 이태준이 할 수 있었던 일은 추상적이고 이상적인 계몽의지로 포장한 현실에의 몰각이었다고 할 수 있다. 그리하여 작중의 인물들은 역사의식이 결여된 채로 체제에의 순응, 즉 친일의 길로 한걸음씩 나아갔던 것이다.

이태준의 후기 작품들은 다분히 통속성을 지니고 있지만 그런 통속적인 구성속에서도 구시대의 가부장적 이데올로기로 인하여 핍박받던 많은 여성들의 삶과 이를 벗어난 여성의 주체적인 자각과 사회생활을 그림으로써 당대의 여성 독자들에게 카타르시스의 기회를 제공하였고, 그들의 욕구를 대리충족시켜줌으로써 열렬한 환영을 받았다. 이것은 작가 자신이 말했던 "개인과 개인 간의 각 각도로의 유기성"이라는 사회성이 왜곡된 형태로나마 작품 속에 발현된 것이라고 할 수 있을 것이다.

---

68) 이태준, 「두연재물에 대하여」, 『대동아』, 1942. 7, 98면.

2. 이념적 대중소설

1) 본격소설의 지향과 통속에의 유혹 – 김남천의 『사랑의 수족관』

1930년대의 대표적인 이론가이며 치열하게 문학적 탐색과 정열을 보이던 김남천 역시 이전과는 다른 양상으로 문학활동을 전개해 나간다. 고발론·모랄론·로만개조론을 거쳐 주체의 재건을 꾀하며, 김남천이 도달한 자리는 관찰문학론의 세계이면서도 이전과는 다른 통속적인 경향의 세계였다. 개화기이지만 『대하』를 통해 그 시대를 총체적으로 그려내고자 했던 김남천은 이 시기에 『세기의 화문』, 『T일보사』, 『낭비』, 『사랑의 수족관』등 통속적인 경향이 농후한 작품을 연이어 발표한다.

특히 『사랑의 수족관』은 여러면에서 김남천의 이전소설들과는 다른 경향을 보여준다. 이 작품의 발표지면이 고도로 상업화된 신문이었으며, 연재소설이었다는 점, 현격하게 통속화했다는 것이 그것이다. 이 시기 김남천이 통속성에 경도된 것은, 문학에 대한 그의 지난한 모색과정과는 어울리지 않는 돌출적인 행동으로 보인다. 그러나 그것은 날로 암울해지는 문단상황과 시대적인 상황이 얽혀서 빚어낸 현상으로 보아야 할 것이다.

김남천 문학에 관한 논의는 해금 이후 활발하게 이루어졌고, 현재까지도 많은 연구자들의 관심의 대상이 되고 있다. 그러나 대부분 문학론이나 작품을 개략적으로 논의해 놓은 수준에 머무르고 있다. 그중에서도 특히 『사랑의 수족관』은 다른 작품들과는 달리 통속성으로 인해 별로 주목을 받지 못했고, 상대적으로 평가를 받지 못했던 것이 사

실이다. 논의가 이루어진 경우에도 아주 개괄적인 차원에서만 언급한 정도에 머무르고 있다.[1]

『사랑의 수족관』은 1939년 8월 1일부터 1940년 3월 3일까지 조선일보에 총 161회 연재되었다. 1940년 인문사에서 단행본으로 출간되었고, 1949년 평범사에서 재출간되었다. 이 작품은 연재되면서 독자들의 열렬한 호응과 사랑을 받아 출판계의 어려움 속에서도 공전의 히트를 기록했던 작품이다.[2] 『사랑의 수족관』이 당대의 독자들에게 인기가 높았던 것은, 양심적인 청년 김광호와 아름다운 여인 이경희의 사랑이야기가 짜임새 있고 흥미롭게 전개되어 있기 때문이다.

『사랑의 수족관』은 주인공 김광호와 이경희의 사랑이야기를 중심으로, 그들과 관계를 맺는 인물군상들을 통해, 1930년대 후반을 살아가는 인물들의 속악하고 왜곡된 삶을 잘 보여주고 있다.

니시다구미 양덕 철로공사장에서 토목기사로 일하고 있는 김광호는 니시다구미의 감사역으로 있는 대흥상사 회장 이신국의 딸 이경희와 비서인 송현도의 시찰방문을 받은후 형 광준이 위독하다는 소식을

---

1) 김외곤, 「사상없는 시대의 왜곡된 인간군상 - 김남천의 「사랑의 수족관」론」, 『장편소설로 보는 새로운 민족문학사』, 열음사, 1993.
   양명주, 「김남천의 대중소설 연구 - <사랑의 수족관>을 중심으로」, 부산 외국어대학교 교육대학원 석사학위논문, 1994.
2) 『사랑의 수족관』은 단행본 출간후 "장래의 조선일보의 독자로서 『사랑의 수족관』을 읽지 않은 사람은 별로히 드물었다는 것과 동시에 한 재미로 더불어 깊은 감격 가운데 읽어가지 않지는 못했으리라는 것을 보증해도 좋다"(채만식, 「『사랑의 수족관』평」, 『매일신보』, 1940. 11. 19.)고 한 채만식의 평이나, "일찍이 조선일보지에 연재되어 격찬을 받은 신문소설의 백미"(「출판부 소식」, 『인문평론』, 1940. 11, 237면), "명작 『대하』를 내어 문학계와 아울러 출판계에 거탄을 던진 작가 김남천의 『사랑의 수족관』과 시단의 총아 김기림의 『현대시론집』은 만천하 독자의 열광리에 인쇄에 착수케 되었다"(「출판부 소식」, 『인문평론』, 1940. 5, 231면)는 발간시 인문사의 출판소식을 통해 당시의 인기를 짐작해 볼 수 있다.

듣고, 방문을 마친 이경희와 동행하여 서울로 올라 온다. 그 과정에서 둘은 서로에게 호감을 느낀다. 광준과 동거를 했던 양자의 동생 현순 역시 병원에서 우연하게 만난 광호에게 사랑을 느낀다. 형이 죽자 장례를 마치고 가산을 분배한 광호는 공사장으로 귀환하기 전에 이신국의 집을 방문했다가 경희를 만난다. 경희는 탁아소 설립에 대한 계획에 조력을 구하고 두 사람은 한달 후에 만날 것을 약속한다. 광호가 떠난 후 경희는 단골 양장점에서 일하는 현순에게 탁아소 사업에 동참할 것을 권유하고, 아버지 이신국에게 돈 천원과 탁아소 부지를 약속받는다.

양덕으로 떠났던 광호는 본사근무로 발령이 나 상경한다. 광호는 이신국에게 인사를 갔다가 이신국의 후처인 은주의 계략으로 저녁을 함께 한다. 그 자리에서 은주는 경희와의 결혼을 성사시켜주겠다며 육체적인 관계를 요구하지만 거절한다. 광호에 대한 사랑으로 괴로워하던 현순은 경희의 애인으로 등장한 광호를 보고 슬픔을 느낀다. 한편, 이신국의 비서과장으로 신임을 받고 있는, 은주의 정부 송현도는 출세의 방편으로 경희와 결혼하고 싶어하지만 경희는 거절한다. 그는 신일성을 가짜 신문기자로 변장시켜 광호를 모략하고 광호는 만주로 전근이 된다. 은주의 모략으로 광호의 행실과 현순과의 관계를 의심하며 번민하던 경희는 현도와 결혼할 것을 결심한다. 현순은 경희를 만나 그녀와 광호의 관계, 신주사와의 일 등을 애기한다. 광호의 와병소식을 들은 경희는 만주로 가서 그동안 생겼던 오해를 풀고 앞날을 약속한다.

이상이 『사랑의 수족관』의 대략적인 줄거리이다. 이 작품은 보통의 연재소설들이 그러하듯이 23개의 소제목으로 나뉘어져 있으며, 각 장의 소제목을 통해 주로 소개되는 사건, 작품의 서사를 진행해 나가는 인물들을 암시하고 있다. 표면적으로 드러나는 특이한 점은 작중인물

들을 「부어가 사는 세계」, 「방황하는 금붕어」 등 물고기에 비유하여
표현한다는 것과, 광호나 이신국처럼 긍정적으로 설정한 인물은 「은
어는 산속에서」, 「담수어의 시력」, 「미꾸리와 용과」, 「장경의 현실주
의」 등 깨끗한 물속에 사는 은어나 담수어, 용, 고래 등으로 비유하고
있다는 점이다. 이 작품은 궁극적으로 김광호와 이경희의 사랑이 주된
서사구조이지만 두사람의 이야기에만 국한되지 않고, 주변적인 인물
들과의 풍부한 연계 속에서 전체적인 구성이 이루어지고 있다. 일반적
으로 대중소설의 경우 서사의 중심이 아름다운 남녀주인공을 축으로
하여 거기에만 초점이 맞춰지는 것이 대부분이다. 특히 통속적인 대중
소설들의 경우 거의 대부분 주인공을 제외한 인물들은 매우 부실하게
형상화되고, 설득력 없는 행위로 일관하는 까닭에 결말에 이르러서는
구성상의 밀도가 떨어지거나, 황당하거나 납득하기 힘든 화해로운 결
말이 되기도 한다.

그러나 『사랑의 수족관』은 서사의 초점이 둘에게만 맞춰져 있지 않
다. 가끔씩 서사의 진행상 우연적인 요소들이 등장하기도 하지만 주인
공 주변 인물들의 음모나 어긋남을 통해 이들의 사랑은 완성되고 결
말이 압축된다. 주변인물인 송현도와 은주부인의 불륜, 송현도와 신주
사의 음모, 광호를 사랑하는 현순과 현순을 사랑하는 신주사의 관계,
광호의 형인 광준과 동생 광신의 이야기 등이 골고루 짜임새있게 분
산되어 나타난다.

이것은 각장의 중심사건과 인물들을 살펴보면 드러난다. 경희와 광
호(「백은탄」, 「연정·우정」, 「난류·한류」), 송현도와 은주(「수족의 훈
련원」, 「어형수뢰」), 김광호와 은주(「은주부인」, 「회전목마」), 현순과 신
주사(「심해어」, 「애욕과 함께 온 것」), 경희와 현순(「쌍어접화」, 「눈나
리는 저녁엔」) 등의 관계는 비교적 고르게 분산되어 결말을 향해 유기

적으로 구성, 압축되어 나타난다. 한가지 이 작품이 다른 작품들과 대별되는 것은 결말부분이다. 김광호와 이경희의 사랑의 시련은 결국 해피엔딩이지만 그것 역시 완전한 결말이 아니라 독자들에게 상상의 여지를 남겨준다. 마지막 장에서 작가는 주변 인물들에 대한 이야기를 하고 있는데, 흥미로운 것은 두사람의 사랑을 방해했던 송현도와 은주 부인의 관계에 대한 설명이다. 은주는 경희의 서모이고 현도는 출세를 위해 이경희와 결혼을 꿈꾸는 인물로 두사람은 불륜의 관계를 맺고 있는데, 작가는 둘의 관계가 발각되지 않고 지속되는 것으로 설정하고 있다. 부로커인 신주사는 송현도의 약점을 잡아 여전히 부정적인 삶을 영위해나가며, 주인공의 결혼은 성사시켜 놓지 않는다.

이러한 결말은 흔히 대중소설들이 전체와의 유기적인 관련없이 줄거리와 주인공의 행위에 치우쳐 조화로운 결말을 이끌어 내는 것과 달리 작가가 작품에 일정한 거리를 둠으로써 작품 자체를 통속적으로 끌어가지 않게 하는 미덕이 된다. 이것은 작가 김남천의 솜씨에서 기인한다. 김남천은 전작 장편『대하』이후 향상된 기량으로,『사랑의 수족관』에 와서는 선남선녀간의 사랑이라는 통속적인 제재를 가지고도 매우 뛰어난 필치로 구성인물과 사건 등을 유연하게 형상화하고, 배치해가면서『사랑의 수족관』이 지니고 있는 통속성 자체를 상쇄한다.

통속성은 대중소설과 본격소설을 가늠하는 하나의 기준이 되는데 우르스 예기는 공식적인 구성, 언어의 인습적인 사용, 판에 박힌 인물의 설정, 세계와 사회 현상의 허위적인 보고, 감상성과 야만성, 관능성과 같은 자기목표로서의 감각추구, 가치의 전도를 통속성의 기준으로 삼는다.[3] 김남천은 통속성을 다음과 같이 정의한다.

---

3) Urs Jaeggi, *Literatur und Politik*, Suhramp Verlag, 1972. 105면, 조남현,『소설원론』, 고려원, 1982, 318면에서 재인용.

장편소설이 갖고 있는 모든 모순, 분열, 이동에 대하여 고민하거나 초극할 방향에서 노력하지 아니하고 출판기관의 상업주의에 영합하여 그대로 안이한 해결방법으로 몸을 던진 것. 그리하여 흥미본위의 우연과 감수성의 남용, 구성의 기상천외, 묘사의 불성실, 인물설정의 유형화 등으로 가버린 것을 통속성이라고 불러볼 수는 있는 것 같다.[4]

우르스 예기나 김남천의 정의처럼 작품의 통속성을 구분하는 것은 여러 가지가 있지만 그중에서 묘사의 문제 역시 하나의 가늠자가 된다. 임화는 "통속소설은 묘사 대신 서술의 길을 취하는 것이며, 혹은 묘사가 서술 아래 종속된다."[5]고 본다. 그것은 대중소설이 보통 상황에 대한 분석이나 평가보다는 독자가 추구하는 흥미를 위주로 하기 때문에, 묘사보다는 줄거리의 서술이나 작가의 주관적인 입장을 드러내는 편집자적 논평으로 사건을 진행하는 경우가 많기 때문이다. 묘사를 할 경우에도 주로 말초적인 흥미를 끌어낼 수 있는 성적인 측면이나 유형화된 인물을 형상화 할 때 많이 쓰인다.

『사랑의 수족관』은 일반 대중소설과는 달리 작가의 서술과 묘사가 다양하게 쓰이고 있다. 흔히 서술은 작가가 "자신을 둘러싸고 있는 현실을 수미일관하게 재배열할 필요없이 작품 중간 중간에 자신의 목소리를 직설적으로 새겨넣을 수"[6] 있는 매력 때문에 대중소설에서 흔히 쓰인다. 로만개조론, 관찰문학론에 이르기까지 열렬하게 묘사의 정신을 주장하던 김남천은 『사랑의 수족관』에 와서는 작가의 생각을 있는

---

4) 김남천, 「장편소설계 - 1938년도 장편소설 총평」, 『소화14년판 조선문예연감』, 1939, 3, 11면.
5) 임 화, 「통속소설론」, 『문학의 논리』, 서음출판사, 1989, 244면.
6) 유보선, 「환멸과 반성, 혹은 1930년대 후반기 문학이 다다른 자리」, 『민족문학사연구』4, 창작과 비평사, 1993, 243면.

그대로 전달할 수 있는 서술을 많이 사용한다. 작중에서 작가가 편집자적 논평과 서술을 주로 사용하여 설명하는 인물은 광호와 경희, 송현도와 은주부인이며, 서사의 주변인물로 긍정성과 부정성을 대표하는 현순이나 신주사에 관해서는 편집자적 논평이 이루어지지 않는다. 이것은 작가가 긍정적으로 설정한 인물과 부정적으로 설정한 대표되는 두 인물유형에 부여한 비중을 드러내주고 있다. 작가의 서술과 편집자적 논평은 긍정적인 인물 중에서도 광호를 드러낼 때 더 구체적으로 나타난다.

> 이집의 주인 이 굉장한 저택의 주인의 딸이 제애인이라고 생각하면 그것이 진정같지가 않고 허망된 꿈처럼 현실감이 감소되어 버린다. …… 그러나 이런 생각을 되풀이 하면서도 어딘가 자기 자신이 이러한 환경에 어울리지 않는 것 같은 거리감을 느끼지 않을 수는 없었다. 그는 속으로 (대홍재벌이나 이신국씨와는 아무런 관계가 없다! 나는 오직 이경희의 애인일 따름이다!) 하고 제자신에게 타이르듯이 하면서 오직 (제의 취직의 알선자 혹은 근무하는 회사의 중역의 한사람으로서의 이신국씨에 대한) 변함없고 그전과 조금도 다름이 없는 예의로써 이 저택을 방문하고 있다고 거듭 생각하였다. 다시 그는 현대청년으로서의 자긍과 자존심을 가슴속으로 느끼면서 커다란 정원과 그것에 둘러싸인 양관과 조선가옥에서 오는 압박감을 물리치며 자갈길을 걸어 올라갔다.[7]

작가는 광호에 대하여 설명적 서술과 편집자적 논평을 많이 사용하는데, 그것은 광호가 가진 사상성과 그의 인물됨이 가지고 있는 긍정

---

7) 김남천, 『사랑의 수족관』, 조선일보, 1939. 11. 18. 본고에서 작품분석의 텍스트로 삼은 것은 조선일보 연재본으로 앞으로는 본문에 인용한 연재분의 날짜만 밝히기로 한다.

성을 부각시킨다. 이러한 서술을 통해 광호는 사상가로 시대를 고민하며 살았던 형의 사상과 경험을 이해해보려고 노력하는 인물로 그려진다. 즉 그가 시대에 대한 고민을 느끼고 파악해가는 인물이라는 것을 작가가 직접적으로 서술하면서 암시하고, 광호를 "현대청년의 자긍심과 자존심"을 체현한 인물로서 그리고 있다.

이것은 "이 소설에 등장하는 인물은 현대를 살고 현대를 이해하고 현대와 투쟁하는, 우리가 흔히 거리에서나 어디에서나 쉽사리 발견할 수 있는 인물들입니다. 말하자면 우리들 삼십 전후의 젊은이들이 공통적으로 가지고 있는 고민, 감격, 흥분, 갈등, 초조... 이러한 현대의 성격을 냉정하게 가혹하게 그리어 보"[8]려고 했다는 작가의 의도를 관철시키기 위한 방법이다. 김남천은 삼십 전후의 긍정적인 사고와 실천의지를 가진 인물로 광호를 설정하고, 작품을 전개시켜 나가기 위해 다른 사건의 전개나 묘사를 통하기보다는 간단한 서술을 통해 그의 의지와 행동을 손쉽게 형상화하고 있는 것이다.

주인공인 김광호에 대한 서술과 편집자적 논평의 의도는 반동적인 인물인 송현도와 은주부인을 그리는데 있어서도 같은 결과를 가져온다.

눈 - 어딘가 표범을 연상케 하는 녹록지 않게 빛나는 두 눈만이 모자간의 공통한 모습이다. 이 눈들이 그들의 오늘날을 이루게 한 하나의 굴할 줄 모르는 이지의 표현이었다. 청상과부의 어머니 보통학교를 졸업한 어린 자식을 끌고 올라와 고학을 시키면서 상업학교와 고등상업학교를 졸업시킨 어머니, - 그동안의 이신국씨의 적지 않은 원조가 없지는 않았으나, 오늘날의 지위를 획득하여 사직동의 한구석에 이러한 살림을 배치할 수 있게 한

---

8) 김남천, 「현대의 성격을 진열한 김남천 작 『사랑의 수족관』」, 『조선일보』, 1939. 7. 31.

어머니와 아들의 무서운 성공과 출세의 욕망이 지금에는 오직 두 사람의 형형한 눈동자에만 표시되어 있다.(「어형수뢰」1, 1939. 12. 14)

작가가 부정적으로 형상화하고 있는 송현도는 속악한 자본주의의 현상을 그대로 드러내고 있는 인물이다. 그의 목표인 이경희와의 결혼은 성공을 위한 발판인 것이다. 그는 김광호와 이경희의 사이를 끊임없이 방해하는데, 그의 방해공작은 신분상승과 물욕에서 기인하는 것이다. 송현도의 성격에 대한 작가의 설명이나 송현도 모자간의 성공과 출세욕에 관한 설명은 그의 성격과 음모를 독자에게 곧바로 설명해줌으로써 작가가 묘사를 할 때 들여야 하는 공을 부담없이 덜어준다.

결국 작가가 작중의 인물이나 사건을 구성할 때 묘사보다 설명과 편집자적 논평을 쉽게 사용했던 것은 "통속소설이 줄거리를 중시하고, 혹은 도저히 만들어 낼 수 없는 곳에서 용이하게 줄거리를 만들어 내는 것은 묘사를 통하여 그 줄거리와 사실의 논리와를 검증할 필요를 느끼지 않고 속중(俗衆)의 생각이나 이상을 그대로 얽어 놓아 조금도 책임을 느끼지 않기 때문"[9]이라고 볼 수 있다.

『사랑의 수족관』은 앞에서 살펴본 것처럼 대중소설이 지니고 있는 작가의 서술과 편집자적 논평이라는 서술상의 특징을 가지고 있다. 그와 함께 다른 대중소설에서는 보기 드문 치밀한 묘사도 아울러 보여준다. 이것은 작가의 꼼꼼한 관찰과 이전의 작품들에서 보여준 치열한 묘사정신의 결과물이기도 하다. 특히 작중인물들의 치밀한 심리묘사나 인물의 외양묘사, 생활주변의 묘사는 빼어나다.

사직공원을 향하여 뻗어 올라간 길을 중턱쯤 넘어서서 왼편에 커다란

---

9) 임 화, 앞의 책, 244면.

싸전 가게가 있다. 그 가게의 한편이 들리어서 골목이 되었고, 그 골목을 따라가면 개굴이 지저분한 스산한 동리를 지나서 새로운 분양지로 문화주택에 이를수가 있다. 얇다란 문화주택이 들어 앉은 틈에 단 하나 그리 크지는 않으나 아담한 조선식 가옥이 끼어서, 소슬대문을 모방한 판장 때문에 행길에서 한칸쯤 들어간 곳에 우뚝 버티고 섰다. 문벽에는 송현도의 석자가 씌어있다. 대문을 들어서면 적은 집안이 있고, 바른쪽 바람벽에 뚫린 문으로는 사랑으로, 그리고 마주 보이는 중문을 들어서면 안채로 통하게 마련되어 있다.(「어형수뢰」1, 1939. 12. 14)

위의 인용문에서 볼 수 있듯이 주변적인 사물이나 풍경에 대한 묘사는 매우 세밀하다. 또 한가지는 성적인 접촉이나 분위기에 대한 묘사인데, 경희와 광호간의 신체접촉에 관한 묘사는 독자들의 궁금증과 흥미를 유발하면서도 노골적이지 않고 매끄럽게 그려진다. 작가는 성적인 묘사를 하면서도 적당한 선을 유지하여 묘사의 완급을 조절함으로써 지나치게 선정적으로 떨어지지 않게 하는데, 이것은 『사랑의 수족관』이 지니는 또 하나의 미덕일 것이다.

한편 이 작품은 전체적으로 다른 대중소설들과 달리 당대 현실의 문제를 잘 형상화하고 있다. 이상적인 주인공 김광호를 축으로, 과거에는 사상운동가였지만 전향후 방향을 상실한 형 광준을 통해서는 사상을 박탈당할 수 밖에 없었던 시대의 비애와 고통을 보여주고 있다. 이신국과 그의 일가족을 통해서는 친일매판자본가가 융성할 수 밖에 없는 현실의 토대와 암울한 현실과 상관없이 풍요롭고 행복하게 생을 영위할 수 있는 인물들을 그리고 있다. 자본주의 사회에서 자본의 논리에 철저히 순응하며 속악한 삶을 영위해가는 송현도와 은주부인, 신주사를 통해 왜곡된 사상을 보여준다. 현순과 그의 언니인 카페여급

양자를 통해 직업여성의 세계를 잘 드러내고 있으며, 광신을 통해서도 방황하는 당대 청년의 모습을 잘 보여주고 있다. 더불어 2차 세계대전의 발발과 함께 더욱 어두워진 당시의 실상 역시 충실하게 그려내고 있다.

주인공 김광호는 경도제대 토목과를 나와 니시다구미에서 토목기사로 일을 하고 있는 인물이다. 작중의 김광호는 2차 세계대전이 발발하고 어려워진 시대정황 속에서도 직업인이며, 지성인으로서 자신의 삶을 충실히 살아가고 있는 인물이다. 작가는 그를 산속에 사는 은어와 맑은 물에 사는 담수어로 표현하면서 혼탁한 삶을 살고 있는 사람들과 구분해서 서술해 나가고 있다. 작중에서 김광호는 철저한 사회의식과 함께 돈에 대한 의연함도 함께 갖춘 양심적인 인물이며, 남을 먼저 생각하는 마음을 가지고 있는 과학적이고 합리적인 사고의 소유자다. 그가 과학적이고 합리적인 성격의 소유자가 될 수 있었던 것은 과학을 신봉하는 건축기사였기때문이다. 이 시기 이념적인 대중소설에서 주인공들이 표방하고 있는 과학주의는 현실을 주관에 의해 왜곡하지 않게 하는 역할을 하며 동시에 주인공들의 도덕적인 면모를 유지하는데 큰 역할을 한다. 그리하여 『사랑의 수족관』의 광호 역시 그를 사모하는 현순이나, 그를 애욕의 대상으로 생각하는 경희의 서모인 은주에 대해서도 전혀 갈등을 하지 않는 도덕적인 인물로 형상화 된다.

『사랑의 수족관』에서 광호라는 인물이 이렇게 완벽한 성격의 소유자로 그려진 것은 주인공이 지니고 있는 과학정신과 함께 작가의 전형창조의 방법에서 기인한다. 동시에 작가가 자아와 세계의 통합을 상식적이며 도덕적이고 완벽한 이상적인 주인공을 통해 미봉하려고 한 데서 비롯된 것이다. 로만개조론을 주장할 때 김남천은 양심적인 인간의 타입을 지식인이나, 사상청년의 부류에서 찾아내는 것을 경멸하고 기피함으로써 자기고발계열의 작품을 산출하게 된 것과, 분열을 경과하지 않은 생기발랄한 타입을 소년행 계열에서 찾고자 했음을 밝힌 바 있다.

> 나는 양심적인 인간의 타입이라는 것을 작자와 정신적으로나 육체적으로나 가장 근접한 지식인, 사상청년이라는 부류 가운데서 찾아내는 것을 경멸 내지 기피하였고 이것을 그대로 준엄한 자기고발의 실천이라는 일계열의 작품을 나로 하여금 가지게 하였는데 이렇게 하여서 자기분열이 초극된 하나의 발랄한 성격을 잡으려던 노력이 드디어 시니칼한 내성심리에 시종하고 말았다고 보아야 할 것이다. 이리하여 지식인과 소시민의 가운데서 이를 잡아보기를 실패한 나에게는 다른 또 한 계열의 작품을 보게 되었다. … 현대사회에서 아직도 통일성을 상실하지 않고, 자기분열을 경과하지 않은 인물이 있다면, 그것은 어린아이나 소년이리라고 생각해 본 것이다. 내가 취급하는 소년이 조숙하다는 것은 이원조씨가 누차 해온 말이다. 그러나 실상 내게 필요한 것은 소년이나, 동화의 세계가 아니었고, 오직 분열을 경과하지 않은 생기발랄한 타입만이 소용되었다는 창작심리를 토로하면 이러한 점이 또렷해질 것이라고 생각한다.[10]

의욕적인 야심작 『대하』에서 "생기발랄한 인물로 된 이데"를 창출하고자 했던 김남천의 시도는 『대하』의 2부 격인 『개화풍경』과 『동맥』에 이르러서도 작품의 미완으로 성공하지 못한다. 결국 김남천은 『사랑의 수족관』에 이르러서야 자기고발계열의 뒤틀리고 파탄한 지식인 인물과 미성숙한 소년의 세계에서 벗어나 김광호라는 성숙하고 성격의 파탄이 없는 인물을 등장시킴으로써 그 고민을 해결한다. 채만식은

---

10) 김남천, 「현대 조선소설의 이념 - 로만개조에 대한 일 작가의 각서」, 『조선일보』. 1938. 9. 10 ～ 18.

작중의 김광호라는 인물을 다음과 같이 매우 고평하고 있다.

> 『사랑의 수족관』은 여러가지 각도에서 우수성을 예견할 수 있는 소설이
> 다. 그러한 중에도 내가 따로이 제일 혹한 것은 작중의 남자주인공 「김광
> 호」의 인물이다.
> 　첫째 왈, 치기가 없다. 단편은 몰라도 조선문단의 허다한 장편들 가운데
> 『사랑의 수족관』의 김광호처럼 젊은 사람으로 치기가 없는 인물을 그려낸
> 작품은 아마도 전무했다고 해도 과언은 아닐 것이다. 항상 문제에 오르는
> 『무정』의 ‘형식’이나 『고향』의 ‘김희준’은 『사랑의 수족관』의 김광호에 비
> 하면 완연히 어린애들이다.
> 　‘김광호’의 사람됨이 어떻게도 의젓한지.
> 　실없는 말이지만 세상의 여자가 만일 김광호와 같은 사람을 애인 내지
> 남편으로 맞이한다면 그 여인은 만년 반석 위에 올라 앉은듯 행복과 아울
> 러 안전한 생애를 누릴 수가 있을 것이다.[11]

이러한 채만식의 고평은 김광호가 『무정』의 이형식처럼 이념과잉형
의 인물이거나, 『고향』의 김희준처럼 이상과잉의 상태가 아니라 현실
감각을 가진 균형잡힌 인물이었기 때문이다. 이 작품을 제외하고 통속
적 작품인 『T일보사』의 김광세나 『낭비』의 주인공이 지니고 있는 부정
성과는 달리 『사랑의 수족관』의 김광호는 매우 긍정적으로 형상화된
다. 이것은 앞에서 본 바와 같이 김남천이 분열을 경과하지 않은 완벽
한 인물로 김광호를 그리고자 했기 때문이다. 그것은 주인공 김광호가
과학주의의 표상을 지님으로써 과거의 인물들과 달리 합리적이고 현
실적인 면모를 가진 성격으로 형상화되었기에 가능한 것이었다.

---

11) 채만식, 앞의 글.

  그러나 과학주의를 표방한 김광호의 성격은 한계도 아울러 지니고 있다. 동생 광신의 퇴학문제로 학교에 갔을 때, 사상을 가지고 형을 모욕하는 광신이의 담임을 보면서 분노를 느끼고, 형에게 받은 영향을 인정하지만, 형의 사상의 근원이나 생활에는 공명하지 않음으로써 스스로 사회와의 관련성을 차단하고 있는 것이나, 자신의 직업에 대한 의식은 투철하지만 사회로 시선을 돌릴 때는 페시미즘에 빠지게 되는 것들이 그것이다. 나아가 더욱 문제가 되는 것은 친일 매판자본가인 이신국을 긍정함으로써 오는 현실에 대한 몰각이다. 식민지 치하의 이식된 자본주의는 그 전개과정에서 민족자본의 형성을 극력 억제하였다. 민족자본가의 성향을 지닌 자본은 일본의 독점자본과 총독부 권력의 정책적 억압하에서 근근히 중소기업 범주에서만 자기의 명맥을 유지했으며, 일부 매판자본만이 거대자본으로 성장할 수 있었다.[12] 이러한 당시의 사정을 볼 때 이신국은 친일매판 자본가임이 분명한데도 「장경의 현실주의」라는 장에서 이신국을 큰 고래에 비유하면서 만주, 북지 진출의 야심을 긍정적으로 그리고 있다.

  일본제국주의는 대공황으로부터 탈출구를 찾아 만주침략의 모험을 감행하여 만주사변을 일으키고 만주국이라는 괴뢰정권을 조작한다. 그들은 국가시책과 관련하여 식민지 조선에 대륙침략 확대를 위한 병참기지라는 특수한 역할을 부여하고, 이를 위해 급속한 군수공업화와 사상동원을 꾀한다. '만주국' 성립을 전후하여 일제는 만선일체의 슬로건을 걸고 조선인 자본가와 중산층에 대하여 만주로의 팽창, 진출을 의도적으로 부채질한다.[13] 당시 자본가들에게 만주진출이라는 것은

---

12) 박현채, 『한국경제구조론』, 일월서각, 1986, 21면.
13) 가지무라 히데끼(梶村秀樹), 「일본제국주의하의 조선자본가층의 대응」, 『한국근대경제사연구』, 사계절 편집부 편, 사계절, 1983, 459~460면.

일제의 황국신민화에 찬성하는 것이며, 일제침략정책에 적극적인 가담자가 되는 것을 의미하는 것이었다. 이신국은 만주중공업과 제휴하여 만주, 북지 진출의 야심을 가진 대흥 콘체른의 총수인 매판자본가이지만, 작품 전반을 통해서는 매우 긍정적으로 형상화되어 있다.

작중에서 친일매판자본가인 이신국에 대해 긍정적인 시선을 보이고 있는 것은 당시 이념적 대중소설의 주인공들이 표방하고 있는 과학주의의 한계를 단적으로 드러내는 것이다. 가치판단을 유보하고 현실을 바라볼 때, 당시의 상황에서 눈앞에 멸쳐진 과학문명의 세계는 그것만으로도 훌륭한 것이었다. 그리하여 그것이 지니고 있는 기본적인 성격 즉 만주국이라는 대륙침략의 전초기지였던 일본의 괴뢰정권의 토대에 대한 비판없이 훌륭한 일로 그려낼 수 있었던 것이다. 이것은 당시의 작가들이 현실에 대한 가치판단을 보류하기 위해 과학주의라는 표상을 전면에 내세워 파시즘에 대한 긍정의식을 지양하고자 했으나, 결국은 현실에 눈감음으로써 그것을 인정하는 아이러니를 동시에 보여주는 것이다.

한편, 그는 친일매판 자본가이며 치밀한 현실주의자임에도 불구하고, 경희가 낭만적이고 피상적으로 노동부인과 직업부인을 위해 탁아소를 설립하겠다는 계획에 별다른 반대없이, 탁아소 설립부지와 거금 일천 오백원의 재단을 설립해주겠다는 승락을 흔쾌히 해주기도 한다. 자식들에게 폭군으로 군림하지 않고, 경희와 현도의 결혼에 대해서도 딸의 의사를 매우 존중해 주며, 후처를 얻어 딴살림을 하면서도 딸들에 대해 애틋한 정을 느끼기도 한다. 또한 김광호가 송현도의 모략에 빠져 곤경에 처했을 때, 그에 대한 배려로 만주로 전출을 시켜주는 등 사려깊은 인물로 되어 있다.

이신국이 이렇게 긍정적인 인물로 형상화 된 까닭은 광호와 관련된 인물이기 때문이다. 그것은 이경희를 그릴때도 나타난다. 처음 경희가 탁아소 사업에 관한 조언을 구할 때, 광호는 자기만족적인 사업이라며 부정적인 견해를 피력하지만 나중에는 태도의 변화를 보인다.

> 만일 이경희가 아니고 다른 어떤 사람이 자선사업에 손을 댄다고 하여도 나는 그것을 인정할 생각은 없었을 겁니다. 무관심하든가 또는 애써 관심을 이끌려고 한다면 나는 경멸하거나 무시하였을 겁니다. 그러나 이경희가 손수 그것을 시작한다고 나섰을 때 나는 그것을 그렇게 처치해버릴 수는 없었어요. 가능한 한도 내에서 최선을 다하는 것! 경희씨가 덕수궁에서 저에게 들려준 대로 말씀하면 최소한도의 선이라도 안하는 것보다는 하는 게 낫다는 겁니다. - 이러한 생각은 그 뒤에 오랫동안 나의 머리에 남아 있었습니다. 물론 그런 소리를 처음 들은 것도 아니고 그런걸 여태 모르고 지내왔다는 것도 아닙니다. 그러나 같은 말이라도 듣는 것과 인물에 따라 인상은 다릅니다. 그말이 오랫동안 나의 머리에 남아 있는 것은 그것을 이야기한 이가 이경희씨라는데 있습니다.(「난류 · 한류」9, 1939. 11. 9.)

광호는 자신의 사상과는 맞지 않지만 자선사업을 하겠다는 사람이 이경희인 까닭에 최소한도의 선이라도 행하는 것이 좋다는 견해를 피력한다. 자기가 하는 일과 사업의 한계성을 인식하고 있으면 자선 사업도 무가치하지 않고, "신념만 확립된다면 사람의 마음의 진공상태만은 면할 수 있을"것이라며, 이경희의 행동 자체를 긍정적으로 수용한다. 이경희는 식민지 치하에 사는 인물로 자신이 살고 있는 시대와 동떨어져 있지만, 작중에서 그녀에 대한 비판은 이루어지지 않는다. 단지 광호의 상대역으로 손색이 없는 인물로 형상화 되어 있고, 그녀가 하는 일 역시 인텔리 계층 여성이 할 수 있는 고상한 일로 설정이 되어 있을 뿐이다. 그러나 경희는 피상적인 현실이해와 역사의식을 지닌 인물이다.

경희는 요즘 백화점의 『숍걸』이나 전화교환국의 교환수나 『버스 · 걸』이나 혹은 강현순이 같은 양재사나, 『타이피스트』나 그러한 직업여성, 그 전날에는 볼 수 없던 중간층의 직업을 가진 여성들에게 흥미를 가지고 있다. 어떤 집안 어느 정도의 생활 얼마나한 봉급 - 그런 것을 구체적으로 알지도 못하거니와 그들이 어떠한 생활을 품고 있는지도 상상하기 힘들기 때문이었다.(「쌍어접화」3, 1939. 10. 5)

그녀는 단골로 다니던 양장점의 양재사인 현순과 탁아소 사업을 하려고 생각하면서 직업여성으로서의 현순을 관찰하고, 여러 부류의 직업여성에 대해서 생각을 한다. 그러나 그녀가 자선사업을 하겠다는 동기나 계획이 즉흥적이고 피상적이었던 것처럼 그녀의 생각은 단지 자신이 모르고 있던 세상에 대한 흥미 이상을 넘어서지 못하는 것이다. 또 한가지 문제가 되는 것은 그녀가 안이하고 왜곡된 역사의식을 지니고 있다는 점이다.

인제 아버지가 그 사람들처럼 서양사람(이) 경영하다 던지구 가는 학교나 주워서 경영을 보장하신다든가 혹은 민립대학을 몽상한다든가 그러시란게 아닙니다. 그까짓거나 하면서 큰일을 하는 것처럼 떠들어대는게 조선사람들의 장난들 같아서 되려 우습기도 하려니와 저두 그런걸 찬성하는 것은 아니어요.(「장경의 현실주의」6, 1939. 10. 20)

경희는 아버지 이신국에게 자신이 하고자 하는 자선사업이 민립대

학을 몽상하는 것과 같은 것이 아니라는 발언을 하게 된다. 한국근대
사에서 민립대학운동의 실패는 우리민족운동사에서 또 하나의 큰 좌
절이었다. 이 운동의 여파에 놀란 일제는 경성제대를 설립해 식민지
지배를 담당할 친일관료를 키우기에 이르고 조선에서의 근대교육은
철저하게 반민주주의적으로 변화하게 된다.[14] 민립대학운동의 실패가
우리의 근대교육을 왜곡시켰음에도 불구하고 그것을 깨닫지 못하는
이경희의 피상적인 의식은 그녀 역시 친일매판자본가의 딸로서 아무
런 사상성을 지니지 못한 인물임을 여실하게 드러내준다. 그녀의 희박
한 사상성은 객관적인 현실을 제대로 파악하지 못함으로써 피상적이
고 주관적인 교육사업에 만족하게 되고, 나아가서 민립대학설립운동
을 조선인의 장난으로 생각한다는 반민족적인 발언까지 서슴없이 하
게 되는 것이다.

한편 『사랑의 수족관』에는 긍정적인 인물 외에 주인공의 사랑을 방
해하는 부정적인 인물들로 송현도, 은주부인, 신주사 등이 등장한다.
이들은 식민지 시대의 타락한 인간군상의 모습을 리얼하게 보여주고
있다.

---

14) 1919년 3 · 1운동 이후에 일본은 식민지 교육정책에 일대 수정을 가하여 식민지
교육정책에 위장을 꾀한다. 식민지 민중들의 정치적 의식을 둔화시키고 정치적 기
능을 약화시키기 위하여 정치교육을 배제하고, 실업교육을 강화시켜왔던 당초의 방
침에서 민중의 저항력을 중앙집권적 교육제도 속으로 수렴하는 정책으로 돌아서게
된다. 즉 일본은 사학에 대한 규제를 강화하는 한편, 일본인과의 차별적인 교육정책
의 실시와 교육의 기회를 넓힌다는 취지 아래 보통학교의 교육연한을 4년에서 6년
으로 연장하고, 각급 학교의 교육연한을 1~2년 정도씩 연장한다. 특히 1923년에
부르주아 민족주의자들에 의해 민립대학 설립운동이 일어나게 되자 이를 저지하기
위해 일본은 경성제국대학을 설치하는데, 경성제국대학은 민족부르주아 계급의 이
해를 반영하였기에, 민립대학운동은 유명무실하게 되고 일본은 경성제대를 통해 계
급적 이해를 기반으로 하는, 식민지 권력기구에 순종하는 사회 중간 엘리뜨의 양성
교육을 조장하게 되었다. (이은숙, 『교육운동론』, 아침, 1985, 108 ~109면)

　송현도는 가난한 고학생으로 상업학교와 고등상업학교를 졸업하고 대재벌 대흥 콘체른의 회장인 이신국의 비서로 두터운 신망을 얻고, 이경희와의 결혼을 통해 신분상승을 꾀하는 인물이다. 동시에 자신의 성적인 욕망을 위해 사장의 후처인 은주부인과는 불륜의 관계를 맺고 있고, 성공을 위해서 부로커인 신주사와 결탁해 광호를 곤경에 빠뜨리는 등 자본주의 사회의 비속함과 속악함을 매우 잘 보여주는 인물이다. 이러한 송현도의 형상화는 "작가는 속물성을 비웃는 인간이 아니라, 속물 그 자체를 강렬성에서 구현하고 있는 인물을 창조하는 것이 리얼리즘의 정칙"[15] 이라고 했던, 관찰문학론에서 김남천이 주장하던 전형창조의 논리와 맥이 닿아 있다. 이러한 전형창조의 논리는 송현도와 은주부인, 신주사를 그리는데 다 결부되어 있는데, 이러한 인식으로 인하여 이들은 식민지 시대의 속악한 인물들로 여실하게 잘 그려져 있는 것이다.

　이신국의 후처인 은주부인은 과거 평양의 명기로서, 현재는 이신국이 지닌 물질적인 풍요로움 속에서 살면서도 송현도와 불륜의 관계를 맺어 성적인 욕망을 충족하고 있다. 경희의 서모이면서도 경희의 애인인 김광호를 유혹하는 등 도덕적인 지각은 전혀 보이지 않는 인물로, 자본주의 사회의 부정성을 잘 보여주는 인물이다. 이것은 신주사 역시 마찬가지이다. 그는 뚜렷한 직업없이 생활을 영위해 나가는 인물인데 도시개발로 인한 사업계획으로 일확천금을 꿈꾸고, 송현도와 결탁, 가짜 신문기자로 위장하여 광호를 위기에 밀어넣는 부로커로, 나중에는 그 약점을 잡아 송현도를 협박하여 생계를 유지하는 자본주의 사회의 타락한 성격을 대변하는 부정적인 인물이다.

---

15) 김남천, 「발작크 연구노트(2) - 성격과 편집광의 문제」, 『인문평론』, 1939. 12, 83면.

『사랑의 수족관』에서 김광호와 이경희 등 작품의 주인공은 완전무결하게 흠집없는 인물들로 형상화되어 있다. 김광호는 당대의 현실을 인식하고 감각을 지니고 있는 인물이며 그의 상대인 이경희 역시 그에 걸맞게 형상화되고 있다. 아울러 송현도, 은주부인, 신주사의 부정적인 면모를 치밀하게 형상화함으로써 당대 자본주의가 가져온 속악하고 비속한 세계를 여실히 보여준다. 이것은 이 작품이 지니고 있는 미덕이다. 작가는 지식인이며 성실한 직업인으로 현실에 충실하게 뿌리내리고 있으며, 사회에 대한 비판의식과 바른 생각을 가진 김광호라는 인물을 설정해서 일반적인 대중소설에서는 간과하고 있거나 왜곡되어 있는 당시의 현실을 리얼하게 형상화하고 있다.

> 구라파 전쟁이 방감해갈 때 방공연습이 벌어져서 거리는 전시상태에 빠진 것처럼 소란스러웠다. 공연한 소리처럼 들리던 공습의 위험도,
> 『바르샤바가 사지로 화했다』
> 『파리와 베를린이 폭격을 당했다.』
> 『영국군함이 독일의 해안선을 봉쇄했다.』
> 는 등 등의 자극적이고 충격적인 호외가 연속해서 방울소리를 울려대는 통에 시민의 신경은 극도로 긴장해져서 가상한 적군의 폭격기의 폭음이 실전인 것처럼 현실감이 배가되었다. 재동 네거리에는 사람의 떼가 백차일치듯한 가운데서 소어탄의 소화연습이 한창이었다.(「은주부인」2, 1939. 9. 10)

2차 세계대전이 시작되어 방공연습이 한창인 서울거리와 동요하는 사람들의 상황을 작가는 작중에서 잘 보여주고 있다. 대중소설 작품에서 이렇게 현실을 잘 드러낼 수 있었던 것은 작가가 현실에 대한 관심을 지속적으로 가지고 있었기에 가능한 일이었다. 이것은 인물들을 형

상화하는데도 잘 나타난다. 특히 전향자인 광호의 형 광준을 통해 당시에 전향했던 인물들의 한 부류를 잘 형상화하고 있다. 광준은 한때 사상운동을 했던 인물이지만 전향 이후 까페여급과 동거를 하는 등 신념의 상실로 방황하다가 생을 마감한 인물이다. 김남천은 『사랑의 수족관』에서 광호의 형처럼 "성격파산을 가지고 습관과 세태에 역행해 시대적 항거"를 하다가 결국에는 신념을 발견하지 못하고 죽음을 맞이한 경우나 사상을 버리고 직업을 가져 생활속으로 침잠해 간 지식인들의 세태를 단편적으로나마 잘 보여주고 있다. 한편 신주사라는 자본주의 사회의 타락한 인물을 통해서도 당시의 현실은 여실히 드러나는데, 부로커인 신주사가 일제의 도시구역 개편을 통해 한 몫보려는 상황을 그리면서 실은 그것이 일제가 식민지 지배의 편의를 위해 행정구역을 개편한 것이었다는 사실을 보여주고 있다.

『사랑의 수족관』은 여타의 다른 대중소설들과는 달리 당시의 상황을 인물과 상황의 리얼한 성격 형상화로 잘 보여주었지만 나름의 한계를 지니고 있기도 하다. 그것은 작가가 당시의 사회를 김광호라는 과학적인 이념을 체현하고 있는 인물을 통해 바라봄으로써 피상적인 사회현실을 드러내고 있다는 점이다. 즉 피상적인 현실을 보여줌과 함께 김광호라는 인물을 긍정적으로 형상화함으로써 그와 관계를 맺는 인물들을 현실적인 부정성과 달리 지나치게 긍정하고 있다는 점이다. 그 예가 이신국과 이경희이다. 한편, 신주사나 다른 부정적인 인물들을 통해 드러나는 현실은 그들이 작품의 주체가 되는 인물이 아니기 때문에 상대적으로 약화되거나 간략하게 드러난다.

이신국은 친일매판자본가이며 타락한 부르주아지이지만 그의 친일적인 행위나 사상, 타락한 부르주아지의 모습은 가려지고 지극히 긍정적인 인물로 형상화되고 있다. 그가 꿈꾸고 있는 만주, 북지 진출은 실은 일제의 식민통치에 앞장서는 일이지만 작가가 설정한 김광호라는 긍정적인 인물과의 관계로 인하여 부정적인 면모가 희석되고 말았다. 이신국에 대한 이러한 태도는 긍정적인 주인공 김광호가 실은 매우 피상적인 인식을 지닌 인물이라는 점을 알려주는데, 그것은 만주로 전출되어 그곳에서 이루어지는 인조석유개발에 대한 경이로움을 토로하고, 석탄의 운수를 위해서 철도의 부설이 필요하다는 직업인으로서 경희에게 보내는 편지에서 잘 드러난다.

일제가 만주에 만주국이라는 괴뢰정권을 세우고 그곳에서 중공업을 발전시켰던 것은 대륙침략정책의 일환이었으며, 철도의 부설도 식민지 수탈의 일환이었다는 것은 주지의 사실이다. 그럼에도 불구하고 김광호가 이신국을 긍정적으로 보고 있는 것이나, 만주에서 직업인으로서 경이로움을 갖게 된 이유는 피상적인 현실이해에서 기인한 것이다. 아울러 작가가 생기발랄한 이데로 설정한 김광호의 가치평가를 보류하는 과학주의가 가져온 결과이기도 하다. 당시의 이념적 대중소설에서 작가들이 어려운 상황을 뚫고 나가기 위해 설정한 과학주의는 결정적으로 현실을 왜곡하는데 한몫을 하고 있음을 아울러 보여준다.

『사랑의 수족관』은 여러 한계를 노정하고 있기는 하지만 통속적인 구조로서 1930년대 말 이식되어 왜곡된 자본주의하의 타락한 인간군상과 세태, 사상을 잃어버린 인물들의 좌절과 생활인으로의 침잠을 나름대로 그리는데 성공하였다. 김남천이 30년대 후반, 날로 어려워지는 사회적 상황과 좁아지는 문학적 입지 속에서 모색한 길은 당대의 전반적인 경향이었던 통속의 세계로 가는 길이었다. 임화의 유명한 논지처럼 대중소설은 '자아와 세계의 분열'을 손쉽게 해결할 수 있었던 방법이었고 많은 작가들은 그 방식을 채택하게 되는데, 김남천 역시 『사랑의 수족관』을 대중소설로 끌고 감으로써 그가 그동안 고통스럽게 고민했던 문제를 일시적으로 해결한다.『사랑의 수족관』에서는 그가 이전에 주로 그려왔던 주인공들과 달리 김광호라는 인물을 통해 자신의 문제를 해결하는데, 이 작품은 김남천이 통속적으로나마 그토록 갈망하던 '생기발랄한 이데'를 창출해냈다는 점에서도 그 의의를 찾아볼 수 있는 작품이다.

『사랑의 수족관』이 당대의 독자들에게 많은 호응을 받았던 이유는 기본적으로 이 작품이 지닌 재미에서 비롯된다. 김광호와 이경희의 사랑이야기를 중심으로 그들의 사랑이 이루어지기까지 짜임새 있는 구성으로 이루어진다. 인물들의 세밀한 심리묘사와 그들을 시기하는 인물들의 방해로 인한 어려움을 극복하는 과정의 재미와 주변인물들의 뛰어난 형상화에서 독자들은 흥미를 느끼게 된다. 또한 작품이 연재되는 동안 당시에 일어났던 파리와 베를린의 폭격소식이라든가 영국군이 독일의 해안선을 봉쇄한 사실, 석유가 없어서 자동차가 제대로 운행되지 않는 등의 실제적인 사건들을 작품 속에 시의 적절하게 삽입함으로써 독자들이 더욱 친근감 있게 다가가게 하는 요인이 되었다. 아울러 대중소설에서 빠지지 않는 상류층의 생활상을 대흥콘체른 사장 이신국 일가의 화려한 삶을 통해 보여줌으로써 독자들에게 비현실적이지만 그들의 삶을 간접적으로 체험하는 기쁨을 준 것이 사랑을 받게 한 대표적인 요인이라고 할 수 있다.

『사랑의 수족관』은 본격문학을 지향했던 김남천의 다른 작품들과 달리 대중적인 작품이지만, 이 작품을 통해 형상화된 1930년대. 말의 타락한 세계는 일정하게 현실적인 의의를 획득하고 있다. 또한 당대의 다른 대중소설들과 달리, 구성의 짜임새와 묘사의 충실함으로 일정한 품격을 잃지 않으면서도 30년대라는 사회적 정황이 이끌어낸 인간군상의 비속성과 속악함을 보여주고 있으며, 그곳에서 지향을 찾지 못하

고 살아가는 인물들의 어려움을 잘 형상화하고 있다는 점에서도 큰
의의를 지니는 작품이다.

2) 통속적 방식의 이념지향 – 한설야의 『청춘기』『초향』

카프의 해산까지 비전향축으로 자부하던 한설야 역시 30년대 후반
에 이르러서는 이전과는 다른 작품세계를 보인다. 이전 작품에 드러나
는 이념을 견지하는 인물들의 형상화가 아니라, 전향기의 현실적 삶과
그것을 견뎌내는 방식에 대한 단편의 통찰과 『황혼』 이후 자신의 이념
적인 지향을 통속화한 방식으로 보여준 『청춘기』와 『초향』 등 장편의
세계가 그것이다.

『청춘기』는 1937년 7월 20일부터 11월 29일까지 『동아일보』에 연
재된 후, 1939년 중앙인서관에서 단행본으로 발간되었다. 『초향』은
1939년 7월 19일부터 12월 7일까지 『동아일보』에 연재되었고, 단행
본은 1941년 박문서관의 제2기 <현대걸작장편소설전집>중 한 권으
로 발간되었다.[16] 이 작품들은 이 시기 한설야의 정신적인 지향과 문
학적인 지향을 잘 보여준다. 카프의 해산 이후 어려워진 정세는 한설
야가 소설의 주요한 소재로 삼았던 노동자와 농민의 삶을 다루는 것
조차 불가능하게 변화하고, 그는 위기의 지식인 전환기의 지식인을 다
루는 방향으로 모색의 길을 찾는다. 그런데 그 작품들은 지식인의 삶

---

16) 『청춘기』는 한설야가 월북후에 새로운 장을 첨가하고, 장을 세분화했으며, 식민지
　시기에 대한 비판을 첨가하여 조선작가동맹출판사에서 재발간하였다. 『초향』은 동
　아일보에 『마음의 향촌』이라는 제목으로 연재하였으나, 단행본으로 발간할 때 『초
　향』으로 개제하였다. 본문에서 작품분석의 텍스트로 삼은 것은 신문연재본과 『청춘
　기』, 풀빛, 1989년판; 『초향』, 박문서관, 1941년판이다.

을 다루고 있으면서도 장편은 단편과 달리 매우 통속적인 경향을 보인다.

『청춘기』와 『초향』은 통속적인 경향을 잘 보여주는 작품이다. 이 두 작품은 비슷한 서사구조와 통속성을 지니고 있지만 작가의 서로 다른 입지와 지향을 드러내고 있다.[17] 『청춘기』는 동경유학생 출신 지식인 태호와 의사 박은희의 사랑이야기가 기본서사를 이루고 있다.

동경유학에서 갓 돌아온 태호는 개인전람회에 갔다가 구면인 듯한 여성을 만나는데 동경유학 당시 안면이 있었던 박용의 누이동생 은희임을 알게 된다. 은희는 부르주아출신 의사 홍명학의 재정적인 후원으로 동경의전을 마치고 돌아와 그의 알선으로 대학병원에서 근무하고 있다. 그녀의 이복오빠인 박용도 홍명학의 도움으로 잡지사를 경영하면서 태호를 잡지경영에 끌어들이려고 한다.

태호는 박용의 잡지사일로 그의 집에 드나들면서 자신이 흠모하는

---

17) 한설야의 『청춘기』와 『초향』은 이전 작품들과는 현격한 차이를 지닌다. 그것은 통속성의 여부인데 그로 인하여 이 작품들은 상세하게 다뤄지지 않았다. 작품을 다룬 경우에도 작품 자체에 대한 분석보다는 작품에 드러나는 이념적인 면모만을 집중적이고 긍정적으로 다룬 경우가 대부분이다. 『청춘기』와 『초향』에 관한 기왕의 논의는 다음과 같다.

김윤식, 「내면풍경의 문학사적 탐구 - 한설야의 『청춘기』」, 『한국현대현실주의소설 연구』, 문학과 지성사, 1990.

나병철, 「부정적 현실세태와 긍정적 주인공의 동경」, 『청춘기』, 풀빛, 1989.

문영희, 「한설야 문학연구」, 경희대학교 박사학위논문, 1995.

______, 『한설야 문학연구』, 시와 시학사, 1996.

박순라, 「한설야 장편소설 연구」, 전북대학교 교육대학원 석사학위논문, 1994.

서경석, 「한설야 문학연구」, 서울대학교 박사학위논문, 1992.

이재춘, 「한설야 소설의 갈등 연구」, 대구대학교 박사학위논문, 1996.

정호웅, 「한설야의 『청춘기』론」, 『장편소설로 보는 새로운 민족문학사』, 열음사, 1993.

최옥미, 「한설야 장편소설 연구」, 성균관대학교 석사학위논문, 1992.

동무 철수와 인상이 비슷한 은희를 이성으로 연모하고, 은희도 태호에
대해 호감을 보인다. 어느날 태호는 위장병을 앓게 되어 의식불명 상
태에 빠지고 그일을 계기로 두사람을 사랑을 확인한다. 태호는 친구
우선의 알선으로 기자로 취직하고, 취재를 하면서 사회의 부조리한 면
을 발견하지만 그것을 해결할 방법을 찾지 못한다. 태호는 이러한 자
신의 심경을 은희에게 편지로 띄운다.

한편 명학의 아내가 죽자 박용과 태호를 좋아하는 명순은 은희를
명학과 결혼시키기 위한 계략을 꾸민다. 그런데 은희는 주변사람들에
게 자신의 태도를 분명히 하기 위해 태호와 약혼을 했다고 말한다. 태
호와 은희의 관계를 알게된 명순은 질투심으로 오빠 명학과 함께 태
호를 Y신문사에서 사직당하게 만든다. 이 사실을 알게 된 은희도 병
원에 사직원을 낸다. 태호가 사직당하고 연락도 없이 종적이 묘연해지
자 은희는 태호의 행방을 궁금해 하던 중에 우선을 통해 태호가 철수
와 검거되었다는 사실을 알게 된다. 은희는 태호의 고향 원산요양원에
취직이 되어 떠나면서 태호를 기다릴 것을 기약한다.

『청춘기』보다 2년 후에 발표된 『초향』은 기생이지만 여느 기생과는
다른 초향의 삶과 사랑에 관한 서사가 주를 이룬다.

초향은 스스로 기생이라는 직업을 택하고 일을 하면서 이상적인 사
람 만나기를 고대하지만 주변의 사람들에게서 실망만을 느낀다. 초향
의 어머니는 젊은 시절 처녀첩으로 초향의 의붓오빠 상기를 낳았고,
상기의 아버지가 죽자 명문거족 이후작과의 사이에서 선영(후일의 초
향)을 낳는다. 그러나 이후작은 선영의 어머니를 받아들이지 않고, 선
영은 어머니가 폐병으로 죽자 외가에서 자라난다. 상기는 자신과 선영
이 이복형제라는 사실을 알게 되어 상해로 떠나고 할아버지도 선영에
게 약간의 유산을 남기고 세상을 떠난다. 선영은 의붓삼촌 진영의 친

구 김삼철에게 겁탈을 당하고 자살을 시도하지만 살아난다. 오빠를 찾아 상해로 가지만 찾지 못하고, 돈이 떨어지자 댄서가 된다. 거기서 과거 기생이었던 정향을 만나 친하게 지내다가 조선으로 돌아온다.

조선으로 돌아온 선영은 정향의 영향으로 초향이란 이름의 기생이 된다. 초향은 여느 기생과는 달리 교양과 미모, 재주를 겸비한 까닭에 많은 사람들이 수중에 넣고자 하나 그러한 사람들에게 넘어가지 않는다. 그러던 어느날 김민수라는 사람에게서 편지를 받고 자신의 출생과 아버지 이후작의 존재에 관해서 알게 된다. 뜻밖의 사실에 고민하던 초향은 이후작을 찾아가 자신이 누구인지를 밝힌다. 이후작은 초향이 자신의 딸인지 반신반의하고 이에 격분한 초향은 자신도 이후작이 아버지임을 인정하지 않으려 한다. 그리고 얼마후 이후작의 죽음을 알게 된다.

그러던 중 경찰서에서 초향을 호출한다. 초향의 과거를 심문하면서 형사가 준 사진 속에서 오빠 상기와 자신의 손님으로 오던 권이 나란히 있는 모습을 본다. 초향은 권이 오빠의 친구이고 편지를 보냈던 사람이었음을 알게 되고, 자신이 권을 사랑하고 있음을 느낀다. 그리고 권이 돈을 구할 목적으로 자신에게 왔었던 것을 알게 된 초향은 그동안 알고 지내던 사람들에게 돈을 변통하여 다시 선영으로 살 것을 다짐하고 상기와 권을 찾아 떠난다.

『청춘기』와 『초향』의 기본적인 서사구조는 남녀간의 연애이다. 그러나 작가가 궁극적으로 작품에서 이야기하고 싶어했던 것은 남녀간의 애정보다는 참다운 삶에 대한 작가적인 통찰로 보인다.

나는 이 작품에서 인간의 애욕문제를 취급해보려고 한다. 우리는 왕왕 사람이라는 아름다운 이름 아래에서 저열화(低劣化)해가는 인간을 보아왔고 또 보고 있다. 이 애욕 때문에 빚어지는 인간의 불건강한 추태는 그것 때문에 정화되는 수보다 훨씬 많은 것을 우리는 늘 보고 있지 않은가. 그러나 이 인간에 보편된 감정은 과연 인간을 저열화시키는데 그치고 말것인가? … 그 애정의 통과와 진행에 작자는 좀 더 인간다운 순결한 혈행(血行)과 높은 호흡과 다채한 정조를 부여해보려고 한다. 생각만은 세속에 흔히 보이는 저속한 애욕으로부터 훨신 초탈한 새로운 경지를 이 작품 위에 창설해 보려는 것이다.[18]

이 작품은 기구한 운명을 타고난 한사람의 여자가 자기의 운명과 싸우면서 살아가는 한 개의 생의 기록이다. 사람의 딸로 태어났으면서 그 아버지를 알지 못하는 여주인공은 어려서 어머니까지 마저 잃었다. …… 어떠한 역경에서라도 살리라 하였다. 그러나 그의 이 새로운 생명욕 가운데 생명보다 더 강하게 간직해진 것은 참답게 살리라는 일념이다. 아무리 어지러운 속에서라도 결코 인간의 빛을 잃지 않으라 하였다. 사실 불행한 그는 진창 가운데 살고 있다. …… 그는 그 속에서 제몸을 참답게 살리고 결곡히 지키기를 잊지 않는다. 그는 이른바 떠돌아 다니는 사랑이라는 유희로부터 제몸을 건지어 보다 참된 사랑에 살려 한다.[19]

한설야는 『청춘기』와 『초향』의 연재 예고에서 '인간으로서 거룩하게 살아보려는 노력'과 '참답게 살려는 신념'을 작품 속에서 다루고 인물들간의 연애문제나 삼각관계는 그것들을 형상화하기 위한 수단으로 사용하겠다'고 밝히고 있다. 『청춘기』에서 태호나 은희의 연애는 작가가 표방한 이념을 드러내기 위한 장치로 기능한다.

---

18) 한설야, 「장편소설예고 『청춘기』」, 『동아일보』, 1937. 7. 13.
19) 한설야, 「신연재 장편소설예고 『마음의 향촌』」, 『동아일보』, 1939. 7. 10.

동경유학생이지만 직업을 구하지 못하고 취직운동을 하던 태호는 우연히 만난 은희에게 사랑을 느낀다. 은희가 학창시절부터 흠모해 왔던 철저하고 도덕적인 사회주의자 철수와 비슷한 느낌을 가지고 있었기 때문이다. 은희 역시 태호에 대한 막연한 이끌림에서 애정이 시작되었지만 청년으로서의 순결성을 지닌 타락하지 않은 긍정적인 인물이었기 때문에 자신의 풍요로운 삶을 보장해줄 수 있는 명학 대신 태호를 선택하게 된다.

그러나 예측가능한대로 그들의 결합을 방해하는 많은 사건이 기다린다. 은희가 의학을 공부할 수 있도록 뒤를 보아준 부자이면서 사람 좋은 의사 홍명학과 태호를 사랑하는 명학의 동생 명순, 명학과 은희의 결합을 주선하고 한밑천 잡아보려는 은희의 이복오빠 박용의 부정성이 결합되어 일어나는 에피소드가 그것이다. 그러나 그들은 이러한 난관을 다 극복해 나가는데 그것은 그들에게 이념에 대한 순수성이 존재하고 있었기 때문이다.

이러한 작가의 의도는 『초향』에서도 나타난다. 여느 기생과는 다른 초향. 그녀가 기생이 된 데에는 정향이라는 인물의 영향이 컸다. 그녀는 기생으로서 도색취미나 여흥에 물들지 않고 만나는 사람 속에서 참다운 사람을 찾아보려는 노력을 기울이지만 그러한 사람이 없는 세상을 마음껏 비웃는다. 그녀는 다가오는 모든 남성들의 어리석음을 비웃고 놀려가면서 자신의 삶을 살아가다가 권을 만난다. 권은 돈이나 권세는 없지만 그녀가 기방에서 만나는 인물들과는 다른 범연함을 지니고 있는 인물로 형상화 된다. 더욱이 권은 초향이 꿈에도 그리워하는, 상해에서 운동을 하고 있는 오빠 상기의 친구였기 때문에 초향이 기생을 그만 두고 참다운 삶을 위해 떠나는 계기를 마련해 준다. 초향이 자신을 둘러싸고 있는 여러 인간군상 속에서 권을 선택하고 새 삶을 살겠다는 의지를 보인 것은 그가 초향의 참다운 삶을 이끌어줄 수 있는 인물로 작가가 비중을 두고 형상화하고 있기 때문이다.

한설야는 청춘기를 수정 출간하면서 작품을 쓰던 당시의 정황에서, 작가 자신이 다루고자 했던 문제를 프롤레타리아의 순결한 사랑 속에서 다루려 했다고 주장하고 있다.[20] 아울러 작가로서 실력의 미흡과 일제의 문자압살 정책에 의하여 자신의 의도가 제대로 표명되지 못했다는 점을 고백하면서 자신의 지향이 프롤레타리아의 계급의식을 드러내는데 있음을 말하고 있다. 『청춘기』와 『초향』의 문제는 여기에서 비롯된다. 일반적으로 작가의 의도와 작품의 형상화가 정비례하는 것이 아님을 한설야의 30년대 후반의 작품들은 여실히 보여준다. 대부분의 논자들은 이 작품을 비전향축 작가 한설야의 자부심, 즉 통속에 빠지지 않고 우회적으로나마 자신의 이념을 표명하고 있는 것으로 높이 평가하고 있다. 그러나 논자들이 고평하는 의도는 작가의 형상화 능력의 미흡함으로 제대로 드러나지 못하고 작품은 농후한 통속성을 지니게 되는데, 구성상의 우연성과 작위적 갈등이 그것이다.

먼저 『청춘기』는 태호와 은희의 연애문제로 작품이 전개된다. 그러나 그들의 연애가 이루어지는 과정에는 수많은 우연성이 내포되어 있다. 가장 대표적인 우연은 태호와 은희의 만남이다 그들의 만남은 같

---

20) 『청춘기』 집필 당시의 작가의 신념과 의도는 확실히 여기에 있었다는 것을 말하면서 동시에 그러나 나의 작가적 실력과 또는 일제의 문자압살정책에 의하여 나의 의도가 불만족하게 표현되었다는 것을 여기서 또한 말해두는 것이다. 그리고 이 작품에서 작가로서 꼭 한마디 더 말하고 싶은 것은 이 작품은 하나의 연애소설의 형식을 취하면서 거기에 위에서 말한 것을 배경으로서 포치하였다는 그것이다. 나는 생각한다. 우리에게는 우리의 계급적 윤리관이 있으며 이러한 것을 취급한 작품이 나와야 한다는 나의 신념은 해방전이나 해방후이나 다름이 없다.(한설야, 『청춘기』, 풀빛, 1989, 398면)

은 동경유학생의 전람회를 매개로 극히 자연스럽게 이루어진다. 태호는 은희를 보고 호감을 갖는데 그것은 그녀가 자신이 흠모하고 동경하는 동무 철수와 너무 닮아 철수의 동생이라고 오해하면서부터이다. 그들이 사랑을 이루기까지 두사람을 연결해 주는 고리는 작중에는 전혀 등장하지 않고 태호의 관념속에서만 존재하는 철수이다.

철수에 대한 태호의 막연한 동경은 작중에서 필연적인 리얼리티를 획득하지 못하여 두사람의 사랑을 관념적인 것으로 만든다. 태호가 그토록 흠모하는 철수는 과거에 무슨 일을 했는지 현재에는 어디서 무엇을 하고 있는지 전혀 형상화되지 않은채 태호의 관념속에서만 존재한다. 이로 인해 철수라는 인물은 작위적이고 부자연한 인물로 드러날 수 밖에 없게 된다. 그림자로서 존재하는 철수에 대한 동경은 작중의 태호가 철수의 어머니를 만나는 장면으로 오면서 작가의 관념을 투영하기위해 우연적인 사건을 계속 첨가하게 된다. 태호는 동경으로 돌아가기 전 여관에서 행상을 하는 여인을 만나는데, 보통의 행상인과는 다른 모습을 보고 철수를 연상하고, 그녀가 철수의 어머니임을 알게 된다는 것이다. 그러나 태호와 철수 어머니의 만남이라는 우연성은 철수라는 인물을 부각시키지도 못하고 오히려 작품의 구성만을 흐트러뜨리는 결과를 가져온다.

철수라는 관념적인 인물의 설정과 작가가 긍정적으로 상정한 철수라는 인물이 작품의 전면에 나서지 않음으로써 철수로 인해 매개된 은희와의 관계도 억지스럽기는 마찬가지이다. 작품의 후반은 태호가 조선에 들어온 철수와 관련된 무슨 사건으로 인하여 경찰에 잡혀간 것으로 처리된다. 그러나 그러한 결말에 이르기까지 태호가 어떤 일을 했는지는 작중에 전혀 드러나지 않는다. 다만 철수라는 인물과 무슨 운동을 하다 붙잡혔을 것이라고 짐작할 수 있을 뿐이다.

『초향』에서 권과 상기도 『청춘기』의 철수와 비슷한 존재로 나타난다. 부모를 잃고 정조까지 잃은 초향이 마음으로 의지하고 있는 것은 상해에서 운동을 하는 오빠 상기로 그녀의 정신적인 지주이다. 그는 상해에서 무언가 활동을 하고 있다는 암시만 되어 있을뿐 실제적으로는 전혀 형상화되지 않는다. 초향이 기생이 되기까지의 삶이 오빠 상기에 대한 동경으로 지탱되고 있다면, 기생이 된 후의 삶은 권에 의해 지배된다. 기생인 초향을 둘러싼 자본가들은 부정적인 면모로 형상화되어 있으나, 돈과 지위는 없지만 남들과 다른 의식을 지닌 권은 초향이 기생을 그만두고 새로운 삶을 찾아가는 계기를 마련해주는 인물이다.

그러나 권이라는 인물 역시 작중에서 매우 희미하게 나타난다. 그녀를 둘러싼 애욕에 찬 인간군상들의 행동은 구체적으로 형상화되는데 반해 초향이 참다운 사랑으로 선택한 권은 작품의 후반에 와서야 그가 오빠 상기의 친구라는 것, 초향의 아버지가 이후작이라는 사실을 알려준 편지를 보낸 인물이라는 것으로만 초향에게 인지될 뿐 아무런 구체적인 형상을 가지고 있지 않다. 더욱이 오빠와 같이 권 또한 상해에서 운동을 하고 있는 인물이며, 자금을 마련하러 온 그를 위해 초향이 돈을 마련해 떠나는 대목 역시 『청춘기』에서 태호의 검거처럼 갑작스럽게 이루어져 설득력을 얻지 못한다. 그것은 작중에서 긍정성을 부여한, 이념의 순수함을 가진 긍정적인 인물들이 뚜렷한 형상을 얻지 못하고 그림자로 그려지면서 작품의 구성은 필연성을 얻지 못하여 우연이라는 장치에 기대었기 때문이다.

앞서 살펴본 것처럼 『청춘기』나 『초향』은 우연적인 구성에 의해 작품의 서사가 진행된다. 그러다 보니 태호와 은희는 사랑하는 인물들로 설정되어 있으면서도 실제 작품 속에서는 극히 사무적이고 공식적인 관계처럼 느껴진다. 그것은 둘의 관계가 철수라는 이상화된 인물이 매개되어 생성된 관계이기 때문이다. 여기에 두사람은 명순이란 인물이 끼어들었을 때에 관계를 밝히지 않음으로써 오해가 중첩되고, 오해는 또 다른 갈등을 불러 일으킨다. 태호가 은희와 명학의 관계를 의심하면서 사실확인 없이 관념의 자로 은희를 재단함으로써 오해가 오해를 부르는 지경에 이르게 된 것이다. 이러한 오해는 이후 태호의 행동을 결정한다. 태호는 신문사에서 해직을 당하자 종적을 감추고 사라졌다가 철수와 모종의 이념행위를 한 혐의로 경찰에 잡히는 신세가 되는데, 이러한 태호의 선택은 전혀 설득력이 없다.

『청춘기』와 『초향』의 통속성은 작중인물들의 연애관계에서도 분명하게 드러난다. 한설야는 북한에서 출판한 『청춘기』의 후기에서 "사랑이 부르주아적 연애유희가 아니라 자본가와 싸움으로써 계급이나 인류의 향상에 종사하는 새로운 윤리관으로 기능해야 한다"는 견해를 피력한 바 있다.[21] 작가의 이러한 의도는 작중의 연애가 프롤레타리아 계급의 지향과 맞물리면서 태호와 은희, 그들의 사랑을 방해하는 부르주아 홍명학과 명순 남매의 삼각관계로 중첩된다. 논자에 따라서는 『청춘기』에 드러나는 이 애정관계가 인물들의 계급관계와 맞물림으로써 단순한 통속소설로 떨어지는 것을 막아주었다고 보기도 한다.[22]

그러나 작가의 의도는 작중인물들을 부실하게 형상화함으로써 관념적인 연애로 흐르고 만다. 둘은 사랑하는 사이지만 보통 사람들이 가지는 소소한 연애감정은 찾아볼 수 없다. 다만 자신이 처한 상황에서 민중을 도울 방책이 없다는 등 삶의 지향을 어떻게 세워야 할지 모르겠다는 등의 삶에 대한 반성만 드러날 뿐이다. 그것은 프롤레타리아

---

21) 한설야, 『청춘기』, 398면.
22) 나병철, 앞의 글, 407면.

트적 연애라는 관념에서부터 비롯된다. 태호의 관념적인 태도는 은희와 홍명학의 관계를 의심하는 데서 절정에 이른다. 태호와 은희의 관계는 전혀 문제가 없음에도 불구하고 다른 사람에게 노출시키지 않아 갈등은 깊어간다. 이것은 비단 태호에게만 국한된 것이 아니라 은희도 마찬가지이다.

은희 역시 작가의 의도로 인해 긍정적인 소시민 지식인으로 형상화되지만, 태호와의 사랑을 이어가는데 있어 스스로의 의지는 전혀 드러나지 않는다. 그녀는 자신이 태호를 사랑한다고 생각하면서도 둘의 관계를 명순이 알게 될까봐 늘 걱정을 한다. 또한 자신을 명학의 부인으로 만들려는 명순과 박용의 의도를 알면서도 태호와의 관계를 드러내지 않는다. 그로 인하여 사건이 복잡하게 꼬이지만 태호의 검거소식을 듣고 태호의 고향인 원산에 취직자리를 구하여 태호의 뒤를 따르겠다는 다짐을 한다.

하지만 은희의 각성 과정은 세밀하게 형상화되지 않고, 태호의 검거도 설명없이 갑작스럽게 이루어짐으로써 설득력을 얻지 못한다. 태호의 변화와 은희의 의식각성 과정에서 볼 수 있듯이 태호와 은희는 애정윤리와 이데올로기적인 문제를 동일시한다. 동시에 애정의 윤리와 이데올로기의 문제를 철수라는 인물을 설정하여 해결하려 한 까닭에 작중의 관계가 서로 뒤틀리게 되는 것이다. 이것은 작가가 관념 속에서 통속적인 방식으로나마 연애문제와 이데올로기의 문제를 동시에 해결하려 했기 때문이다. 다른 한편 태호와 은희의 입장이 선명하게 부각되지 못한 것은 작가가 소시민 지식인으로 설정한 태호의 대척점에 태호를 부각시켜야 할 인물인 부르주아 출신의 의사 홍명학을 부정적이지 않은 인물로 형상화한 것도 하나의 원인이 되었다.

명학은 금력과 권력으로 은희와 태호의 사랑을 방해하는 인물이지만 작중에서는 매우 선량하고 이해심 많은 인물이다. 부인 정경이 폐병으로 앓아 누워 자신과 은희를 의심하며 신경질적인 태도를 보일 때에도 늘 너그럽다. 정경이 죽고 명순과 박용이 경제적인 문제로 은희와 관계를 엮어 보려했을 때도 은희의 사랑을 돈으로 얻지 않고 사랑으로 얻어내겠다는 의지를 밝히는, 자본주의적인 영악함에 물들지 않은 인물처럼 형상화 된다. 작가가 이렇게 소시민 지식인과 대척점에 서 있는 부르주아를 긍정적인 인물로 그림으로써 상대적으로 작가가 의도했던 자본에 대항하고 삶의 향상을 위해 노력한다는 연애문제는 설득력을 잃고 말았던 것이다. 그리고 후반부에서는 태호를 모함하는 명학과 명순을 매우 부정적으로 형상화함으로써 성격창조의 일관성을 잃어 둘의 행동이 모순되고 부자연스럽게 느껴진다. 결국 프롤레타리아 연애의식의 향상이라는 목표는 작가의 관념 속에서 강한 목적의식으로만 존재할 뿐 명확한 대립관계를 설정하지 못하고, 안이하게 드러나므로 작가가 의도한 바를 이루지 못했다.

이러한 모습은 『초향』에도 나타난다. 전반적으로 『초향』에 드러나는 주요인물들의 성격은 매우 미약하게 형상화되어 있다. 초향은 그녀의 주변에 모여드는 자신과는 처지가 다른 부르주아 계급에 대해서 무심할 뿐만 아니라, 그들의 부정적인 행태를 비웃으면서 살아가는 것을 자신의 삶의 방식으로 여긴다. 그러한 그녀를 둘러싸고 부르주아계급의 인물들은 중첩되는 삼각관계를 드러낸다.

초향을 둘러싸고 금광으로 부자가 된 박치호와 그의 양아들 용주가 벌이는 부자간의 비정상적인 삼각관계, 은행 전무 한상오와 유형식의 대립관계는 전형적인 삼각관계를 형성하는데 이들의 관계에서 초향은 늘 초연하다. 그것은 돈 많은 유산계급의 타락한 일상을 조소하는 작가의 시선과 돈을 매개로 하는 사랑은 참다운 사랑이 아니며, 참답게 살아가는 것이 아니라는 작가의 가치판단이 놓여 있기 때문이다.

이러한 『초향』에게 권이라는 인물을 등장시켜 작가는 의도를 드러낸다. 권은 기생 초향이 만나는 사람들과는 다른 인물이다. 그는 이민수라는 이름으로 초향의 출생담과 아버지 이후작에 대한 정보를 알려준다. 출생의 비밀과 초향에 대한 과거가 권을 통해 드러나면서, 기생 초향이 되어 부르주아 계급에 대해 부정적인 인식을 가지게 된 연유의 일단을 독자로 하여금 파악할 수 있는 단서를 제공한다. 그리고 권은 초향이 늘 그리워하는 이념운동을 하는 오빠 상기의 그림자로서 자리잡게 된다. 오빠의 그림자로 작용하던 권은 결국 초향이 기생을 그만두고 새로운 삶을 살겠다는 결정을 하는데 절대적인 영향을 미치고 선영으로 살아가겠다는 재생의식을 심어준다.

『초향』 전체에서 권이라는 인물은 아주 모호하고 희미하게 형상화되면서도, 초향이 참답게 살려는 의식을 충족시켜주는 인물로 기능한 까닭에 결말에서 초향의 앞길을 좌우하게 된다. 초향과 권의 관계도 참된 삶을 살겠다는 작가의 의도가 강력하게 드러난 까닭에, 이들의 연애 역시 실체 없는 의식으로써만 존재하게 된다. 결말에서 초향이 권을 위해 자금을 마련해 북쪽으로 떠난다는 사실은 그것을 단적으로 말해준다. 이러한 작위적인 결말은 필연적으로 리얼리티를 훼손시키며, 작품 속에서 현실을 제대로 그리지 못하여 통속의 세계로 들어가게 되었던 것이다.

한설야는 30년대 후반의 장편들에서 이전과는 달라진 정세 속에서 자신의 이념적인 지향을 구현할 수 있는 방법으로 소시민 지식인의 삶을 다룬다. 『청춘기』의 태호와 은희, 『초향』에서 고등교육을 받은 기생 초향과 권, 초향의 오빠 상기의 삶의 행로가 그것이다. 이들 소시민 지식인의 생존에 대한 방식은 연애관계를 통해 구현된다. 소시민 지식인의 시대적인 불안과 새로운 지향이 연애관계 속에서 이루어지면서 여기에 이들의 사랑을 방해하는 자본주의적 삶의 양상들이 끼어들게 된다. 타락한 자본주의적 삶의 양상 역시 부르주아 계급 인물들과의 중복된 연애관계 속에서 전개된다. 작가는 작중에서 긍정적으로 그리고 있는 태호나 은희, 초향, 권을 통해 당시의 어려운 시대상황을 드러내려는 의욕만을 보인다.

그러나 이념이 사라진 시대에 추상적인 이념을 지향하는 인물을 그리고자 한 과중한 의도가 작중 인물들의 성격을 모호하게 하고, 과도한 부담을 지움으로써 화석화되어 작가의 이념 속에서만 존재하는 관념으로 드러나게 된다. 당시의 현실과 정황에 대한 관념은 현실에 대해 왜곡된 인식을 가져오게 한다. 나아가 이러한 왜곡된 인식은 작위적 갈등으로 발전하여 현실에 대한 진정한 이해를 차단하는 결과를 불러 일으키게 된다.

당시 이러한 한설야의 고민을 임화는 다음과 같이 말하고 있다.

괴로운 모색은 언제나 실패한 고가의 희생을 지불하는 것이다. 그러나 장편 『청춘기』는 암담한 혼돈 가운데 일조의 광명을 던지는 작품이다. 다행히 우리는 『청춘기』 속에서 인물과 환경의 모순이 조화될 새로운 맹아를 발견하였다. 이 모순이 구제되지 않으면 설야는 참담한 예술적 파산에 직면하지 아니할 수 없을 뿐만 아니라, 사상적 동요란 두려운 위기를 체험하지 아니할 수가 없을 것이다. …… 그러나 『청춘기』가 찾아낸 세계는 불행히도 일찍이 설야가 사랑하는 인물들이 살아갈 그런 행복된 세계는 아니었다. 설야는 내내 자기가 사랑하는 인물들이 살아갈 세계를 찾지 못한 채 그 인물들과 결별하고 말았다.[23]

임화는 "『청춘기』가 인물과 환경을 조화할 수 있는 맹아를 소시민 지식인을 그림으로써 마련하기는 했지만 그가 찾아낸 세계가 즉, 당시의 정세가 한설야가 사랑하는 인물들이 살아 나가기에는 불행한 세계였다"고 말하고 있다. 30년대 후반의 현실에서 많은 작가들이 이전과는 다른 인물들을 창조해 내거나 일상적인 삶을 살아가는 인물들을 형상화했던 것 역시 한설야의 모색과 무관하지 않았다. 그 속에서 한설야도 소시민 지식인의 이데올로기적 지향을 통해 나아갈 길을 모색했던 것이다. 하지만 일상으로의 침잠은 현실을 무차별하게 긍정하거나 가치판단을 유보하므로써 자기의 생존을 영위하는 것으로 나아간다.

『청춘기』와 『초향』의 주인공들은 자신이 현실에서 이룰 수 없는 이상을 관념 속의 인물인 철수나 오빠 상기 혹은 권에 대한 동경으로 풀어내고, 그들의 행동을 이데올로기적으로 규정하면서 작품은 현실감과 리얼리티를 획득하지 못하고 통속적인 경향으로 빠져든다. 결국 당시의 현실에 대한 이해가 선행되지 않은 채 작가의 관념이 작중의 인물들과 사건을 지배함으로써 연애는 관념에 의한 우연의 결과물로 나가게 되고, 현실에 대한 올바른 질문을 던지지 못한 채 피상적인 귀결에 이르고 말았던 것이다. 이것은 작가가 작품 속에서 소시민 지식인의 이념적인 고민을 그리려 했던 의도만이 너무 과중하게 드러났기 때문이다.

즉 작가가 자신의 지향을 표면에 드러내지 않고 그림자로 그려냄으로써 빚어진 결과이며, 이러한 방식이 결국은 작품을 관념 속으로 떨어뜨리는 결과를 가져온다. 이러한 경향은 당시의 작가들이 이념적인 지향을 그리는데 사용하던 하나의 방식이었지만, 작중의 주인공은 작

---

23) 임 화, 「한설야론」, 『문학의 논리』, 서음출판사, 1989, 335면.

가의 의도라는 과도한 부담을 안은 채 화석화된 관념으로만 존재하게 된다. 한설야 역시 『청춘기』와 『초향』에서 현실적으로 존재하지 않는 긍정적인 주인공을 통해 자신의 이상을 드러내고자 한다. 그러나 작가의 목적은 부담으로 작용하여 작중 소시민 지식인의 현실적인 생활도 또 이데올로기적인 지향도 제대로 그리지 못한 채 작중의 모든 상황을 미봉한채 끝나버리게 된다.

비전향축의 자부심으로 자처하던 작가는 자신이 처한 상황 속에서 소시민 지식인의 행위를 통해 이념을 추구함으로써 자신의 지향을 관철한다. 하지만 이를 관철하기 위해 프롤레타리아의 연애와 현실에 발을 딛지 않은 인물을 창조해 놓음으로써, 피상적으로 현실을 파악하게 되고 작품은 이념도 그리지 못하고 사랑도 그리지 못하는 어정쩡한 통합을 이루게 된다. 즉 작가는 이상적이고 관념적인 인물을 통해 자신의 지향을 그림자로 그리고, 그렇게나마 작가 자신이 처한 현실을 극복하려 했던 것이다.

그러나 이러한 작가의 의도와 작품의 질은 비례하지 않았다. 한설야가 30년대 후반 고민을 해결하고자 시도했던 작품들은 작가가 현실을 제대로 그리지도 못하고, 인물들을 생생하게 형상화해 내지도 못한채 자신의 고민을 미봉할 수밖에 없었다. 그것은 한설야의 형상화 능력의 결여가 작가의 의도를 제대로 담아내지 못하여, 작품이 짜임새 있는 형태로 완성되지 못했기 때문이다. 더욱이 삼각연애라는 대중소설의 구도를 차용했음에도 불구하고 독자들의 사랑과 기대지평에도 부합하지 못한 결과를 가져오고 말았다.

3) 관념적이고 통속적인 세계의 지향 – 엄흥섭의 『행복』『인생사막』

30년대 초반에 등장하여 리얼리즘의 기치 아래 식민지하의 노동자·농민·지식인의 모습을 다양하게 형상화했던 엄흥섭은 30년대 후반에 들어서는 통속적인 작품을 창작해내기 시작한다. 카프의 맹원이었던 그는 군기사건으로 제명당한 후 "과거 프로문학의 대중괴리현상을 비판하면서 조선현실의 특수성을 정확한 세계관과 양심으로 인식하여 대중의 미적 욕구에 조응하는 창작태도"[24]를 주장한다. 그러나 30년대 후반의 현실에서는 개인의 양심적인 세계관만으로 객관적인 현실세계를 그리는 일이 매우 힘들어지기 시작한다. 엄흥섭 역시 이시기에 와서는 지식인들의 개별적인 삶을 통속적으로 다룸으로써 이전의 리얼리즘적인 세계관은 관념적이고 통속적인 세계로의 지향으로 변화한다.

1935년 신동아에 발표한 『고민』(1939년 광한서림에서 『세기의 애인』으로 개제되어 출간)에서부터 통속적인 경향을 보이기 시작한 엄흥섭은 『행복』과 『인생사막』에 와서는 통속성을 노골적으로 드러낸다. 『행복』은 1938년 10월 31일부터 38년 1월 31일까지 『매일신보』에 연재된 후, 41년에 영창서관에서 단행본으로 발간되었다. 『인생사막』은 1940년 1월부터 1941년 6월까지 『신세기』지 연재되었다가 잡지의 폐간으로 중단되었는데 후반부를 보충하여 1942년 성문당 서점에서 단행본으로 발간하였다. 엄흥섭의 장편소설들은 현재까지도 통속소설로 간주되면서 연구자들의 주목을 받지 못했다.[25]

---

24) 이봉범, 「엄흥섭 소설 연구」, 성균관대학교 석사학위논문, 1991, 64면.
25) 엄흥섭에 대한 연구성과는 최근에 이르러서야 몇 몇 논자들에 의해 한정적으로 이

『행복』과 『인생사막』은 1년여의 시차를 두고 연재되었다. 그러나 두 작품은 구성이나 등장인물, 서사의 내용까지 거의 흡사하다. 두 작품의 중심 서사는 현대를 살아가는 젊은 지식인들의 인생과 애정행로에 초점이 맞춰지고 있는데, 『인생사막』이 인물들의 갈등양상이나 사건이 『행복』에 비해 좀 더 복잡하게 구성되어 있을 뿐이다.[26]

『행복』은 김성철과 손보경을 둘러싼 주변인물들의 애정갈등이 서사의 중심을 이루고 있다. 『해동공론』의 기자 김성철과 직업여성인 동생 성숙은 금강산 유람에 나섰다가 우연히 손보경이라는 화가를 만난다. 보경은 동경유학생으로 자산가인 황승일의 도움을 받아 미술공부를 하고 돌아온 인물이다. 황승일은 보경의 오빠 재호의 도움을 받아 보경을 첩으로 삼았으나, 보경은 도망을 쳐 성철의 집에서 기거하게 된다. 보경은 돈을 융통하기 위해 친구 원주를 만나려다가 오빠와 황승일에게 붙잡혀 동래온천으로 끌려 간다.

성철이 기자로 있는 『해동공론』의 사장은 잡지의 폐간을 선언한다. 성철을 중심으로 기자들은 잡지의 폐간을 막아보려고 하지만 결국 폐간되고 만다. 한편 보경이 동래온천에서 편지를 보내자 성철은 친구 만식과 함께 보경을 구해낸다. 만식은 뇌빈혈로 쓰러져 있는 보경을 구하고 성철과 보경이 결합할 것을 종용한다. 보경은 개인전람회를 열

루어졌다. 특히 30년대 말의 통속성이 농후한 장편소설들은 과거 그의 문학적 지향과는 판이하게 달라서 거의 평가조차 이루어지지 않고 있다. 그나마 장편소설을 다룬 경우에도 간략한 언급에 불과해 이 작품들에 대한 총체적인 연구성과는 전무한 형편이다. 엄흥섭의 장편소설을 언급해 놓은 연구는 다음과 같다.
이봉범, 「엄흥섭 소설 연구」, 성균관대학교 석사학위논문, 1991.
장미경, 「엄흥섭 소설 연구」, 강릉대학교 석사학위논문, 1993.
조동일, 『한국문학통사』, 지식산업사, 1991.
26) 본문에서 분석의 텍스트로 사용한 것은 『행복』, 영창서관, 1941년판: 『인생사막』, 성문당서림, 1942년판이다. 본문 인용시에는 옆에 면수만 표기한다.

어 대성공을 거두어 수익금 이천원을 황승일에게 보내고 성철에게 사랑을 고백한다.

『인생사막』은 『행복』에 비해 상황설정과 인물간의 애정갈등이 선명하게 드러난다.

현대의학 강습소 야학반에 다니는 오세형은 의사로서 성공하겠다는 굳은 의지를 지닌 고학생이다. 그는 우연히 길거리에서 쓰러진 은희를 도와주게 된다. 은희는 돈많은 부자며 유부남인 영섭의 도움으로 음악학교를 졸업했으나 후회를 한다. 은희는 유영섭으로부터 자립하기 위해 일을 찾던 중 음악영화 『인생사막』의 주인공으로 발탁된다. 유영섭은 은희 뿐만 아니라 세형의 고향동무인 란희에게도 계속 추파를 던진다. 란희는 여학교를 나온 고급 양주빠의 여급인데 세형을 만나면서 자신에게 추파를 던지는 유영섭을 피한다. 한편, 은희는 유영섭을 피해 란희가 살고 있는 죽첨정의 아파트로 이사를 간다.

의사시험에 응시했던 세형은 합격한다. 길거리에서 우연하게 은희를 만난 세형은 그녀가 란희와 같은 아파트에 살고 있음을 알게 된다. 세형과 대용은 우연하게 영섭이 은희를 첩으로 만들기 위해 은희가 속해 있는 영화회사에 자본을 내어 전무취체역이 되려는 것을 알고 은희에게 알려준다. 은희는 사직원을 제출하고 유영섭의 학비보조금을 갚기 위해 독창회 준비를 한다. 독창회는 대용의 주관으로 성공리에 끝나고 그 수입인 이천원을 영섭에게 보낸다. 영섭은 은희에게 돈을 되돌려 받고 과거를 반성하며 영화사에 투자한 주식을 대용에게 증여하고, 대용은 영화사의 중역이 된다. 세형은 의사가 되어 은희와 결혼을 하고 대용과 란희도 앞날을 기약한다.

『행복』과 『인생사막』은 성철과 보경, 세형과 은희의 애정성취의 과정이 중심서사를 이루고 있다. 『행복』은 여기에 황승일과 보경, 만식과 보경, 성숙과 송영준, 성철과 원주의 관계가 더해진다. 『인생사막』
은 세형과 은희의 중심관계 외에 은희와 유영섭, 란희와 세형, 란희와
영섭, 란희와 대용의 관계가 중첩된다. 그러나 두작품은 줄거리나 상
황설정, 인물의 성격이 거의 유사하다. 양심적인 주인공 성철과 세형,
뛰어난 미모와 자질을 가지고 자산가에게 경제적인 도움을 받아 학업
을 했으나 그들의 야심에 의해 고통받는 보경과 은희, 유부남 자산가
이며 부도덕적인 탕아 황승일과 유영섭, 친구들을 위해 자신의 애정을
정리하는 만식과 대용 등을 통해 전개되는 서사는 거의 동일하다. 이
작품들은 자본주의 사회에서의 돈과 사랑의 문제에 천착을 하고 있으
면서도 그들의 행동논리는 도덕적 성취과정에 맞춰지고 있다.

그러나 이 작품들의 중첩되는 애정관계는 지극히 통속적인 구성으
로 나아간다. 중심적인 애정갈등은 성철과 보경 황승일의 관계와 세형
과 은희 유영섭의 갈등이다. 우연히 보경과 은희를 구해준 성철과 세
형은 양심적인 지식청년이다. 성철은 『해동공론』의 편집기자로 시류
에 영합하여 저질스러운 잡지를 만들지 않으려고 노력한다. 세형은 집
안 형편은 넉넉하지만 아버지의 뜻에 따라 상점을 경영하는 것을 포
기하고 집을 뛰쳐나와 고학으로 의학을 공부하는 인물로 의사로 성공
해 큰 뜻을 펼치겠다는 포부를 지니고 있다. 그는 어렵게 고학을 하면
서도 의학논문이 당선되어 받은 상금 백원을 고향의 야학교에 기부하
고, 정식의사가 된 후 결혼을 며칠 앞두고도 의료봉사를 떠나는 양심
적이고 이타적인 인물이다.

이러한 그들 앞에 등장하는 여성들은 유학을 마친 신여성이지만 개
인적인 욕심을 품고 학비보조를 해 준 자산가들로 인하여 괴로움을
당하는 인물들이다. 이들은 동경에서 미술(보경)과 음악(은희)을 전공
했는데, 우연하게 그들을 도와준 성철과 세형을 마음에 두게 됨으로써

그들에게 흑심을 품고 도움을 주었던 황승일이나 유영섭을 거부하고 새로운 인생을 살아간다. 또한 이들은 경제적인 원조로 자신들의 삶의 반경을 좌우했던 자산가들의 도움을 전람회나 독창회 등 자신의 능력을 발휘해 돈을 모아 갚음으로써 현실적이고 정신적인 굴레에서 벗어나게 된다. 황승일이나 유영섭은 자본주의 사회의 타락상을 여실히 보여주는 인물이다. 황승일은 해동제약과 『해동공론』을 발행하는 해동문화주식회사의 전무취체역인 중년의 유부남으로 보경을 도와주고 보경의 오빠와 결탁하여 그녀를 첩으로 삼는다. 그는 『해동공론』을 통해 해동제약의 광고효과를 다 누린 후에는 적자를 핑계로 잡지를 폐간해 버리는 비정적이고 실리를 추구하는 사람이다. 또한 보경이 도망쳐 금강산으로 스켓치 여행을 떠나자 그녀를 찾기 위해 백방으로 노력하여 납치할 정도로 타락한 인물이다.

유영섭 역시 부잣집 모던보이로 은희를 괴롭히는 인물이다. 그는 미국유학을 하고 돌아와 까페를 경영하는데, 유행에 민감하고 성적인 방종함을 지닌 인물로 작품 전반을 통해 방만하고 허위적인 '아메리카' 유학생으로 형상화 되고 있다. 그는 돈의 힘을 맹신하는데 은희를 차지하기 위해 은희가 속해 있는 영화사에 거금을 투자하여 중역이 되기도 하고, 란희에게는 까페 엔젤의 경영권을 넘겨 주겠다며 지속적으로 유혹을 한다. 유영섭과 같은 유형으로 『행복』에 나오는 손보경의 오빠 손재호가 있는데 그도 '아메리카에에 가서 고학' 을 하고 돌아온 인물로 개인적인 성공을 위해 돈많은 중년의 황승일에게 동생을 첩으로 넘겨주며, 결국은 문서위조 사기횡령범으로 붙잡히는 부정적인 인물이다.

이 작품들은 앞이 막힌 현실 속에서 작가가 대중의 흥미에 부응하면서 작가의 의식을 투영할 수 있는 인물을 등장시킴으로써 작가적인 양심의 문제를 우회적으로나마 보여주려고 노력한 것으로 보인다. 그것은 이 작품이 기본적으로는 독자들이 흥미를 느끼는 삼각갈등을 축으로 진행되지만, 긍정적인 지식인의 양심적이고 도덕적인 면모를 강조함으로써 삼각갈등을 약화시키는 작가의 의도에서 읽어낼 수 있다. 작중에서 명확하게 드러나지 않지만 성철은 만식의 말을 통해 "왕년에는 사회주의 그룹의 선도적인 인물"이었던 것으로 나타난다. 그는 편집기자로 있던 『해동공론』이 사주의 실리적인 이해로 폐간되었을 때 "대중의 저속취미를 자극하는 에로기사나 그로기사를 즐거이 실은 다른 대중취미 잡지를 따라가기는 양심이 차마 용서하지 않았다"는 고백을 하는, 양심적으로 살기위해 노력하는 인물이다. 세형 역시 평탄한 앞날을 버리고 고학으로 의사가 된 인물인데 큰 것을 위해 작은 것을 희생하는 것이 사회생활의 원칙이라고 생각하는 양심적인 사람이다.

『행복』의 삼각관계는 성철·보경·승일의 단선적인 관계로 부각된다. 이들의 관계에 옛날 보경의 애인이었던 만식이 등장하고, 성숙의 친구인 원주와 성철의 관계가 언급되지만 갈등은 발생하지 않는다. 그리고 곁가지로 성철의 동생 성숙과 송영준의 관계에 박창일이 끼어들고 성숙과 송영준이 약혼한 사이임을 알고 끝나는 일방적인 관계일 뿐이다.

작품의 중심은 황승일과 손보경 성철의 관계에 있다. 그러나 이 관계도 완벽한 삼각관계를 이루는 것은 아니다. 성철은 보경에 대해 호기심은 있지만 보경이 성철에게 마음을 고백했을 때에야 약하게 자신의 속내를 보여주고 있을 뿐이다. 이 작품은 작중인물들의 성격이 뚜렷하게 형상화되어 있지 않다. 특히 주인공 성철은 성격의 형상화가 제대로 이루어지지 않아 작품의 서사에서 겉돌고 있다.

『인생사막』에 오면 작중의 삼각관계는 복잡하게 전개된다. 우선, 주인공 세형과 은희를 중심으로 세형·은희·영섭, 세형·은희·대용, 은희·세형·란희, 영섭·란희·세형의 관계가 복잡하게 중첩된다. 고학생 세형은 은희를 도와주고 은희에 대한 묘한 감정의 동요가 생기지만, 자신의 처지에서 여자문제는 어울리지 않는다며 만나고 싶다는 은희의 편지를 묵살해버린다. 그러한 세형 앞에 고향동무인 란희가 나타난다. 세형과 란희가 같이 친하게 자라고서도 연애감정을 갖지 않았던 것은 란희의 집안에 정신병자가 있다는 환경상의 이유가 그들을 지배하고 있었기 때문이다. 세형은 란희가 빠의 여급이 되었다는 사실을 알고 대용과 함께 찾아가 '현실과 싸워 이기고 자기 운명을 자기가 개척해 나가는 사람에게 진정한 인생의 기쁨과 웃음이 있다' 며 여급생활을 청산할 것을 권유한다. 이러한 세형에게 란희는 연모의 감정을 느끼고 유영섭의 유혹을 과감히 거절한다. 세형은 자신에게 여자문제는 필요가 없는 것으로 간주함으로써 둘 사이에 심각한 연애갈등은 일어나지 않는다.

그러나 세형이 의사시험에 합격한 후 영섭과 만나는 란희에 대해 실망하고, 우연하게 만난 은희가 실은 대용이 마음에 두고 있는 여자라는 것을 알고 번민하다가 친구와의 우정을 위해 은희를 단념하겠다고 결심한다. 이렇게 세형의 갈등은 자신에게 당면한 과제를 미봉함으로써 해결된다. 하지만 란희가 은희와 세형의 관계를 알게 되고 갈등이 최고조의 상태에 다다르게 되었을 때 세영은 자신의 문제임에도 불구하고 갈등의 한가운데서 물러나고, 대신 대용이 세형의 갈등을 전지적으로 해결함으로써 그의 도덕성은 유지된다. 대용은 세형의 친구로 낙천적이고 긍정적이며 현대적인 사고를 지닌 인물로 등장한다. 그는 세형과 같이 고학을 하는 인물로 의사시험에 낙방을 하지만 그일

말고도 자신이 할 일이 많다는 생각을 한다. 그는 세형을 보면서 현대청년의 태도를 계속적으로 주장한다.

현대청년은 첫째 자기가 남보다 잘난체 해야될 줄 아네. 몰라도 아는체 하고 없어도 있는체 하고 …… 그런데 자네는 너무도 고지식하고 얌전해서 탈이야. 앞으로 우리가 의학의 길을 위하여 모든 것을 희생하고 나아갈 때 더욱 더 그런 처세술이 필요할 줄 아네 (54면)

그것이 다만 한때의 기분적인 의미에 그친다면 할 필요가 없지만 역시 현대생활은 저널리즘과 타협할 필요도 있는 것이니까.……(156면)

"왜…… 그만한 것쯤 처리를 못해가지고 무슨 과학자로서 세상을 떠메고 나갈텐가!(205면)

대용은 적당한 처세술과 그것을 위해 저널리즘과 타협할 줄 아는 것이 현대청년의 기개라고 생각하면서 세형의 소극적인 태도를 고지식하다고 비판한다. 그는 작중에서 세형보다 큰 비중을 차지하고 작중에서 발생하는 모든 갈등을 해결하는데, 세형과 관련된 여자들의 문제를 정리하는 일부터 영섭의 도움을 받아 공부했던 은희를 영섭의 흉계에서 벗어나게 하고, 은희의 독창회를 주관하여 성공을 거두기도 한다. 또한 영섭을 회개시키고 영섭이 출자한 영화사에서 일어난 갈등까지도 앞장서서 해결한다. 나중에는 회개한 영섭이 과거의 자신을 반성하고 증여한 주식으로 회사의 취체역이 되고, 사원들의 신망을 받아 영화사를 이끌어 가는 능력있고 전지적인 인물로 형상화 되어 있다.

그는 낙천적이며 사회의 물정을 잘 아는 인물로 작중의 모든 사건을 통괄해 나간다. 대용의 노력으로 세형은 은희와 란희 그리고 영섭과의 중첩된 관계 속에서도 심각한 애정의 삼각갈등을 일으키는 진부한 인물로 전락하지 않고, 의사가 되어 이상을 관철하는 양심적인 지식인으로만 형상화된다. 그러므로 실제 그에게 부여된 작중의 역할은 극히 미미하고 대용의 역할이 상대적으로 크게 부각되는 것이다.『행복』의 김성철도 작중에서 큰 비중을 차지하지 않으며 그를 보조하는 인물들 역시 크게 부각되지 않는다. 그것은『행복』이 본격적인 장편이라기보다는 중편에 가까운 분량으로 작중의 서사가 완결되지 않고, 설득력 없이 전개된 까닭에서 기인한 것이다.

그러나『인생사막』의 경우 오세형은 작중의 주인공임에도 불구하고 그에게 주어진 모든 사건의 중심적인 판단이나 해결은 주변인물인 대용에 의해서 이루어진다. 이것은 앞에서 언급했듯이 작가가 주인공을 통속적인 구성의 중간에 넣어 놓고도 그를 도덕적이고 양심적인 인물로 형상화해 작가의 사상을 불어넣는 매개체의 역할을 부여했기 때문이다. 작중에서 오세형은 의학이라는 과학을 다루는 인물인데 그의 가치판단 기준은 과학적이며 도덕적인 것에 두어진다. 세형은 란희에게 까페여급을 그만둘 것을 종용하면서 '과학사상이 유치한 사회에 미신이 많다'는 말을 한다. 물론 오세형은 과학을 과신하는 것도 미신이라는 단서를 달지만 그에게 있어 과학으로서 의학은 도덕적인 행동윤리로서 기능하기 때문이다. 그런데 주인공을 갈등을 일으키지 않는 도덕적인 인물로 형상화하면서 주인공에게 주는 과중한 부담은 구성의 우연성을 더욱 강화한다. 즉, 주인공을 어떤 측면으로든 도덕적인 인물로 만들어 버림으로써 작품은 우연적인 구성에 기대게 되고, 그것은 설득력과 리얼리티를 훼손하는 결과를 가져오게 된다.

『인생사막』에서 가장 두드러지는 인물은 황대용이다. 그는 세형의 둘도 없는 친구이다. 작중에서 그가 주로 하는 일은 세형과 관련된 일을 수습하고 해결해 주는 것이다. 그러나 그들의 관계에서도 갈등은 발생한다. 은희에 대한 대용의 감정이 연애감정으로 가면서 생긴 갈등이 그것이다. 하지만 대용이 우연히 은희의 일기를 보고 세형의 우정을 알게 된 그는 감정을 접고, 두사람을 연결해주기 위해 일을 수습해 가는 과정에서 우연성은 극에 달한다. 대용은 란희를 설득하여 세형을 단념하게 하고 은희와 세형을 위해 란희를 자신의 연인으로 만듦으로써 그 갈등은 해결되는데 전혀 설득력을 지니지 못한다. 또한 영섭이 은희를 포기하도록 만드는 과정 역시 지나치게 작위적이다. 유영섭이 은희를 차지하기 위해 영화사의 취체역이 되려 한다는 사실을 알고 은희에게 사표를 내게 하는 일이나, 영섭의 취임식장에서 세형과 란희가 결혼할 사이라는 것을 공표하므로 은희를 단념하게 하는 것이 그것이다.

문제를 해결해가는 대용의 행동은 독자들에게 설득력을 얻기 힘들다. 우선 세형을 좋아했던 란희를 자신의 연인으로 만드는 데 아무런 해명없이 단지 세형을 위해서라는 한마디로 해결해 버리는 것이나, 어렵사리 고학으로 의학을 공부하던 인물이 갑자기 전천후의 능력을 가지고 작품의 전체 서사를 좌지우지 하는 것은 작품의 구성을 파탄시키는 한 요인으로 작용한다.

영섭이 회개해 나가는 과정 역시 설득력이 없기는 마찬가지이다. 작품의 앞부분에서는 양행을 하고 돌아와 물정을 잘꿰고 있는 영섭이 작품의 후반에 와서는 모든 사건의 해결을 대용에게 미루고 갑작스럽게 영화사를 그만두는 것이나, 그 투자지분을 아무 대가없이 대용에게 넘겨주는 행위는 사건을 해결하기 위한 우연적인 장치에 불과한 것이다. 이렇게 우연적이고 작위적인 구성을 통해 작가는 작중에 일어날 수 있는 남녀간의 진정한 갈등이나 대사회적인 갈등, 과학도로서 의학을 통해 인술을 실천하는 인물을 그리는 것이 아니라, 어느 한 인물의 개별적인 활동으로 여러 갈등을 미봉해 버리고 해피엔딩이라는 예측 가능한 통속성 속으로 함몰시켜 버린 것이다.

엄흥섭은 "대중의 저속한 흥미와 오락적 호기심을 조장하는 도구에 빠지기 쉬운 위험"[27]을 대중소설의 특성으로 파악했음에도 불구하고 그의 장편소설은 지식인들의 개별적인 삶을 다루고자 했던 목표와는 달리 당시의 현실을 통어하는 안목을 가지지 못하고 형상화하지 못했다. 단지 그의 의도였던 지식인의 삶이라는 큰 틀이 사랑 문제로 국한되면서 현실에서의 삶과 실천의 문제보다는 피상적인 현실만을 보여주는 부정적인 면모로 형상화되고 말았던 것이다.

초기에 일관되게 민중적인 삶의 중요성을 강조하던 작가가 이시기에 이르러 『행복』이나 『인생사막』에서와 같이 현실이 거세된 지식인들의 애정갈등에 집착하게 된 것은 어디에서 연유한 것인가. 카프 제명 이후 새로운 인간의 탐구가 지식인, 특히 도덕적인 지식인의 문제로 집중되면서 엄흥섭은 당시의 지식인이 처해있는 상황과는 거리가 먼 '현실과 싸워 이기고 자기 운명을 자기가 개척해 나가는 사람에게 진정한 인생의 기쁨과 웃음이 있다' 고 생각하는 인물을 등장시켜 자신의 의지를 관철한다.

넉넉한 가정을 버리고 서울로 와서 고학을 하는 오세형이 어려움을 견디고 의사가 되어 사랑을 성취하고 남을 위해 의료봉사를 떠나는 것이나, 타락한 자산가의 도움을 받아 공부를 하고 돌아온 미모의 여주인공 보경과 은희가 사랑으로 인해 자신을 얽어매고 있던 물질적인 굴레를 벗어나 자립을 꾀하고 그것을 이루어가는 과정, 인습의 굴레에

---

27) 엄흥섭, 「통속작가에게 일언 - 특히 신문소설 작가에게」, 『동아일보』, 1937. 6. 24.

묶여 여급으로 전락했던 란희가 사랑으로 그 환경을 벗어나거나, 갈등의 중재자로 자처하면서 인물들의 도덕성을 부각시켜주는 황대용, 자본주의적 퇴폐성과 문란한 이성관을 지니고 있던 유영섭이 자신의 과오를 뉘우치고 회개하는 모습 등은 작가의 의욕속에서 그려진 것이다.

이상에서 살펴본 바와 같이 『행복』과 『인생사막』에 등장하는 인물들의 행동을 통어하는 기준은 도덕성과 애정이다. 성철과 오세형이 만식과 대용의 도움을 받고 구성상의 파탄을 감수하면서까지 감정의 삼각갈등에 휘말리지 않는 것은 그 도덕성 때문이다. 또한 손보경이나 은희가 부정적이고 타락한 인물이지만 그들의 사랑을 열렬히 갈구하고, 그들을 선택한다면 물질적으로 풍족하게 근대적 예술을 향유하며 살아갈 수 있음에도 불구하고 스스로의 힘으로 개인전람회를 열고, 독창회를 열어 관계의 고리를 끊으려고 노력한 것은 바로 성철과 세형의 도덕성 유지와 그들에 대한 보경과 은희의 사랑으로 인해 가능했던 것이다.

그러나 그들의 도덕성에 대한 집착과 사랑의 선택이라는 행동의 실천에는 현실이 존재하지 않는다. 작가는 훼손되어가는 지식인에게 강요하던 물리적이고 정신적인 강압과 점점 더 자본주의화되어 가는 상황에서 지식인의 삶의 양상은 전혀 고려하지 않은 채 작중 인물들의 갈등을 행복하고 손쉽게 해결한다. 즉 우연적이고 작위적인 등장인물들의 행위를 통해 독자들의 호기심을 적당히 충족시켜 가면서 본질적인 갈등과 문제는 보지 않은채 남녀간 애정의 완성이라는 구도의 통속적인 결말에 이르게 되었던 것이다.

이것은 당시의 총체적인 현실은 고려하지 않은 채 도덕성과 사랑을 통해 자기의 운명을 개척해 가는 인물들을 설정한 작가의 관념이 작품 전체를 지배함으로써 발현된 양상인 것이다. 결국 작가는 당시의 현실을 제대로 파악하지 못한 채 조화로운 이상을 작품 속에서 꾀함으로써 필연적으로 통속성에 함몰할 수 밖에 없었던 것이다.

4) 과학주의의 표명과 가치판단의 유보 – 유진오의 『화상보』

그 동안 동반자 작가로 분류되었던 유진오는 실은 카프의 이념에 동조하는 동반자적인 면모보다는 지식인으로서의 삶에 대한 고민을 문학적으로 형상화하는데 더욱 주력했던 작가라 할 수 있다. 「여직공」 등에서 보이던 초기의 경향적인 면모는 『김강사와 T교수』에 이르러 지식인의 이상과 현실 사이의 갈등, 지식인의 허위의식에 천착하는 모습으로 변화하게 된다. 그러나 갈수록 노골화되는 일제의 식민지지배 정책들은 유진오에게도 역시 현실의 엄혹함을 체험하게 해 그도 이 시기에 이르러서는 과거와는 다른 현실에의 천착 내지는 침잠에 이르게 된다. 당시 더 이상 이념이 존재하지 않는 일상적인 현실에 대한 작가들의 반응은 다양하게 나타나는데 통속적인 세계로의 도피가 대부분의 작가가 걸어간 길이라면, 그는 '시정편력의 문학론'을 주장하게 된다.

　(……)고도의 모랄과 철학적인 통일로써 위대한 작품을 제작함은 만일 그것이 가능만 하다면 훌륭한 것임에 틀림없다. 그러나 나의 보는 바에 의하면 그것은 지금 막힌 길이오 혼돈의 세기가 요구하는 문학은 오직 사실의 문학이 있을 뿐이다.

　그러면 사실의 문학은 어떻게 해서 건설될 것인가? 첫째로 작가는 이상형의 세계를 탈출하여 넓은 속물의 세계로 산보를 나서야 할 것이다. 시정을 편력하여 그곳에서 영원의 인간상을 발견하여야 할 것이다. 섣부른 직관과 예언의 유혹은 가시를 품은 장미인 것을 충분히 자각하고 오직 사실의 세계로 돌입하여야 할 것이다.[28]

그에게 있어 30년대 후반은 막힌 길이었으며, 철학적인 통일로 위대한 작품을 제작하는 것은 극히 어려운 시대였다. 앞이 막힌 현실 상황, 어떤 이념이나 철학이 존재하지 않는 세상에서 유진오는 '사실의 문학', 즉 시정편력을 통해 속물의 세계를 다루는 것이라는 판단을 내린다. 그렇다면 지식인의 삶에 천착했던 유진오가 당시 어려운 사회정황 속에서 나아간 시정편력의 세계는 어떤 것이었으며, 무엇으로 향한 길이었는가.

『화상보』는 이 시기 유진오의 문학과 삶의 지향을 가장 잘 보여주는 작품이라고 할 수 있다. 이 작품은 1939년 12월 8일부터 1940년 5월 3일까지 『동아일보』에 연재되었다가 1941년 한성도서 주식회사에서 단행본으로 발간되었다.

『화상보』의 줄거리를 살펴보면 다음과 같다.

중학시절부터 식물학에 취미가 있던 장시영은 여름방학을 맞아 식물채집 여행을 나섰다가 숙화여고에 다니는 성악에 재주가 있는 김경아를 만나 사랑하게 된다. 이듬해 경아는 여학교를 졸업하고 동경의 음악학교에 입학한다. 그러나 시영은 아버지가 광산에 손을 대었다가 빚을 남기고 세상을 떠나자 학교를 중퇴하고 병원서생을 거쳐 중등실업학교의 교사가 된다. 경아는 동경의 음악학교를 졸업하고 독일로 유학을 떠나 유럽무대에서도 알아주는 천재적인 소프라노 가수가 되어 돌아온다. 그러나 경아가 유학하는 동안 물질적인 도움을 주었던 후원

---

28) 유진오, 「조선문학에 주어진 새길」, 『동아일보』, 1939. 1. 13.

자 안상권의 호의로 시영과 경아의 사이는 멀어진다. 어머니가 죽고 물질적인 기반이 없었던 그녀는 상권이 제공하는 안락한 생활에 길들어 간다. 시영은 과거와는 다른 경아를 뒷받침할 수 없는 자신의 능력과 기타 여러 가지 문제로 경아에게 절교를 선언한다.

시영은 어려운 형편에도 식물학 연구에 매진해 학계에서 숨은 실력자로 소문이 난다. 그는 그동안 해오던 식물학 연구를 끝내고 「조선화본과 식물분포에 대하여」라는 논문을 일본식물학회에 보내어 좋은 평판을 얻은 후에 모교의 조교, 교수가 되고, 자신이 근무했던 학교 교주의 딸 이영옥과 결혼을 한다. 시영과 헤어진 경아는 안상권과 화려한 약혼식을 하고 행복한 생활을 꿈꾸지만 결혼을 앞두고 우연히 나타난 안상권의 전처 홍영희로부터 안상권이 저지른 파렴치한 행동을 알게 되면서 번민에 빠진다. 거기다 이복희와 안상권의 염문을 듣고 안상권의 집을 나와 동경으로 떠난다.

1년후 일본 식물학회의 초청을 받아 동경에 간 시영은 성공리에 강연을 마친다. 그리고 우연하게 경아가 그곳 레코드 회사의 전속가수가 되었다는 것과 남자들과의 염문에 휩싸여 있다는 것을 알게 된다. 그는 경아를 만나 조선으로 돌아오라고 권하고, 경아는 조선으로 돌아올 계획을 하던 중에 베를린의 옛날 선생에게 독일로 오라는 초청편지를 받고 독일로 떠난다.

이상이 『화상보』의 대략적인 줄거리이다.

유진오가 시정의 편력을 통해 혼돈의 세기가 요구하는 사실의 문학을 하겠다고 선언한 뒤 쓰여진 이 작품은 식물학을 연구하는 가난한 청년 장시영과 유학을 하고 돌아온 천재적인 성악가 김경아의 사랑 이야기가 주를 이룬다. 『화상보』는 "어떻게 살아야 할까를 말하는 유진오씨 최초의 장편"[29]인데, 유진오는 연재예고에서 다음과 같이 집필

동기를 밝히고 있다.

「사람은 어떻게 살아야 할 것인가」- 하는 문제는 항상 새로이 반복되는 문제다. 수많은 위대한 사상가가 이에 대해 답변을 시험했으되 이 문제는 여전히 해명되지 않은채로 오늘도 또 우리에게 새로운 해답을 요구하고 있다. 좀처럼 해결을 지을 수 없는데 해결을 안짓고는 살아갈 수 없는 문제 이것은 대단히 난처한 문제라고 아니할 수 없다.

우리들은 좋던 싫던 간에 또 쉬웁던 어렵던 간에 이 문제를 처들어보지 않지 못할 지위에 지금 서있다. 우리들의 고민은 크다. 이런 난처한 문제인 줄 알면서도 나는 이번 소설에서 이 문제를 처들어 보려 한다. 그러나 그것은 이 문제에 대해 무슨 모범될만한 해답을 제공키 위해서가 아니라 독자와 함께 나 자신 진지하게 이 문제를 생각해볼 기회를 갖자는 것에 지나지 않는다. 다만 한가지 말해둘 것은 소설은 현실이면서도 현실이 아니라는 미묘한 성질의 것이라 때에 따라서는 어느 정도의 꿈도 또한 용서될 수 있다는 점이다. 지금까지 나는 내가 쓰는 글 가운데서 일상 너무나 침울한 세계만을 방황해 왔다. 그러므로 이번 소설에서는 내 꿈이 내 현실을 깨뜨리지 않는 한 힘껏 화려한 꿈을 읽어보려 한다. 나의 이 노력이 혹시 중간에서 부서지고 나의 붓끝이 도루 무뎌질른지도 모르나 그것은 반드시 내 책임만은 아니리라.[30]

유진오는 연재예고에서 사람이 어떻게 살아야 하는가를 작품을 통해 구하겠다는 의도를 피력한다. 그가 말한 것처럼 『화상보』에서 작가는 장시영과 김경아라는 두 주인공 남녀의 사랑과 어긋남, 주변적인 갈등을 통해 어떻게 사는 것이 올바르고 행복한가를 우회적으로 말하

---

29) 「장편소설 『화상보』 연재예고」, 『동아일보』, 1939. 11. 10.
30) 유진오, 「장편소설 『화상보』 연재예고」, 『동아일보』, 1939. 11. 30.

고 있다. 그러나 『화상보』를 쓴 이 시기 즉, 30년대 후반 들어 유진오
가 '시정편력의 문학' '사실의 문학'이라고 말하는 용어에는 작가의
'가치판단의 유보'라는 전제가 붙어있는 것으로 볼 수 있다. 지식인의
고민에 몰두하던 작가가 '시정편력의 탐구', '사실세계로의 돌입'을
선언한 것은 날로 어려워지는 국내외 정세 속에서, 그리고 더욱 강고
해지는 파시즘의 유혹 앞에서 견딜 수 있는 방법으로 최소한의 삶을
유지하겠다는 의지였다. 그러나 이 작품은 범속한 남녀간의 사랑과 실
패, 성공 등의 이야기가 애정의 삼각갈등이라는 통속적인 구성으로 얽
혀있다.

장시영은 농고 1년생으로 식물학에 관심이 많은 청년과학도이고
김경아는 음악에 뛰어난 소질이 있는 여학생으로 식물채집을 하던 시
영이 솔베이지의 노래를 부르고 있는 경아를 우연히 만나 사랑이 시
작된다. 그러나 경아가 유럽무대에 진출하여 천재적인 리리코 소프라
노로 평가받고 고향인 조선으로 금의환향하게 되면서 둘의 갈등은 전
개된다.

초라한 청년 장시영은 동양의 꾀꼬리로 불릴만큼 세계적인 음악가
가 된 경아가 고농을 중퇴하고 병원서생에서 중등실업학교의 교원이
되어 구차하게 생계를 꾸려나가는 자신과는 너무 현격한 격차를 지니
고 있음을 깨닫는다. 경아는 그동안 자신이 생각했던 것보다 훨씬 초
라한 조선의 모습과 시영의 모습에 실망하는데 여기에 후원자 안상권
이 개입하면서 두사람의 갈등은 고조된다. 그로 인해 시영은 경아와
절교하고 식물학 연구에 힘써 동경에서도 알아주는 식물학자로 성공
하고 영옥과 결혼을 한다. 경아는 안상권의 파렴치한 행위에 실망해
일본으로 건너가 싸구려 가수로 전락하지만 시영의 충고로 다시 독일
로 떠난다는 것이 작품의 기본적인 서사구조이다.

이 작품은 경아와 시영을 중심으로 한 전형적인 통속적 삼각연애의 공식을 따르고 있다. 시영·경아·상권의 삼각관계가 서사의 핵심을 이루고 있으며, 영옥·시영·경아, 경아·상권·홍영희, 경아·상권·이복희의 삼각관계가 첨가된다. 그러나 시영·경아·상권의 핵심적인 관계 이외의 삼각관계는 매우 미약하게 드러날 뿐이다. 시영과 경아 상권의 삼각갈등 역시 작품 안에서 치열하게 진행되지는 않는다. 이것은 장시영이란 인물이 등장하여 초래된 결과이다.

시영은 평범한 가정에서 큰 어려움 없이 자랐지만 아버지의 죽음 이후의 인생 행로는 전혀 딴판으로 변화한다. 초라한 처지와 생계의 어려움 속에서 자신이 선택한 식물학에 대한 공부를 지속해 나간다. 그가 자신의 어려운 환경을 극복해 나갈 수 있었던 것은 '식물학 연구'라는 정신적 지주 덕분이었다.

> 사실 시영은 요새 식물학 연구가 생활의 파탄을 막아주는 듯이 그때까지 모은 재료를 정리하기에 골몰하고 있는 것이었다. 그의 심리를 한 꺼풀 뒤집어 보면 자기 힘으로 어찌할 수 없는 불행을 도피하려는 것에 지나지 않는 것이기도 하였으나 어쨌든 그 때문에 학문상 아직까지 처녀지로 되어 있는 조선식물분포도, 더욱이 초본의 분포도가 어렴풋이나마 차차로 형성되어 가는 것은 사실이었다.[31]

시영이 불행을 피해 가는 방법으로 선택한 식물학 연구는 현실적인 삶의 지침이다. 이러한 구체적인 삶의 지침을 지니게 됨으로써 그는

---

31) 유진오, 『화상보』, 민중서관, 1974, 353~354면. 본문에서 작품분석의 텍스트로 삼은 것은 신문연재본과 『한국문학전집』 8, 민중서관, 1974년판이다. 이하 본문 인용시에는 옆에 면수만 표기한다.

자신을 얽맬 수 있는 애정관계에서도 자유로워진다. 그는 『사랑의 수족관』의 김광호, 『청춘기』의 태호, 『인생사막』의 세형이 그랬던 것처럼 삼각갈등의 소용돌이에 절대 휘말리지 않는다. 상권과 경아가 단순하게 후원자와 후원받는 관계가 아니라는 것을 알게 된 시영은 경아에게 자립의 의지를 요구하지만, 경아는 초라한 조선현실에서 자신의 화려한 예술이 돈없이 이루어질 수 없다는 것을 직감적으로 느낀다. 이러한 모습을 본 시영은 경아와의 관계를 미련없이 정리한다. 경아와 시영의 이별은 안상권으로 인한 것이지만 이 때까지도 안상권은 실질적으로 처가 있었기 때문에 셋 사이에서 팽팽한 긴장관계와 갈등이 발생하지 않는다. 영옥과의 관계 역시 그들의 이별에 영향을 미치지 않는다. 영옥이 보순의 친구로서 시영에 대한 관심이 애정으로 변해갈 때까지 시영은 전혀 반응을 보이지 않으며, 보순을 통해 감정을 정리하라는 말까지 한다.

　상권과 경아의 관계는 시영의 결심으로 삼각연애에서 벗어나고, 영옥과의 결혼도 경아와는 완전히 정리된 상황에서 이루어지게 되는 것이다. 이후 경아와 상권의 사이에 상권의 전처 홍영희와 예술가의 집에 참석하는 피아니스트 이복희와의 관계가 삼각갈등을 유발할 수 있는 사건으로 등장하지만 이 갈등은 개인의 입이나 전해지는 소문으로만 들려올 뿐 작품의 전면에 부각되지 않는다. 이러한 갈등은 상권의 부도덕함을 부각시켜 상권을 떠나려는 경아의 결심을 강화하는 하나의 에피소드로 기능할 뿐이다. 이렇게 치열하지 않은, 약화된 삼각갈등은 서사를 전체적으로 통어하지 못하고 주인공들의 행위를 우연적인 구성과 계기 속에 맡겨 버린다.

　신남철은 『화상보』의 통속적인 구성에 대해 다음과 같이 말하고 있다.

끝으로 시영과 경아 또 상권을 싸고 도는 여러 가지의 사건 전개는 별로 신기한 것이 없겠으나 소설구성으로써 가장 문제가 많으리라고 생각되는 이 부분까지도 결국은 주인공으로 하여금 차질이 없이 해피·엔드를 맺게 한 것은 신문소설로서의 시험에 있어서 우선 합격이라고 하지 않을 수 없겠다. 어떻든 이 소설은 명곤과 태희, 기섭과 남두, 경아와 상권을 각각 일변으로 하는 정삼각형의 중점에서 생활하는 시영이 동등한 지향과 인력으로써 연관하여 맺어진 작품이라고 할 수 있다.[32]

"해피·엔드를 맺게 한 것은 신문소설로서의 시험에 있어서 우선 합격"이라고 한 신남철의 평은 신문소설로서 이 작품이 지니고 있는 통속적인 요소를 지칭하는 것으로 보인다. 유진오에게는 『화상보』가 첫번째 장편소설, 더욱이 신문연재소설로 그에 걸맞게 작품의 결말은 독자들이 짐작할 수 있는 해피엔딩이다. 그것은 대중소설의 문법을 충실히 따르고 있기 때문에 마련된 결말이다. 이 작품은 흔히 대중소설들이 그런 것처럼 작품 대부분의 서사가 극단적인 상황설정과 우연성에 의해 좌우된다.

우선 경아와 시영의 결합을 막는 것은 처음 만났던 때와는 판이하게 달라진 둘의 처지이다. 음악에 재능이 있었던 경아는 동경으로 가서 음악공부를 하는데 그녀가 나중에 유럽 무대에서도 유명한 리리코 소프라노가 된 과정은 생략된 채로 전개된다. 그것은 차치하고라도 시영은 어릴 적부터 식물학에 관심이 많았고 재능 있는 인물이었지만, 그가 식물학을 연구해 성공하기까지의 과정은 열심히 연구해 이루어졌다는 단순한 설명만으로 처리되고 있다. 집안사정으로 중학을 중퇴하고 병원서생에서 실업학교의 교원이 되기까지의 과정에서 세계적

---

32) 신남철, 「신간평- 유진오저 『화상보』」, 『인문평론』, 1941. 4, 144면.

으로 인정받는 유명한 식물학자로의 변모는 설득력 없이 전개된다. 이 작품은 이렇게 우연적인 구성에 기대어 전개된다.

경아를 후원하는 안상권으로 인하여 시영은 경아와 사이가 멀어지는데 이들이 헤어지게 되는 것은 현격한 생활의 차이때문이기도 하지만 둘을 둘러싸고 일어나는 사건들이 오해만을 강화시키기 때문이다. 시영과 경아의 만남에는 항상 우연과 오해가 개입되고, 그 우연으로 인한 오해는 충분히 풀릴 수 있음에도 불구하고 중첩되기만 한다. 경아가 영옥과 시영의 관계를 의심하면서 오해를 중첩시키고, 그것은 다시 시영에게 경아에 대한 오해를 가중시키면서 작품이 지속되어 가는 것이다. 그러나 작가는 이러한 우연성을 주인공들이 처한 입장의 장황한 심리묘사를 통해 정당화시킨다. 특히 주인공 경아의 심리묘사는 매우 잘 형상화되어 있다. 유럽무대에서도 명성을 날리고 돌아온 경아는 고향에 오는 순간 그 동안 자신의 사랑이라고 믿어 의심하지 않았던 시영을 보고 환멸을 느낀다.

환멸 - 마음이 무겁기는 경아도 시영이나 마찬가지다. 하기는 경아의 환멸은 지금 시영을 대하고 처음 느끼는 것이 아니라 오늘 아침 연락선에서 부산 역두에 내려섰을 때 벌써 똑같은 생각에 사로잡힌 것이었다. 부산 역두가 어째 이렇게 쓸쓸한가. 그전에도 이랬었던가? 경아는 자기의 기억을 의심하지 않을 수 없었다.(226면)

"언제 제가 조선을 풍성풍성한 곳이라고 생각한 적이 있어야죠. 외국 가서 아무리 초라한 것 아무리 지저분한 것을 봐두 일상 조선은 더 하거니 해온 걸요. 그래 온 제 눈으로 모든게 이렇게 빈약하니 앞으로 여기서 살아나갈게 걱정이에요. 땅이 걸어야 나무가 뿌리도 박고 잎사귀나 꽃도 피는게 아니겠어요?"

　「동양의 꾀꼬리」는 노래할 골이 깊지 못하고 자리잡을 가지가 튼튼치 못함을 한탄한다. 말이 거기까지 오니까 시영에게도 경아의 말뜻이 얼마쯤 짐작은 되는 것이었다. (241면)

　그녀가 고향에 환멸을 느끼는 것은 유럽무대의 화려한 현실과 괴리된 초라한 조선과 변변치 못한 시영의 모습 때문이다. 자신의 화려한 예술을 받아들일 수 있는 경제적인 조건을 갖추지 못한 사랑과 자신의 예술이 뿌리내리기 힘든 토양의 척박함이 그녀의 고민을 더해준다. 그러한 고민은 사랑을 택해야 한다는 당위와 현재 자신을 지탱해주는 물질적 욕구를 선택하고자 하는 욕망 사이에서 갈등을 일으키고 극심한 정신적 혼란에 시달리게 한다. 결국 그녀는 상권을 선택하는데 그것은 일신상의 편안함에서 벗어나지 못했기 때문이기도 하지만, 그녀의 화려한 예술을 지탱해 줄 수 있는 토대를 만들어 줄 수 있는 것은 돈을 가진 상권이었기 때문이다.

　이 과정에서 경아의 갈등은 빼어난 심리묘사를 통해 독자들에게 전달된다. 하지만 이런 묘사에도 불구하고 작품은 계속 우연성을 향하여 치닫는다. 경아와 시영의 갈등이 일시적으로는 시영이 경아를 포기하고 상권이 경아와 결합하면서 해소되는듯 하지만 여기에 시영이 성공함으로써 전형적인 대중소설의 구조로 빠지게 된다. 고난에 빠진 주인공이 자신에게 주어진 갖은 어려움을 극복하고 성공하게 되는 과정은 독자의 원망과 기대를 충족시켜 주는 대중소설의 전형적인 구조이다.

　시영이 성공하는 시점부터 경아는 몰락의 길을 가게 된다. 시영을 버리고 자신의 예술과 안락함을 위해 선택했던 안상권이 작품 후반부에 와서는 파렴치한 면모를 보임으로써 둘의 사이는 멀어진다. 안상권이 경아의 후원을 자청했던 것은 예술을 사랑한다는 명목에서 비롯되었다. 그러나 다른 마음을 품으면서 물질적인 공세를 강화하고, 경아는 그를 선택해 결혼 약속까지 하기에 이른다. 하지만 행복을 선택한 것으로 믿었던 그녀에게 상권의 전처 영희가 등장하여 그의 파렴치한 면모를 폭로한다. 경아는 상권을 떠날 결심을 하고 시영에게 용서를 빌고 동경으로 떠난다. 시영은 경아를 붙잡고 싶어하지만 그냥 보내고, 둘은 결합할 수 있는 최적의 순간에 헤어지고 만다. 경아가 시영에게 용서를 빌고 동경으로 떠나는 순간 시영은 영옥의 자살 소동으로 부산에 가게 되는데, 두사람은 똑같은 기차를 타고 그 동안의 오해를 풀고 결합할 수 있었음에도 불구하고 엇갈리고 만다.

경아의 현재 삶이 파탄하는 순간부터 시영의 인생은 화려하게 빛나기 시작한다. 시영이 식물학을 연구하면서 제법 실력 있는 학자로 소문이 났지만 과거에 그를 알아주는 사람은 어디에도 없었다. 그러나 일본 식물학회에 발표한 논문이 호평을 받으면서 그는 일약 저널리즘의 스포트라이트를 받아 유명해지고 고생스러웠던 과거를 일시에 보상받게 된다. 저명한 식물학자가 된 시영은 자신을 짝사랑해왔던 영옥과 결혼을 하고, 동경 식물학회에서 초청을 받아 세계적인 학자로 변모한다. 화려한 시영의 성공에 대비되어 경아는 초라하게 전락한 모습으로 나타난다.

그러나 시영의 성공 이후 경아의 행적은 너무 작위적이어서 설득력을 지니지 못한다. 시영은 경아를 만나 그녀의 타락이 화려한 예술을 인정하지 못하는 "조선 그 자체가 책임"을 져야 하는 일이라고 말하며, 조선으로 돌아가자고 제안하는데 마침 베를린 선생의 초청을 받는다. 그녀는 독일로 가기로 결정하고 조선으로 나가 시영을 만남으로써 그들의 인연은 새로운 세상을 향하여 나가게 된다.

그런데 시영의 성공과 경아가 일본에서 전락한 후 다시 베를린으로 떠난다는 새로운 출발은 대중소설의 전형적인 우연성과 도식성을 보여준다. 대중소설의 전형적인 결말은 '고생 끝에 행복의 길을 걸어가는 남녀주인공의 삶을 보편적으로 그리는 것'으로 마감되는데 이 작품 역시 예외는 아니다. 주인공 장시영이 모든 어려움 속에서도 꿋꿋하게 그 상황을 이겨 내고 마침내는 세계적인 식물학자가 되어 그동안의 고생을 보상받는다는 것이 바로 그것이다.

한편 경아는 별다른 어려움 없이 공부를 마치고 세계적인 소프라노로 성공하지만 사랑의 신의를 저버린 순간 전락의 길을 가게된다. 그녀의 행복을 보장해 줄 수 있을 것 같았던 안상권이 파렴치한 행동으로 아내를 버리고 다른 여자와 염문을 뿌린 사실을 알게되면서, 그녀 역시 안상권에게 한낱 유희의 대상 이상이 되지 못함을 감지한다. 그 순간부터 그녀의 삶은 그동안 겪지 못했던 고난 속으로 말려 들어가 사랑했던 사람과의 사랑도 깨지고, 예술을 펼칠 무대도 잃어버리고 유행가수로 전락한 삶을 살아가게 되었던 것이다. 그러나 일시적으로는 부정적인 삶을 살았지만 안상권이라는 부정성을 택하지 않음으로써, 베를린에서의 삶이라는 새로운 보상이 주어진다.

이러한 결말은 이 시기 대중소설에서 흔히 볼 수 있다. 작중의 주인공이 자신에게 주어진 편한 삶을 버리고 진정한 가치를 선택하는 순간 그들은 그것보다 훨씬 더한 보상을 얻는 것이다. 엄흥섭의 작품에서 보이는 근대적인 예술을 선택한 여인들에게 주어졌던 고난은 그들이 근대적 예술의 토대가 되는 자본주의적인 편안함을 버리는 순간에 진정한 사랑의 완성이 보상으로 주어진다. 돈에 민감할 수 밖에 없는 근대 예술가들에 대해 부정적인 면모를 부각하는 것은, 특히 이념 지향적인 작가들이 통속화를 미봉하는 하나의 방식으로 쓰였는데 유진오의 작품에서도 이러한 점은 예외없이 드러난다.

그러나 유진오의 『화상보』에서 통속적인 삼각연애나 우연적인 구성보다 주의해서 보아야 할 것은 작품을 견인해 나가는 힘이 되는 과학도 장시영의 과학주의적 삶의 양상이다. 일반적으로 대중소설에서 우연성은 대부분 작위적 갈등 즉 비본질적인 사이비 갈등에서 기인하는 경우가 많고, 그것은 현실에 대한 그릇된 이해에서 비롯되는 경우가 대부분이다.

『화상보』에서 드러나는 경아와 시영의 갈등은 결국 돈으로 인한 갈등이다. 경아는 시영과 조선의 현실에 환멸을 느끼고, 그런 경아에게 시영은 반감을 가지고 비판한다. 이에 대해 경아는 "자신의 예술을 이해할 수 없는 척박한 현실에 실망감을 갖게 된다"는 대답을 한다. 이처럼 경아와 시영의 갈등은 돈으로 인한 것이지만 작품 전체를 통해 갈등과 얽힌 서사를 풀어 가는 것은 시영의 과학정신이다.

> 이것두 다 자네가 자연과학을 선택한 덕택일세. 다른 사람이 요새의 자네 같은 경우를 당했으면 어디로 달아나 자살이라도 하거나 하는 수 밖엔 아무 도리 없는데 자네 일은 통속소설같이 피네 그려. 이게 꼭 소설이지 뭔가. 옴쭉달싹두 못하도록 궁경에 빠진 이때에 갑자기 운이 트이다니. 자네한테 이런 소설적 구제의 손을 펴주는 것은 그러니 자연과학의 덕택이란 말이야. 자연과학은 어느 정도 초시대적이기때문에 더러 이런 수도 있단 말이지. 철학이나 경제나 법률이나 그런 걸 연구하는 사람 같아 보게. 이 혼란한 세상에서 성공이라니 어림두 없는 소리지. 양심을 팔아 메피스토가 되거나 그렇지 않으면 백이숙제같이 산속으루 고사리나 캐어먹으러 들어가는 수 밖에 없지 않은가. (460면)

하늘과 땅은 왜 장구하냐 하면 스스로 생(生)하려 하지 않기 때문이거든. 스스로 생하려 하지 않기 때문에 장생한단 말이야.(414면)

여러 가지 어려움 속에서도 가난한 과학자 장시영을 지켜준 것은 식물학 연구라는 정신적 지주였다. 그가 고난 속에서도 식물학으로 성공하자 그의 친구 기섭은 그것이 자연과학의 덕택이라고 말한다. 장시영이 살아가는 방법으로 선택한 자연과학이라는 것은 결국 유진오가 말했던 사실의 문학과 상통하는 것이다. 유진오는 "섣부른 직관과 예언의 유혹"을 경계하면서 사실의 세계로 돌입할 때 그가 처한 현재의 상황을 벗어날 수 있다고 생각했는데, 『화상보』에서 장시영이 과학정신으로 표방하고 있는 삶이 바로 유진오의 문학적 태도였던 것이다.

장시영이 하는 일은 식물을 채집하고 그것을 사실 그대로 정리하는 일이다. 가설이나 결론이 필요없는 단순한 관찰만으로도 가능한 것이다. 그것은 기섭이 말한 것처럼 철학이나 경제, 법률이 당시의 시기적 상황에 맞는 행동이나 사고의 패러다임을 요구했던 것과는 달리, 시영이 선택한 식물학이라는 자연과학의 삶의 원리는 '초시대적인' 것, 즉 그것에 대한 새로운 가치판단이 없어도 지탱할 수 있는 하나의 원리로 승인받은 것이다. 스스로 생하려 하지 않기 때문에 장생할 수 있는 방법, 곧 그가 처한 현실에 대한 가치판단을 유보함으로써 자신의 삶의 방식을 지향할 수 있었던 것이었다. 가치판단의 유보 즉 중립적인 자세는 그에게 한쪽으로 쏠리지 않는 균형감각을 부여하였으며, 동시에 파시즘적인 통치의 강고한 억압 속에서 비교적 자유로울 수 있는 방법이었던 것이다. 그것은 기섭이 말하는 제로의 사랑과 통하는 방식이다. 시영은 자신이 가르치는 학생들에게 자신이 처한 입장에서 최선을 다하는 것이 학생의 본분이라는 말을 하는데 조남두는 그러한 시영의 생각을 비난한다.

제 생각에는 선생님 말씀은 실례의 말씀입니다만 선생님의 자기변호이
신 것 같아요. 선생님은 학교 선생이시니까 선생노릇만 하구 계시면 선생
님의 사회적 책임은 다 하시는거란 말씀이죠? 하지만 사람의 사회적 책임
이란 좀 더 다른 게 아니어요? 의사는 의사라구 환자만 보구 앉았고, 화가
는 화가라고 그림만 그리고 앉았으면 자기 일신은 편하겠지만 그러면 여러
사람을 위해 자기의 몸을 바치는 일은 누가 해야 하는 겁니까?"(248면)

"하지만 그렇다구 또 다소라도 의지할 데가 있는 사람까지 그걸 버려 버
릴거야 뭐 있나. 그런 사람은 그런 범위 안에서 제 할일을 하면서 사회 전
체가 진일보 할 때를 기다리는 수 밖에 … 그럴지도 모르지만 어쨌든 나는
지금 내가 하는 일이나 해나가는 것 외에는 더 큰일을 할 자신도 시간도 없
네. (250면)

조남두는 시영의 생각을 자기변호로 비판하는데 시영은 준비론적
인 생각의 일단을 말한다. 사회가 진보할 때까지 기다려야 하는 것, 그
리고 자신의 일이나 해나가는 것 그것이 시영이 살아가는 하나의 방
식인 것이다. 시영의 이러한 삶은 기섭의 제로의 사상으로 대변된다.
플러스가 되지 못하지만 마이너스도 되지 않는 삶. 그것을 작가는 사
실의 세계, 과학정신이라고 보았던 것이다. 그러나 이 사실의 세계는
자신의 가치판단이 유보된 사실, 즉 무차별적인 사실인 것이다. 이 시
기 유진오가 말했던 시정 편력, 사실의 탐구, 사실로의 돌입은 가치판
단이 배제된 자연주의적인 관조의 태도와 연관되는 것이다. [33]

---

33) 기존 연구자들은 유진오의 시정편력의 문학을 파시즘의 유혹 앞에서 그것을 견뎌

그러한 지침이 있었기 때문에 장시영은 삶을 지탱할 수 있었던 것이고, 나아가 현실을 전적으로 배제한 학문의 연구가 이상과 현실이 결합된 바람직한 행동원리가 된다는 생각마저 하게 된다.

사람이 짐승하고 다른건 사람에게는 역사가 있기 때문이니까 역사에 관계없는 현실은 인간적 현실이 아니란 말이야. 언뜻 생각하면 자네 같은 생활태도는 퍽 이상주의적인 것 같지만 이렇게 생각해 보면 만일 자네 연구가 우리의 생활을 현실적으로 개조하는데 공헌할 수 있는 것이라고 하면 그런 의미에선 돈이네 하는 것 보다도 차라리 현실적이거든. 그러니까 보수적 입장에서 보면 이상과 현실은 대립하는게 되겠지만 역사적 입장에서 보면 좀 더 높은 계단에서 통일된다고 난 생각한단 말이야. 이상은 현실 속에서 삶으로써 비로소 이상이 될 수 있고 현실은 이상을 제속에 품음으로써 비로소 현실이 될 수 있는게 아닐까?(347면)

역사와 관계없는 현실은 인간의 현실이 아니며, 이상을 계속 품으면 현실이 될 수 있다는 논리, 즉 이상주의적인 것 같지만 현실적인 논리와 가치판단을 유보함으로써 최소한이나마 자신의 가치를 지켜갈 수 있는 방법, 이것이 주인공 장시영이 선택한, 사실만을 보여주는 현실과 유리된 과학정신이었던 것이다.

내는 하나의 방식으로 보는 경우가 대부분이다. 그리고 일면 타당한 점이 있다. (유문선, 「유진오의 화상보론」, 『장편소설로 보는 새로운 민족문학사』, 정호웅 외, 열음사 1993; 강삼희, 「유진오 문학 연구」, 서울대학교 석사학위논문, 1994; 윤대석, 「유진오 문학 연구」, 서울대학교 석사학위논문, 1996) 가치판단을 유보한 과학정신, 과학주의는 유진오가 말한 시정편력, 사실 세계로의 돌입이라고 볼 수 있다. 그러나 이러한 유진오의 표명을 리얼리즘, 묘사의 세계로 받아들이는 것은 문제가 있다. 여기서 유진오가 말하는 시정편력, 사실의 추구는 가치판단이 결부되지 않는 무차별적인 리얼리즘, 자연주의적 관조에 더욱 가까운 것이라고 볼 수 있다.

저자가 생활해 왔고 또 생활하고 있는 현실 면에서 가능한 한 꿰뚫어 보며 파헤쳐 낸 『화상보』의 세계에는 시영과 명곤을 통해보는 관념의 마찰, 전환이 절실하게도 현단계적인 현재성을 나타냈으며 시영과 기섭으로 하여금 이야기하게 한 「현실의 논리」는 가장 추상적인 듯하면서도 가장 구체적으로 역사적 현실의 선구적 의미를 누가 부여하느냐 하는 것을 묻는 생생한 대문이었고 이 현실의 논리의 귀한 아들로서 조남두가 나타나서 시영을 늘 긴장케 하였다.[34]

신남철이 말한 현단계적인 현재성을 보여준다는 현실의 논리는 그릇된 논의라기보다는 당시 상황에서 지식인 작가가 선택할 수 있었던 최소한의 저항방식을 말하는 것으로 보인다. 작가는 『화상보』에서 현실에 대해 그릇된 이해를 하기보다는 당시의 상황에 대한 판단을 유보함으로써 자신이 처한 상황을 유지해 나간다. 작가는 그것을 현실을 견뎌나가는 논리로 미봉하여, 과학의 이름으로 포장하는데 "장시영의 과학적 탐구가 1930년대 막바지 파시즘의 체제하에서 누구를 향해, 누구를 위해 기능하는가라는 문제를 고구하지 않고 단순히 과학적 탐구를 내세우는데"[35] 그쳐버림으로써, "오직 즐겁고 평화롭고 - 인생은 영원히 그런 것인 듯하다"(499면)는 그릇된 결론에 이르게 된다. 그러나 파시즘의 유혹을 견뎌내기 위한 방법으로 가치판단을 유보하고 과학정신을 강조한 결과는 엉뚱하게도 파시즘의 숨막히는 억압을 견뎌내는 방법으로 기능하지 않고 오직 개인적인 영달을 구하는 상태에 도달하게 한다. 작가가 파시즘의 굴복 앞에 어느 정도 자유로울 수 있는 하나의 생존 방식으로 택한 과학적 사실의 탐구에 대한 답은 과학

---

34) 신남철, 앞의 글, 144면.
35) 유문선, 앞의 논문, 263면.

주의로 표상되면서 상황에 대한 가치판단을 유보하고, 나아가서는 그
릇된 이데올로기로 변화되었던 것이다.

3. 통속적 대중소설

1) 아름다운 사랑의 동화 – 김말봉의 『밀림』『찔레꽃』

30년대 후반 문단에서 김말봉은 스스로 통속적인 대중소설가임을
천명하고 나섬으로써 많은 논란을 불러 일으켰다. 이 시기 다른 작가
들이 본격문학과 대중문학 사이에서 고민하고 있을때, 김말봉은 현실
과는 무관한 통속작가임을 자처하고 혜성같이 나타났기 때문이다. 통
속작가임을 천명하고 등장한 김말봉의 작품 『찔레꽃』은 김남천 같은
작가에게 혹독한 비판을 받기도 했지만, "독특한 방법을 가지고 현대
소설의 깊은 모순인 성격과 환경의 불일치를 통일하였다"[1]는 평가를
받기도 하였다. 그러한 연유로 그의 최초의 장편소설인 『밀림』과 『찔
레꽃』은 30년대 후반의 대중소설을 논할때 빼놓을 수 없는 텍스트가
되었다.

　『찔레꽃』은 1937년 3월 31일부터 10월 3일까지 『조선일보』에 연재
되었다가 1939년 인문사에서 단행본으로 출간하였는데, 30년대의 열
악한 출판상황 속에서도 6판을 찍어냈을 정도로 많은 대중독자를 확
보했던 작품이다.[2] 가난하지만 순결한 영혼의 소유자인 안정순과 그

---

1) 임 화, 『문학의 논리』, 서음출판사, 1989, 235면.
2) 본문에서는 신문연재본과, 김말봉, 『찔레꽃』, 『한국장편문학대계』13권, 성음사,
　　1970년판을 분석의 텍스트로 삼았다.

의 애인 이민수의 사랑이야기가 기본적인 서사를 이루고, 여기에 이들의 순결한 사랑을 방해하는 부자의 탐욕과 일그러진 가치관, 새로운 사랑이 독자들의 기대지평에 부합하는 흥미를 자아냈다.

아버지의 병원비와 가족의 생계를 부양해야 하는 보육전문학교 출신의 안정순과 경성제대 수리과 3학년인 이민수는 결혼을 맹세한 사이다. 안정순은 은행의 두취로 있는 조만호의 집에 가정교사로 취직한다. 조만호는 안정순을 보고 첫눈에 반해 정순에 대해 관심을 가지고, 동경에서 미술학교를 졸업한 인텔리 여성인 딸 경애도 호감을 갖는다. 민수와 아버지 이도사는 저당잡힌 토지의 경매를 연기해 달라는 부탁을 하기 위해 조만호를 찾아가지만 거절당한다. 정순은 조만호에게 민수가 사촌오빠라는 거짓말을 하고 사정을 보아 달라고 부탁한다. 우연하게 만난 민수에게 호감을 가진 경애는 자신을 좋아하는 윤영환에게 민수의 아버지 이도사의 땅을 매입할 것을 부탁한다. 하지만 민수와 경애 사이를 의심한 영환이 토지매매에 적극성을 보이지 않아 이도사의 땅은 영환의 마름에게 팔린다.

경애는 영환과 승마를 하러 갔다가 열차와 충돌할 뻔한 사고가 나는데 이때 민수가 구해준다. 경애는 민수가 정순과 사촌사이라는 말을 듣고 적극적으로 접근하는데 민수와 정순은 둘의 사이를 밝히지 않는다. 한편 조만호의 처가 병으로 죽자 조만호는 정순을 후처로 삼고자 침모를 통해 의향을 떠보지만 정순은 거절한다.

이에 침모는 자신의 딸을 안정순으로 위장시켜 조만호와 동침하게 한다. 정순은 민수의 하숙에 갔다가 민수와 경애가 키스하는 것을 보고 실망한다. 정순과 민수는 경애 남매로 인해 서로 오해하고, 경애와 경구는 정순이 조만호와 관계를 맺고 있다고 오해한다. 경구와 정순의 관계를 의심한 민수는 같은 하숙에 사는 최근호에게 정순이 조만호와 관계가 있다는 말을 듣고 복수하기 위해 경애와 약혼한다.

기생 옥란은 자신을 사랑하는 가난한 월급쟁이 최근호를 배신하고, 조만호의 후처가 되기 위해 노력하던중 조만호가 정순과 결혼한다는 소식을 듣고 복수심에 불타 조만호의 침실로 들어가 정순을 살해한다. 그러나 그 사건으로 살해된 것은 정순이 아니라 정순으로 위장한 침모의 딸 영자임이 밝혀지면서 정순에 대한 오해는 일시에 풀린다. 모든 사실이 밝혀진 후 민수는 자신의 잘못을 깨닫고, 정순에게 용서를 빌며 청혼하지만 정순은 다른 여성을 불행하게 하는 것은 싫다며 거절한다.

이 작품이 연재되기 전에 발표된 장편소설 『밀림』은 1935년 9월 26일부터 38년 2월 7일까지 1부가 38년 7월 1일부터 38년 12월 25일까지 2부가 『동아일보』에 연재되었다가, 1940년과 41년에 삼문사의 <현대조선문인전집> 중 6, 7권으로 간행되었다. 이 작품 역시, 장대한 스케일로 당대의 독자들에게 많은 사랑을 받았던 작품이다.[3]

구주대학 의과를 졸업하고 박사논문을 쓰고 있는 유동섭과 서자경은 장래를 약속한 사이이다. 자경의 아버지 서정연은 동섭의 아버지 유영춘으로부터 일만여원의 재산과 동섭의 양육을 부탁받는다. 서정연은 그 돈으로 포목점을 시작하여 큰부자가 되고 인천에 대규모의 축항회사를 설립하여 백여만원의 재산을 모으게 된다. 자경과 동섭은 친남매처럼 자라나면서 앞날을 약속한다. 동섭은 논문을 쓰는 틈틈이 자경의 아버지가 설립한 축항회사의 공사장에서 일하는 사람들을 도와주다가 그들을 돕는 일에 앞장서게 된다. 한편 자경의 동무 인애의

---

3) 본문에서는 김말봉, 『밀림』, 『현대조선문인전집』 6 · 7, 삼문사, 1940, 1941년 판을 작품분석의 텍스트로 삼았다. 『밀림』의 단행본은 1부의 내용으로만 구성되어 있어 여기서는 2부를 제외하고 다루기로 한다.

애인 오상만은 동경유학을 하고 돌아왔지만 취직할 곳을 찾지 못하고 나날을 보내던 중 자경의 집에서 농성을 벌이는 인천 축항공사장의 인부들을 해산시킨 공로로 서정연의 비서로 취직을 한다.

인천에서 노동자들을 돕던 동섭은 자신이 도와준 창수의 밀고로 사회주의 사건에 연루되어 구속된다. 그 사이 상만과 자경은 친하게 지내면서 육체적인 관계를 맺는다. 동섭은 서정연의 보석운동으로 출감하는데 우연하게 두사람의 관계를 알게 되어 자경을 단념하고 인천으로 간다. 자경은 동섭에게 용서를 빌기 위해 인천으로 가지만 냉정한 동섭을 보고 절망에 빠진다. 임신사실을 알게 된 자경은 상만과 결혼을 한다. 그들이 결혼하는 날 인애의 어머니는 죽고, 인애는 동섭의 도움을 받는다. 한편, 일본 유학시절 상만과 관계가 있었던 요시에가 아들 학세를 데리고 나타나자 상만은 자경 몰래 그들을 돌봐준다.

동섭은 인천에서 실비치료원을 개업하고, 어머니가 죽은후 인천으로 간 인애는 동섭을 도와주며 호감을 느낀다. 결혼후 상만과 자경의 관계는 소원해져 상만은 딸에게도 관심을 보이지 않는다. 상만은 회사의 임원들을 매수해 주주총회를 열어 서정연을 몰아 내고 사장이 된다. 그러나 댄스홀의 마담 오꾸마의 꾐에 빠져 공금을 횡령하고 오꾸마가 꾸민 가짜 광산에 투자할 계획을 세운다.

그러던 중 자경의 딸이 죽고 그녀는 요시에와 학세에 대해 알게 되는데, 요시에는 상만이 오꾸마에 빠져 관심이 멀어지자 몰래 재산을 정리해서 떠난다. 오꾸마는 사회주의 운동을 하던 박영수와 공모하여 상만에게 접근하여 일을 꾸몄으나 박영수가 중간에 배신을 한다. 이를 알게 된 오꾸마는 상만에게 받은 돈을 인애에게 맡긴뒤 자살하고, 상만은 공금을 횡령한 혐의로 붙잡히게 된다.

이혼을 결심한 자경은 핸드백을 훔친 소년 놈아네를 도와주다가 정평산을 만난다. 정은 사회주의 운동을 하는 사람으로 운동자금을 마련하기 위해 자경에게 접근하는데 나중에는 자경에게 총을 쏘아 중태에 빠뜨린다. 이 소식을 들은 동섭은 자경을 찾아간다. 인애도 갈등 끝에 그녀를 찾아가서 수혈을 해주고 자경은 살아난다. 동섭을 사랑했던 인애는 자경과의 행복을 빌며 수녀원으로 떠나고, 자경 역시 인애와 동섭의 행복을 빌면서 멀리 떠난다.

이상이 『찔레꽃』과 『밀림』의 대략적인 줄거리이다.

『밀림』과 『찔레꽃』의 성공은 30년대 후반의 현실에서 시사하고 있는 바가 크다. 우선 김말봉이 통속작가임을 천명하고 나서면서 본격문학에 대한 강박관념에 억눌려 있던 기성문단에 대중문학이 공론화될 수 있는 하나의 사건이 되었다는 것이다. 그의 작품에 대해 부정적인 입장을 가지고 있던 논자들도 김말봉이 통속작가임을 당당하게 천명하고 나선 것이 당시 문단의 독특한 현상이라고 했던 것은 이러한 사실을 반증하는 것이다. 백철이 『밀림』에 대해서 "김씨의 소설이 통속소설로서 성공을 하는 이유도 김씨가 철저한 통속소설관 위에 자처해 있기 때문"[4]이라는 평가를 내린 것도 같은 맥락에서이다. 당시의 작가들이 생계의 문제, 혹은 발표지면의 문제 등으로 독자들의 구미에 맞는 신문소설을 연재하면서도, 그것이 순수문학의 퇴조로 인해 어쩔 수 없는 것임을 변명하고 있는 상황에서 그는 당당하게 자신의 작품을 통속소설로 자처하고, 읽히는 소설이 좋은 것이라고 주장하였다. 이러한 그의 확고한 신념은 문단과 작가들에게 본격문학과 통속문학에 대한 경계와 존재방식에 대한 새로운 질문의 부메랑으로 돌아왔던 것이다. 다른 하나는 작품의 출판이 자본주의적이고 근대적인 면모로

---

4) 백 철, 「북 · 레뷰 김말봉씨 저 <찔레꽃>」, 『동아일보』, 1938. 11. 29.

일신하고 있었다는 점인데 이것은 독자들에 대한 작가의 인식을 새롭게 했다.

당시 출판계의 호황으로 문단에서는 잘 팔리는 소설에 집중하였고 독자들의 구미에 맞는 작품을 산출해낼 수 밖에 없었다. 이러한 출판의 대중화는 본격 문학작품과는 달리 독자들에게 쉽게 다가갈 수 있는 대중소설의 새로운 독서체험을 가능하게 해주었다. 따라서 당시 대중의 정서를 잘 반영한 작품들은 많은 출판부수를 자랑하면서 독자들의 호응을 받을 수 있었다. 이러한 제반 환경의 변화는 대중소설의 위상을 한층 높여 놓았으며, 방향을 상실한 작가들에게 하나의 등불이 될 수 있었던 것이다. 이러한 점에서 임화는 『찔레꽃』의 등장이 새로운 상업문학의 길을 확립시켰다는 평가를 내리기도 했다.[5]

『찔레꽃』이 연재될 당시 조선일보의 판매부수는 폭발적으로 증가했고, 신문편집인들의 감정싸움이 격화될 정도로 인기를 누렸다.[6] 그렇다면 이 작품의 어떠한 점이 당시의 독자들을 환호하게 만들었는가?

『찔레꽃』은 발간 당시 독자들의 열렬한 요청으로 용지난의 어려움 속에서도 재판에 재판을 계속해 나간다. 평자들은 이 작품의 인기 비결을 대담한 표현, 화려한 문장, 분방한 내용 등이 주는 재미에서 찾기도 하고,[7] 장편소설의 웅대한 구상, 다채로운 곡절, 남녀노소를 불문하고 느낄 수 있는 재미 등을 꼽고 있기도 하다.[8] 그 외에 당시 어느 광고에서는 인기의 원인으로 다음과 같은 것을 들고 있다.

---

5) 임 화, 「통속소설론」, 앞의 책, 231~244면.
6) 정하은 편 저, 『김말봉의 문학과 사회』, 종로서적, 1986, 137~152면.
7) 백 철, 앞의 글.
8) 이선희, 「김말봉씨 대저<찔레꽃>평」, 『조선일보』, 1938. 11. 9.

이 소설은 왜 이렇게 읽히나?

우선 이 소설은 전에 볼 수 없이 규모가 크고 사건이 복잡하여 읽는 동안 흥미의 밀림 속에서 황홀할 수 있다. 다음으로 여러 가지 성격의 인물이 등장하여 모든 사건을 보 일보 비극적인 대단원으로 끌고 간다. 셋째로 이 모든 사건과 인물을 처리하는 김여사의 수법은 명쾌하여 쾌도난마를 치는 느낌이 있고 또 건전한 상식적 도덕이 전편을 지배하여 독자의 문학적 정의감을 고양시킨다. 이리하여 금권만능은 망신을 하고 버림받은 기생은 복수의 약차가 되고 흉계의 마녀는 그딸의 횡사를 보고 최후에 참나무같은 곧은 청년 민수와 『찔레꽃』 같이 순결한 처녀 정순은 사랑의 개선가를 높다랗게 부른다.[9]

위의 광고에서 인기의 원인으로 들고 있는 것은 복잡한 사건과 방대한 규모, 다양한 인물군의 형상화, 능숙한 수법, 문학적 정의감의 고양 등이다. 인기비결에 대한 이러한 평가는 상당 부분 정확하다. 김말봉 작품이 가지고 있는 서사는 기본적으로 복잡다기하면서도 방대한 스케일을 지닌다.

『밀림』의 경우 3년여의 연재 끝에 두권의 단행본으로 발간될 정도로 방대한 분량에 거대한 스케일을 자랑한다. 『찔레꽃』 역시 안정순과 이민수의 애정과 오해, 결말 등이 여러 복잡한 과정을 통해 전개된다. 특히 이 작품들의 복잡한 서사를 이끌어가는 것은 작중인물들의 중첩되는 삼각관계이다. 『밀림』에는 서자경과 유동섭의 사랑을 방해하고 파멸로 이끌어 가는 오상만과 그들을 중심으로 한 다층의 삼각관계가 존재한다. 서자경과 유동섭의 관계는 부모때부터 이어져 누구나 부러워 하는 사이이다. 부르주아 집안에서 어려움 없이 자라난 아름다운

---

9) 「찔레꽃 광고」, 『인문평론』, 1940. 2 · 3, 232면.

용모를 가진 자경의 주변에는 그녀를 따르는 많은 남성들이 있으나 동섭에 대한 그녀의 사랑은 굳건하다. 그러나 출세를 위해 자경을 이용하려는 오상만의 등장으로 파탄에 이른다.

상만은 자경을 통해 신분상승에 대한 꿈을 키운다. 결국 그는 서정연의 비서가 되고, 동섭의 구속으로 슬픔에 빠져 있는 자경과 육체적인 관계를 맺기에 이른다. 상만은 신분상승을 위해 자경과 결혼을 원하지만 자경은 이를 거절하고 동섭과의 재회를 꿈꾼다. 그러나 우연한 기회에 동섭은 자경과 상만의 관계를 알고 자경을 떠나게 된다.

작중에서 삼각관계는 동섭과 자경이 헤어지는 시점에서부터 확산되어 간다. 동섭·자경·상만, 자경·상만·인애, 자경·동섭·오꾸마, 자경·상만·요시에, 자경·상만·오꾸마, 요시에·상만·오꾸마, 자경·동섭·인애의 관계가 그러하다. 동섭에게 용서를 빌러간 자경은 동섭과 오꾸마의 관계를 오해하고 상만과 결혼을 감행한다. 한편, 상만은 자신을 뒷바라지 해주던 인애의 헌신적인 수고에도 불구하고 일본에서 요시에와 관계를 맺어 아이까지 낳았으나 그 사실을 숨기고, 나중에는 자경과 결혼해 인애를 버린다. 그러나 결혼한 후에는 요시에와 아들 학세에게 빠져 자경과 사이가 멀어지고 철저하게 무관심해진다.

여기에 오꾸마와의 관계가 개입되면서 사건은 더욱 확대된다. 오꾸마는 가난한 집안 형편때문에 일본인의 양녀로 갔다 기생으로 팔려가면서 다양한 인생유전을 겪은 끝에 5개 국어를 통달한 인물이다. 그녀는 조선으로 돌아와 댄스홀을 열고 부자가 된 상만에게 의도적으로 접근하여 이용하려는 계획을 꾸민다. 상만과 오꾸마의 관계는 요시에의 질투를 불러 일으키게 되어 자경에게 알려지고, 요시에와 학세의 일까지 드러난다. 상만은 오꾸마의 꾐에 빠져 가짜 광산 사기에 걸려든다. 그는 그 자금을 만들기 위해 장인을 몰아내고, 자신이 그 자리를 차지하여 전권을 행사하다가 공금을 횡령하는 죄를 짓게 된다. 이렇게 『밀림』에서 중첩된 삼각관계는 사건을 전개시키는 핵심조건이 된다.

『찔레꽃』 역시 작중 인물들의 삼각관계를 중심으로 진행된다. 이 작품의 삼각관계는 가난하지만 순결한 처녀 안정순을 중심으로 벌어진다. 곤궁한 집안형편으로 생활비와 아버지의 병원비를 책임져야 하는 안정순은 조두취 아이들의 입주 가정교사가 된다. 정순의 취직은 애인인 민수와의 사이를 갈라놓는 계기가 된다. 조두취는 와세다 대학을 마치고 경상도 부호의 딸과 결혼하여 수완과 처가재산을 바탕으로 몇 백만원의 부자가 된 인물이다. 그는 나이가 들면서 성적으로 타락해, 현재는 병이 든 부인의 감시 속에서 살아가고 있는 형편인데 새로온 가정교사인 정순을 보고 가슴앓이를 한다.

이 집안의 아들 딸인 경구와 경애 역시 정순에 대해 호감을 갖는다. 삼각관계의 발단은 민수의 아버지 이도사의 토지가 경매에 너머가 부자가 경매를 연기해 보려고 조만호를 만나러 오면서 시작된다. 두사람은 조두취에게 줄 선물을 사러 백화점에 들렀다가 민수가 경애의 발을 밟게 된다. 그리고 조두취의 집에 가서 그곳이 정순이 가정교사로 있는 집이며, 발을 밟혔던 사람이 두취의 딸 경애라는 것을 알게 된다. 경애는 민수에게 관심을 갖고 정순이 조만호에게 민수를 사촌오빠라고 소개하면서 관계는 복잡해진다. 이때부터 정순·민수·경애, 민수·정순·경구, 정순·조만호·백옥란, 조만호·백옥란·최근호, 영자·조만호·정순의 삼각관계가 빠르고 복잡하게 반전에 반전을 거듭하며 진행된다.

민수를 정순의 사촌오빠로 알게된 경애는 민수에게 적극적으로 접근한다. 대학을 졸업하고 세계여행을 떠났다가 돌아온 경구는 많은 아가씨들의 청혼을 물리치고 수수하고 청순한 정순에게 마음이 끌린다.

경애는 자신과 민수, 경구와 정순을 잇기 위해 적극적으로 노력한다. 경애의 행동으로 정순과 민수는 오해하고 서로의 행복을 위해 자신의 사랑을 버리겠다는 결심을 한다.

이렇게 엇갈리는 삼각관계에 경애 남매의 아버지 조만호가 개입하면서 다른 삼각관계가 파생된다. 조만호는 아내가 병으로 세상을 떠나자 정순을 후처로 삼으려고 침모를 통해 의향을 묻는다. 정순은 거절하는데, 침모는 자신의 딸을 부자인 조만호의 후처로 삼으려고 계략을 꾸미며 딸 영자를 정순으로 변장시켜 조만호와 육체적 관계를 맺게 한다. 그 사실을 모르는 조만호는 자식들에게 정순과 결혼하겠다고 선언하고, 경구와 조만호 부자간에 삼각관계가 발생한다. 돈 때문에 조만호의 후처가 되려고 노력하던 백옥란은 조만호의 결혼소식에 충격을 받고 복수를 결심한다. 옥란을 사랑해 은행 공금까지 횡령하려 했던 최근호는 배신한 옥란에 대해 미련을 버린다. 최근호에게 조만호와 정순의 결혼 소문을 들은 이민수는 경애와 약혼을 하여 복수하겠다는 생각을 한다.

작중의 삼각관계는 사건을 전개해 나가는 축으로 작용하면서 사랑에 대한 생각과 행동을 규정하는 요소로 기능하고, 계속적으로 발생하는 우연성과 오해에 의해 강고해진다. 아울러 첨예한 갈등을 조성하여 사건의 흥미를 더해가면서 작품을 구성하는 서사원리로 작용한다.

민수와 정순의 결합을 방해하는 것은 그들의 가난이다. 정순은 집안의 생계를 감당해야 하고 민수는 아버지 몰락으로 공부를 그만두어야 할 형편에 놓여있다. 그로 인하여 정순은 돈많은 집안의 가정교사로 들어가고, 민수의 아버지는 경매에 넘어간 토지의 경매유예를 위해 은행두취 조만호의 집으로 가게된다. 그러나 여기에 이르기까지는 수많은 우연이 작용한다. 정순이 가정교사로 입주한 집이나 민수 아버지의 토지를 저당잡은 은행이 조만호의 은행이라는 점이 그것이다.

거기에 민수가 경애의 발을 밟는 사건, 정순이 경애에게 거짓말을 하는 등의 사건은 앞으로 일어날 일의 원인을 미리 제공하고 있다. 한걸음 더 나아가 정순은 민수가 사촌오빠라는 거짓말을 하고 조만호에게 도움을 요청한다. 그녀가 민수를 사촌오빠라고 주변인들에게 말한 순간부터 사건은 복잡하게 얽힌다. 민수는 안타까운 심정으로 경매연기를 부탁하는 편지를 경애에게 보내고, 정순이 경애에게 간곡한 부탁을 하면서 경애는 둘이 사랑하는 사이라고 생각하고 불쾌함을 느낀다.

그러나 경애가 승마 도중 민수의 도움으로 살아나 그가 정순과 사촌간이라는 사실을 전해들으면서 정순을 이용하여 민수에게 접근하려는 노력을 한다. 경애는 오빠 경구와 정순이 좋아하는 사이라고 민수에게 전하는데 이 과정에서 우연성의 개입과 오해는 작품을 전개시켜 나가는 결정적인 역할을 한다. 즉 경애의 말을 액면 그대로 믿어버린 민수는 정순을 위해 사랑을 양보하겠다고 생각하고, 경애 남매의 저녁식사 초대에 응하지만 마음 한켠에서는 정순에게 실망과 배신감을 느낀다. 정순 역시 민수가 오해하고 있다는 사실을 알고 해명하려 하지만 경애와 결혼하는 것이 민수를 위해 좋은 일일지도 모른다는 생각을 한다. 이렇듯 사소한 우연과 확인되지 않은 오해가 작품을 끌어나간다. 여기에 정순으로 분장하고 조만호와 육체적인 관계를 맺은 침모의 딸 영자와의 사건, 최근호가 듣고 민수에게 옮긴 안정순의 결혼 소문으로 인한 오해는 한치의 여유없이 정순을 궁지로 몰고 간다. 그러나 끝국 옥란이 침모의 딸 영자를 살해함으로써 그동안 누적되어 오던 오하가 일거에 풀리게 된다.

앞에서 살펴본 것처럼 『찔레꽃』과 『밀림』의 서사를 이끌어가는 애정의 삼각관계를 형성하고 지탱하는 핵심 요소는 구성의 우연성과 오해이다. 아름답고 순수한 주인공 안정순을 옭아매 작품을 진행시켜 나가는 우연성과 오해는 작가의 작위적인 개입과 판단에 의한 것으로 '현실의 몰각'이며 '대중소설의 상투성'이라고 볼 수 있다. 그러나 오해로 인한 갈등의 고조가 독자들에게 안정순이라는 아름다운 주인공의 불확실한 운명에 감정을 이입하게 하여 긴장감을 조성한다. 이것은 일종의 서스펜스인데 항상 해결이 약속되어 있는 긴장감으로써 서스펜스가 고도로 강렬해질 때 결말에서의 환희는 더욱 커지고, 아무리 불확실한 상황에서라도 어떻게든 후련하게 해결될 것이라는 믿음이 있음으로 긴장감은 더욱 강력해진다.[10] 즉 작중에서 작가가 사건을 구성하기 위해서 주로 쓰고 있는 우연적인 요소와 오해는 주인공에 대한 감정이입으로 긴장되었던 심리가 주인공이 반드시 그것을 극복하고, 나은 상태로 나아가리라는 것을 확신하는 독자들의 기대지평을 충족시키는 하나의 소설적 장치라고 할 수 있다.

반면에 독자들의 욕망을 충족시켜주는 애정의 삼각관계나 오해 등은 우연적인 구성을 통해 독자들의 흥미를 이끌어 가는데 치우쳐 현실을 피상적으로 이해하게 한다. 『밀림』이나 『찔레꽃』의 현실인식 역시 일반적인 대중소설의 문법을 따른다. 『밀림』에서 부르주아의 영양인 서자경과 동섭의 관계는 매우 이상적으로 그려지는데 신분상승의 열망을 가진 오상만의 등장으로 균형이 깨진다. 동섭이 사회주의 사건에 연루되어 구속되자 자경의 외로운 심리상태가 상만과의 관계를 맺게 하는 결정적인 계기가 되었기 때문이다. 이러한 기본 골격은 방대한 분량과 스케일로 독자들의 흥미를 유발해 나가는데, 작품의 전편에 드리워진 자본주의적 현실하의 비참한 인간군상과 황금과 명예를 위

---

10) J. G. 카웰티, 「도식성과 현실도피의 문학」, 『대중예술의 이론들』, 박성봉 편 역, 동연, 1995, 89~90면.

해 의리마저 저버리는 비정한 인간군상의 묘사 등은 뛰어나게 형상화되어 있다.

그러나 작중에 등장하는 사회주의 운동을 하는 인물군상은 왜곡되어 나타난다. 먼저 동섭이 구속된 것은 사회주의 운동을 하던 조창수의 밀고로 인한 것이다. 동섭은 인천의 축항공사장에서 열악한 환경속에서 고생하는 사람들을 동정심으로 바라보는데 나중에는 논문쓰는 일까지 포기하고 그들을 도와준다. 거기서 사경을 헤매는 고등학교 때의 친구 조창수를 도와주지만 그가 동섭을 밀고하면서 그의 길은 확연하게 달라진다. 오꾸마와 박영수를 통해서도 사회주의 운동에 대한 작가의 부정적인 태도가 드러난다. 오꾸마는 작품의 초반에는 무언가 큰 뜻을 가지고 온 것으로 나타나는데 후반에 와서는 성격이 모호해진다. 독립운동 자금 마련의 임무를 띄고 온 것으로 추정되는 그녀는 서울로 와서 서양식의 댄스홀을 세우고 유명인사를 불러들인다.

그런데 그것은 일신상의 안위를 위해 돈많은 상만을 이용해 보려는 의도였다. 이것은 과거에 사회주의 운동을 했으나 현재는 안락한 생활을 꿈꾸는 박영수와 공모하여 상만에게 가짜 금광을 팔아넘기는 과정에서 알려진다. 동업자 박영수는 계약금을 오꾸마 몰래 빼돌리고, 그것을 알아챈 오꾸마가 다른 사람들을 시켜 돈을 빼앗아가자 일본인 형사부장에게 일러바치는 당당하지 못한 행동을 하기도 한다. 아울러 여기에서 그가 조창수로 하여금 동섭을 밀고하게 한 인물임이 드러난다.

여하간 작중에서 운동가로 행세하던 사람들에 대한 작가의 태도는 매우 부정적인데 이것은 정평산이라는 인물을 형상화하는 데에도 드러난다. 그는 운동자금을 마련하기 위해 의도적으로 자경에게 접근하여 호감을 얻는다. 자경은 동섭을 생각하고, 타락한 상만과는 다른 면모를 보면서 그들을 돕겠다고 생각한다. 형사부장 고야에게 정평산이 쫓기는 것을 알게된 자경은 노마의 집으로 찾아가는데, 거기서 그가 자신에게 의도적으로 접근했음을 알고, 정평산의 총을 맞아 중태에 빠지게 된다. 이 과정에서 놈아형제에게 도움을 주었던 자경은 좋은 인물로 정평산은 파렴치한 인물로 그려진다.

『밀림』에서 작가가 운동가나 사회주의자의 면모를 이렇게 왜곡하여 그리게 된 것은 두가지 측면에서 살펴볼 수 있다. 이 작품의 서두는 서자경의 아버지인 인천매립회사 사장 서정연이 벌이고 있는 인천축항 공사장 사람들의 열악한 상황을 묘사하는 것으로 시작된다. 그러나 노동현장의 면모는 동섭이란 인물을 형상화한 후에는 더 이상 드러나지 않는다. 이후 동섭이 사회주의 사건에 연루되어 감옥으로 간 후 상만이 등장하면서 통속적인 삼각관계로 이야기가 확산되고, 독립운동을 하는 사람들은 부정적인 면모로 형상화된다. 이것은 연재기간이 당시 소설로서는 매우 길었다는 점에서 살펴볼 필요가 있다. 이 작품은 무려 3년여 동안 연재되었는데, 30년대 후반 각 일각으로 어려워지는 외부적 상황을 감안한다면 어느 정도 이해할 수 있는 부분이다. 그러나 문제는 인물들의 부정적인 면모가 작품의 구성과 흥미를 위해 극단적으로 설정되어 있다는 점이다.

『찔레꽃』에서도 이 점은 마찬가지이다. 이 작품은 나름대로 상당한 리얼리티를 지니고 있다. 이도사의 몰락이나 경구의 농촌운동에 대한 민수의 비판 등은 상당히 설득력 있게 다가온다. 물론 이 작품에서 이도사의 몰락을 개인적이고 자연적인 것에서 찾고 있다는 점에서 전형적이고 본질적인 현실을 일탈했다고 보는 논자도 있으나[11] 이 작품에

---

11) 유문선, 「김말봉의 '찔레꽃' 론」, 『장편소설로 보는 새로운 민족문학사』, 정호웅 외, 열음사, 1993, 201면.

서 그려진 당시의 상황은 상당한 개연성을 지니고 있다. 그러나 경구라는 인물을 형상화하는 부분에서는 왜곡된 현실의식을 볼 수 있다. 경구는 경도제대를 나와 세계일주를 하고 돌아온 인물이다. 그의 세계일주는 돈 많은 집 자제의 취미양행이었다. 그런 그가 농촌운동을 하겠다고 결심한 것은 미국에서 느낀 인종차별과 양행을 하는 동안 조선에 대한 그리움, 조선을 먹여주고 입혀주는 조선 농부에 대한 소중함을 느꼈기 때문이라고 역설한다.

그러나 그가 지향하는 농민운동은 매우 피상적인 차원의 것이다. 아버지 조만호에게 재산의 일부를 떼어 농민운동을 하는데 보태달라거나, 행복한 농촌을 만들기 위해서는 지주들이 솔선수범해야 한다는 낭만적인 생각을 등사해서 뿌리는 정도의 관념적인 것이다. 더욱이 아버지 조만호가 원하는 대상과 결혼을 하면 농촌운동자금을 주겠다는 제안을 하자, 사랑을 위해서라면 자신의 지향인 운동도 포기할 수 있다고 생각하는 낭만적이고 비현실적인 사고를 하는 인물이다. 안정순은 그런 경구를 보면서 감격하지만, 민수는 현실성 없는 공상보다는 돈을 내놓는 것이 훨씬 현명하다는 비판을 할 정도로 비현실적인 인물이다. 전반적으로 작중에 드러난 농민운동에 대한 경구나 다른 인물들의 피상적인 인식은 당시의 농촌현실이 대부분의 인물들에게 실질적이고 현실적인 문제가 아니라 하나의 관념에 불과한 것이었기 때문이다. 작중에서 경구가 말하는 농민운동의 실체는 30년대 후반 실제로 존재하던 친일적인 농촌진흥운동의 답습이라는 점은 주의를 요하는데 이점은 작가에게는 별반 중요하지 않은 문제였다. 다만 경구라는 인물이 부르주아지의 아들이면서도 농민들을 이해하려 하고, 운동을 하고자 하는 순수한 인물로 안정순과 이민수의 관계에 영향을 주는 인물이면 그만인 것이다. 즉 작가가 경구를 우호적인 시각에서 긍정적인 인물로 그리려하다 보니 그런 왜곡된 형상으로 드러났던 것이다.

한편 현실적인 인식의 미흡함보다 문제가 되는 것은 안정순과 이민수를 기본축으로 하는 관계에 있어서의 비현실성, 리얼리티의 부재라고 할 수 있다. 『찔레꽃』은 30년대 후반의 대중소설을 말할 때 반드시 거론되는 작품인데, 논자들은 이 작품의 근본적인 갈등이 '돈이냐 사랑이냐' 하는 장한몽적인 물음에서 비롯된다고 보는 경우가 대부분이다.[12] 이것은 작품의 서사가 진행되는 가운데 가난하지만 순수하고 세파에 찌들지 않은 안정순과 이민수의 순결한 사랑이 돈을 가진 조만호, 경구, 경애 등 조만호 일가의 관계속에서 얽혀 오해를 낳고 뒤틀리면서 변화하기 때문이다.

작중에서 민수는 경애 남매와 정순, 민수의 관계문제에 대한 답변을 요구하는 정순의 편지를 경구를 선택하겠다는 다른 의미로 받아들이면서 정순을 가난한 이수일 대신 김중배를 선택한 『장한몽』의 오미야에 비유한다. "나의 마음은 악몽을 보는 것과 같이 혼란하다! 홍, 바로 금색야차(金色夜叉)의 오미야(小宮)식이군"(259)이라는 민수의 독백에서 독자들은 두사람의 갈등이 돈에서 빚어진 것으로 느끼게끔 하는 것이다. 그러나 이 작품에서 '돈이냐 사랑이냐'의 질문에 딱 들어맞는 관계는 거의 존재하지 않는다. 다만 옥란이가 자신을 진심으로

---

12) 김말봉의 『찔레꽃』에 대한 논의는 매우 활발하게 이루어졌다. 이러한 사실은 그동안 대부분의 대중문학 작품이 통속적이고 저급하다는 인식하에 거의 다루어지지 않은 것에 비하면 예외적인 것이다. 『찔레꽃』을 30년대 후반의 대표적인 대중소설로 자리매김하게 한 것은 이 작품이 지니고 있는 당대적인 의미가 컸기 때문이다. 그중에서도 『장한몽』 이후 내려오는 통속적인 서사문법의 계승이라는 점에서 더욱 많이 거론되었던 것으로 보인다. 이 작품을 장한몽류의 '돈이냐 사랑이냐'의 질문으로 보고 있는 논자들은 다음과 같다.
  권선아, 「1930년대 대중소설의 양상 연구」, 고려대학교 석사학위논문, 1994.
  김영찬, 「1930년대 후반 통속소설 연구」, 성균관대학교 석사학위논문, 1994.

사랑하는 최근호를 버리고 조만호의 후처가 되겠다는 태도 정도가 이런 질문에 부합하는 것이다.

물론 1910대 대중적이고 통속적인 서사물의 원리로 기능하던 『장한몽』의 '돈이냐 사랑이냐'라는 질문법은 30년대 후반의 『찔레꽃』에서도 유효한 것처럼 보인다. 1910년대를 풍미하고 이후의 소설에까지도 많은 영향을 끼친 『장한몽』의 이 논리를 비현실적인 통속적 서사물의 관습으로 받아들이는 경우가 대부분이다. 물론 이것은 어느 정도 타당한 분석이다. 하지만 통속신파의 원류를 형성하는 이 질문이 한편으로 이 시기의 가치관을 보여주는 진실한 리얼리티를 지니고 있다는 것은 주의를 요한다.

부모들 사이의 혼인약속, 두사람 역시 서로에 대해 좋은 감정을 지니고는 있으나 김중배의 다이아몬드로 표상되는 황금의 유혹을 선택한 심순애의 행위는 당시 사람들의 돈에 대한 소망을 여실히 보여주는 것이다. 또한 심순애를 잃은 뒤 이수일을 변화시킨 돈에 대한 맹신이 무지막지한 가치전도를 의미하는 것이며, 아울러 생생한 리얼리티를 지니고 있음은 주지의 사실이다. 이수일과 심순애의 가치체계를 변화시켰던 것은 돈에 대한 욕망이었으며, 이것은 자본주의의 시작 단계에 놓인 동시대인의 의식을 가늠할 수 있는 가늠자가 되기도 한다.

『찔레꽃』은 고도로 난숙한 자본주의 사회로의 변화를 『장한몽』과 같은 생생함으로 그려내지 못한다. 작중의 안정순과 이민수의 관계가 가난에서부터 비롯되는 것은 주지의 사실이다. 아버지의 와병으로 가정의 생계를 책임져야 하는 정순이나 이제는 몰락하여 소작이라도 부탁해야 하는 민수의 구차한 처지는 이들의 사랑에 결정적인 암운을 드리운다. 한달 50원의 월급을 위해 자신의 생활을 저당잡히고 모욕적인 오해를 감수해야 하고, 나중에는 자신의 애인조차 뺏겨야 하는 안정순의 현실에는 자본주의적 논리가 흐르고 있다. 그러나 그럼에도 불구하고 이들은 거대한 자본주의의 비정한 논리에 의해 자신들이 처한 현실에 대해서는 지극히 담담하고 무심하다.

민수는 학업을 그만둬야 할 정도의 절박한 처지에서도 경애를 구한 댓가로 주어진 거금을 복수를 하겠다는 일념하에 거절하여 영웅적인 면모로 독자들에게 각인된다. 안정순 역시 그에게 다가온 어려운 현실이 자본주의적 논리에 의한 것이지만 돈에 관해서는 고고하게 초연한 인물이다. 이민수의 경우 중첩되는 오해 속에서 경애와의 약혼을 추진하는데 이것 역시 돈 때문이 아니라 복수심에서 비롯한 것일 뿐이다. 더욱이 정순에 대한 오해가 사실이 아니었음을 알고 경애와의 약혼을 파기하려는 모습은 현재의 사실과는 매우 다른 거리에서 나타난다. 이렇듯 작품이 진행되는 동안 작중 인물들이 돈의 유혹에 넘어가지 않는 모습은 전형적인 반리얼리즘으로 기능한다.

앞에서 살펴본 것처럼 이들의 행위는 과거의 신의와 약속이 아닌, 돈이라는 자본주의적 가치로의 전도를 통해 당대의 세계관을 극명하게 드러내 주었던 장한몽식의 '돈이야 사랑이냐'와는 질적으로 다른 차별성을 가진다. 그리고 이러한 질문에서 후퇴하여 별다른 사회적인 의미를 담보하지 못한채 개인적인 차원의 선택으로 나아간다. 물론 개인이 일상성 속으로 침잠할 수 밖에 없었던 30년대 후반의 현실을 감안해 볼 때, 이것은 예정된 결말이라고 볼 수 있다. 그러함에도 당시의 독자들에게 호응을 얻을 수 있었던 이유는 무엇인가.

이 작품은 사랑도 돈도 선택하지 않는 결말로 끝이 나지만 다른 한 편으로는 사랑과 돈을 동시에 추구하는 면모를 보여 준다. 결말에 이르러 안정순에게 씌워졌던 오해가 불식되면서 독자들은 안도감과 동시에 이전과는 다른 기대지평을 희망하는데 안정순과 경구와의 결합이 그것이다. 민수는 안정순에 대한 모든 사건이 오해와 우연 때문이었다는 것을 알고 경애와의 약혼도 파기하겠다는 의지를 표명한다. 정순은 다시 한 여자를 울리는 것은 잔인한 행위라며 민수의 제안을 완곡하게 거절하므로 도덕적인 면모가 빛을 발하고 아울러 경구와 정순의 결합이라는 자연스러운 결말을 암시한다. 처음에 독자들은 정순의 오해가 풀려 사랑하는 이민수와 결합하기를 원한다. 그러나 계속 중첩되는 정순에 대한 오해를 풀지 못하고 의심하며 나중에는 복수를 위해 경애와 약혼까지 하는 민수의 모습에서 실망을 느낀다.

이때 부정적인 면모를 지닌 아버지와 전혀 다른 스마트한 청년 경구의 등장은 독자들의 대리욕망을 충족시켜준다. 부와 준수한 용모를 더불어 갖춘 경구와 가난한 정순의 결합이 현실에서는 일어날 수 없는 불가능한 사건이지만 그것이 충족됨으로써 독자들은 환호한다. 경구와 정순의 결합은 정순이 시련끝에 얻어낸 '아름다운 사랑의 동화'로 기능하게 되는 것이다. 그동안의 오해와 어려움 속에서도 굴하지 않은 주인공이 민수보다 더 나은 조건의 인물인 경구와 결합할 것이라는 예정된 결말은 '보상'이라는 대리만족을 독자들에게 선물한다. 즉 결말에서 드러나는 예정된 결합에의 암시, 곧 안정순의 행복한 앞날을 암시하는 동화적인 결말이 독자들의 기대지평을 만족시켜 주었고, 호응을 받을 수 있었던 것이다.

한편, 김말봉의 작품들은 '애정의 삼각관계', '구성의 우연성', '현실에의 무감각' 등 기존의 대중소설과 유사한 패턴을 가지고 있지만 다른 작품들보다 많은 독자들의 사랑을 받았다. 김말봉 문학이 당시 많은 독자들을 확보할 수 있었던 것은 이 작품이 가지고 있는 다음의 여러 가지 요소들에 의해서 가능했다고 할 수 있다.

우선 작품 속에 등장하는 다층적인 삼각관계가 주는 흥미로움이다.

애정의 삼각관계는 대중소설의 특징처럼 간주되지만, 김말봉 작품에 드러나는 삼각관계는 매우 다층적이다. 작중의 이러한 삼각관계는 수많은 오해와 우연으로 이루어진다. 그러나 이 오해와 우연성이 작품을 이끌어가는 서사구성원리로 작용한다. 흔히 리얼리티의 결여로 비판되는 이러한 요소들로 작품을 유지할 수 있었던 것은 사건들을 능란하게 배치하는 작가의 수법에 힘입어서이다. 작중에서 일어나는 많은 사건들은 우연으로 점철되는 것이 보통이지만, 이러한 우연을 우연으로 느끼지 않게 만드는 작가의 치밀한 복선의 배치와 탁월한 심리묘사는 타의 추종을 불허한다.

특히 작중인물들의 심리묘사는 관계들간의 갈등을 선명하게 부각시키면서 독자들에게 인물들의 행위를 이해시키는 역할을 한다. 물질에 대해 초연하고자 하는 정순의 심리, 민수를 사이에 둔 경애와 정순의 미묘한 갈등이나 민수가 경애를 구해준 대가로 받을 상금을 거절하는 것, 이후 자신의 열악한 처지에서 돈을 받지 않은 것을 후회하는 심리, 경구와 조만호의 빼어난 심리묘사 등을 통해 작가는 독자들에게 흥미를 제공한다. 또한 정순과 민수 사이에 발생하는 오해의 연속과 사건과 사건 사이의 반전과 반전은 읽는 재미를 더욱 배가시키는데, 이것은 『밀림』에서도 예외가 아니다.

아울러 인물이나 주변을 그리는 작가의 솜씨가 매우 유려하다. 돈많고 어려운 상대인 조만호는 정순의 눈을 통해 희화된다. 백화점에서 엎지른 소다수를 쭉쭉거리며 빨아먹는 장면이나 과장된 외양묘사, 정순이 대신 자기 딸을 조만호의 후처로 만들기 위해 노력하는 침모에 대한 묘사 등은 고대소설의 과장되고 유형화된 묘사이지만, 독자들에게 그들의 성격을 각인시키는데 중요한 구실을 한다. 조만호 부인의 히스테리칼한 행위와 심리묘사 역시 매우 뛰어나다. 또한 작품의 전반에 드러나는 집안풍경 특히 비오는 정순의 집과 대비되어 묘사되는 조만호 집의 으리으리한 모습이나, 경애와 경구를 통한 부르주아 가정의 소비행태 등에 대한 묘사는 독자들에게 상류층 사람들의 생활에 대한 대리체험욕구를 충분히 충족시켜줄 수 있을 만큼 선명하게 형상화된다. 독자들을 끌어들이는 현대적이고 선명한 묘사, 간결하면서도 평이하고 흡인력 있는 문체도 나무람이 없다.

이밖에도 커다란 파탄없이 서사를 이끌어가는 치밀한 복선의 설치나 짜임새 있는 작품의 구성과 전개, 이국적인 취향에 대한 욕구충족 등이 김말봉을 당시의 독자들이 환영하는 작가로 만들었음을 알 수 있다. 김말봉의 작품에 대한 독자들의 환호는 이러한 작품에서나마 위로를 받을 수 밖에 없었던 당대인들의 어려운 삶을 동시적으로 보여주는 것이기도 하다.

30년대 후반 자신이 당당하게 통속작가임을 천명하고 나섰던 김말봉은 대중문학을 공공담론의 지점으로 이끌어내는 데 많은 공헌을 했으며, 작가나 출판인들에게 독자에 대한 의식을 갖게 했던 작가와 작품으로서 확고한 자리를 점하고 있다고 하겠다.

2) 다양한 인간애욕의 세계 – 방인근의 『새벽길』『젊은 안해』

우리 문학사에서 춘해 방인근은 잡지『조선문단』의 경영인으로 알려져 있을 뿐,『마도의 향불』,『방랑의 가인』 등으로 폭발적인 사랑을 받아 30년대 대중소설계를 휘어잡았던 대중소설가로서의 면모는 거의 알려져 있지 않았다.[13] 작가에 대한 무관심은 그동안 우리 문학사

---

13) 대중소설에 대한 연구도 그렇지만 방인근에 대한 연구는 현재까지 전무한 형편이다. 대중소설에 대한 연구자들의 관심이 높아지면서 산발적으로 연구가 이루어

기술과 연구에서 대중문학의 위상이 어떠했는지를 말해 주는 하나의
단적인 사례이기도 하다.

1899년 충남 예산에서 출생한 방인근은 1920년대부터 작품활동을
시작하여, 20년대에는 『조선문단』의 발행인으로, 30년대는 『마도의
향불』, 『방랑의 가인』의 작가로 전성기를 구가했다. 50년대에는 영화
사를 운영하면서 정열적으로 작품활동을 하여 많은 장편소설과 탐정
소설을 남겼다. 30년대 탐정소설을 번역하기도 했던 방인근은 50년대
에 와서는 탐정소설에 심취해 많은 작품을 남겼다.

방인근이 당대를 풍미했던 대중소설 작품들을 내놓은 것은 어려서
첩살림을 했던 아버지로 인하여 어머니와 함께 겪은 고통과 복잡하고
다난했던 가족사와 많은 관련이 있다. 또한 물려받은 유산을 『조선문
단』을 경영하면서 전부 탕진했는데, 이러한 사실은 그가 생계를 위해
원고료에 매달려 대중소설을 창작할 수 밖에 없었던 까닭을 해명해
준다.[14] 그는 매우 많은 대중소설들을 썼는데, 그중에서 30년대를 풍
미했던 『마도의 향불』과 『방랑의 가인』이 대표적인 작품이다. 30년대
전반기에 선풍적인 인기를 누렸던 방인근은 30년대 후반에도 많은 작
품들을 신문에 연재하여 『젊은 안해』, 『새벽길』 등이 인기를 얻었다.
『젊은 안해』는 1939년 11월 5일부터 12월 27일까지 『매일신보』에 연
재되었으며, 1942년 남창서관에서 단행본으로 발간되었다. 『새벽길』

지고 있지만 방인근의 경우에는 최근의 연구들도 그의 대표작이라 할 수 있는 『마
도의 향불』정도만 언급되고 있을 뿐 다른 작품들은 전혀 다루어지지 않고 있다.

14) 방인근의 생애 역시 기존의 문학사에는 『조선문단』을 창간하고 활동한 시기 이외
의 행적은 거의 드러나지 않는다. 그의 말년은 청계천변의 서적상을 전전하며 싸구
려 도색소설을 쓰고 술값이나 벌어 쓸 정도로 비참했으나 자세한 사실은 알려져 있
지 않다. 다만 그가 말년에 펴낸 자서전 『황혼을 가는 길』(삼중당, 1963년)에서 비교
적 상세하게 어린시절과 작품활동을 하던 시절의 상황들을 살펴볼 수 있다.

(일명 『애정파도』)은 1938년 6월 4일부터 10월 21일까지 『매일신보』에 연재된 후 39년 1월 평문사에서 단행본으로 발간되었다.[15]

그의 작품들은 남녀간의 애정에서 발생하는 다층적인 삼각관계의 파생과 해결이라는 일정한 패턴을 지니고 있다. 30년대 후반에 발표한 『새벽길』과 『젊은 안해』 역시 남녀간의 애정문제로 인한 갈등의 발생과 해결이 작품의 기본서사를 이루고 있다. 『새벽길』은 태웅과 보영, 진숙사이의 애정갈등과 고뇌가 작품의 기본서사를 이루는데 작품의 줄거리를 살펴보면 다음과 같다.

동경에서 대학을 마치고 조선으로 돌아오는 배안에서 강태웅은 같은 동경유학생으로 안면이 있는 보영을 우연히 만나는데 그녀는 서울에 오면 태웅의 취직을 알선해 주겠다고 말한다. 태웅은 취직을 위해 백방으로 노력하지만 가는 곳마다 거절당하자 고민 끝에 보영에게 취직부탁을 한다. 보영은 선만무역주식회사를 경영하는 아버지 장만호의 회사에 태웅을 취직시켜주고 태웅을 도와주며 사랑을 속삭인다. 태웅은 보영 때문에 약혼자 진숙을 소홀하게 대하다가 보영과 육체적인 관계를 맺고 결혼을 한다. 보영은 결혼 후 아버지의 빚보증을 서준 홍수의 제의로 만남을 갖다가 육체적인 관계까지 맺게 된다. 태웅은 그 사실을 알고 이혼을 제안하고 집을 나온다. 그리고 보영은 어렸을 때부터 그녀를 좋아해온 정신이상자 사촌오빠에게 죽임을 당한다.

진숙은 태웅의 결혼으로 상심하다가 스승이었던 윤형국과 결혼한다. 보영이 죽은 후 태웅은 자신이 진정으로 사랑했던 사람이 진숙이었음을 깨닫고 찾아가지만 그녀는 이미 결혼을 한 상태이다. 그러나 자신에게 미련이 남아있는 것을 알게된 태웅은 진숙에게 진정한 행복

---

15) 본문에서 작품분석의 텍스트로 삼은 것은 신문연재본과 『새벽길』, 『춘해 방인근 전집』3, 한국교육도서출판사, 1971년판; 『젊은 안해』, 삼문사, 1949년판이다.

을 위해 같이 멀리 떠나 새로운 삶을 꾸려가자는 제안을 한다. 갈등하던 진숙은 태웅에게 값이 있는 일을 위해 새출발을 하라고 부탁하고, 그는 진숙의 말을 새기며 새벽길을 떠난다.

『젊은 안해』는 늙은화가 소당과 젊은아내 송희와 애련, 젊은화가 호월 사이의 얽히고 얽힌 애정갈등이 서사의 골격을 이룬다.

상처한 중년의 화가 소당은 젊은 과부 송희와 결혼했지만 송희가 소당의 제자 호월과 사랑에 빠져 이혼을 한다. 호월은 소당의 문하생으로 송희 때문에 약혼자인 애련을 버린다. 이혼을 한 소당은 호월의 약혼녀였던 애련과 사랑에 빠진다. 애련은 양가집 규수로 소당의 처지를 생각하고, 그림의 모델이 되어 자주 만나면서 소당에게 사랑을 느끼게 된다. 애련은 부모의 반대를 무릅쓰고 소당과 결혼한다. 그녀는 송희와 달리 아버지뻘 되는 남편 소당과 의좋게 지내고 살림에도 재미를 붙여 행복한 나날을 보내다가, 문득 너무 늙은 자신의 남편에 대해 불만을 느끼기 시작한다.

호월과 송희는 처음에는 행복하게 지냈지만 경제적인 고통으로 점점 타락해 가고 송희는 병으로 시름시름 앓게 된다. 송희는 죽음이 멀지 않았다는 생각을 하면서 소당에 대한 사죄와 호월의 회복을 위해 자살한다. 늙은 남편에 대해 불만을 느끼기 시작한 애련은 취미로 음악을 공부하던 중 음악선생 준석에게 호감을 느끼고 소당과 헤어질 것을 결심한다. 호월에게 애련과 준석의 이야기를 들은 소당은 애련의 뒤를 밟아 사실을 확인하고 상심한 마음을 달래기 위해 여행을 떠난다. 그러나 자신의 잘못을 뉘우치는 애련의 절절한 편지를 받고 애련이 기다리는 집으로 돌아간다.

이상 작품의 기본서사를 살펴보면 두작품을 이끌고 가는 것은 삼각관계와 그로 인한 애정갈등이다. 이 애정갈등은 등장인물들의 모든 삶을 규정하는 요소로 작용하는데, 『새벽길』에서의 삼각연애는 그다지 복잡하지 않다.

삼각관계의 시발은 동경에서 대학을 졸업하고 돌아오는 강태웅과 부잣집 딸 보영의 우연한 만남에서 시작된다. 태웅에게는 진숙이라는 약혼자가 있는데 그녀는 태웅과 결혼할 날을 기다리고 있는 헌신적이고 마음이 고운 여인이다. 태웅이 취직을 결심한 것은 자신의 학비를 대느라고 고생한 가족들 때문이기도 하지만 진숙이와의 결혼도 큰 비중을 차지하고 있었다. 그러나 그의 앞에 나타난 보영으로 인해 극심한 마음의 혼란을 느낀다. 부자의 딸이고 정열적이며 매력적인 보영에게 이끌리는 마음과 약혼을 해놓은 진숙 사이에서 갈피를 잡지 못하던 태웅은 보영의 적극적인 태도에 끌려 들어간다. 태웅은 둘 사이에서 선택하지 못하고 미적거리다가 보영과 진숙이 태웅의 하숙집에서 마주침으로써 삼각갈등은 최고조에 이르게 된다.

『새벽길』은 태웅을 사이에 둔 보영과 진숙의 삼각연애로 시종일관한다. 그러므로 태웅과 보영, 진숙의 심리묘사에 치중하게 되는데, 특히 보영과 진숙 사이에서 고민하는 태웅의 심리묘사가 압도적으로 많은 부분을 차지한다. 이들의 삼각연애는 태웅과 보영이 결혼하면서 해소되는 것처럼 보인다. 그러나 태웅과 보영 사이에는 성장배경과 생활환경의 차이로 인한 갈등이 시작된다. 결혼을 한 보영은 평범한 회사원의 아내로서는 감당하기 힘든 소비욕구를 발산하고, 나중에는 그것을 충족시켜주지 못하는 태웅에게 실망하게 된다. 그리고 우연히 만난 이홍수와 삼각관계가 발생한다.

이홍수는 보영의 아버지가 보영에게 결혼을 권유했던 상대이다. 홍수는 보영에게 결혼을 하지 않으면 아버지에게 불이익이 있을 것이라며 결혼을 종용하지만 그녀는 태웅과 육체적인 관계를 맺고 구혼을 거절한다. 그후 홍수는 보영의 아버지가 경영하는 선만무역주식회사가 어려움에 처하자 회사에 대한 자신의 재산권을 행사하겠다며 보영에게 조건을 내건다. 그것은 태웅과 이혼하고 자신과 결혼하거나 이혼은 하지 않고, 애인관계를 유지하자는 제안이었다. 보영은 태웅과의 결혼생활도 시들해지고 남편에 대한 사랑이 사실은 색다른 사람에 대한 호기심이었다는 것을 느끼던 차였으므로 물질적인 욕구를 충족시켜줄 수 있는 홍수와 깊은 관계에 빠지게 된다.

이로써 작품 후반에 오면 보영을 사이에 두고 홍수와 태웅의 삼각관계가 발생한다. 이들의 갈등은 홍수와의 관계를 우연히 알게 된 태웅이 이혼을 선언하면서 최고조에 이른다. 태웅은 자신의 생활이 보영에 의해 끌려오면서 보영에 대한 실망과 진숙에 대한 그리움과 미안함으로 괴로워 하던 중에 보영과 홍수와의 관계를 알게 되어 이혼을 선언하고 집을 나오는데, 이 갈등은 보영의 돌연한 죽음으로 해소된다.

『젊은 안해』 역시 작품의 기본서사는 삼각연애이다. 유명한 늙은 화가 소당은 상처한 후 젊은 여인 송희를 만난다. 소당은 송희를 보면서 예술욕을 불태우고, 자신을 사랑하고 예술을 이해하는 듯한 송희와 결혼을 한다. 그러나 송희는 경제조건과 기타 여러 조건들을 따져보고 소당에게 의도적으로 접근한 것이어서 사랑이 바탕이 되지 않은 결혼생활은 송희의 불만으로 어긋나기 시작한다. 여기에 소당의 제자인 호월이 등장하면서 삼각갈등이 시작된다.

호월은 애련이라는 약혼자가 있으나 송희와 관계를 맺으면서 소당·송희·호월, 애련·호월·송희의 삼각관계가 발생한다. 소당은 사랑하는 젊은 안해 송희와 아끼는 제자 호월이 얽힌 기막힌 삼각관계 때문에 괴로워하고, 애련 역시 호월에 대한 끊을 수 없는 사랑으로 갈등이 확산된다. 그러나 송희와 호월이 결합하여 소당과 송희, 애련,

호월의 삼각관계는 해소되고, 송희와 호월에게 시련당한 소당과 애련은 서로에 대한 연민이 사랑으로 발전하여 결혼하게 된다. 애련으로 인해 소당은 마음의 안정을 찾지만 준석이라는 젊은 음악가가 등장하여 다시 삼각관계가 발생한다. 애련은 소당에게 동병상련의 감정을 느끼고 연민과 사랑으로, 한편으로는 호월에 대한 복수심으로 소당과 결혼했으나 사람들이 남편인 소당을 아버지로 오해하는 것을 보고 괴로워 한다. 그녀는 불만을 해소하기 위해 노래공부를 시작하면서 준석이라는 젊은 음악가와 사랑에 빠지고 이혼을 결심한다. 소당은 송희의 전철을 밟는 애련을 보며 여행을 떠나고 그녀와 얽힌 관계는 끝이 난다.

『새벽길』이나 『젊은 안해』는 통속적인 사건의 배치와 해결로 구성되어 있다. 『새벽길』은 세 청춘남녀의 사랑과 배신, 결혼과 이혼, 재회 등을 우연적인 사건의 발생, 심리묘사, 통속적인 해결로 마무리한다. 김남천은 1938년도 장편소설을 결산, 점검하는 글에서 38년에 발표된 작품 중에서 방인근의 『새벽길』을 통속적 통속소설로 분류할 정도로 이 작품의 통속성은 두드러진다.[16] 『젊은 안해』 역시 늙은화가와 젊은아내들, 그들과 관계 맺고 있는 젊고 아름다운 남성들의 등장 등 설정 그 자체로도 통속적인 요소를 강하게 지니고 있다.

이 작품들의 통속성은 서사의 골격을 이루는 '삼각관계'와 '갈등을 해결하는 방식'에서 잘 드러난다. 『새벽길』에서 보영·진숙·태웅의 삼각갈등은 보영과 태웅의 혼전관계로 해결된다. 태웅은 선택의 갈등을 하지만 혼전관계를 가진 보영과 결혼하는 것으로 해결한다. 이홍수와 보영, 태웅의 갈등관계를 해소하는 것은 보영의 죽음이다. 보영이 이홍수와 부정한 관계를 맺고 있음을 알게 된 태웅은 이혼을 선언하

---

16) 김남천, 「장편소설계」, 앞의 책, 11~16면.

고 집을 나온다. 잘못을 뉘우친 보영은 반성의 편지를 보내지만 그는 받아들이지 못한다. 그러나 보영의 죽음을 접하고 그녀를 용서하기로 한다.

그런데 보영의 죽음은 우발적인 사건에 의해 일어난다. 그동안 작품의 서사에는 관여하지 않았던 인물이 보영을 죽임으로써 작가는 죽음으로 갈등을 해결하는 손쉬운 방법을 사용한다. 보영을 죽인 인물은 해룡이라는 보영의 친척으로 정신이상자이다. 보영을 좋아했던 그는 질투심으로 태웅을 죽이려고 했으나 태웅이 싸우고 집을 나가는 바람에 대신 보영을 죽인 것이다. 그녀의 죽음은 그동안 팽팽했던 갈등을 쉽게 해소시키고, 보영에 대해 좋지 않았던 태웅의 감정을 해결한다.

여기에 이 작품은 한 걸음 더 나아가 진숙과 태웅의 관계를 다시 이어놓는다. 태웅은 보영이 죽은 후에 자신이 진정으로 사랑했던 사람이 진숙임을 깨닫고, 그녀와 함께 농촌사업을 하겠다는 생각으로 찾아나선다. 진숙은 태웅에게 파혼장을 받은 후 절망에 빠져 자신의 스승이었던 윤형국과 결혼했는데 태웅이 찾아와 잘못을 빌고 사랑으로 새출발할 것을 제안하자, 그에 대한 사랑이 남아있음을 깨닫고 새로운 삶을 시작하겠다고 결심하지만 가정을 위해 포기한다. 떠날 것을 재촉하는 태웅에게 진숙은 동경에서 나온 이후 일년여 동안 태웅이 한 일은 애정놀음뿐이었음을 주지시키면서 남을 위해 훌륭한 일을 할 것을 부탁하고 그도 진숙의 말에 수긍한다. 그러나 결말에서 진숙의 당부와 태웅의 결심은 그동안 작품을 이끌어 온 통속성을 더욱 강화하는 역할을 한다. 태웅이 진숙과 농촌에서 새로운 삶을 일구겠다는 의식 자체가 매우 피상적이고 안이한 해결방법이기 때문이다.

『젊은 안해』에서도 등장인물의 죽음은 갈등을 해결하는 기제로 작용한다. 송희와 호월은 이혼과 파혼 이후 경제적인 어려움 앞에서 사랑이 흔들리기 시작한다. 송희는 병으로 앓으면서 소당의 인격과 인품을 그리워하고, 호월은 방탕한 생활을 하면서 술로 나날을 지낸다. 송희는 병이 깊어가면서 죽음이 가까이 왔음을 예감한다. 그녀는 그림을 버리고 방탕하게 지내는 호월에게 반성의 기회를 주고, 소당에게 속죄하는 마음으로 자살을 결심하고 실행에 옮긴다. 송희의 죽음은 그동안 방종하게 살았던 호월이 새삶을 살게 하는데 결정적인 역할을 한다. 또한 작품 후반의 소당·애련·준석의 삼각갈등은 송희의 죽음으로 각성한 호월이 애련에게 충고하고 소당에게 알림으로써 해결된다. 소당은 호월에게 애련의 행적을 전해듣자 둘의 관계를 확인하고 애련을 내쫓지만, 그녀가 반성하므로 사건이 해결된다. 이 작품들은 살펴본 것처럼 애정관계를 통속적인 방식으로 풀어낸다.

한편 작품의 통속성을 강화하는 요소로 등장인물들의 안이한 현실인식을 들 수 있다. 방인근은 자신이 어려운 순문학의 길을 버리고 쉬운길로 대중문학을 택했음을 자서전에서 밝히고 있다. 이러한 그의 지향은 작품에서 인간군상의 애욕을 주로 그리는 것으로 드러난다. 그의 출세작이며 많은 대중독자들을 사로잡았던 『마도의 향불』이나 『방랑의 가인』 등 많은 작품들이 등장인물들의 애욕적인 애정행각과 그 파탄을 주로 다룸으로써 인물들의 생활세계는 철저하게 거세되고, 심리적인 고민만이 중점적으로 그려진다. 당시 대부분의 대중소설들이 변질된 형태이기는 하지만 '돈이냐 사랑이냐' 하는 장한몽식의 통속적인 질문과 밀접하게 관련되어 작품의 서사가 진행되는데, 그의 작품속에 등장하는 인물들의 갈등은 오로지 통속적 애욕에 의해서이다. 『새벽길』의 태웅이나 『젊은 안해』의 호월 등이 그러하다.

태웅이 약혼자 진숙을 버리고 보영을 선택한 것은 보영이 가지고 있는 색다른 분위기에서 비롯된다. 보영에게 끌리는 마음은 의지와는 상관없이 움직이는데 두사람 사이에서 흔들리는 태웅의 심리묘사는 매우 빼어나다. 처음에 태웅은 이지적이며 현실에 대한 감각을 가지고 있는 인물로, 나중에는 감정적이고 애욕에 이끌리는 인물로 형상화된다. 주인공이 애욕에 이끌리는 인물로 형상화되면서 작중에서 현실은 완벽하게 거세된다. 태웅은 농민들이 얼마나 가난에 쪼들리는지 알지만 아름다운 농촌으로만 보고 싶어 한다. 그러나 그러한 태웅의 눈에도 농촌의 현실은 비참하고 참담하기만 하다.

소작으로 농사한대야 일년에 벼 몇섬 차지도 못하고 굶기를 먹듯하며 돈 일원이나 십전이 도회사람 십원 백원처럼 귀하게 쓰고 밤낮 누더기 옷만 입고 반찬이라고는 북어를 고기처럼 먹으며 그 북어도 한달에 한 두 번 먹을까 말까 하는 그들의 생활이 너무도 처참하고 불쌍하다고 생각된다. 아이들은 영양부족으로 얼굴이 백지장과 같이 창백하고 아무런 기쁨과 위안이 없는 그네들을 내버리고 환락의 도회로 가서 자기만 향락하려는 사람들이 미웠다. …… 태웅은 고향인 농촌에 오면 언제나 늘 이런 번민과 양심의 가책을 받았다.[17]

그는 집안의 살림이 다 기울어 금융조합의 빚이며, 세금, 비료값 등 소소하게 갚지 못한 빚에 몰린 집안과 농촌의 현실을 생각하며 농촌에서 지낼 생각을 할 정도로 깨어있으며, 고등실업자들을 양산해 내는 사회에 대해 명확한 분석을 하는 인물이다. 그러나 보영과 진숙의 삼각관계에 이르면 현실에 대해 무감한 상태로 변화하여, 철저하게 애욕에 근거하여 행동이 결정된다. 결국 작중인물들을 애욕의 그물에 가두어 버림으로써 작품속에서 현실은 완벽하게 사라진다.

---

17) 방인근, 『새벽길』, 앞의 책, 30면. 본문의 인용시에는 옆에 면수만 표기하기로 한다

특히 『새벽길』은 취직의 어려움과 농촌의 빈궁함을 묘사하면서 당시의 현실세태를 잘 보여주고 있음에도 불구하고, 애정행각으로 작품의 서사가 넘어가면서 현실이 피상적이고 낭만적으로 처리된다. 현실에 대한 피상적인 인식과 행동은 작품의 통속성을 강화하는데 일조한다. 이것은 『젊은 안해』의 호월에게도 해당한다. 그는 천성적으로 방만하며 이욕에 의해서 행동을 하는 인물이다. 그가 스승 소당의 딸인 명은과 애련이라는 약혼자와 파혼을 했던 것은 새로운 여성들에 대해 과도한 호기심을 보이다가 빚어진 결과이다. 이러한 인물들의 행위 속에서 현실에 대한 올바른 인식을 기대한다는 것은 애초에 불가능한 일이다.

농후한 통속성, 도식적인 구성, 단조로운 스토리에도 불구하고 방인근의 작품들이 인기를 누린 원인은 어디에 있는가. 30년대 후반의 대표적인 대중소설로 김말봉의 『찔레꽃』을 꼽는 가장 큰 이유는 작가 스스로가 통속작가임을 자처하고, 작품은 재미있어야 한다는 투철한 신념으로 작품을 집필함으로써 독자들의 공감을 얻어내는데 성공했기 때문이다. 방인근의 작품도 통속성이 농후하고 유사한 스토리 라인을 지니고 있는 대중소설이었음에도 불구하고, 당시 많은 독자들의 사랑을 받을 수 있었던 이유는 작가가 대중독자들의 흥미가 어디에 있는지 간파하고 있었기 때문이다. 그것은 『새벽길』과 『젊은 안해』에 등장하는 인물들의 '애욕의 묘사'와 '부자들의 화려한 생활', '이국취미', 독자들의 기대지평을 배반하지 않는 결말의 처리와 작품을 통해 얻을 수 있는 '문학적 고양감' 등이다.

그중에서도 방인근의 작품에는 '인간의 애욕'이 특히 잘 드러나 있다. 『새벽길』에서 주인공 태웅의 면모는 현실적인 심리묘사를 통해 매우 리얼하게 그려진다. 두 여자 사이에서 갈등하는 태웅은 이지적인 정신으로 행동을 반성하고, 올바른 선택을 하겠다는 결심을 되풀이 한다. 그러나 선택이 힘들어지자 일부다처제의 장점을 생각해보기도 하는데, 작중에서 우유부단한 그의 심리는 솔직하면서도 매우 생생하게 형상화되어 있어 독자들의 공감을 얻어내기에 충분하다.

이것은 『젊은 안해』에 나오는 인물들도 마찬가지이다. 상처한 후 고고하게 자신을 지켜가던 늙은 화가 소당이 젊은 여인 송희와 애련을 보면서 느끼는 미세한 연정의 감정은 세밀하고도 생생하다. 또한 소당이 젊은 아내로 인해 겪어야 하는 심리적인 부담과 아내의 욕구를 채워주지 못하는 늙음에 대한 회한 등이 빼어난 심리묘사를 통해 드러난다. 이와 함께 젊은 아내들의 심리묘사 또한 미려하다. 일신상의 안락함을 위해 늙은 남편을 선택한 송희가 소당과 대조되는 젊고 아름다운 인물에 대해 느끼는 애욕의 감정, 사랑했던 사람에 대한 배반감과 같은 처지에 있는 사람과 결혼을 결심한 애련의 연민과 동정, 그것이 무너지고 난 후의 주체할 수 없는 감정 등이 매끄럽게 형상화되어 있다.

한편 작중에 드러나는 이국취미와 부자들의 생활 또한 독자들의 욕구를 충족시켜 준다. 당시 일반인들은 꿈꾸기도 어려운 태웅과 보영 등 동경유학생들의 생활모습과 이국취향은 독자들에게 간접경험과 현실에서는 누릴 수 없는 세계에 대한 선망의식을 강화한다. 특히 선만무역주식회사 사장의 딸인 보영의 화려한 취향과 생활은 독자들의 동경을 불러일으키고도 남음이 있다. 그녀가 동경유학을 떠난 것은 학문에 대한 지적 욕구에서 기인한 것이 아니라 아버지가 권유하는 결혼을 피하기 위한 하나의 방편이었다. 또한 태웅의 입을 빌어 드러나는 동경에서의 사치스러운 생활과 귀국 후의 생활은 독자들에게 부러움으로 다가온다. 보영 집안의 으리으리함이나 '최근 3년간 조선의 전문대학교 졸업생이 채 5천명도 취직을 하지 못' 하고 극심한 취직난에 시달릴 때도 아버지를 졸라 사랑하는 사람의 취직을 알선할 수 있는 여력과 호사스러운 여행을 할 수 있는 재력, 집안을 백화점으로 꾸며도 손색이 없을 만큼 물건을 사들이면서도 생활의 곤궁함을 전혀 느끼지 않는 부르주아적인 생활모습 등은 독자들의 선망이 된다. 이렇듯 현실에서는 이룰 수 없는 꿈이지만 작품속에서나마 대리만족을 느낄 수 있는 부르주아의 화려한 면모는 독자들의 시선을 붙잡은 요소가 되었다.

또한 독자의 기대를 배반하지 않는 결말과 작중에 드러나는 이상적인 삶의 양상은 독자들의 기대지평과 문학적인 고양감을 충족시켜준다. 보영이 죽은 후에 태웅은 진심으로 사랑한 여자가 진숙이었음을 깨닫고 찾아가 용서를 비는데, 그의 행동은 애인을 빼앗겨야 했던 진숙에 대해 보상행위로 기능한다. 진숙은 다른 남자의 아내가 되어 있지만 사랑하는 사람이 떠나자는 제안에 마음이 흔들린다. 그러나 그녀는 갈등 끝에 태웅에게 다음과 같은 부탁을 한다.

당신은 이세상에 나오셔서 한일이 무엇이고 열매를 맺어논 것이 무엇이에요? 부끄럽지 않으세요? 최근에 동경에서 나오신 후 거의 일년 동안에 해놓으신 일이 무엇이에요. 책임감이 없으세요. 사랑의 유희밖에 아무것도 없으시잖아요. 사람은 사랑만으로 살 수 없어요. 사람다운 값이 있는 일을 하고 열매를 맺어야지요. 그러니 당신은 여기서 새출발을 하세요!(386면)

진숙은 태웅에게 '사랑의 유희에서 벗어나 사람다운 값이 있는 일'을 하라고 부탁하고 태웅도 그동안의 자신을 반성하고 새출발 하겠다는 의지를 표명한다. 여기서 진숙은 사랑보다 더 중요한, 사람으로서의 '값있는 도덕적인 행동'을 선택하여 감동을 주고, 독자들은 도덕적인 안도감을 느낀다. 또한 버림을 받았으나 결국 가여운 여주인공의 고난이 종료되어 행복한 결말에 이르는 데에서 안도의 한숨을 내쉬게 된다. 여주인공은 진정으로 사랑하는 사람과 이루어질 수 있는 기회가 주어졌음에도 불구하고 가정을 지키고, 과거의 연인을 새출발할 수 있게 도와줌으로써 도덕적인 면모를 보여주는 것이다. 이러한 여주인공의 도덕적인 선택은 독자들의 기대지평을 배반하지 않으면서 문학적인 고양감을 불어넣어준다.

방인근 작품의 바로 이러한 요소들이 단조롭고 유사한 스토리, 농후한 통속성에도 불구하고 많은 독자들의 사랑을 받게 했던 요인이 되었던 것이다.

3) 순정한 사랑의 세계 – 함대훈의 『순정해협』『무풍지대』

함대훈은 러시아 문학을 전공하고 활발한 평론활동을 전개하는 한편, 『순정해협』으로 많은 독자를 확보했던 작가이다. 그 역시 30년대 대중작가들이 그러했던 것처럼 온당하게 대우받지 못했다. 기존의 문학사에서도 본격적으로 평가받지 못하고 있지만, 식민지 시기인 30년대 후반에 발표한 작품이 5천부 이상 팔릴 정도로 그의 작품들은 큰 인기를 누렸다. 그의 대표작이라 할 수 있는 『순정해협』과 『무풍지대』가 그러한 작품이다. 특히 『순정해협』과 『무풍지대』는 독자들의 전폭적인 사랑을 받았던 작품이다. 『순정해협』은 1936년 1월부터 8월까지 『조광』에 연재되었고, 1938년 한성도서주식회사에서 간행한 <현대장편소설전집>의 9권으로 출간되어 40년 초반까지 5천부 이상이 팔린 베스트셀러이다. 『무풍지대』는 1937년 7월부터 1938년 1월까지

『조광』에 연재되었고 그해 보성서관에서 단행본으로 발간되었다. 단행본은 연재했던 부분에 주인공이 이상적인 농촌운동을 완결하는 후속편을 첨가하여 발행하였다.[18]

『순정해협』은 고아 출신 미모의 여교사 소희와 영철, 준걸의 순정한 사랑에 관한 서사로 이루어진다.

시골학교 교원인 김소희는 동경에서 유학하는 영숙의 오빠 영철에게 사랑의 고백을 받는다. 소희와 같은 학교에 근무하는 고준걸은 김소희를 짝사랑한다. 소희는 서울에서 열리는 교원 강습회에 준걸과 함께 참석했다가 병이 난다. 준걸은 그녀를 진심으로 간호하는데 소희를 보기 위해 상경한 영철은 준걸에게 질투를 느껴 소희를 병원에 입원시킨다. 강습을 마치고 서울을 떠난 준걸은 소희에게 사랑을 고백하는 편지를 보낸다. 퇴원후 영철과 함께 금강산을 다녀온 소희는 약혼의 표시로 다이아 반지를 받는다. 일본에서 사귄 혜옥 때문에 번민하던 영철은 건강이 나빠져 일시 귀국하고 소희는 처녀성을 잃는다.

소희는 발령을 받는데 영철의 친구 희준으로 인하여 오해를 받고, 소희를 오해한 영철은 명선과 결혼을 한다. 임신을 한 소희는 학교를 사직하고 아이를 낳는다. 소희는 아이를 시골로 보내고 백화점의 점원으로 고된 나날을 보내던 중 백화점 사장 살인 사건의 용의자로 잡혀 재판을 받는데, 그동안의 사정을 알게된 영철이 소희의 변호를 맡아 무죄석방이 된다. 석방된 후 준걸과 영철은 소희에게 동시에 청혼을 하는데 소희는 순정한 마음씨의 준걸을 선택한다.

『무풍지대』는 이상적인 농촌을 건설해 나가는 젊은이들의 사랑과

---

18) 본문에서 분석의 텍스트로 삼은 것은 『순정해협』, 한성도서 출판부, 1938년판; 『무풍지대』, 보성서관, 1938년판이다.

실천을 그린 작품이다.

동경에서 의대를 다니던 김준은 당시의 시대적인 조류를 접하고 뜻한 바가 있어 경제학으로 전과하고, 졸업후 구상해 왔던 농촌운동을 위해 고향으로 돌아온다. 아들이 전과한 사실을 모르고 의사가 되어 집안을 일으켜 주기를 바라는 집안의 상황에 괴로움을 느낀 그는 서울로 가서 협동조합운동을 한다. 그는 고군분투하며 혼자서 열심히 일을 하다가 아버지의 부음을 받는다. 장례때문에 고향에 돌아온 그는 고향에서 협동조합운동을 할 것을 권유받지만 서울로 올라온다.

김준을 보고 그의 신념과 우직함에 반한 같은 고장 출신의 전문학교 졸업생 민혜경은 그에게 마음을 고백한다. 김준이 사회주의 운동에 관련되어 검거되자 혜경은 그를 기다리지만 쉽게 나오지 못할 것 같다는 소식을 준의 친구 오희영에게 듣게 된다. 혜경은 희영에게 자신의 처지를 말하고 일자리를 부탁한다. 오희영은 김준과 함께 전과했으나 집안의 반대로 의학공부를 마치고 의사가 된, 김준의 의지와 뜻을 이해하고 있는 친구이다. 오희영은 혜경에게 마음이 끌리지만 동지의 애인에게 그런 마음을 품은 것을 괴로워한다. 혜경은 우연히 신문에서 김준의 옥바라지를 하는 춘심의 미담에 대한 기사를 읽고 자신을 사랑하는 오희영과 약혼한다.

증거불충분으로 풀려난 김준은 헌신적으로 뒷바라지를 한 춘심과 결혼하여 협동조합운동을 하기 위해 강원도로 떠난다. 오희영은 기생이었던 춘심이 깨끗하고 바르게 살기 위하여 김준의 옥바라지를 하고, 그동안 모은 재산으로 협동조합운동을 하는 모습에 감동을 받아 자신의 생활을 반성한다. 그는 혜경과 결혼 후에 강원도로 가 김준부부와 함께 이상적인 농촌 건설을 위해 서로 노력하여 협동조합운동을 성공시킨다. 그러나 마을 사람들의 건강을 돌보던 오희영은 장티프스에 걸려 죽음을 맞이하고, 춘숙(춘심의 본명)도 혜경과 준이 결혼할 것을 부탁하고 폐결핵으로 죽는다. 그후 가뭄이 오고 김준과 뜻을 같이하는 협동조합 사람들 사이에 불화가 생기지만 위기를 극복하고, 이상적인 농촌 모델을 만드는데 성공한다. 김준은 혜경에게 사랑을 고백하는 편지를 남기고 자기를 필요로 하는 사람들을 위해 떠난다.

『순정해협』과 『무풍지대』는 남녀간의 순정한 사랑과 이상을 위해 매진하는 젊은이들의 이야기를 다루고 있는 작품이다. 이 남녀간의 사랑을 이어주고 완성시켜 작품의 서사를 이끌어 가는 것은 일반적인 대중소설처럼 삼각관계에 의해서이다. 『순정해협』의 소희는 고아로 보통학교의 교원이다. 그녀는 친구 영숙의 오빠 영철에게 사랑을 느끼고 영철도 소희에게 사랑을 고백한다. 여기에 소희와 같은 학교에 근무하는 비슷한 처지의 준걸 역시 어렵사리 자신의 마음을 전하지만 소희는 준걸의 관심을 불쾌해 하며 아무런 반응을 보이지 않는다. 준걸과 함께 서울로 교원연수를 떠난 소희는 병이 나고, 이 사실을 알게 된 영철은 정성으로 간호한다. 소희는 자신을 극진히 도와주는 영철을 보면서 행복을 느끼고, 결혼을 약속한다. 영철이 오기전 소희를 간호해준 준걸은 영철에 비해 객관적으로 떨어지는 조건과 영철의 사랑을 확신하는 소희에게 푸대접만 받는다. 그래도 소희에 대한 준걸의 사랑은 변함이 없고, 자신의 입지를 세우기 위해 식물학과 곤충학 연구에 열심히 매진한다. 소희에 대한 준걸의 소극적인 태도는 삼각관계로 인한 팽팽한 긴장감은 형성하지 못한다.

영철은 소희의 빼어난 미모에 결혼을 약속하고 극진히 대하지만 기본적으로는 경박한 모던보이다. 그는 같은 유학생 혜옥과 깊은 관계를 맺고 있는데 임신한 혜옥에게 아이를 없애라고 강요하자 혜옥은 자살한다. 혜옥의 일로 충격을 받은 영철은 고향으로 나와 그녀의 성실한 남편으로 살 것을 다짐한다. 그러나 그즈음 소희는 준걸과 함께 다른 학교로 발령을 받는데 영철과 소희의 사이를 깨뜨리고자 한 희준의 방해로 결합하지 못한다.

아이를 낳은 소희는 그로 인하여 영락의 길을 걷게 된다. 반면에 준걸은 조선 곤충의 연구로 세계적인 찬사를 받고, 문검시험에 패스하여 서울의 사립학교 교원이 되는 등 성공의 길로 나아간다. 그는 소희가 영철에게 버림받고 아이를 낳았으며 백화점의 점원으로 일하고 있다는 사실을 듣고, 순정 하나만으로 극진하게 대하는데 소희는 과거로 인해 준걸의 사랑을 받아들이지 못한다. 그러던 중 소희는 백화점 사장의 살인혐의로 구속된다. 이 사실을 알게 된 영철은 소희의 변호를 맡고, 준걸은 소희가 구속되어 있는 동안 지극 정성을 다한다. 마침내 소희가 영철의 변호로 풀려 나오자 영철은 아이의 아버지로서, 준걸은 참된 순정으로 소희에게 청혼을 한다. 이때 이들 사이에는 삼각관계의 긴장감이 감돌지만 소희는 준걸을 선택한다.

이 작품의 기본적인 서사구조는 소희를 중심으로 한 영철과 준걸의 삼각관계지만 치열한 갈등을 수반하지 않는다. 그것은 소희를 사랑하는 준걸의 일방적인 태도와 영철 외에 다른 인물에게는 전혀 눈을 돌리지 않는 소희의 마음 때문이다. 소희는 자신의 처지와 맞지 않는 영철의 환경 때문에 고민하지만, 그가 자신을 사랑한다고 믿는 순간부터 준걸의 사랑은 전혀 문제삼지 않는다. 그러나 소희가 살인혐의로 구속된 후에 다시 시작된 영철과 소희, 준걸의 갈등은 전과는 다르게 전개된다. 소희는 형무소에 있는 동안 준걸의 사랑에 감동하여, 살아 난다면 의지가 굳은 준걸에게 의탁하겠다고 생각한다. 그러나 영철이 자신을 변론해 주고 석방되면서 심각한 갈등에 휩싸이는데 준걸을 선택함으로써 갈등은 해소된다.

결국 『순정해협』에서의 삼각갈등은 영철, 준걸, 소희 등 중심인물들 간의 역동적인 소통과정에서 비롯되는 것이 아니고, 김소희의 선택과 갈등으로 인한 순정의 삼각관계로 귀착된다. 영철은 경박한 모던보이지만 혜옥의 죽음으로 인한 충격 때문에 소희의 충실한 남편으로 살 것을 다짐한다. 그러나 희준으로 인해 소희를 오해하고 다른 여성과 결혼을 하기도 하지만, 소희를 변론한 이후 부인 명신과도 헤어지고 재결합을 바라는 순정을 보인다. 준걸은 말할 나위없이 순정적인 인물이다.

> 결국 사람에겐 정이란 것이 가장 크고 높은 것이거든 참된 순정! 그것은 아무런 권세와 아무런 귀한 보배보다도 몇 배나 더 소중한 것이거든 나는 비록 소희에게 버림당한 사람이지만 소희를 사랑했던 그 순정을 의리로 돌려가지고 그를 구원해보자. 비록 육체는 버렸지만 그 마음만은 어떻게 깨끗이 만들 수 있지 않을까? 그의 어두운 마음의 들창을 열어줄 사람은 오직 나 하나가 아니냐?[19]

그는 소희에게 인정받지 못하고 박대를 당하면서도 순정은 변치 않는다. 나중에는 소희가 영철에게 버림받고 아이를 낳은 사실까지도 알게 된다. 그럼에도 불구하고 참된 순정으로 소희를 구원하겠다는 생각만을 할 정도로 그녀를 사랑한다. 그의 순정은 소희가 어떤 상황에 처해 있을지라도 변화하지 않고, 그녀의 행동을 견인하는 힘으로 작용한다. 소희를 둘러싼 영철과 준걸의 사랑은 순정적인 사랑의 승리로 귀결된다.

『순정해협』 이후 발표한 『무풍지대』도 잡지에 연재된 후 독자들의

---

19) 함대훈, 『순정해협』, 한성도서주식회사, 1938, 178면.

사랑을 받아 단행본으로 출간되었다. 이 작품은 이상적인 농촌 건설을 위해 협동조합운동을 실천해 나가는 김준이라는 인물이 중심이 되어 그 과정을 그려 나간다. 작가는 이 작품에 대해서 "소재를 취하는 기록문학적인 형식을 취"[20]하겠다는 의지를 자서에서 밝히고 있지만, 작품을 끌고 나가는 것은 김준과 혜경을 중심 축으로 하는 남녀간의 삼각관계이다.

민혜경이 협동조합운동을 할 것을 결심한 것은 김준을 둘러싼 애희, 춘심 등 여성들과의 관계 때문이다. 혜경이 김준에게 호감을 가진 이유는 그가 하는 운동에 대한 공감이라기보다는 도시의 화려함에 더 익숙한 그녀가 비슷한 생활 반경을 지닌 그의 면모에 이끌렸기 때문이다. 처음 그녀가 김준을 만나러 가면서 생각한 운동이라는 것은 낭만적인 차원이었고, 중첩된 오해 속에서 선택한 것이 김준을 선배로 삼아 농촌운동에 뛰어들겠다는 것이었다.

그러나 김준이 모종의 사건에 연루되어 검거되자 그를 기다리는데, 기생이었던 춘심이 옥바라지를 하자, 이들의 관계를 의심한 혜경은 자신을 사랑하는 김준의 친구 오희영과 결혼을 한다. 혜경이 희영과 결혼한 것은 춘심과 김준의 관계를 오해해서 생겨난 일이고, 그로 인해 김준은 출감후 춘심과 결혼하고 농촌에 가서 협동조합운동을 한다. 혜경과 희영, 김준과 춘심의 결혼으로 김준을 둘러싼 삼각관계는 해소되지만, 혜경이 희영과 함께 협동조합운동에 가세하는 데는 인물들간의 삼각관계가 중요한 역할을 한다.

춘심·김준·혜경, 김준·혜경·희영의 삼각관계가 발생하면서 이들의 농촌운동은 시작되고 끝난다. 김준이 춘심과 운동에 나서게 된

---

20) 함대훈, 「자서」, 『무풍지대』, 보성서관, 1938, 1면.

것은 자신을 옥바라지 해주었던 춘심이 새로운 삶을 살겠다는 의지로 땅을 사고 기반을 마련해서이기도 했지만, 출감 이후 혜경이 절친한 친구인 희영과 약혼을 했다는 사실이 더욱 그 일에 매진하게끔 한 것이다. 희영 역시 자신의 동지인 친구 애인과 결혼한 것을 미안해 하지만 김준이 춘심과 결혼을 해 갈등이 해소되고, 동시에 운동을 위해 재산을 내놓는 춘심을 보고 자신의 안일했던 생활을 반성하면서 혜경과 함께 대학시절 꿈꿔왔던 이상을 실천하기 위해 의료 봉사를 하게 된다. 이들이 완전하게 이상적인 협동조합의 모델을 만들어 갈 수 있었던 이유는 서로를 견인해 내던 삼각관계로 인해 가능했던 것이다. 이들의 관계는 희영이 장티푸스에 걸려 죽고, 춘심이 폐결핵으로 죽으며 일단락 된다. 이렇게 작중의 삼각관계는 작품을 이끌어 가는 중요한 서사원리로 작용한다.

삼각관계와 함께 이 작품들을 구성해 나가는 중요한 요소 역시 오해로 중첩되는 구성의 우연성이다. 『순정해협』에서 주인공 소희의 사랑을 방해하는 것은 인물들간의 오해로 인한 얽힘이다. 영철이 소희를 버린 결정적인 원인은 준걸과 소희의 관계에 대한 오해에서 비롯된다. 영철은 소희를 좋아하는 준걸을 경계한다. 소희가 강습을 받던중 병이 나자 준걸은 극진하게 간호하는데, 이때 등장한 영철은 소희를 입원시키고 두사람을 만나지 못하게 해 준걸과의 관계를 단절시킨다. 소희가 퇴원한 후에 준걸에게 알리지 않고 금강산으로 정양을 간 것 역시 준걸에 대한 경계에서 비롯된 것이다. 이러한 상황에서 준걸과 소희는 같은 학교로 발령이 나고, 중간에 영철과 소희의 사랑을 시기하는 희준의 방해로 영철은 유학생 명신과 결혼한다. 영철의 오해는 이후 소희의 기구한 인생유전의 원인이 된다. 그러나 한사람의 일생을 좌우하는 이 우연적인 오해 상황은 충분히 해결이 될 수 있었음에도 불구하고 풀리지 않고 계속 중첩된다.

『무풍지대』역시 작품을 이끌어 가는 것은 삼각갈등이다. 혜경과 김준은 서로 사랑을 확인할 수 있는 기회가 있었지만 오해로 번번히 무산된다. 혜경은 애희와 김준이 사랑하는 사이라고 오해하는 순간부터 번민에 쌓인다. 그러나 사랑을 고백하고 떠나기 위해 김준을 만나러 간 혜경은 애희와 있는 김준을 보는 순간 정황을 살필 여유도 없이, 둘의 관계를 자신의 기준으로 재단해버림으로써 오해를 하게 된다. 한편 김준과 기생이었던 춘심에 대한 오해는 그녀가 김준의 절친한 동무인 오희영과 결혼하는데 결정적인 역할을 한다. 김준이 형무소에 가 있는 동안 춘심은 일방적으로 그의 옥바라지를 하는데, 그 사실이 하나의 순애보로 와전되어 신문에 기사화되고 이것을 본 혜경은 자신에게 마음이 있는 오희영과 결혼을 하게 되었던 것이다.

작중인물들의 인생을 좌우하게 되는, 오해로 인한 순간의 선택은 작중인물들의 의지에 의해 확인될 수 있는 부분임에도 불구하고 해결되지 않은 채 작품을 끌고 나간다. 이때 이러한 오해를 뒷받침하는 구성의 우연성은 독자들이 예상할 수 있는 보편적인 결과를 만들어 나가면서 통속성을 강화해 간다. 특히 『무풍지대』같은 작품은 작가가 자신의 이상적인 의식을 작품 속의 농촌운동으로 풀어내고자 했지만 통속적인 연애담으로 전락한 이유가 여기에 있다.

이처럼 통속적인 삼각관계를 중심으로 서사를 진행시켜 나가면서 통속적인 해결을 꾀하고 있음에도 불구하고, 이 작품들이 당시에 많은 인기를 끌어 모을 수 있었던 이유는 주인공의 시련에 대한 독자들의 감정이입과 해피엔딩에 대한 갈망이라고 볼 수 있다. 통상적으로 독자들은 작품을 읽을 때 작중의 주인공과 자신을 동일시함으로써 그들의 행적에 관심을 갖고, 시련을 경과하면서 행복한 결말로 나아가는 순간

환호하게 된다.『순정해협』의 경우 주인공인 소희는 독자들에게 동정심을 느끼게 하는 인물이다. 천애의 고아지만 반듯하게 자라 소학교 교원이 되고, 부잣집 아들과 사랑을 속삭이며 행복의 절정에 놓인 그녀가 자신의 의지와는 상관없이 타인의 시기로 인해 행복이 깨지는 것을 보면서 독자들은 한숨과 동정심을 갖게 된다. 여기에 처녀로 임신을 했으나 남자에게 버림받고 나중에는 살인 혐의로 형무소까지 가게 되는 주인공 소희의 파란만장한 인생유전은 독자들의 동정심과 안타까움을 유발시킨다. 그러나 이런 갖은 시련끝에 준걸과의 결합을 통해 행복한 앞날을 암시하면서 독자들에게 안도의 한숨과 기쁨을 동시에 준다.

주인공의 시련이 끝나고 오로지 소희만을 사랑하던 준걸과의 결합은 독자들의 기대 지평을 충족시켜 준다. 소희와 별다른 차이가 없는 처지의 준걸은 끊임없이 소희에게 애정을 고백하지만, 그녀는 그 애정을 받아들이지 않고, 훨씬 조건이 좋은 영철에게 끌린다. 준걸에 대해서는 같은 처지의 사람에 대한 입장만으로 생각해 볼 뿐이다. 중간에 희준이 농간을 부려 소희가 영철을 찾아 떠나므로 준걸과 소희의 관계는 두절된다. 둘의 관계는 소희가 떠나면서 반전된다. 이제는 영철에게 버림받고 영락의 길을 걷는 소희와 달리, 준걸은 시련의 아픔을 딛고 조선 곤충의 연구로 세계적인 학계에서도 인정해 주는 인물이 되고 문검시험에 합격해 성공의 가도를 달리게 되었던 것이다.

두 사람의 극명한 처지의 대조는 소희의 불행을 더욱 드러나게 하는 장치가 된다. 준걸은 영철과 달리 지극히 순정적인 인물로 영철과 소희의 관계가 어긋났음을 알자, 소희의 억울함을 풀어 주기 위해서 영철의 동생인 영숙에게 그 사실을 알리고, 그녀의 과거 허물은 생각하지 않고 순정적인 사랑을 바친다. 마침내 소희는 그의 사랑에 감동하고 준걸이 청혼을 한다면, 그리고 살아 나간다면, 자신을 이해해 주고 온갖 사랑을 바치는 준걸과 나머지 생을 살고 싶어하지만 주저한다. 그러나 준걸은 자신과 비교해 소희가 많은 결함을 지니고 있지만 순정적인 사랑만으로 청혼을 하고 동의를 얻어낸다. 불우했던 과거와 달리 모든 것을 얻고 출세의 가도를 달리는 준걸이 현재는 자신과 너무 다른 처지의 소희를 짝으로 받아들이는 행위에서 독자는 인생유전 끝에 전락한 인물인 소희가 고생 끝에 상승적 결합에 이르는 과정을 기꺼이 기쁜 마음으로 즐기게 된다. 그녀는 그동안의 시련과 고생을 준걸이라는 백마탄 왕자님의 등장으로 한꺼번에 보상받는다. 한 남성에게 유린당하고 사형수로 전락했던 여성이 순정적이고 훌륭한 인물을 만나 수직적인 계층상승을 하기까지의 과정은 독자들의 기대지평을 적극적으로 충족시켜 준다.

준걸과 소희의 순정한 사랑의 결합과 함께 시련의 주인공을 괴롭혔던 영철에 대한 소희의 선택은 인생유전과, 신의를 지키지 못한 인물에 대한 응징의 아이러니로 독자들의 시선을 붙잡는다. 소희를 사이에 둔 준걸과 영철의 삼각관계는 초반에는 영철이 승리하는 듯하지만 반전이 이루어진다. 그는 부잣집 아들이고 동경 유학생이며 스마트한 면모로 소희에 대한 사랑을 쟁취하고 기뻐한다. 그러나 오해 끝에 다른 여성을 결혼상대자로 선택하고, 행복한 가정을 꾸미지 못한다. 여기에 소희가 자신으로 인해 영락해 마침내는 살인 혐의로 법정에까지 서게 되는 꼴을 보면서 회한을 느낀다. 더욱이 자신을 위해 법정에서 불이익을 당하는 소희를 보며 양심의 가책을 느낀다. 그런 그녀를 위해 그는 적극적으로 변론을 해 무죄로 석방시키는데 결정적인 영향을 끼치게 된다. 이 과정에서 소희는 버림받은 영철에게 구출되는 아이러니를 겪게 된다. 소희는 무죄로 석방된 뒤 영철과 준걸에게 동시에 청혼을 받지만 준걸의 청혼을 받아들인다. 그 과정에서 버림을 받았던 소희가 영철을 버림으로써 독자들은 아니러니한 상황의 반전이 주는 흥미를 동시에 느낄 수 있었던 것이다.

4) 에로티시즘과 예술의 세계 – 이효석의 『화분』

이효석의 『화분』은 30년대 말 문학적 현상의 일단면을 잘 보여주고 있는 작품이다. 1939년 인문사의 전작장편소설총서의 2번째 권으로 발간되어 독자들의 호응을 받았다.[21] 이 작품은 남녀 인간군상의 원시적 애욕의 세계를 적나라하고 거침없이 보여주는데, 당시의 작품들이 흥미를 위해서 에로적인 요소를 삽입했던 것과는 달리 예술로 감싼 애욕의 세계를 전면적으로 그리는 파격적인 면모를 보여준다. 아울러 성적담론의 전면화라는 점에서 30년대의 표지에 해당하는 작품이라고 할 수 있다.

『화분』은 '푸른집'에서 살아가는 인간군상들의 다양한 애욕이 작품의 서사를 관류하고 있다. 작중의 인물들은 크게 두 부류로 나뉘는데 현마 · 세란 · 단주 · 옥녀의 애욕적인 관계와 미란 · 영훈 · 가야의 예술을 중심으로 하는 정신적인 관계가 그것이다. 첫 번째 부류의 관계는 너무나 복잡하고 다층적이며 비정상적인 욕정관계로 이루어진다. 영화사업을 하는 현마와 그의 첩 세란 그리고 여기에 현마의 동성애 파트너인 단주, 하녀인 옥녀의 관계가 복잡하게 얽혀 있다. 세란은 현

---

21) 이 작품은 『대하』와 함께 인문사의 전작장편소설총서의 한권으로 발간되어 3개월 여만에 재판에 착수할 정도로 인기를 얻었다.(「출판부 소식」, 『인문평론』, 1940. 2, 229면) 본문에서 작품분석의 텍스트로 삼은 것은 『화분』, 『이효석 전집』4, 창미사, 1990년판이다.

마의 첩으로 동생 미란과 같이 살고 있다. 현마는 세란과 부부사이지만 단주라는 미소년과 동성애를 즐기는 양성애자이다. 더욱이 처제인 미란과 육체적인 관계를 맺기 위해 기회를 엿보는 인물이다. 현마의 동성애 파트너인 단주는 미란을 마음에 두고 그녀와 결합하고 싶어하나 현마와 세란의 방해로 뜻을 이루지 못한다. 그는 세란의 유혹으로 그녀와 육체적인 관계를 맺는다. 이후 세란은 질투심으로 단주와 미란의 관계를 방해한다. 단주는 세란과 육체적인 관계를 맺음으로써 성숙해지고, 미란과 육체적인 관계를 맺으며, 하녀인 옥녀와도 관계를 갖는다. 미란을 성적인 대상으로 바라보던 현마는 우연한 기회에 그녀를 유린한다. 이러한 복잡하고 비정상적인 관계를 유지하는 것은 육체적인 관계로 연결된 인물들의 애욕이다. 이들 행위의 규범은 일반적인 상식, 도덕과는 거리가 먼 감각적이고 말초적인 성적욕구이다.

이렇게 타락한 관계들 속에서 오로지 정신을 차리고 있는 것은 미란이다. 미란은 감상적인 기분에 이끌려 맺은 단주와의 관계를 후회하면서 음악공부에 힘을 쏟는다. 미란은 자신의 행위를 반성하고, 현마에게 유린당한 후 집을 뛰쳐나옴으로써 애욕으로 얼룩진 푸른집의 세계를 벗어난다. 푸른집의 세계를 벗어난 미란은 예술을 지향하는 영훈과 가야의 정신적인 세계로 편입한다. 미란과 달리 가야는 아름다운 외모도 재산도 없지만 영훈을 열렬히 사랑하여 집안에서 결정한 혼인도 마다하는 인물이다. 그녀는 영훈에게 끊임없이 사랑의 편지를 보내지만 받아들여지지 않자 영훈을 그리워하며 죽어간다. 비정상적인 외모의 가야에게 우월감을 느끼고 있던 미란은 현마와의 일 이후 영훈의 거처에서 지내는 동안 가야가 영훈에게 바치는 정신적인 사랑에 감동한다. 또한 육체적으로 순결하지 않은 자신을 반성하며 영훈과 가야의 사랑이 이루어져야 한다고 생각한다. 하지만 영훈이 돌아오고 자신의 과거문제를 관대하게 넘어가는 아량을 보이자 두사람은 다시 사랑을 약속한다. 얼마 후 가야의 자살소식을 듣고 임종을 보면서 둘은 사랑을 더욱 굳게 하고, '창조적인 것의 생산'과 '예술의 완성'을 위한 여행을 떠난다. 푸른집의 육체적인 세계를 떠난 미란은 영훈이라는 인물을 만남으로써 도덕적인 반성을 경과하고 예술의 세계로 나아가게 된 것이다.

'푸른집'으로 표상되는 육체적 세계와 음악이라는 예술매체를 지닌 정신적인 세계의 대립은 정신적인 세계의 승리로 이어진다. 이러한 면모가 이 작품을 순수 예술소설로 보게 하는 하나의 근거가 되었는데, 당시 어느 글에서는 이 작품에 대해 다음과 같이 말하고 있다.

> 이효석 작 『화분』(전작장편소설 총서Ⅱ)은 김남천씨의 『대하』와 함께 본사의 양심적 출판을 증좌하는 것이라는 세평은 이미 높았거니와 주지한 바와 같이 작가 효석은 우리 문단이 가진 순수예술의 대가로서 십여년의 문학적 수업의 대미의 완성인 이 작품이야말로 작자의 자랑이요 우리문단의 보배요 천하독자의 불후의 영양소다.[22]
>
> 예술소설의 최고 경지
>
> 화분의 세계 - 도덕과 질서의 이전의 세계, 그것은 근본적인 맘의 고향이다. 이 세계에 진실을 구하여 물릴줄을 모르던 이 저자의 예술은 이 장편에서 비로소 방향한 세계를 이루었다.[23]

이 작품을 순수한 예술소설로 평가하게 한 이유는 푸른집의 세계와는 대척적인 지점에 놓여있는 미란과 영훈의 아름다운 것을 찾아나가

---

22) 「출판부 소식」, 『인문평론』, 1940. 2, 229면.
23) 「화분광고」, 『인문평론』, 1940. 8 · 10, 표지.

는 여행이라는 결말과 현실과는 동떨어진 에로스의 예술적 묘사라는 작가의 의도가 큰 역할을 했던 것으로 보인다.

그러나 이 작품은 전형적인 대중소설이라고 볼 수 있다. 작품의 서사를 관류하는 인물들의 행동 규범은 오로지 성적인 애욕이다. 이 성을 매개로 한 애욕적인 행각은 복잡하고 비정상적인 삼각관계에서 비롯된다. 현마와 세란은 부부관계이며 이들은 단주라는 인물을 두고 서로 대립적인 상황에 놓인다. 단주는 현마의 동성애 파트너이며 동시에 세란과 육체적인 관계를 맺는 기묘한 관계이다. 여기에 세란의 동생 미란을 두고 현마와 단주는 미묘한 신경전을 벌여 현마·미란·단주의 관계가 발생한다. 나중에는 하녀인 옥녀까지 등장하여 단주를 중심으로 한 세란·단주·옥녀의 삼각관계가 형성되고, 이 관계는 작품을 파국으로 이끌어가는 중요한 계기가 된다. 즉 현마·단주·세란을 중심으로 한 주변의 부수적인 인물들의 겹치는 삼각관계로 진행되며 이 삼각관계를 관류하는 것은 등장인물들의 복잡한 애욕, 즉 에로스의 세계이다. 『화분』에 나타난 이효석의 후기 작품을 관류하는 성적인 것에 대한 관심의 극대화는 사회성과 기존의 도덕 관념을 뛰어넘은 새로운 에로스의 세계를 그리려는 노력으로 나타난다. 이러한 점에서 김남천은 다음과 같은 평을 하고 있다.

이씨는 『화분』의 작중인물 전부의 사회성을 박탈해 버린다. 계층성도 떼어버리고 습관, 풍속 일체의 인습적인 덕목, 도덕에서 이들을 해방한다. 의복이나 복장까지도 하나의 구속이나 기반이 된다고 하여 이씨는 작중인물의 어떤 남녀를 그냥 나체로 만들어버렸다. …… 이씨는 이것까지 기성적인 것이라 하여 인간을 전혀 사회와 분리해서 '푸른집' 가운데 몰아넣어 보는 것이다. 우리는 이 대목에선 이씨를 공격할 것이 아니라 오히려 박수

쳐야 할 것이다. 왜냐하면 이씨는 인간을 하나의 자연으로 보아버린 잘못을 범하면서도 기성 모랄의 부정이라는 커다란 플러스를 선사하고자 한 때문이다. 이리하여 기성 도덕 일체가 통렬히 부정되는 것을 우리는 사회적 제약과 기반을 벗어나서 그대로 동물이 되어 어지러이 뛰어 다니는 육체의 운동에서 충분히 구경하였다. [24]

김남천은 『화분』의 가장 큰 미덕을 기성의 도덕과 관념의 부정에서 찾고 있다. 그리하여 사회성이 거세된 작중인물들의 행위가 단지 에로스에 그치는 것이 아니라는 차원에서 분석하고 있다. 김남천의 이러한 지적은 상당히 타당한 점이 있다. 기존의 작품들이 지니고 있는 통속성은 예술성과 통속성의 균형을 상실한 지점에서 비롯되는데, 이 작품의 경우 질서와 도덕 이전의 세계를 그리겠다는 작가의 포부에 어느정도 도달하고 있는 것이 사실이다. 그러나 기존의 도덕관념을 벗어버리고 난 작중인물들의 세계는 단순한 육체의 세계, 그것으로 인해 몰락을 향해가는 불구적인 모습을 보일 뿐이다. 작가는 예술로 승화된 에로스를 그리는 것이 아니라 그저 통속적인 에로스의 세계에 머물고만 것이다. 그것은 작가가 이러한 원시적이고 자유분방한 인간군상의 행위 자체만의 에로스의 세계를 그리고, 그것을 합리화할 수 있는 새로운 성모랄을 구축하지 않음으로써 자신의 의도와는 상관없는 통속의 세계로 발을 디딜 수 밖에 없었던 것이다. 결국 새로운 성모랄이 확립되지 않은채 그려진 세계는 추악한 애욕만을 보여주는 데 그치고 있다.

이러한 통속적인 결말은 피상적인 현실인식을 수반한다. 작중인물들의 거세된 사회의식은 작가의 의도에 따라 기성도덕 일체를 벗어난

---

24) 김남천, 「이효석 <화분>의 성모랄」, 『동아일보』, 1939. 11. 30.

세계를 그리고 있다는 점에서 긍정적으로 바라볼 여지가 있음은 배제할 수 없다. 하지만 그것의 결말은 에로스로 표상되는 푸른집을 벗어나온 사람들의 긍정적인 면모를 통해 통속적인 소설의 결말형식을 그대로 보여준다. 일시적인 기분으로 단주와 육체적인 관계를 맺은 미란은 영훈이라는 인물을 만나면서 자신의 행위를 반성하고 괴로워한다. 현마에게 육체적인 정조를 유린당한 후에는 영훈을 사랑하는 가야의 정신적인 사랑을 보면서 도덕적인 자기반성을 한다. 이러한 도덕적인 반성의 결과 푸른집의 구성원들이 불구적인 삶을 살게된 것과 달리 그녀는 영훈이라는 인물과 사랑을 확인하고 새로운 예술의 세계로 떠난다는 행복한 결말에 이르게 된다. 그런데 이들이 생각하는 진정한 예술의 세계, 아름답고 창조적인 세계의 모델로 설정한 것은 구라파적인 것이다. 그들은 외국에 대한 동경이 사람의 본능이라고 생각하는데 그중에서도 영훈이 아름다운 것의 발견을 위해 구라파를 지향하는 것은 예술에 대한 욕구라기 보다는 그저 새로운 것에 대한 동경에 불과했던 것이다.

작가가 원시적인 에로스의 세계를 통해 새로운 모랄로 설정하려 했던 예술은 작가의 피상적인 현실인식, 서구적인 것에 대한 무조건적인 동경으로 변질되어 현실을 정확하게 파악하지 못하고, 에로스의 세계를 통어하지 못하여 결국은 통속적인 귀결을 맞이하게 된다. 현실이 배제된 서구적인 요소에 대한 지향은 당시 대중소설의 전형적인 특성을 보여준다.

『화분』에 드러나는 세계는 사회적인 현실이 전적으로 배제된 에로스적인 세계이다. 이것은 이 작품이 보여주는 특색이자 한계이며 30년대 후반의 새로운 한 현상을 보여주는 것이기도 하다. 즉 기존의 대중소설이 지니고 있는 딜레마, 예술과 통속, 현실과 허구 사이의 경계에서 어떤 형태로든 현실의 제약을 받았던 작품들과 달리 통속적 인간들의 에로스를 다루고 있다는 것, 그 자체만으로도 새로운 모습인 것이다. 또한 새로운 성에 대한 담론의 시작은 당시의 분위기에서 가능했던 것이라고 볼수 있다. 이러한 점에서 이효석의 『화분』은 30년대 말의 현상을 여러모로 압축해서 보여주고 있다고 해도 과언이 아니다.

5) 탐정소설의 새로운 경험 – 김래성의 『마인』

『마인』은 우리 소설사에 본격적인 탐정소설의 면모를 지닌 작품이 있었음을 보여 준다. 이 작품은 당시 많은 독자들의 사랑을 받았다. 『마인』의 인기는 이 시기 대중독자들이 유사한 패턴의 반복이라는 대중소설의 관습에 익숙해져 있었기에 가능했던 것이라고 할 수 있다. 김래성의 등장은 30년대 후반 문단에서 대중소설이 얼마나 많은 일반 대중독자들에게 공감대를 형성하고 있었는지를 보여주는 작품이다. 김래성은 와세다 대학에서 법학을 공부하면서 문학에 대한 미련을 가져 일본의 탐정소설 잡지에 탐정소설을 발표하면서 작품활동을 시작한다. 그는 일본의 유명한 탐정소설 작가 에도가와 람뽀(江戶川亂步)에게 사사를 받아 그의 영향을 받았다. 그후 많은 탐정소설을 남겼는데 그중에서도 장편 탐정소설『마인』은 다채로운 사건의 전개와 다양한 트릭, 흥미로운 사건의 전개 등으로 당시 많은 독자들의 사랑을 받았다. 1939년 2월 14일부터 10월 11일까지『조선일보』에 연재되어 선풍적인 인기를 끌었고, 같은 해에 조선일보 출판부에서 단행본으로 간행되어 6판까지 찍어낼 정도로 탐정소설로는 드물게 많은 독자들의 사랑을 받았다.[25]

세계적인 무용가 주은몽은 생일날 그녀의 집에서 열린 가장 무도회에서 괴한에게 칼로 찔리는 불상사를 당한다. 경찰에서는 사건의 용의자로 무도회에 온 김수일과 그의 친구인 이선배라는 인물을 주목한다. 주은몽은 파트론인 중년의 부자 백영호와의 결혼을 앞두고 있는데, 백영호의 딸인 백정란에게 결혼식에 장송행진곡을 치라는 협박편지가 날아오고, 결혼식날 은몽은 악마를 발견하고 기절한다. 은몽은 자신을 해치러 온 악마가 열여섯 되던 해 금강산에서 만난 소년 승려 해월이고, 약속을 져버린 자신을 죽이려 하는 인물이라고 말한다. 경찰의 임경부는 백도사에 해월이란 승려가 있었다는 것을 확인한다. 한편 해월의 협박편지가 백영호의 침실에서 발견되고 경찰에서는 명탐정 유불란에게 도움을 청하기로 한다.

백영호는 자기집에서 살해당하는데 정란의 약혼자 문학수는 백영호의 미술품 수집실에서 한 장의 여자 사진을 발견한다. 백영호 집안의 고문변호사인 오상억은 사건을 재검토하여 유불란, 김수일, 이선배가 모두 동일인이라는 추리내용을 신문지상에 발표한다. 주은몽은 오상억에게 도움을 청하고 유불란과 임경부가 오상억을 찾아와 네사람은 한자리에 모인다. 여기서 유불란은 오상억의 추리를 시인하고 그 연유를 말하는데 제2의 참극을 예고하는 해월의 협박편지가 발견된다. 유불란은 은몽의 요청으로 그녀의 집을 방문하고 탐정이자 백영호의 아들인 남수가 오상억과 유불란에게 자신이 취득한, 백영호의 수집실에서 발견된 사진과 똑같은 사진을 보여주고 어디론가 떠난다. 이때 백영호에게 기부금을 부탁했던 황세민 교장이 나타난다. 황세민 교장을 미행하던 유불란은 황교장도 똑같은 사진을 갖고 있음을 알게

25) 본문에서 작품분석의 텍스트로 삼은 것은 신문연재본과 『마인』, 진문출판사, 1964
년 판이다.

된다. 남수는 여행에서 돌아와 유불란과 오상억에게 사진 속의 인물에 관해 말하려는 순간 권총으로 살해당한다. 유불란은 남수가 백영호의 고향에 다녀왔을 것으로 추정하고, 정란에게 아버지의 고향에 관해 물어보는 중에 자신의 일에 끼여들면 목숨이 위태로울 것이라는 해월의 경고문을 받는다. 오상억과 유불란, 임경부는 공동수사하기로 합의한다.

유불란은 황세민 교장의 신변을 추적하던 중에 그가 미국국적을 가지고 있고 과거에 해적이었다는 사실을 알아 낸다. 유불란은 황교장의 집에 숨어 있다가 황치인이 황교장을 위협하는 것을 목격한다. 백영호의 고향으로 갔던 오상억은 그곳의 면장과 홍춘길에게 들은 삼십년 전의 이야기를 사람들에게 들려준다. 평안남도 *천읍에 살던 백씨가문과 엄씨가문은 서로 원수같은 집안인데, 백영호의 사촌형인 백씨의 아들 백문호와 엄씨집안의 딸 여분은 서로 사랑하는 사이가 되고, 여분을 좋아했던 백영호는 문호와 여분의 관계를 큰아버지에게 일러바친다. 아버지의 노여움을 산 문호는 집을 나가고 영호는 여분을 유인하여 능욕하고, 문호는 영호가 파놓은 함정에 빠져 벼랑 아래로 추락한다. 여분의 집 머슴이었던 홍춘길은 이 광경을 목격하고 여분에게 이 사실을 알린다. 여분은 고향을 떠나 문호의 아이를 낳고 삼일만에 죽는다. 여분은 죽기 전 어머니에게 아이가 자라면 어미의 원수를 갚게 해달라고 부탁했는데 그 아이가 해월이라고 홍춘길은 말한다. 그러나 홍춘길도 해월에게 살해당하고 자신은 간신히 살아났음을 말한다.

오상억은 해월의 정체를 말하며 해월의 행동이 백영호 일가에 대한 복수라고 추리한다. 그러나 유불란은 여분이 사내아이를 낳았다는 것과 해월이란 인물이 실재하는지 의심한다. 주은몽은 유불란을 찾아오고 유불란이 주은몽이 해월임을 단언하며 그 근거를 제시하자, 은몽은 추리의 허점을 지적하며 해월이 실재함을 증명하는 여러 가지 증거를 제시하고 유불란은 다시 이를 반박한다. 이때 백정란이 살해당했다는 소식이 들리고 유불란의 추리가 무너지려 하는데, 유불란은 황교장을 찾아가 백문호임을 자백받고, 황치인이 오상억의 부친 오첨지임을 알게된다. 은몽은 자기집으로 돌아가다가 살해되는데 오상억은 격투 끝에 해월을 죽이고 문학수가 해월임이 드러난다.

백남철이 귀국한다는 전보가 주은몽의 집으로 배달되고 유불란은 백남철을 죽이러 온 오첨지를 체포한다. 유불란은 해월이 오래전에 죽었다는 사실을 듣고, 은몽이 엄여분의 딸이며 어머니의 원수를 갚기 위해 범행을 했다는 사건의 전모를 밝힌다. 그리고 오상억은 허위증언을 했으며 홍춘길의 살해범이라고 말한다. 오상억은 달아나고 경찰이 그를 추격한다. 유불란은 점술가의 아내가 된 백문호의 딸 예쁜이를 만나러 가는데 예쁜이는 두사람이 오자 자살한다. 예쁜이의 유서를 통해 그녀가 실제로는 은몽임이 밝혀지고, 주은몽과 예쁜이가 쌍둥이였으며 오상억이 둘을 바꿔치기 해 예쁜이를 죽인 것임을 밝혀낸다. 유불란은 오상억이 백남수의 살인사건 후 주은몽과 공범관계를 맺어 왔으며, 백영호와 백남수를 죽인 것은 주은몽의 단독범행이었음을 말한다. 유불란은 주은몽에 대한 연정으로 사건의 해결이 순조롭지 못했음을 자인하고 탐정폐업을 선언한다.

이 작품은 발표 당시에 선풍적인 인기를 얻었고, 창작탐정소설로서는 거의 독보적인 위치를 점했다고 해도 과언이 아닐 것이다. 우리문단의 경우 대중소설의 전형적 양식인 탐정소설은 김래성의 『마인』에 이르러서 비로소 그 면모를 갖추었다고 할 수 있다. 『마인』은 신문 연재시에도 폭발적인 인기를 얻었지만 단행본으로 출간된 후에도 당시로서는 유례없이 많이 팔렸다. 이 작품에 대해서 김안서는 "구상은

『르블랑』을, 예술미에서 『알란·포』를, 그리고 필치는 『쮀스터튼』을 연상케되니 이것은 말할 것도 없이 1인 3능의 집대성"이라고 평가했고, 임학수는 좋은 탐정소설이 없는 조선에 『마인』의 출판이 흥미 등 여러면에서 획시기적인 것이라는 평가를 했을 정도로 많은 대중독자들의 사랑을 받았다.[26]

　『마인』은 세계적 무용가 주은몽을 살해하려는 복수귀 해월의 살인 행각과 그것을 해결해 가는 명탐정 유불란의 활약이 치밀한 구성을 통해 잘 형상화 된다. 전형적인 추리문학은 판에 박힌 유희규칙 안에서 항상 새로운 변화를 주는 능력, 세밀한 부분까지 염두에 둔 틀과 지적 요소가 그 특징을 이룬다.[27] 『마인』은 추리문학의 이러한 특성을 잘 드러낸 작품이다. 세계적인 무용가 공작부인 주은몽의 생일을 기념한 가장무도회에서 주은몽이 정체불명인 도화역자의 칼에 찔리는 사건이 일어난다. 주은몽을 노리는 복수귀는 해월이라는 인물인데 약속을 저버린 은몽에게 복수하기 위해 주변의 인물들을 차례로 살인해 나간다. 탐정 유불란은 해월로 인해 발생하는 연쇄살인사건을 해결하기 위해 해결사로 등장한다. 그는 괴도 루팡을 만들어낸 모리스 르불랑을 연상케 하는 이름과 성격을 가진 인물로 실제 작품 속에서도 루팡의 차림으로 가장무도회에 참석하기도 한다. 주은몽의 파티에 이선배라는 인물로 가장한 유불란은 잠시 은몽을 찌른 도화역자로 오해를 받지만 주은몽의 남편이자 파트론이었던 백영호 집안의 변호사인 오상억에 의해 범인이 아님이 밝혀진다.

　이 작품은 여러 갈래에서 서사구조가 진행된다. 처음에는 은몽과 유

---

26) 「마인광고」, 『조선일보』, 1939. 12. 23.
27) 울리히 브로이히, 「추리문학에 대하여」, 『추리소설이란 무엇인가?』, 대중문학연구회 편, 국학자료원, 1997, 12면.

불란 사이의 연애담에 과거의 인물 해월이 결합되고 또 여기에 오상억이 끼어들면서 또다른 연애담으로 기능하기도 하며, 가문과 가문간의 원수갚기 모티브를 통해 작품이 전개된다. 은몽과 김수일로 변장한 유불란의 연애담이 진행되면서 주은몽은 도화역자에게 가해를 당하고, 이로 인해 은몽의 과거가 드러나며 김수일의 현재 신분이 탐정 유불란임이 알려진다. 이것은 변호사인 오상억의 추리로 밝혀진다. 뛰어난 탐정 유불란은 오상억이라는 인물에 의해 자신의 정체가 노출됨으로써 사건의 전면에서 한걸음 물러나와 오상억과 주은몽의 사이를 질투하는 비애를 겪게 된다. 복수귀로 상정한 해월의 정체는 드러나지 않고 은몽의 주변인물들은 차례로 죽어간다. 수사과정에서 그녀의 파트론이자 남편이었던 백영호의 죽음과 그 과정에서 무언가 발견했던 사립탐정인 아들 백남수의 죽음으로 백씨집안과 엄씨집안의 가문불화와 재산을 노린 사촌형과의 재산분할 등으로 일어난 비극적인 사건이라는 결론에 이르게 된다. 그러나 유불란은 명석하고 치밀한 추리로 극적인 반전을 시키면서 오래전에 죽었을 것으로 추정되는 그 복수귀 해월이 실은 은몽이었음을 밝히고 여기에 돈을 노린 오상억이 개입되어 복잡하게 펼쳐졌던 사건을 해결해 나간다.

『마인』은 이 과정에서 과거와 현재를 번갈아가면서 이야기의 서사를 만들어 내고 고도의 복선과 장치들로 반전에 반전을 더해가면서 독자들을 사건에 몰입시킨다. 작중에서 연쇄적으로 일어나는 살인 사건은 독자들의 긴장감을 고조시킨다. 이러한 긴장감은 신출귀몰한 정체불명의 범인의 협박속에서 더해 나간다. 경찰의 무능력함과 복수귀의 신출귀몰함은 서로 대비되면서 독자들은 손에 땀을 쥐고 사건을 지켜보게 되고, 유불란의 문제해결은 짜릿한 흥미를 더해준다. 초반 김수일로 가장했던 유불란은 사랑하는 여인과 관련된 사건에 냉정한 이성을 보이지 못하지만 어느 순간 가정과 고도의 논리적인 추리를 통해 사건을 해결해 나간다. 그는 해월을 은몽으로 지목하고 사건을 추리해 나가고 은몽이 등장하면서 살인사건의 상황과 동기에 대해 고도의 논리전을 펼치는데, 두사람의 팽팽한 반론과 반론은 끝까지 긴장감을 늦추지 못한다. 유불란은 계속 은몽을 범인으로 지목하고 완전한 사건의 해결을 위해 정황증거를 강화해 나가는데 그 순간에 일어난 백정란의 죽음으로 위기에 빠진다. 그러나 오상억 변호사의 부친인 황치인(오첨지)에 대한 과거를 알게되므로써 사건의 범인을 명백하게 가려내게 된다.

탐정 유불란이 사건의 해결에 이르기까지 작중에서 벌어지는 사건의 추리과정은 독자들에게 많은 흥미를 불러 일으킨다. 더욱이 그냥 지나쳤던 조그만 정보의 추론을 통해 사건을 해결해 나가는 과학적이고 합리적인 해결방식에서 독자들은 스릴과 긴장감, 해결의 쾌감을 동시에 누리게 되는 것이다. 고도로 지적인 게임으로 인한 긴장감의 사이사이에 드러나는 유불란이라는 탐정의 한 여인에 대한 인간적 고뇌가 작중의 사건해결을 지연시키면서 혼선을 주지만, 탐정의 고뇌하는 인간적인 면모 속에서 독자들은 탐정소설이 누리는 고도의 지적이고 논리적인 게임의 과학성에 흥미를 느끼면서 동시에 인간적인 고뇌에 대한 동일한 공감대를 형성하게 되는 것이다. 과학성과 논리성, 인간적인 면모를 지닌 탐정의 등장은 독자가 사건을 더욱 흥미롭게 느끼게 하는 하나의 좋은 방법이 된다. 탐정소설이라는 별로 경험하지 못했던 장르에 대한 거부감은 이러한 인간적인 탐정의 면모로 희석된다.

『마인』이 당시에 많은 독자들을 확보할 수 있었던 요인은 우선 탐정소설이 유사한 패턴이 반복되므로 새로운 형식의 소설에 대한 독자들의 거부감을 희석시켰다는 점이다. 아울러 미궁에 빠진 작중의 사건을 자기 나름으로 정황증거를 찾아 추론해 가는 과정에서 탐정과 자신을 동일시하고, 실제 자신이 추론한 사건이나 범인으로 지목한 사람이 범인으로 드러날 때의 쾌감이 독자들에게 만족감을 주는 것이다. 또한 이 작품이 큰 인기를 누릴 수 있었던 것은 서구적이며 이국적인 취향이 독자들에게 호기심을 불러 일으켰기때문이다. 작중인물의 입을 빌어서도 말하고 있는 가면무도회라는 이국적인 장면은 독자들의 호기심을 불러일으키는데 한 몫을 하고 있다. 가면무도회에 참석하는 인물이 타고 있는 세단, 더욱이 거기서 나온 실크햇에 턱시도를 입은 인물의 등장은 독자들에게 이국적인 흥취의 새로움을 느끼게 하는데 부족함이 없다. 또한 상류계층의 생활과 김수일로 가장한 유불란과 주은몽의 화랑에서의 만남 등의 여러 장치는 이국적 취향을 잘 드러내 준다. 등장인물과 배경의 이국적인 취향 외에도 작중의 탐정인 유불란과 등장인물들의 배치가 서구소설과 유사한 느낌을 준다. 홀로사는 탐정 유불란과 그의 임무를 보조한 서생, 사립 명탐정인 유불란을 시기하는 경찰의 간부 임경부의 모습 등이 그러한다. 유불란은 과거 코난도일의 셜록홈즈나 르불랑의 알센느 루팡, 체스터튼의 명탐정 브라운, 애드가 앨런 포우의 뒤팽, 아가사크리스티의 앨러리 퀸, 에르뀔 뽀아르 등의 탐정소설에 등장하는 인물 유형과 흡사하다.

　한편 작가는 그러한 이국적인 취향의 인물과 사건을 매우 구소설적인 방식으로 전달한다. 사건발생의 뿌리는 지극히 토속적인 가문과 가문의 복수에서 비롯되는 구소설적인 것이지만 그것인 현재담은 지극히 서구적이다. 이것을 작가가 직접 등장하여 독자들에게 사건해결의 열쇠를 제시하고, 친히 친절하게 설명해주거나, 또는 통속적인 신파방식으로 독자들에게 사건의 정황을 알려준다. 서사를 전개시켜 나가는 구소설적인 작가의 개입은 탐정소설이라는 새로운 독서경험을 전혀 낯설지 않은 방식으로 독자들에게 전달하는 큰 역할을 하고 있는 것이다. 이러한 방식의 책읽기에서 독자들은 문제의 숙지와 추론, 해결의 과정에서 문학적 고양감을 아울러 누리게 되는 것이다.

『마인』은 30년대 후반에 등장한 본격적인 탐정소설로서 탐정소설이 갖춰야 할 기본적인 구성요건을 충실하게 갖추고, 사건을 해결해 가는 과정에서 절묘한 복선과 트릭, 의외의 상황으로 발생하는 반전에 반전을 거듭하면서 예상치 못한 결말을 향해 나간다. 독자들은 이 과정에서 고도의 지적인 게임의 즐거움과 추론 과정에서의 과학적 즐거움을 동시에 누리게 된다. 물론 이 작품이 지니고 있는 서구의 수입처럼 보이는 등장인물의 배치나 현실과 동떨어진 배경, 독자들에게 전혀 정보를 정보를 주지 않고 사건을 쉽게 해결하는 방식 등 나름의 한계를 지니고 있기는 하지만, 그럼에도 불구하고 당시의 독자들은 자신이 추론을 통해 범인을 찾아가는 과정에서 공감을 하게 된다. 『마인』은 이 시기에 동시대적인 감각의 공유라는 대중소설의 덕목을 충실하게 지켜내고 있다는 점에서 탐정소설의 역사가 일천한 우리 문단에서 큰 의미를 지닌 작품이라고 하겠다.

제 ❹ 장

1930년대 후반 대중소설의 서사구성 원리

■ 계몽성과 이상주의

■ 과학주의에의 지향

■ 흥미추구와 상투성

■ 작위적 갈등과 결말의 예측가능성

제4장 1930년대 후반 대중소설의 서사구성 원리

1. 계몽성과 이상주의

우리 문학사에서 계몽의 양상은 시대별로 각기 다르게 발현되었지만, 개화기 이후 문학에 있어서 계몽의식은 문학의 근대성이라는 표지와 함께 등장한다. 개화기 문학의 계몽적인 면모는 근대 문학의 효시라고 하는 이광수의 『무정』을 거쳐 면면히 이어져 내려오는데, 30년대 후반의 대중소설에서도 역시 다양하게 드러난다.

대중소설의 통속성과 계몽의식은 일견 화합할 수 없는 상반된 것으로 보인다. 그러나 이 시기 대중소설에서 계몽의식을 찾아내는 것은 그다지 어렵지 않다. 그중에서도 특히 이광수·박계주·이태준의 작품들에서 작가의 계몽의식과 이상주의는 일관되게 드러난다.

이광수의 경우, 이 시기 대표적 대중소설인 『애욕의 피안』과 『사랑』에서 노골적으로 계몽적인 태도를 취한다. 그는 『무정』에서부터 일관되게 지식인의 계몽을 역설했으며 「민족개조론」역시 그의 계몽의지의 발현이라고 할 수 있는데, 이 시기의 계몽의식은 이전의 민족주의적인 지향과는 약간의 거리가 있다. 『애욕의 피안』과 『사랑』에서 작가가 독자대중에게 역설하고 있는 것은 정신적이고 이상주의적 사랑에 매진하라는 비현실적인 계몽의 논설이다. 『사랑』에서는 서로를 위해 끊임없이 향상하고 유화선순(柔和善順)하라는 화두를 하나 더 붙인다. 작중의 인물들은 이러한 사랑의 실천을 위해 육체적인 사랑을 버리고 자기희생도 마다하지 않는다. 그들은 자신의 희생으로 주변사람들을 변화시키겠다며 죽음을 택하기도 하고, 정신적인 사랑을 지키기 위해 마음에 없는 사람과 결혼을 하기도 한다. 이 작품들을 통해 작가가 대중독자들에게 끊임없이 설파하는 것은 정신적인 사랑을 위해 향상하고, 중생의 괴로움을 덜어주기 위해 자신을 죽이고 보살행을 택하라는 종교적이고 철학적인 계몽의 태도이다.

이것은 박계주의 『순애보』에 등장하는 계몽적 태도와도 흡사하다. 박계주가 줄기차게 주장하는 것은 기독교적인 박애와 희생의 정신이다. 타인을 위해서 자신을 희생하고 자신에게 다가오는 수많은 고난에도 불구하고 오로지 인도주의적 입장에서 타인을 생각하라는 것이 『순애보』의 논지이다. 『애욕의 피안』, 『사랑』, 『순애보』에 나타나는 정신적인 사랑에의 갈구, 조국을 위한 사랑, 무차별적인 자기희생, 선으로 악을 갚아야 한다는 관념적이고 이상주의적인 태도는 이광수나 박계주가 이 작품들을 쓰면서 계속 염두에 둔 일반 대중들에 대한 계몽, 감화의 태도에서 비롯되는 것이다. 당시 박계주의 『순애보』를 평한 논자들이 "흡사 소(小)춘원의 개(槪)"가 있다고 평가한 것은 바로 이러한 사상의 유사함에서 내린 판단이라고 할 수 있다.

그러나 이광수와 박계주의 작품에 면면히 흐르는 계몽주의적인 태도는 매우 관념적이고 이상주의적인 것이다. 계몽주의의 출발이 근대의 과학주의적 세계관에서부터 비롯되었다는 것을 생각해 본다면, 이광수나 박계주의 작품에 드러나는 계몽성은 근대에 대한 작가의 체화된 인식이 아니라 관념적인 염원에 불과한 것이다. 이에 반해 이태준의 작품 속에 드러나는 계몽의 양상은 이광수, 박계주와는 약간의 거리를 두고 있다. 그는 대중독자들의 흥미가 어디에 있는지를 간파한 작가였다. 대중독자들에 대한 그의 민감한 의식은 작품속에서도 그대로 발현된다.

이태준이 후기의 장편소설에서 주로 주장하는 것은, 여성이 자각해야 하며, 사회의 한 구성원으로 당당히 자립해야 한다는 것이다. 즉 여성주인공을 내세우고 페미니즘을 전면에 등장시켜 여성의 자각이라는 계몽의 표지를 드러낸다. 『화관』의 동옥은 교원으로서 후세 교육을 위해 힘쓰고, 『딸 삼형제』의 정매로 대표되는 구제도의 희생자인 여성은 자립을 통해 당당한 사회의 구성원으로 성장해 나간다. 『청춘무성』의 득주는 자신에게 주어진 현실적인 어려움을 딛고 문화사업에 매진한다. 이태준은 작품 속에서 열악한 상황에 놓인 여러 유형의 여성인물들의 형상화를 통해 여성독자들에게 계몽의식을 불어넣는다. 여성의 자각이라는 계몽의 전언은 이 작품들이 여성독자들의 열광적인 지지를 받는데 일조했던 것이다. 그러나 이태준의 30년대 후반 작품들은 앞선 작품들과 차이가 있다. 그중에서도 가장 나중에 발표된 『청춘무성』의 경우 여성의 자각을 그리면서도 문제의 해결은 피상적이고 관념적인 방식을 취하고 있다는 점에서 그러하다.

이 시기 계몽의 담론을 표방했던 작가들의 대중소설은 현실과는 유리된 관념적이고 이상주의적인 계몽의 표지를 작품 전면에 내세워 작가의 의지를 관철하고자 한다. 정신적인 사랑, 현실을 참고 보살행을 실천하면서 조국에 감사하는 사랑, 자신을 희생하면서 인도주의를 실천해 나가는 모습, 혹은 변형된 형태의 문화사업에 종사하는 모습을 통해 대중독자들은 그들의 행위에 대해 도덕적인 환상을 지니게 된다. 그러나 이러한 모습은 작가가 계몽이라는 관념에 눌려 현실을 제대로 파악하지 못함으로써 현실을 왜곡하고 호도하는 방향으로 독자들을 끌고 나아간다. 파시즘 체제가 더욱 강고해지는 식민지 현실에서 이상주의적인 사랑과 남을 위한 보살행, 조국에 대한 감사, 자기희생의 논리는 계몽의 표지와는 상관없이 작가가 현실을 제대로 파악하지 않음으로써, "자신의 외부에 있을 수 있는 진리를 소멸시킴과 동시에 자신의 내부에서는 거짓말을 임의로 재생산"[1]할 수 있는 가능성을 가지게 된다.

결국 이 시기 계몽적인 대중소설들에 광범위하게 드러나는 계몽의 논리는 피상적인 현실인식과 현실에 대한 작가의 자의적인 왜곡을 거쳐 자신도 모르는 사이에 친일의 논리로 변질할 수 있는 가능성을 지니게 되었다. 특히 이광수의 작품들은 꼼꼼히 살펴보면 도처에서 노골적인 친일의 논리를 찾아볼 수 있다. 이러한 점에서 계몽적 대중소설에 드러나는 계몽의식은 현실을 호도하는데 중요한 기능을 하였으며, 독자들에게 왜곡된 이데올로기와 현실에 순응하는 태도를 주입함으로써 현실을 몰각하고 식민지 체제의 문제점에 대해 눈감아버리게 하는 작용을 하였음을 알 수 있다.

2. 과학주의에의 지향

30년대 후반 왕성한 대중소설의 창작에 가장 큰 영향을 받은 작가들은 과거 카프 작가로서 활발하게 활동을 했거나 이데올로기 지향성을 지녔던 작가들이었다. 이들은 30년대 후반 더욱 강고해지는 파시

---

1) M. 호르크하이머 · Th. W. 아도르노, 「문화산업 : 대중기만으로서의 계몽」, 『계몽의 변증법』, 김유동 외 역, 문예출판사, 1996, 188면.

즘 체제하에서 문학적 생존을 유지하기 위한 방편으로 대중소설의 세계로 방향을 선회한다. 현실에 대한 발언을 할 수 있는 창구가 없어진 상황에서 이들이 선택한 길은 통속적인 세계에서나마 자신의 작가적인 이상을 실현하는 것이었다. 자신의 문학적인 행위를 지켜나가기 위해 그들은 과학주의의 표상을 지니는 방법을 취한다. 작가적 이상과 생활이 괴리된 상황에서, 작가들에게 과학주의는 하나의 구원으로 다가온다. 『사랑의 수족관』의 김광호나 『인생사막』에 등장하는 오세형, 『화상보』에 나오는 장시영이 삶의 원리와 행동의 지침으로 삼고 있는 것은 개인의 주관적인 가치판단이 제거된 과학의 길이다. 김광호는 건축기사로, 오세형은 의사로, 장시영은 식물학의 연구라는 과학적인 삶의 지침을 지니고 살아간다. 그들에게 삶의 지침이 되는 과학, 과학주의는 인문학적인 사고와는 정반대되는, 사유하지 않고 있는 그대로의 사실만을 받아들이는 방법이다.

『사랑의 수족관』에 등장하는 김광호의 직업은 건축기사이다. 그는 당시 김남천이 평론을 통해 거듭 주장했던 "생기발랄한 이데"이다. 그의 가치판단 기준은 과학적인 정확성, 과학문명의 척도, 과학적인 기술인으로서의 자부심이다. 김광호가 사상운동을 하다 전향하고 결국은 죽음을 맞이한 형과 달리 현실을 긍정적으로 대할 수 있었던 것은, 근대적인 과학에 대한 믿음이 있었기 때문이다. 그 믿음은 일제가 대륙침략의 일환으로 진행하던 만주국의 중공업 발전과 인조석유개발 사업 등을 매우 긍정적으로 바라보는 상황에까지 이르게 한다. 그것은 김광호가 기술문명을 단순하게 과학주의의 입장에서 바라봄으로써 가능한 일이었고, 그것을 바탕으로 현실에 대한 가치판단을 보류하여 빚어진 결과였다.

이러한 태도는 『화상보』에 등장하는 장시영의 경우에도 마찬가지이다. 어려운 집안 형편 때문에 고통받고, 사랑하는 여인에게 시련을 당해 괴로움에 처했을 때 그를 지탱해 주었던 것은, 식물학으로 표상되는 자연과학의 정신이었다. 그는 자신과 조선이 처한 괴로운 현실 속에서 식물학이라는 가치판단이 유보된 과학주의에 몰입한다. 식물학을 통해 제로의 사상이며 초시대적인 원리로 가치판단이 없이도 지탱할 수 있는 과학주의 정신을 체득하고, 그에게 밀려오는 어려운 현실에서 초연할 수 있었던 것이다. 『인생사막』에 등장하는 오세형도 유족하게 살 수 있는 길을 버리고 의사의 길을 택한다. 작가를 대변하는 오세형에게도 과학의 정신을 보지하고 있는 의학은 주관적인 가치판단이 개입되지 않아도 좋은 학문이었기 때문이다.

이 시기, 특히 통속적으로나마 성격과 환경의 결렬을 미봉해보고자 했던 작가들에게 과학주의가 의미하는 것은 무엇이었는가. 당시의 작가들에게 승인된 과학이라는 도구적 합리성은 가치판단을 배제하고 사물을 볼 수 있는 기준으로 설정된다. 작가들에게 과학주의는 암울하게 드리운 파시즘의 강력한 힘 앞에서 가치판단을 유보할 수 있게 하므로써, 어느 한 쪽으로도 기울어지지 않는 균형감각을 부여할 수 있는 도구로 기능했기 때문이다. 이 시기의 작가들에게 과학에의 몰두는 그러한 연유에서 큰 의미를 지니는 것이다. 작가들은 과학주의로 무장한 채 현실에 대한 가치판단을 유보하는데, 그것은 한편으로 파시즘 체제의 거부라는 입장을 선택한 것이라 할 수 있다. 그러나 다른 한편으로는 주관과 가치판단은 철저하게 배제한 채 현실을 왜곡하거나, 현실을 즐겁고 평화로운 것으로 인식하게 하는 그릇된 결말에 이르게 된다. 다만 이러한 입장을 표명함으로써 개인의 도덕적인 면모만 간신히 유지될 뿐이었던 것이다.

3. 흥미추구와 상투성

　대부분의 대중독자들이 대중소설을 통해 얻는 것은 현실에서는 불가능하지만 작품을 통해 경험하게 되는 흥미로운 요소들이 주는 기쁨이다. 애정을 다룬 로맨스에서는 가장 아름다운 선남선녀간의 사랑이야기가, 모험소설에서는 주인공이 고난과 역경을 통해 원망을 성취해나가는 과정의 다채로움이, 탐정소설에서는 범인을 찾아가는 동안에 느끼는 반전과 반전의 스릴이 독자들의 흥미를 끄는 요인이다. 독자들을 위해 대중소설은 여러 가지 흥미를 유발하는 요인들을 작중에 삽입하게 된다. 서구 초기 대중소설의 주요 독자들이었던 여성들이나 평범한 일반 대중에게 작품의 흥미는 독서의 지침이 되었다고 해도 과언이 아니다. 그만큼 독자들의 흥미를 유발할 수 있는 요인의 유무가 대중소설의 성패를 좌우하는 것이다.

　작가들이 작품의 재미를 위해 삽입하는 요소들은 여러가지가 있다. 30년대 후반 대중소설이 독자들의 흥미를 유발하고 재미를 주기 위해서 사용하는 요소들 중에 가장 큰 비중을 차지하는 것은 상류층의 생활 묘사와 등장인물들의 색다른 체험이 제공하는 이국취향이다. 작품들을 꼼꼼하게 살펴 보면, 거의 대부분 이러한 경향이 드러나고 있음을 알 수 있다. 우선 연애소설에서 남녀주인공 중 하나는 예외없이 당시 사회에서 일반인들은 보기도 힘들었던 자산가들의 딸이나 아들로 등장한다. 『딸 삼형제』의 정매와 그 자매들은 양반가의 딸들로 생활의 유족함을 누리고 살아간다. 『화관』의 배일현과 『청춘무성』의 원치원은 자수성가하여 몇십만원의 자산가와 수백만원을 가진 재벌이 된다. 『사랑의 수족관』에 등장하는 김광호의 애인 이경희는 대흥콘체른이라는 대재벌의 딸이며, 『청춘기』의 홍명학도 돈많은 부르주아 의사이다.

『인생사막』의 유영섭,『화상보』의 안상권,『밀림』의 서자경,『찔레꽃』의 조경구·조경애,『순정해협』의 이영철,『새벽길』의 보영,『화분』의 현마,『마인』의 백영호 등 작품의 서사를 이끌어 가는 주인공들은 예외없이 상류층의 인물들이다.

이들이 살아가는 모습은 당대의 현실과는 거리가 아주 멀다. 그들은 경제적인 어려움 없이 살아가며 일상생활은 여가와 휴식과 유희로 이루어진다. 그들이 해외여행을 하는데에는 아무런 어려움이 따르지 않는다. 그래서 등장인물들은 유학을 했거나, 취미나 기분전환으로 외국을 여행하는 것이 다반사이다. 그들은 대부분 해외체험이 있는 관계로 당시의 사람들은 경험해보기도 힘든 골프를 치러 다니거나, 승마같은 이국적 취향의 취미를 가지고 있기도 하다. 이와같이 현실에서는 체험할 수 없는 상류층 인물들이 살아가는 호화로운 공간과 이채로운 경험을 보면서 당대인들은 부러움과 선망의 눈길을 보내게 되는 것이다.

작중 인물들의 이런 면모는 작가의 근대적인 체험에서 우러나온 형상화이기에 상당히 리얼하다. 대중소설의 작중인물들은 대부분 자본과 결부된 예술에 종사하는 인물들인 경우가 많다. 작가들이 그 모습을 리얼하게 형상화 할 수 있었던 것은 동경유학이나 양행을 통해 경험했던 모습들이었기 때문이다. 아울러 이러한 모습을 보면서 독자들은 일면적이긴 하지만 근대적 삶에 대한 체험의 일단을 경험한다. 대중독자들은 자신이 처한 초라한 현실과는 거리가 멀지만 작중 인물들에 대한 감정이입을 통해 화려한 작중의 비현실적인 세계에 흥미를 느끼고 환호할 수 있었던 것이다. 그러나 대중소설은 작품속에 실제와는 다른 현실을 형상화함으로써 문제의 본질을 호도하는 문제점을 안고 있기도 하다. 물론 작가들이 작중에서 부인물에 해당하는 부르주아지를 과장되게 부정적인 면모로 형상화하여 독자들이 작중의 비현실적인 세계에 빠져드는 것을 차단시키려는 노력을 하기도 한다. 하지만 그 지점에서 현실을 더욱 왜곡한다는 비판을 받기도 한다.

다음으로 빈번하게 등장하는 흥미유발 요소로는 에로틱한 성의 묘사를 들 수 있다. 당시의 대중소설에는 이전 소설들에 비해 작품 곳곳에 에로틱한 장면이 매우 많이 삽입되어 있다. 흔히 문학에서 정도 이상의 에로틱한 성애의 표현은 작품의 통속성을 강화하는데 일조한다고 비판받지만, 독자들은 독서행위 과정에서 에로틱한 성묘사에 많은 흥미와 즐거움을 느낀다. 일반적으로 사람들은 남의 사생활을 엿보고 싶어하는 관음증적 욕구를 지니고 있다. 대중소설의 독자들은 에로틱한 성의 묘사에서 자신이 직접적으로 실행할 수는 없지만 남을 엿봄으로써 일종의 관음의 즐거움을 경험하게 되는 것이다.

당시 작품들의 에로틱한 성묘사는 오늘날의 관점에서 보면 그리 흥미로울 것이 없는 밋밋한 표현이 대부분이다. 그러나 외형적으로 근대적인 면모를 갖추기는 했으나 유교주의적인 관습이 지배적이었던 당시의 상황에서는 그 정도의 성에 대한 묘사만으로도 독자들에게 새로운 체험과 흥미를 안겨 주었을 것으로 여겨진다. 그런데 이 시기 작품들 중에서 과거에는 볼 수 없었던 특징적인 에로티시즘을 보여주는 작품으로 이효석의 『화분』이 있다. 『화분』에서 에로티시즘은 여러가지 형태로 나타난다. 그중에서 가장 파격적인 것은 현마와 단주의 동성애이다. 여기에 여러 갈래로 얽힌 남녀간의 에로틱한 관계는 독자들에게 파격적인 새로움을 줄 수 있었다. 이 작품에 대한 독자들의 호응은 이 시기 대중들의 에로티시즘에 대한 관심을 반영해 주는 것이기도 하다는 점에서 흥미롭다.

한편 대중소설의 한계로 흔히 비판되는 것은 대중소설들간의 유사한 패턴인 '상투성과 도식성'이다. 도식성에 대한 정의는 여러 가지로 내릴 수 있으나 존 카웰티와 롤랑 바르뜨는 문학작품에 나타나는 도식성에 대해 다음과 같이 정의내리고 있다.

> 도식성이라는 개념은 이야기에 선택된 어떤 특정한 요소를 주목하기보다 이야기 전체의 맥락을 주목한다. 신화라는 개념은 인물, 사상, 행위, 등 무엇이든 의미할 수 있는데 반해, 도식성이란 이러한 요소들이 유기적으로 뒤얽혀 이루어진 일종의 구조물이다. [2]
>
> 대중문화의 사생아적인 형식은 굴욕적인 반복이다. 내용, 이데올로기적 도식, 모순의 은폐 등 - 이들은 끊임없이 반복된다. 그러나 그럼에도 불구하고 표면적인 형식들은 다양하기만 하다. 항상 새로운 책, 새로운 프로그램, 새로운 영화, 새로운 볼거리들, 그러나 항상 같은 의미 …… 도식성이란 어떠한 마법이나 열광없이 반복되는 말이다. [3]

유사한 패턴의 반복인 도식성은 대중소설의 가장 큰 특성이라고 해도 과언이 아니다. 이러한 패턴의 반복을 통해 독자들은 쉽사리 작가가 제시해 놓은 세계에 몰두하고 공감하는 것이다. 30년대 후반 대중소설에 나타나는 상투성으로는 애정의 삼각관계, 구성의 우연성, 감상성, 작위적 갈등, 결말의 예측가능성 등을 들 수 있다.

대중소설에 있어 애정의 삼각관계는 작품의 흥미를 유발시키는 가장 손쉬운 구성방식이다. 과거의 소설에서 뿐만 아니라 현재에 이르기

---

2) J. G. Cawelti, *Adventure, Mystery and Romance: Formula Stories as Art and Popular Culture*, 『대중예술의 이론들』, 박성봉 역, 동연, 1995, 102면.

3) Barthes, Roland, *The Pleasure of the Text*, (New York: hill & Wang, 1975), 41~43면.

까지 작중에서 남녀의 삼각관계는 끊임없이 차용된다. 대중소설에서 애정의 삼각관계는 다층적인 관계로 얽히며 작품의 서사를 이끌어 나간다. 작중의 사건, 인물의 각성, 문제의 해결 등은 모든 삼각관계의 발생과 해결을 통해 이루어지도록 구성되어 나간다. 작중의 삼각관계는 서사의 진행에 완급을 조절하고, 대중적인 흥미를 부여하기에 좋은 구성방식으로 기능한다.

특히 통속적 대중소설들은 거의 대부분 복잡한 삼각관계를 통해 모든 서사의 진행이 이루어진다. 그러나 예외적으로 이념적 대중소설의 삼각관계는 계몽적·통속적 대중소설들과는 다르게 전개된다. 이념적 대중소설에서 삼각관계는 긍정적인 주인공을 중심으로 주변인들에 의해서 발생한다. 주인공은 매우 도덕적인 면모를 지닌 인물로 형상화되어 삼각관계의 전면에 나서지 않고, 주변 인물들 사이에서 주인공을 놓고 삼각관계가 발생한다. 이러한 관계속에서 사건이 진행될 때도 주인공은 시종일관 흔들림없이 한 인물에 대한 사랑을 바쳐 도덕성을 유지해 나간다. 『사랑의 수족관』의 김광호, 『화상보』의 장시영, 『인생사막』의 오세형, 『청춘기』의 태호가 바로 삼각관계의 와중에서도 거기에 휘말리지 않고 도덕성을 유지해 나가는 인물들이다. 그러나 주인공의 도덕적인 면모를 강화하기 위해 설정한 삼각관계는 다른 유형의 대중소설의 삼각관계가 제공하는 치열함과 재미는 주지 못한다. 전체적으로 작중의 삼각관계는 서사 진행의 완급을 조절하고 대중적인 흥미를 부여하는 데 좋은 구성방식으로 기능한다.

애정의 삼각관계와 함께 구성상의 우연성은 대중소설의 서사를 이끌어 나가는 주요한 요소가 된다. 특히 이 구성상의 우연성은 작중인물들의 상대방에 대한 오해에서 비롯된다. 우연은 계획자들의 알리바이로 기능하며 일련의 상호작용과 조치들로 변질된 삶이 직접적이고 자발적인 인간관계인 것처럼 보이게 만든다.[4] 그러나 이 구성의 우연성을 지켜주는 소설적 장치는 오해이다. 거의 대부분의 등장인물들이 사랑하는 사람들과 삼각갈등을 일으키는 것은 사소한 오해와 그 오해가 완전하게 소멸되지 않은 결과 때문이다.

작중에서 오해로 인한 사건의 우연성을 특히 잘 드러내 주는 작품이 김말봉의 『찔레꽃』이다. 사랑하는 두 남녀 안정순과 이민수는 연인 사이가 아니라고 생각하는 주변사람들에게 오해를 소명할 수 있는 기회가 충분히 있었음에도 불구하고 끝내 둘의 사이를 밝히지 않아, 다른 사람들이 계속 오해를 해나감으로써 사랑이 이루어지지 못한다. 이러한 작중 인물들간의 오해는 비일비재하다. 사건의 우연성을 강화해 나가는 오해나 우연적인 요소는 대중독자를 끌어들이는 커다란 흡인력을 지닌다. 작중에서 오해로 인해 전개되는 사건들은 독자들에게 끊임없는 관심의 환기를 하게 만들고, 언제 오해가 풀릴 것인가에 집중하면서 작품을 읽어 나가게 만든다. 이것은 극적인 긴장감을 발생시켜 작품에 몰입하게 하는데 중요한 역할을 한다.

그러나 다른 한편으로 작품 안에서 우연적인 구성요소나 오해할 만한 상황을 거듭 삽입하여 우연성을 강화해 나가는 방법은 작중의 중심서사를 일관성 없이 만들어 작중인물들을 부실하게 형상화하는 결과를 초래한다. 또한 중심적인 사건을 해결해 나가는데 하나의 난점으로 작용하기도 한다. 하지만 오해를 통해 구성의 우연성을 강화해 나가는 방식은 도식적인 대중소설의 독서체험에 유사하지만 색다른 상황을 설정하여 새로운 인상을 강화하는 역할을 하기도 한다.

한편 대중문학에서 감상성은 주로 신파조의 멜로드라마에서 가장

---

4) M. 호르크 하이머 · Th. W. 아도르노, 앞의 책, 165면.

강력하게 드러난다. 감상성이란 정서적 체험의 과정에서 처리할 수 있는 것보다 지나치게 많은 정서 과잉의 상태를 말한다. 작품 안에서 감상성을 느끼게 되는 것은 주로 독자들의 체험에서 비롯된다. 독자 자신이 작중의 주인공과 같은 어려움이나 오해의 상황에 빠졌다든가, 같은 실연의 상처를 지니고 있다든가 하는 유사한 정서적 체험에서 감상성은 비롯되고 극대화된다. 이것은 감상성이 개인의 체험과 밀접한 관련을 지니고 있기 때문이다.

30년대 후반의 대중소설은 대부분 농후한 눈물의 감상성을 지니고 있는데, 이것은 개화기의 신파양식에서 많은 영향을 받았다. '돈이냐 사랑이냐' 는 유명한 선택의 질문법을 남긴 신파소설『장한몽』은 개화기에 폭발적인 인기를 누렸고 많은 작가와 독자들에게 영향을 미쳤다. 돈으로 표상되는 김중배와 사랑으로 표상되는 이수일을 사이에 둔 심순애는 돈을 선택함으로써 인생의 파란을 겪게 된다. 당시의 독자들에게『장한몽』의 인간형과 선택은 많은 공감을 얻었고, 아름다운 여인을 사이에 두고 사랑과 돈이 다투는 양상은 이후 대중소설의 전형적인 공식으로 자리잡았다. 이러한『장한몽』으로 대표되는 신파의 체험은 30년대에 대중소설뿐만 아니라『사랑에 속고 돈에 울고』(일명『홍도야 우지마라』)라는 신파극을 탄생시켜 인구에 회자될 정도로 많은 영향을 미쳤다. 이러한 신파극의 기본정조는 감상성이며 대중소설에서도 그것은 예외가 아니다.

소설을 이끌어 나가는데 있어 독자들의 이목을 집중시키는 방법으로 감상성은 아주 중요한 역할을 한다. 감상성은 독자들이 작중의 인물들에게 자신의 감정을 이입함으로써 생겨난다. 독자들은 작중인물들에게 자신의 모습이나 경험을 투사시키므로 친밀한 감정을 느끼게 되고, 작중인물들의 주장에 귀기울이게 된다. 눈물을 유발시키는, 감

정의 남용에서 비롯된 감상성은 순간적인 카타르시스를 독자들에게
제공한다. 일제 강점기에 신파양식이 유행할 수 있었던 것은 일제의
의도적인 정책에서 기인한 것이지만, 다른 한편으로는 대중들이 이 시
기의 정치 사회적 상황 속에서 억눌린 인간감성의 희노애락을 눈물로
풀어냄으로써 카타르시스를 느끼고, 그것에서 위안을 느낄 수 있었기
에 가능했던 것이었다. 그러나 작중의 감상성은 감정의 남용으로 인해
비이성적인 현실이해를 가져오기도 하고, 문제를 과학적이고 객관적
인 방식으로 풀어내기보다는 개인의 감정에 호소함으로써 비본질적
인 방식으로 문제에 접근하게 되는 한계를 가진다.

4. 작위적 갈등과 결말의 예측가능성

식민지 시기 한국의 대중적인 소설의 원조로 꼽고 있는 작품은 일
본 신파소설의 번안인『장한몽』이다. 흔히 이 작품은 통속적인 삼각연
애와 신파성으로 저급한 대중독자들의 사랑을 받았던 싸구려 위안물
로서의 기능에 중점을 두고 평가하는 경우가 대부분이다. 이 작품은
상당 부분 그러한 면모를 지니고 있다. 그러나『장한몽』이 당시에 많
은 대중독자를 확보할 수 있었던 원인은 김중배의 다이아몬드로 표상
되는 돈과 진정한 사랑간의 갈등이 리얼하게 드러나며, 이것은 자본주
의적이고 근대적인 면모를 띠어 가던 당시의 상황에서 본질적인 갈등
으로 기능했기 때문이다. 즉 이 작품이 독자들의 사랑을 받을 수 있었
던 근본적인 이유는 사랑보다 우선할 수 있는 자본의 논리와 그로 인
한 인간군상의 갈등이 잘 드러나 있기 때문이다. 물론 현실의 다채로
운 인간군상의 갈등양상을 단순화하고 있다는 한계는 있지만, 여기서

비롯된 '돈이냐 사랑이냐' 는 질문법은 이후 대중소설을 관통하는 기본갈등으로 자리잡게 되었다.

그러나 30년대 후반의 대중소설에서 드러나는 갈등 양상은 이 통속적인 질문법에서도 상당부분 벗어난 지점에서 시작된다. 특히 계몽적 대중소설에서의 갈등은 작가의 교훈성과 이상주의로 인해 엉뚱한 갈등으로 발현된다. 육체적인 사랑은 비속한 것이고 정신적인 사랑이 더욱 중요하다는 논리하에 작중의 주인공이 정신적인 순결을 지키기 위해 죽음을 선택하거나, 정신적인 사랑을 위해 현실적인 삶을 희생하는 면모는 사랑에 대한 그릇된 인식에서 비롯된 것이다. 기독교적인 인도주의로 무장한채 무조건적인 자기희생을 강요함으로써 빚어진 갈등은 인간의 제반 현실을 제대로 드러내 주지 못한다. 현실을 제대로 보여주지 않고 외면하므로써 전개되는 갈등은 정확한 현실이해에 장애를 가져온다. 아울러 그릇된 논리로 현실을 참고 넘기게 하는 과도한 긍정의식을 강요하여 결과적으로는 당대의 사회를 있는 그대로 받아들이고, 더 나아가서는 친일의 논리에 이를 수 있는 위험에까지 직면하게 한다.

작중인물들간의 작위적 갈등은 이념적 대중소설의 경우에도 그대로 드러난다. 이 유형의 대중소설에 설정된 주요갈등은 개인과 이데올로기간의 갈등으로, 작중에서 과학정신으로 무장하고 있는 인물들의 갈등이 그러하다. 여기에서 갈등을 풀어나가는 방법은 가치판단을 유보해 버리는 것인데 그로 인하여 현실을 제대로 바라보지 못하게 된다. 한편, 이념의 퇴조기에 놓인 당시의 상황에서 한설야와 같이 프롤레타리아트의 연애와 정신적인 지향간의 갈등을 형상화하려는 노력을 한 작가도 있다. 그러나 실제로 한설야의 작품은 당시의 지식인이 처한 현실적인 고민을 제대로 부각시키지 못하고 있으며, 통속화

의 방식으로 자신의 관념적인 이념을 고수함으로써 역시 현실을 제
대로 형상화하지 못한 한계를 지니고 있다.

전반적으로 이 시기 대중소설에서의 갈등은 진정한 현실에 대한 이
해를 수반하지 못한 채, 작가의 자의적인 설정으로 왜곡되어 작위적
갈등으로 변모하게 된다. 이러한 작위적 갈등은 현실을 왜곡하기도 하
지만 작품의 구성을 파탄으로 이끄는 역할을 하기도 한다.

한편 대중소설이 독자들을 매료시키는 것은, 앞서 살펴본 여러 요
인들과 아울러 독자들이 작품을 능동적으로 읽어나가기에 용이한 구
조를 가지고 있기 때문이다. 대중소설의 상투성은 작품들간의 유사
한 패턴의 반복을 말한다. 유사하게 반복되는 대중소설의 구조는 독
자들에게 결말을 예측 가능하게 해주므로 흥미를 더욱 배가시키게
된다. 이것은 특히 탐정소설의 경우에 뚜렷하게 드러난다. 일반 대중
독자들이 탐정소설을 읽어가는 데에는 아무런 어려움을 느끼지 않는
다. 그 까닭은 독자들이 소설 속의 사건은 해결될 것이고 범인을 알
아낼 수 있다고 생각하기 때문에, 작가가 사건의 해결에 골몰하지 않
아도 독자들은 사건의 해결을 반드시 예측할 수 있기 때문이다.

이러한 유사구조의 반복과 함께 대중소설의 결말에 대한 기대지평
역시 독자들의 흥미를 끄는 하나의 요인으로 작용한다. 일반적으로 대
중소설의 독자들은 자신이 감정을 이입하고 있는 대상인 주인공에 대
해 많은 애착을 보이고, 그들이 행복한 결말을 맞이하기를 기원한다.
독자들은 작가가 작품의 말미에서 위험과 고통에 빠진 주인공들의 오
해를 풀어주고, 그들이 원하는 인물과의 결합을 통해 그동안의 고통
을 보상해 주기 바라며 실제 그렇게 된다. 결국 해피엔드는 독자들이
감정이입을 했던 대상을 행복스럽게 만들어 독자들의 기대를 충족시
켜준다. 이런 유사한 패턴의 반복으로 이 시기 대중소설은 대부분 독

자들이 예측할 수 있는 범위에서 벗어나지 않은 채 결말을 맞게 된다. 아울러 독자들은 등장인물들을 통한 대리체험에서 문학적인 고양감을 느끼게 된다.

제 **5** 장
결 론

제5장 결 론

　한국문학사에서 30년대 후반은 문단 내외의 어려움 속에서도 소설에 대한 논의가 확산되었고, 그 이전의 어느 시기보다도 많은 작품들이 발표되었다는 점에서 큰 의미를 지닌다고 할 수 있다. 이와 함께 주목해서 보아야 할 것은, 이전까지 미미한 존재에 불과했던 대중소설이 다수 창작되고 문단의 핵심적인 문제의 하나로 부각되었다는 점이다. 지금까지 학계에서는 대중소설은 통속적이고 저급하다는 편견으로 인해, 그 의의가 충분히 논의되지 못했으나, 이 시점에서 대중소설에 대한 전반적인 연구를 통해 그것이 지닌 문학사적 의미망을 살펴볼 필요가 있다.

　서구의 경우 근대자본주의 사회에 들어서면서 대량화·산업화와 함께 대중적인 매스미디어가 등장하고 소설이 상품화하기 시작한 것은 주지의 사실이다. 소설의 상품화는 출판업자들로 하여금 당대 독자들의 관심에 부응하여 대량생산을 하게 하고, 대중독자들은 상품화된 문학작품을 소비하게 된다. 이렇게 대중소설은 매스미디어가 급속하게 발달하고 보급되는 대중사회의 등장과 함께 시작된다.

　30년대 후반 한국의 대중소설 역시 대중독자들의 읽을 거리에 대한 관심의 급증과 대중의 요구를 수용한 출판계의 대량 전집발간을 계기로 등장하였다. 이러한 상황을 감안해 본다면, 신문에 연재되었다가 독자들의 호응을 받아 단행본으로 발간되어 널리 읽힌 작품들을 대중 소설이라 규정하는 것이 바람직할 것이다. 즉 대중소설은 통속적이라 는 내용적인 측면의 평가용어로 쓰이는 것이 아니라, 광범위한 계층의 독자들에게 읽히는 소설이라는 대상의 측면에 비중을 두고 쓰일때 더 욱 정확한 의미를 부여받을 수 있다.

이러한 제반 상황들을 감안할 때, 1930년대 후반의 대중소설은 다 음과 같은 특성을 지닌 것으로 볼 수 있다. 1930년대의 대중소설은 대 중사회의 도래와 함께 저널리즘적 환경에서 상업성을 띠고 등장한 것 으로 장편을 지향한다. 둘째, 독자들의 오락욕구를 충족시키면서 광범 위한 독자를 확보하였다. 셋째, 작가가 현실과의 치열한 정면대결 속 에서 지향해야 할 가치를 제시하는 것이 아니라, 현실과의 정면대결을 회피함으로서 문학적인 긴장감이 떨어진다. 넷째, 문학적 긴장감의 이 완으로 인해 작위적인 갈등이 제시됨으로써 독자들로 하여금 왜곡된 사회적 규범에 순응하게 하는 현실 호도의 기능을 하기도 한다. 다섯 째, 기본적으로 대중에의 위안과 대중의 오락욕구에 부합하는 흥미를 추구하며, 그로 인해 진부한 삼각관계의 반복 · 감상성 · 우연성 · 작위 적 갈등 등의 상투성을 지니고 있다.

대중소설의 부상은 여러 측면에서 의의를 지닌다. 우선 이 시기 대 중소설은 본격문학과는 거리를 두고 있던 대중독자들에게까지도 문 학을 향유할 기회를 제공하였다. 또한 광범위한 독자층을 확보하고 많 은 독자들에게 향유됨으로써 일반 대중들에게 문화적인 충일감을 부 여하는데 큰 역할을 했다는 점에서 그러하다.

30년대 후반 대중소설은 단편소설의 제약된 형식을 벗어나 장편소 설을 지향하고 장편소설의 창작에 대한 다양한 시도가 이루어지면서 유행하게 된다. 또한 장편의 발표매체였던 신문의 상업주의적인 속성과 이윤을 추구하는 출판계의 영리가 맞물려 대중들의 흥미와 취향에 부합하는 대중소설의 길로 나아가게 되었다. 그리하여 30년대 문단에 많은 대중소설들이 등장하게 되었던 것이다.

이것은 출판환경의 변화와 밀접한 관련이 있다. 출판의 암흑기로 불리우는 30년대 후반의 출판계에서 대중적인 문예물의 출판은 호황을 누리고 많은 전집이 간행된다. 이 시기 다량의 전집 발간은 근대적인 자본을 갖춘 출판사들이 갈수록 심해지는 출판탄압을 견디는 방편으로 문예물로 눈을 돌린 결과였다. 즉 출판과 유통이 미분리된 영세자본의 형태로부터 벗어나, 대중들의 문화적인 욕구의 향상과 근대적인 출판자본으로의 변화가 복합되어 일어난 현상이다.

또한 출판사가 근대적인 기업의 형태를 갖춰가면서, 출판업자들이나 전집간행의 책임을 맡은 이들은 기업을 운영하는 자본가로서 뚜렷한 시각을 가지고 출판에 임할 수 있었다. 당시 출판을 맡은 인물 중 상당수는 동경에서 유학했고 일본의 유행에 민감했던 까닭에, 이 시기 출판 양태는 일본과 유사하게 진행되었다. 그로 인해 자본주의적 기획에 의한 대중소설들이 다량으로 출간될 수 있었다.

이 시기에 대중적인 문예물이 유행한 것은 폭압적인 식민지 말기의 전망이 차단된 신산한 삶이 독자들에게 읽기 쉽고 위안을 주는 대중적인 문예물로 손쉽게 다가가게 했기 때문이다. 시민사회의 가장 성숙한 문학장르인 장편소설에 대한 관심이 문학대중화의 일환으로 기능했다는 점은 더욱 의미가 있다. 당시 대중독자들이 대중소설을 통해 그 나름대로 위안을 받았다는 점은 문학의 기능을 새삼 확인시켜주는 사실이다. 갈수록 험악해지는 일제의 식민지 지배는 지식인들 뿐 아니라 일반 대중들에게도 끊임없는 고통을 강요하였다. 이때 대중소설은 통속적인 방식으로나마 대중들에게 현실을 벗어날 수 있는 대안을 제시하거나, 백일몽적인 환상을 부여하여 지친 삶을 위로하는데 많은 역할을 했던 것이다.

당시의 대중소설들은 성격에 따라 세가지 유형으로 나눌 수 있다. 첫번째 유형은 이광수·박계주·이태준으로 대표되는 계몽적 대중소설이다. 그 나름의 이상주의적이고 관념적인 측면에서 대중에의 계몽을 의도한 작품들로서 이상주의적인 사랑과 남을 위한 보살행, 자기희생 등을 강조하는 사이비 계몽에 치우쳐, 친일의 논리로 변할 가능성을 농후하게 내포하고 있다. 이 작품들은 독자들의 사랑을 많이 받았지만, 작가의 과도한 계몽의식으로 인해 당시의 현실을 자의적으로 재단하고 왜곡함으로써 피상적인 현실인식을 드러내고 있다.

두번째 유형은 김남천·한설야·엄흥섭·유진오 등 과거에 이데올로기 지향의 작품활동을 했던 작가들에 의해 창작된 이념적 대중소설이다. 이 작품들은 주관적인 가치판단이 배제된 과학주의를 작품의 전면에 내세워 파시즘 체제하의 현실을 최소한으로나마 피하려는 노력을 보여준다. 즉 과학주의를 표방하고 가치판단을 보류하면서 파시즘 체제에 대한 소극적인 거부를 보여주고자 했지만, 한편으로는 계몽적 대중소설들과 마찬가지로 현실을 왜곡할 수 있는 위험에 직면하게 되었다.

세번째는 김말봉·방인근·함대훈·이효석·김래성으로 대표되는 통속적 대중소설들이다. 이 작품들은 대부분 철저하게 독자들의 흥미에 부합하는 작품으로서 독자들에게 위안으로서의 문학의 기능을 충실하게 수행했다. 이 작품들은 대중소설의 현실도피라는 부정적인 면모를 지니고 있지만, 그럼에도 불구하고 주된 수용층인 대중독자의 광범위한 확대를 가져왔다는 점에서 주목할 만한 작품들이다.

이상의 작품들을 분석해본 결과, 이 시기 대중소설을 관류하고 있는 서사구성의 원리로써 다음과 같은 몇가지 특성을 지적할 수 있었다.

첫째 계몽성과 이상주의로, 이는 작가들이 현실과는 유리된 관념적이고 이상주의적인 계몽의 표지를 작품의 전면에 내세움으로써 대중독자들로 하여금 도덕적 환상을 지니게 하는데 일조한다. 계몽성과 이상주의는 숭고한 관념을 주입하여 대중독자들로 하여금 정서적 감정의 고양감을 느끼게 하고, 독서행위에 대해 의미를 부여하게 하는 기능을 한다.

둘째 과학주의의 지향으로, 이는 과거에 이데올로기 지향의 작품활동을 했던 작가들이 시대적 정황의 어려움 속에서 자신의 문학적 생존을 영위하기 위해 많이 사용한 방법이다. 과학주의는 그에 의거한 작가들로 하여금 당대의 현실에 대한 객관적이고 과학적인 사고를 준거로 삼아 가치판단을 유보함으로써 당대의 상황과 점점 다가오는 파시즘체제 앞에서 균형감각을 갖게 하는데 큰 역할을 하였다.

셋째 흥미추구와 상투성으로, 이는 거의 모든 대중소설에 공통적으로 드러나는 원리이다. 대중소설은 독자들의 흥미를 끌기 위해 여러 장치를 하는데, 상류사회의 묘사와 이국취향, 에로틱한 성의 묘사, 애정의 삼각관계, 우연성, 감상성 등이 흥미추구를 위한 상투적인 장치들로 기능한다.

상류사회의 묘사와 이국취향은 거의 모든 대중소설 작품에 드러난다. 작중에 그려진 상류층 등장인물들의 화려하고 이국적인 생활의 대리체험은 독자들로 하여금 초라한 목전의 현실을 잊게 하고, 그들의 삶을 선망함으로써 갖게 되는 근거없는 희망을 부여한다. 에로틱한 성의 묘사는 실제 독자들이 경험해볼 수 없는 다양한 성의 세계에 대한 관음증적인 경험을 통해 즐거움을 주는데 일조한다.

작중에서 유사한 패턴의 반복으로 상투적으로 등장하는 애정의 삼
각관계는 일반대중이 가장 익숙하게 접하는 남녀간의 문제를 다루어
쉽게 독서에 빠져들게 하는 기능을 한다. 이것은 서사의 진행에 완급
을 조절하는 기능과 대중적인 흥미를 부여하는데 좋은 구성방식으로,
대중소설에 가장 보편적으로 쓰이는 서사의 구도이다. 대중소설의 서
사를 이끌어가는 구성의 우연성은 보편적으로 상대방에 대한 오해에
서 비롯된다. 우연성의 핵심적인 요소인 오해는 사건의 진행방향을 예
측할 수 없게 하여 독자들에게 끊임없는 관심의 환기를 일으키고 극
적인 긴장감을 발생시켜 작품에 몰입하게 하는 중요한 역할을 한다.

감상성은 눈물을 유발시켜 순간적인 카타르시스를 제공하고 독자
들의 감정 깊은 곳에 있는 응어리를 풀어내는 중요한 역할을 한다. 이
시기 대중소설에서의 갈등은 작가의 자의적인 관념에 의해 작위적으
로 재단된 왜곡된 갈등이 대부분이다. 또한 대중소설의 결말은 대부분
해피엔딩으로, 독자들의 기대지평을 충족시켜 주면서 예측가능한 결
말을 제시하므로 독자들에게 문학적인 고양감을 부여한다.

그러나 이 시기 대중소설들이 부정적인 면모도 아울러 지니고 있는
것은 주지의 사실이다. 그 부정적인 면모를 가장 잘 보여주는 것이 사
이비 계몽성이다. 이 사이비 계몽성은 작가의 주관적인 관념으로 현실
을 재단하여 왜곡하므로써 대중독자들로 하여금 강고한 일제의 파시
즘체제에 대한 순응과 승인의 태도를 갖게 할 가능성을 농후하게 지
닌다는 점에 문제가 있다. 이러한 문제는 당시 이념적인 지향과 현실
의 괴리감으로 인해 대중소설의 세계로 들어섰던 이념적 대중소설 작
가들이 취하고자 했던, 가치판단이 배제된 과학주의적 태도에서도 그
대로 드러난다. 아울러 작품을 안이하게 끌고 나가는 유사한 구성과
내용의 전개는 작가들이 매너리즘에 빠져 상투적이고 저급한 문학을

답습하게 하는 폐해를 지니고 있기도 하다.

30년대 후반 대중매체의 범람과 문학의 상품화에 의해 확산된 대중소설은 본격문학에 접근하기 어려웠던 대중독자들에게 문학을 향유할 기회를 제공했다는 점에서 커다란 의의를 지닌다고 할 수 있다. 당시 일반대중들은 대중소설을 통해 자신들의 신산한 삶에 위안을 받았으며, 과거 지식인들의 전유물이었던 문학을 향유할 수 있는 기회를 얻게 되었던 것이다. 뿐만 아니라 이 시기 대중소설들은 통속화된 방식에 의해서나마 당대인들의 삶의 양상과 그들의 원망(願望)을 나름대로 보여준다는 점에서도 그 의의를 인정할 수 있다.

아울러 1930년대 후반의 대중소설은 1950년대와 1970년대, 그리고 특히 포스트모더니즘 논의와 함께 본격문학과 대중문학이 서로의 벽을 넘어서면서 대중문학이 문학사의 주류로 부상하게 된 1990년대 대중소설의 전사로서 주목할 만한 가치가 충분하다. 그러한 점에서도 30년대 후반 대중소설의 중요성은 다시 재론되어야 할 것이며, 한국문학사에서도 이 시기 대중소설의 위상은 새롭게 자리매김되어야 할 것이다.

■ 참고문헌

참 고 문 헌

1. 기본자료

『개벽』,『국민문학』,『대동아』,『문장』,『박문』,『비판』,『사해공론』,
『신세기』,『삼천리』,『신동아』,『여성』,『인문평론』,『조광』,『조선문학』,
『동아일보』,『매일신보』,『조선일보』
『청춘기』,『동아일보』, 1937. 7. 20~1937. 11. 29.
『화관』, 삼문사, 1938.
『무풍지대』, 보성서관, 1938.
『순정해협』, 한성도서출판사, 1938.
『순애보』,『매일신보』, 1939. 1. 1.~1939. 6. 17.
『사랑의 수족관』,『조선일보』, 1939. 8. 1~1940. 3. 3.
『청춘무성』, 박문서관, 1940.
『밀림』,『조선문인전집』6, 삼문사, 1940.
『밀림』,『조선문인전집』7, 삼문사, 1941.
『젊은 안해』, 삼문사, 1941.
『초향』, 박문서관, 1941.
『행복』, 영창서관, 1941.
『인생사막』, 성문당서림, 1942.

『순애보』, 성문당, 1957.

『마인』, 진문출판사, 1964.

『찔레꽃』, 『장편문학대계』18, 성음사, 1970.

『새벽길』, 『춘해 방인근 전집』3, 한국교육도서출판사, 1971.

『화상보』, 『한국문학전집』8, 민중서관, 1974.

『애욕의 피안』, 『이광수 전집』4, 우신사, 1979.

『사랑』, 『이광수 전집』6, 우신사, 1979.

『딸 삼형제』, 『이태준 문학전집』12, 서음출판사, 1988.

『화분』, 『이효석전집』4, 창미사, 1990.

2. 단행본

1) 국내서

강만길, 『고쳐쓴 한국 현대사』, 창작과 비평사, 1998.

강명구, 『소비대중문화와 포스트 모더니즘』, 민음사, 1993.

강영주, 『한국 역사소설의 재인식』, 창작과 비평사, 1991.

강현두 편, 『한국의 대중문화』, 나남, 1991.

______, 『현대사회와 대중문화』, 나남, 1998.

구인환, 『한국현대장편소설연구』, 삼지원, 1989.

권영민 편, 『한국 현대문학사 연표』1·2, 서울대학교 출판부, 1987.

______, 『한국현대문학 비평사 자료』, 단국대학교 출판부, 1982.

김상선, 『상허 이태준 문학연구』, 한빛미디어, 1994.

김윤식, 『한국근대문예비평사 연구』, 일지사, 1973.

______, 『한국근대문학사상사』, 한길사, 1984.

______, 『이광수와 그의 시대』3, 한길사, 1986.

김윤식,『한국 현대 현실주의 소설 연구』, 문학과 지성사, 1990.

김윤식 · 정호웅 편,『한국 근대 리얼리즘 작가 연구』, 문학과 지성사, 1988

______________,『한국문학의 리얼리즘과 모더니즘』, 민음사, 1989.

김우종,『한국현대 소설사』, 성문각, 1982.

김주연 편,『대중문학과 민중문학』, 민음사, 1985.

김창식,『한국현대소설의 재인식』, 삼지원, 1995.

대중문학연구회 편,『대중문학이란 무엇인가?』, 평민사, 1995.

______________,『추리소설이란 무엇인가?』, 국학자료원, 1997.

동국대학교 한국문학연구소 편,『이광수 연구』, 태학사, 1984.

민두기,『일본의 역사』, 지식산업사, 1993.

리용필,『조선신문 100년사』, 나남, 1993.

박 모 역,『문화연구와 문화이론』, 현실문화연구, 1994.

박성봉,『대중예술의 이론들』, 동연, 1994.

______,『대중예술의 미학』, 동연, 1995.

박현채,『한국경제구조론』, 일월시각, 1986.

백운관 · 부길만,『한국 출판문화 변천사』, 타래, 1992.

서광운,『한국 신문소설사』, 해돋이, 1993.

『소화(昭和)14년판 조선문예연감』, 인문사, 1939.

『소화15년판 조선문예연감』, 인문사, 1940.

상허문학회,『이태준문학연구』, 깊은샘, 1993.

송승철 외,『문학의 시대』, 풀빛, 1984.

안춘근,『한국출판문화사 대요』, 청림출판사, 1987.

양 평,『베스트셀러 이야기』, 우석, 1985.

언론연구원,『한국신문백년지』, 1983.

이강수,『한국 대중문화론』, 법문사, 1987.

이명재 편저,『한국대표명작총서』, 지학사, 1990.

이태준,『이태준문학전집』, 서음출판사, 1988.

이해석,『한국신문사 연구』, 성문각, 1983.

임성래 외,『대중문학의 이해』, 청예원, 1999.

임화,『문학의 논리』, 서음출판사, 1988.

사계절 편집부 편,『한국근대경제사연구』, 사계절, 1983.

정진석,『한국언론사연구』, 일조각, 1983.

______,『한국 언론사』, 나남, 1990.

정하은 편저,『김말봉의 문학과 사회』, 종로서적, 1986.

정한숙,『현대 한국소설론』, 고대출판부, 1977.

조남현,『소설원론』, 고려원, 1982.

조동일,『한국문학통사』 5, 지식산업사, 1986.

차봉희,『수용미학』, 문학과 지성사, 1987.

차봉희 편,『독자반응비평』, 고려원, 1992.

한승옥,『한국 현대 장편소설 연구』, 민음사, 1990.

최원식,『민족문학의 논리』, 창작과 비평사, 1982.

최원식,『한국근대소설사론』, 한길사, 19886.

최 준,『한국신문사』, 일조각, 1980.

한국신문연구소 편,『한국신문백년』, 1975.

한국여성연구회,『여성학 강의』, 동녘, 1995.

한명환,『한국현대소설의 대중미학연구』, 국학자료원, 1997.

한원영,『한국근대 신문연재소설연구』, 이회, 1996.

현대문학연구회 편,『장편소설로 보는 새로운 민족문학사』, 열음사,1993.

2) 국외서

그람시연구소 편,『그람시와 함께 읽는 문화』, 조형준 역, 새물결, 1991.

안토니 이스트호프,『문학에서 문화연구로』, 임상훈 역, 현대미학사, 1994.

움베르트 에코,『스누피에게도 철학은 있다』, 새물결, 1994.
___________,『대중의 영웅』, 새물결, 1995.
존 A. 워커,『대중매체시대의 예술』, 열화당, 1987.
존 홀,『문학사회학』, 최상규 역, 혜진서관, 1987.
쿤츠 딘. R,『베스트셀러 소설 쓰는법』, 문학사상사, 1986.
箕輪成男,「국제출판개발론』, 안춘근 역, 범우사, 1989.

John G. Cawelti,『Adventure, Mystery, and Romance』, The University of
Chicago, 1976.
三好行雄 外 편,『日本近代文學大辭典』, 明治書院, 1994.
日本近代文學官 編,『日本近代文學大辭典』, 講談社, 1975

3. 논문

강영희,「일제 강점기신파양식에 관한 연구」, 서울대학교 석사학위논문,
1989.
강옥희,「김남천의 장편소설론과『대하』」, 상명여자대학교 석사학위논문,
1991.
_____,「본격소설의 지향과 통속에의 유혹 - 김남천의『사랑의 수족관』
론」,『상명논집』2, 1995.
_____,「대중의 위무와 현실순응의 그림자 - 박계주의『순애보』론」,『자하
어문논집』11, 1996.
강진호,「1930년대 후반기 신세대 작가 연구」, 고려대학교 박사학위논문,
1995.
고인덕,「신문소설에 나타난 가치 연구」, 서강대학교 석사학위논문, 1980.

고준영, 「1930년대 신문장편소설에 나타난 민족관」, 고려대학교 석사학위
　　　　논문, 1980.

권선아, 「1930년대 대중소설의 양상연구」, 고려대학교 석사학위논문,
　　　　1994.

김강호, 「1930년대 통속소설연구」, 부산대학교 박사학위논문, 1994.

김강호, 「한국근대 대중소설로의 발생과 전개」, 『오늘의 문예비평』24,
　　　　1997. 3.

김국봉, 「이태준 장편소설에 나타난 갈등구조의 양상연구」, 부산외국어 대
　　　　학교 교육대학원 석사학위논문, 1994.

김방옥, 「한국연극사에 있어서의 신파극의 의의」, 『이화어문논집』 6, 이화
　　　　여자대학교 한국어문학 연구회, 1983.

김북남, 「이태준 장편소설 연구」, 경희대 교육대학원 석사학위논문, 1994.

김병익 외, 「대중문학의 문제점」, 『현대문학』, 1985.6

김수완, 「춘원소설에 나타난 애정관 변천 - 『무정』, 『흙』, 『사랑』을 중심으
　　　　로」, 단국대학교 교육대학원 석사학위논문, 1987.

김영균, 「한국출판의 사적 연구」, 중앙대학교 석사학위논문, 1982.

김영찬, 「한국 출판사 시대구분에 관한 연구」, 중앙대학교 석사학위논문,
　　　　1984.

김영찬, 「1930년대 후반 통속소설 연구」, 성균관대학교 석사학위논문,
　　　　1994.

김정매, 「순수와 통속,그 사이의 완충지대」, 『동서문학』, 1987. 3.

김종철, 「상업주의 소설론」, 『한국문학의 현단계』 2, 창작과 비평사, 1983.

김진만, 「한국 베스트 셀러의 사회적 배경」, 『신동아』, 1965. 6.

김춘섭, 「이광수의 민족주의와 인도주의 사상 연구」, 고려대학교 박사학위
　　　　논문, 1992.

김현, 「무협소설은 왜 읽히는가?」, 『세대』, 1969. 10.

나병철, 「부정적 현실세태와 긍정적 주인공의 동경」, 『청춘기』, 풀빛, 1989.

문영희, 「한설야 문학연구」, 경희대학교 박사학위논문, 1995.

박순라, 「한설야 장편소설 연구」, 전북대학교 교육대학원 석사학위논문, 1994.

류보선, 「환멸과 반성, 혹은 1930년대 후반기 문학이 다다른 자리」, 『민족문학사연구』 4, 창작과 비평사, 1993.

류보선, 「1930년대 후반기 문학비평 연구」, 서울대학교 박사학위논문, 1996.

민병덕, 「한국 근대 신문연재소설 연구」, 성균관대학교 박사학위논문, 1988.

민형주, 「이태준 장편소설에 나타난 여성상 연구」, 인천대학교 석사학위논문, 1993.

박덕구, 「붕괴 혹은 확산 - 대중문화속의 소설의 운명」, 『소설과 사상』 5, 1993. 겨울.

박형구, 「한국출판산업의 성격에 관한 연구」, 한양대학교 석사학위논문, 1990.

박휘종, 「1970년대 대중소설 연구」, 계명대학교 석사학위논문, 1996.

백운관, 「한국 도서출판 유통구조 변화의 사적 연구」, 중앙대학교 신방대학원 석사학위논문, 1989.

백운주, 「1930년대 대중소설의 독자공감 요소에 관한 연구」, 제주대학교 교육대학원 석사학위논문, 1996.

변선웅, 「한국인의 독서경향」, 『출판학』, 1974. 가을.

서경석, 「한설야 문학연구」, 서울대학교 박사학위논문, 1996.

서경석, 「춘원의 『사랑』 론」, 『대구어문논총』, 1996.

서영채, 「1930년대 통속소설의 존재방식과 그 의미」, 『민족문학사연구』 4, 창작과 비평사, 1993.

서은선, 「이태준 장편소설 연구」, 『국어국문학』 29, 부산대학교 국문과, 1992.

성동규, 「한국출판산업의 구조적 특성에 관한 연구」, 중앙대학교 석사학위논문, 1989.

송경섭, 「일제하 한국신문연재소설의 특성에 관한 연구」, 서울대학교 신문대학원 석사학위논문, 1974.

신상철, 「『사랑』 논고」, 서울대학교 석사학위논문, 1978.

신순철, 「이태준 연구」, 효성여대 박사학위논문, 1991.

안남연, 「이태준 장편소설 연구」, 외국어대학교 박사학위논문, 1992.

안창수, 「『찔레꽃』에 나타난 삶의 양상과 그 한계」, 『영남어문학』12, 1985.

안춘근, 「현대 한국출판 문화사」, 『도서』6, 을유문화사, 1964.

안춘근, 「한국출판 100년」, 『문학사상』, 1983. 1.

양명주, 「김남천의 대중소설 연구」, 부산외국어대학교 교육대학원 석사학위논문, 1994.

양찬수, 「1930년대 한국신문연재소설의 성격에 관한 연구」, 동아대학교 교육대학원 석사학위논문 1977.

오미남, 「30년대 후반기 통속소설 연구」, 중앙대학교 석사학위논문, 1995.

오생근, 「한국 대중문학의 전개」, 『한국의 문학비평』2, 권영민 편, 민음사, 1995.

오인문, 「한국신문연재소설의 사회적 기능에 대한 고찰」, 중앙대학교 석사학위논문, 1977.

유문선, 「애정갈등과 통속소설의 창작방법 - 김말봉의 『찔레꽃』론」, 『장편소설로 보는 새로운 민족문학사』, 열음사, 1993.

유선영, 「한국대중문화의 근대적 수용과정에 대한 연구」, 고려대학교 박사학위논문, 1993.

윤홍로, 「사랑의 해석」, 『동양학』 21, 단국대학교 동양학 연구소, 1991.

이동하,「한국대중소설의 수준」,『문학의 시대』, 풀빛, 1984.

이대영,「상허의 장편소설 연구」,『어문연구』 23, 충남대 어문연구회, 1992.

이명희,「이태준 문학연구」, 숙명여자대학교 박사학위논문, 1993.

이미향,「부양자 역할과 예술가 의식의 갈등 -『화관』을 중심으로」,『숙명
　　여대 어문논집』 6, 1996.

이병렬,「이태준 소설의 창작기법 연구」, 숭실대 박사학위논문, 1993.

이병애,「현대 독일 대중소설의 분석 및 평가」,『이화여대 한국문화연구원
　　논총』 33, 1979.

이봉범,「엄흥섭 소설 연구」, 성균관대학교 석사학위논문, 1991.

이우용 외,「베스트셀러」,『시대평론』, 1990.

이영미,「한국과 일본의 전집출판 특성에 관한 비교 연구」,『언론연구논집』
　　17, 중앙대학교. 1993. 9.

이영욱,「키취/진실/우리문화」,『문학과 사회』, 문학과 지성사, 1992. 겨울.

이재춘,「한설야 소설의 갈등 연구」, 대구대학교 박사학위논문, 1996.

이정옥,『대중소설의 시학적 연구』, 서강대학교 박사학위논문, 1999.

이종욱,「일제하 신문연재소설 연구」, 중앙대학교 석사학위논문, 1991.

이종호,「1930년대 통속소설 연구」, 경북대학교 석사학위논문, 1996.

이주형,「1930년대 한국장편소설 연구」, 서울대학교 석사학위논문, 1983.

이중한 외,「베스트셀러의 허와 실」,『서평문화』 3, 1991.

임영천,「이용도와 한국문학과의 관계 - 박계주의『순애보』에 나타난 이용
　　도의 기독교 사상을 중심으로」,『인문과학연구』 11, 조선대학교 인
　　문과학연구소, 1989.

임종국,「신문학 초기의 베스트 셀러들」,『독서생활』,1976. 6.

장광진,『『순애보』에 나타난 기독교 신비주의」, 연세대학교 석사학위논문,
　　1992.

장미경,「엄흥섭 소설 연구」, 강릉대학교 석사학위논문, 1993.

장영우, 「이태준 소설연구」, 동국대학교 박사학위논문, 1992.

전영태, 「대중문학논고」, 서울대학교 석사학위논문, 1980.

전영표, 『한국출판의 사적연구』, 중앙대학교 석사학위논문, 1981.

정숙자, 「이태준 장편소설 연구」, 전북대 교육대학원 석사학위논문, 1993.

정홍권, 「<순애보>에 나타난 기독교 사상」, 『국어국문학』6, 부산대학교, 1967.

조남현, 「대중소설의 성격과 영역」, 『해방 40년:민족지성의 회고와 전망』, 김병익·김주연 편, 문학과 지성사, 1985.

조성면, 「1930년대 대중소설론의 전개양상」, 『한국학연구』6·7합집, 인하대학교 한국학연구소, 1996. 12.

최소영, 「이태준 신문연재소설연구」, 연세대학교 교육대학원 석사학위논문,1995.

최옥미, 「한설야 장편소설 연구」, 성균관대학교 석사학위논문, 1992.

천이두, 「대중문학의 사회적 기능」, 『소설문학』, 소설문학사, 1982. 11.

최 준, 「한국의 출판연구(1924~45년까지)」, 『중앙대학교 논문집』9, 1964.

한기형, 「1910년대 신소설에 미친 출판 유통환경의 영향」, 『한국학보』84, 1996. 가을.

_____, 「신소설의 근대문학적 위상」, 성균관대학교 박사학위논문, 1997.

한만년, 「한국출판계의 과거와 현재」, 『출판문화』, 1968. 5.

한명환, 「1930년대 신문소설 연구」, 홍익대학교 박사학위논문, 1996.

한양숙, 「이태준 소설연구 - 소외의식과 그 극복양상을 중심으로」, 계명대학교 박사학위논문, 1993.

홍정선, 「한국대중문학의 현실」, 『문학의 시대』2, 풀빛, 1984.

황순재, 「현실대응의 방법적 자각 -『화관』론」, 『문학과 비평』, 1991. 여름.

황영숙, 「이태준 소설연구」, 명지대학교 박사학위논문, 1994.

■ 찾아보기

찾아보기

ㄱ

감상성 84, 87~90, 110, 152, 179, 313,
  315~317, 325, 328
감정이입 254, 311, 319
개인전집 53
계몽성 157, 305, 328, 329
계몽의식 143, 304, 306, 307, 327
계몽의지 160, 161, 165, 174
계몽적 대중소설 20, 173, 327
계몽주의 135, 305
고급문학 27
과학정신 185, 238, 241, 242, 318
과학주의 20, 175, 185, 187, 189, 225,
  242, 307~309
교훈성 94, 110
구소설 41, 42
기대지평 254, 260, 273, 275, 276, 285,
  286, 319, 329
김기진 37, 54, 84, 121, 123
김남천 20, 33, 35, 61, 109, 186, 193,
  243, 289, 290, 291, 327
김동인 37, 55, 104

김래성 20, 26, 60, 293, 296, 327
김말봉 20, 33, 55, 112, 120, 242, 243,
  24, 247, 261, 273, 327

ㄷ

대리만족 274
대리체험 328
대중문화 17, 24
도덕적인 환상 306
도식성 25, 236, 313
독각생 38
동일시 284
「딸 삼형제」 20, 65, 141, 143, 148, 150,
  152, 153, 160, 162~165,
  167, 306, 311

ㅁ

「마도의 향불」 263, 264, 271
「마인」 20, 64, 293, 296~300, 311

「무풍지대」 20, 276~278, 281, 283, 284
문예물 68
문학적고양감 272, 274, 320
「밀림」 20, 63, 242, 243, 245~247, 249,
        253, 261, 311

ㅂ

박계주 20, 41, 60, 62, 111, 115, 116,
        121, 122, 125, 305, 306, 327
박목아 38
박문문고 45, 47, 56
박문서관 43, 45, 49~51, 55, 66, 75,
        198
「방랑의 가인」 263, 264, 271
방인근 20, 123, 263, 264, 271, 273, 327
베스트셀러 24, 111, 115

ㅅ

「사랑」 20, 55, 61~63, 73~77, 79, 81
        ~83, 95, 98~101, 103, 106,
        107, 109, 110, 304, 306
「사랑의 수족관」 20, 65, 175~179, 183,
        187, 192, 193, 195~
        197, 231, 308, 310,
        315
사이비갈등 91, 94, 98, 110, 237
사이비계몽성 329

산업화 21, 22, 32
삼각관계 117, 145, 148, 155, 209, 219,
        230, 249~252, 254, 256, 266,
        267, 269, 279, 280, 282, 283,
        286, 313, 314, 325, 329
삼두타 39
상업성 34, 35
상업주의 25, 180
상업화 20, 75
상투성 29, 253, 310, 313, 325, 328
상품화 22, 324, 330
「새벽길」 20, 263, 264, 266, 269, 271~
        273, 311
서사구성원리 21, 303
서운 40, 41
서적상 36
성적담론 287
세계걸작탐정소설전집 63
송강 40
순문예 38
「순애보」 20, 28, 60, 62, 76, 111~113,
        116, 118, 120~123, 126~
        128, 133, 134, 306
순응성 28
순응의식 171
「순정해협」 20, 59, 276, 278, 280, 281,
        283, 284, 311
신문소설 38, 39, 57, 139, 141, 247
신선문학전집 45
신파극 316

신파소설 15, 113

ㅇ

안회남 41, 42
「애욕의 피안」 20, 73~75, 77, 81~84,
　　　　91, 95, 99~101, 107,
　　　　110, 304, 305
야담문예 24
엄흥섭 20, 213, 223, 224, 327
에로스 290~292
에로티시즘 285, 312
연애소설 24
염상섭 37, 66
영창서관 45, 49, 50, 53, 59
오락소설 23, 27
인왕산인 40
우연성 36, 83~85, 109, 155, 203, 204,
　　　　221, 234, 235, 252, 260, 283, 313
　　　　~315, 325, 328, 330
원고료 35, 62
유진오 20, 225, 227, 233, 237, 238, 327
유형화 18C
윤백남 26, 37, 38
이광수 5, 91, 95, 99, 100, 106~111,
　　　　12C, 127, 165, 304~306, 327
이국적인취향 261, 298, 299, 302
이국취미 272
이국취향 310, 328
이념적 대중소설 20, 175, 318, 327, 329
이무영 94, 130, 132~134, 304, 306,

　　　　328
이상주의 37, 122
이원조 37, 122
이태준 20, 33, 54, 55, 65, 135, 137~
　　　　139, 141~143, 166, 173, 306,
　　　　327
이효석 20, 55, 286, 289, 290, 292, 312,
　　　　327
「인생사막」 20, 213~216, 219, 222,
　　　　224, 231, 308, 309, 311, 314
인습성 29
임화 35, 54, 211

ㅈ

작위적갈등 84, 91, 93, 97, 204, 237,
　　　　313, 317, 319, 325
장편소설론 37
장한몽 15, 113, 120, 258, 259, 316, 317
저널리즘 39
전작장편소설총서 45, 287, 289
전집발간 44, 47, 49, 52, 324, 326
「젊은 안해」 20, 263~265, 268~273
정음문고 45
조선문고 45, 47, 56
조선역사소설전집 45
조선작가명작전집 45, 56, 59
주요섭 38, 39
중면전쟁 34
「찔레꽃」 20, 63, 112, 242, 243, 246,

248, 249, 253, 257, 258, 273, 311

ㅊ

「청춘기」 20, 198~202, 204~207, 210
~212, 231, 310, 314
「청춘무성」 20, 65, 141, 143, 150, 153,
155~157, 160, 162, 163,
165, 168, 171, 306, 311
「초향」 20, 198, 200~207, 209, 210, 212
촌한량 41
출판계 26, 43, 44, 47, 52, 56, 63, 68,
176, 247, 324
출판자본 25, 326
출판탄압 43, 49, 326

ㅌ

탐정소설 24, 53, 64, 293, 296, 299, 301,
310, 319
통속생 33
통속소설 21, 23, 25, 26, 29, 40, 86
통속적 대중소설 20, 242, 327
페미니즘 20, 135, 161, 163, 164, 168,
170, 306

ㅎ

한설야 20, 33, 55, 198, 212, 327
함대훈 20, 59, 276, 327

「행복」 20, 213~216, 218, 219, 221, 224
현대걸작장편소설전집
45, 55, 59, 61, 75, 142, 198
현대문고 45, 56
현대장편소설전집 54, 276
현대조선문인전집 54, 57, 59, 245
현대조선문학전집 45
현대조선장편소설전집 45, 54, 58
현상공모 33, 60, 115, 118
현실도피 29, 327
현실순응 97, 134
호풍 40
「화관」 20, 65, 141, 143~145, 150, 153,
160~162, 165~167, 306, 310
「화분」 20, 285, 288~291, 311, 312
「화상보」 20, 225, 227, 229, 232, 233,
237, 238, 241, 242, 308, 311,
314
흥미추구 310, 328

한국 근대 대중소설 연구

2000년 4월 30일 인쇄
2000년 5월 4일 발행

저 자 강 옥 희

펴낸이 박 현 숙

110-290 서울시 종로구 인사동 153-3 금좌B/D 305호
T : 723-9798, 722-3019 F : 722-9932

펴낸곳 도서출판 깊 은 샘

등록번호/제2-69호 등록년월일/1980년 2월 6일

ISBN 89-7416-095-0
※ 저작권자와 협의에 의해 인지를 생략합니다.
※ 잘못된 책은 바꿔드립니다.
값 15,000원